Um menino em um milhão

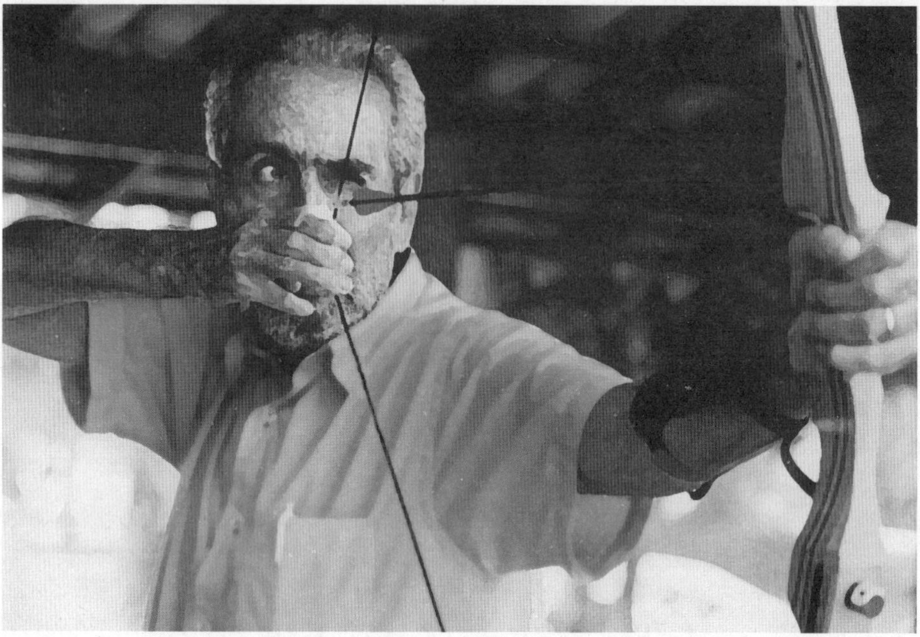

O ARQUEIRO

GERALDO JORDÃO PEREIRA (1938-2008) começou sua carreira aos 17 anos, quando foi trabalhar com seu pai, o célebre editor José Olympio, publicando obras marcantes como *O menino do dedo verde*, de Maurice Druon, e *Minha vida*, de Charles Chaplin.

Em 1976, fundou a Editora Salamandra com o propósito de formar uma nova geração de leitores e acabou criando um dos catálogos infantis mais premiados do Brasil. Em 1992, fugindo de sua linha editorial, lançou *Muitas vidas, muitos mestres*, de Brian Weiss, livro que deu origem à Editora Sextante.

Fã de histórias de suspense, Geraldo descobriu *O Código Da Vinci* antes mesmo de ele ser lançado nos Estados Unidos. A aposta em ficção, que não era o foco da Sextante, foi certeira: o título se transformou em um dos maiores fenômenos editoriais de todos os tempos.

Mas não foi só aos livros que se dedicou. Com seu desejo de ajudar o próximo, Geraldo desenvolveu diversos projetos sociais que se tornaram sua grande paixão.

Com a missão de publicar histórias empolgantes, tornar os livros cada vez mais acessíveis e despertar o amor pela leitura, a Editora Arqueiro é uma homenagem a esta figura extraordinária, capaz de enxergar mais além, mirar nas coisas verdadeiramente importantes e não perder o idealismo e a esperança diante dos desafios e contratempos da vida.

Um menino em um milhão
Monica Wood
ARQUEIRO

Título original: *The One-in-a-Million Boy*

tradução: Marcelo Mendes

preparo de originais: Thaís Carlo

revisão: Cristhiane Ruiz e Livia Cabrini

diagramação: DTPhoenix Editorial

adaptação de capa: Ana Paula Daudt Brandão

imagens de capa: Christopher Silas Neal (ilustração)
Mariana Newlands (lettering)

impressão e acabamento: Associação Religiosa Imprensa da Fé

CIP-BRASIL. CATALOGAÇÃO NA PUBLICAÇÃO
SINDICATO NACIONAL DOS EDITORES DE LIVROS, RJ

W853m Wood, Monica
Um menino em um milhão/ Monica Wood; tradução de Marcelo Mendes. São Paulo: Arqueiro, 2017.
352 p.; 16 x 23 cm.

Tradução de: The one-in-a-million boy
ISBN: 978-85-8041-693-0

1. Ficção americana. I. Mendes, Marcelo. II. Título.

17-39463 CDD: 813
CDU: 821.111(73)-3

Rua Funchal, 538 – conjuntos 52 e 54 – Vila Olímpia
04551-060 – São Paulo – SP
Tel.: (11) 3868-4492 – Fax: (11) 3862-5818
E-mail: atendimento@editoraarqueiro.com.br
www.editoraarqueiro.com.br

Para
Joe Sirois,
que completou nossa família,
e
Gail Hochman,
que completou a jornada.

NOTA DA AUTORA

Um menino em um milhão inclui listas de recordes mundiais, a maioria compilada de diferentes edições do Livro Guinness dos Recordes. A não ser por quatro exceções óbvias, os nomes e os fatos são reais e estão registrados publicamente. No entanto, assim como a marca Guinness, eu os usei aqui para colorir um mundo que existe apenas na minha imaginação. Alguns dos recordes provavelmente já terão sido quebrados quando este livro for publicado. Como fonte de pesquisa também foi consultado o site do Gerontology Research Group, uma instituição que mantém o registro das pessoas mais idosas do mundo. O músico David Crosby faz uma rápida passagem pela história; ele é real, mas o contexto é ficcional.

PARTE UM

Brolis (Irmão)

* * *

Esta é a Srta. Ona Vitkus. E esta é a história da sua vida. Esta é a Parte Um.

Já está ligado?

. . .

Eu não tenho como responder a todas essas perguntas. Vamos ficar aqui pra sempre.

. . .

Vou responder à primeira e pronto.

. . .

Nasci na Lituânia. No ano de 1900. Não me lembro direito do lugar. Tenho a vaga lembrança de... de uns animais de fazenda. Um cavalo, ou algum outro bicho grande. Branco e malhado.

. . .

Talvez uma vaca.

. . .

Não faço a menor ideia do tipo de vaca que vive na Lituânia. Mas acho que lembro... Sabe aquelas vaquinhas leiteiras malhadas que a gente vê em todo lugar?

. . .

Vacas holandesas. Isso mesmo, obrigada. Ah, e as cerejeiras. Lindas cerejeiras que na primavera pareciam espuma de sabão. Grandes, espumosas e floridas.

. . .

Depois veio uma longa viagem transatlântica de navio. Lembro-me de algumas partes. Você tem um milhão de perguntas nessa folha aí.

. . .

Cinquenta, sim. Tudo bem. Você não precisa segui-las na ordem, é só isso que estou dizendo.

. . .

Porque a história da vida da gente nunca começa no começo. Será que não ensinam nada pra vocês na escola?

Capítulo 1

Ela estava esperando por ele – ou por alguém – apesar de ele não ter telefonado para avisar que viria.

– Cadê o menino? – perguntou ela da varanda, imediatamente.

– Não pôde vir – disse ele. – Você é a Sra. Vitkus?

Estava indo repor o alpiste dos comedouros, retirar o lixo e dedicar sessenta minutos do seu tempo aos cuidados da propriedade dela. Era o mínimo que podia fazer.

A Sra. Vitkus o encarou com um olhar irritado, o rosto parecendo uma maçã passada, totalmente isento de cor se não fosse pelo verde dos olhinhos luminosos e desconcertantes.

– Meus passarinhos ficaram com fome – disse. – Não consigo subir na escada.

Sua voz rascante lembrava cacos de vidro.

– Sra. Ona Vitkus? Sibley Avenue, 42?

Ele conferiu o endereço outra vez. Tinha atravessado a cidade em dois ônibus para chegar até ali. A casa verde de madeira ficava no fim de uma rua arborizada, sem saída, próxima a um bosque e a uma trilha. A dois quarteirões havia uma grande loja de materiais de construção. Sentado na entrada da garagem, Quinn podia ouvir tanto os passarinhos quanto os veículos que passavam.

– Não é "senhora", é "senhorita" – corrigiu ela, com arrogância.

Quinn notou o esmaecido traço de um sotaque. O menino não o havia mencionado. Ela devia ter chegado aos Estados Unidos no século passado, cambaleando por Ellis Island em meio à massa de gente.

– Semana passada ele também não apareceu – acrescentou ela. – Essa molecada nunca termina o que começa.

– Não há nada que eu possa fazer – disse Quinn, com cautela.

Esperava ser recepcionado por uma simpática velhinha de bochechas rosadas, mas a casa parecia a choupana de uma bruxa, com seus jardins sombrios, suas janelas angulosas e suas telhas cor de palha.

– Deviam ensinar esses meninos a serem obedientes. A estarem alertas, a serem gentis e obedientes... Gentis e obedientes e...

Ela deu um tapinha na própria testa.

– Asseados – sugeriu Quinn.

O menino se fora para sempre, asseado ou não. Mas Quinn não teve coragem de contar à velha.

– Asseados e respeitosos – prosseguiu ela. – É o que eles prometem. Está no juramento. Pensei que ele fosse confiável.

Mais um eco fraco do sotaque: um peso maior nas consoantes, quase imperceptível para um ouvido desatento.

– Sou o pai dele – contou Quinn.

– Foi o que imaginei.

Ela se ajeitou dentro do casaco. Também estava usando um gorro com pompons, embora nem estivesse tão frio naquele fim de maio e o sol brilhasse no céu.

– Ele está doente?

– Não – disse Quinn. – Onde fica o alpiste dos passarinhos?

A velha estremeceu. As canelas embrulhadas num par de meias grossas lembravam dois cabos de enxada espetados nos sapatinhos pretos.

– No galpão lá dos fundos – respondeu ela. – Do lado da porta, a menos que o menino tenha mudado de lugar. Ele é cheio de manias. Também tem uma escada lá. Mas você é alto, talvez nem precise dela.

Em seguida olhou Quinn de cima a baixo, como se avaliasse suas roupas.

– Se eu baixasse as garrafas – sugeriu ele –, a senhora ia conseguir trocar o alpiste.

Ela colocou as mãos fechadas na cintura. Subitamente magoada, disse, com a voz embargada:

– Estou um bocado chateada com tudo isso.

Foi o que bastou para que Quinn acelerasse o passo.

– Deixe eu me adiantar.

– Vou esperar lá dentro – disse a velha, apontando o dedo esquelético na direção da porta. – Consigo ficar de olho em você da janela.

A firmeza e a indignação com que falava não combinavam em nada com a fragilidade de seu corpo, e pela primeira vez Quinn duvidou que Ona Vitkus tivesse 104 anos, como Belle lhe dissera. Desde a morte do menino, a percepção de Belle andava meio enevoada. Quinn estava assombrado com sua tristeza, intimidado pela forma como o sentimento a alterava. Queria salvá-la, mas não era hábil nas relações interpessoais mais complicadas que a obediência como forma de reparação. Era por isso que estava ali, sob as ordens de sua (por duas vezes) ex-mulher, levando a cabo a boa ação iniciada pelo filho.

As portas duplas do galpão se abriram com facilidade; ao que parecia, as dobradiças haviam sido lubrificadas recentemente. Não demorou para encontrar a escada e notar que lhe faltava um degrau. O lugar tinha cheiro de bicho; não de cachorro ou gato, mas de algo bem mais asqueroso. Camundongos, talvez. Ou ratazanas enormes, daquelas bem magricelas e peludas, com dois dentões na frente. As ferramentas de jardinagem, tomadas pela ferrugem, estavam apoiadas na parede dos fundos, com suas pontas, dentes e lâminas virados para fora. Quinn imaginou as várias possibilidades de acidente naquela missão filantrópica semanal do menino: ser espetado por um ancinho ou mordido por um roedor pestilento (riscos nunca mencionados pela Tropa 23).

Mas o menino não tinha se machucado. Ele tinha, em suas palavras, sido "inspirado".

Quinn localizou o alpiste num balde azul que ele reconheceu. No passado o tal balde havia abrigado os quase vinte litros de gesso usados para reformar a garagem de Belle – antes da separação final, antes que ela transformasse o seu espaço de ensaio em um depósito de solventes, pesticidas e pneus avulsos. No interior do balde havia uma pá enorme, brilhante e vermelho-cereja, alegre como o enfeite de um cenário natalino. Numa prateleira próxima, ele localizou mais nove pás, idênticas. O menino era um acumulador. Tinha o hábito de juntar as coisas mais esdrúxulas. Na véspera do enterro, Belle tinha aberto a porta do quarto do filho, instruindo Quinn a dar uma olhada, mas sem mexer em nada. Assim, ele contou. Ninhos de passarinho: dez; exemplares de *Meu melhor companheiro*: dez; lanternas: dez; cofres de porquinho: dez; manuais de escotismo: dez.

Também havia palitos de picolé, frutos de carvalho, carretéis minúsculos, do tipo encontrado em kits de costura, tudo organizado em meticulosas dezenas. Um computador, dez mouse pads. Uma mesa, dez potes de lápis. Segundo Belle, a necessidade de acumular era uma reação mais do que compreensível para quem tinha um pai ausente, um pai que não fazia mais do que gotejar visitas e carinho feito uma torneira quebrada. "Pense bem", dissera ela certa vez. "Por que um garoto de 11 anos cria estoques das coisas de que precisa?"

"Porque ele tem algum problema" foi a resposta silenciosa de Quinn. Mas naquele dia solene eles observaram o quarto sem dizer uma palavra. Quando Belle saiu do cômodo, instantes antes de Quinn, ele surrupiou o diário do filho – um caderno básico preto de espiral –, escondendo-o dentro da jaqueta. Outros nove cadernos idênticos ficaram para trás, ainda embalados no plástico original.

Enquanto carregava o alpiste para fora, Quinn imaginou as boas ações que os outros escoteiros da Tropa 23 andariam fazendo naquele momento. Decerto também estavam fazendo caridade, mas para senhorinhas mais simpáticas, do tipo que tricota mantas. O mais provável era que o chefe escoteiro, Ted Ledbetter – um viúvo que dava aulas numa escola de ensino médio e dizia adorar as caminhadas ao ar livre –, tivesse empurrado a Srta. Vitkus para o garoto mais dócil do grupo, o menos reclamão.

A velha bateu no vidro da janela, sinalizando para que ele se apressasse.

Entre a casa e uma imensa bétula, a Srta. Vitkus tinha estendido uma corda de varal de quase 10 metros ornamentada com inúmeras garrafas de alpiste. Com 1,90 metro de altura, Quinn de fato não precisava de escada para alcançá-las, mas o menino sim, miúdo que era, magricela feito um elfo. Quinn também tinha sido pequeno aos 11 anos, mas espichara logo no ano seguinte, em um estirão repentino que o deixara cheio de dores e sem nenhuma roupa para vestir. Talvez o menino também viesse a ser alto. Um grande acumulador. Um grande contador de coisas misteriosas.

Quinn começou pela parte próxima à árvore. Bastou levantar a tampa da primeira garrafa para que os passarinhos se agitassem no alto, fazendo tremer folhas e galhos. Chapins, pensou. Todas as novidades aprendidas nas últimas duas semanas haviam saído do diário do filho, daquelas palavras tão bem desenhadas com a caligrafia cuidadosa de um velho. Seu filho, fruto do seu membro impotente, era um futuro Águia, grau mais alto do escotismo norte-americano. Segundo o diário, o menino estava de olho em um distintivo pela identificação de pássaros.

A Srta. Vitkus levantou a janela.

– Estão pensando que você é o menino! – gritou, vendo os passarinhos que já rodeavam Quinn. – É a mesma jaqueta!

Quinn sentiu o ar fresco invadir seus pulmões, abrupto e impiedoso. A Srta. Vitkus continuou observando-o, com o suéter amontoado no seu peito murcho. Como ele não respondeu, ela fechou a janela com um gesto brusco.

Após alimentar os pássaros e aparar a grama do jardim, Quinn retornou à casa e encontrou a Srta. Vitkus à porta, esperando por ele. Não tinha cabelo, só umas madeixas brancas esparsas que a faziam parecer um dente-de-leão.

– Dou biscoitos quando ele termina.

– Não precisa, obrigado.

– É parte da obrigação – insistiu ela.

Então Quinn entrou na casa, sem tirar sua jaqueta. Afinal, como a Srta. Vitkus tinha apontado, era idêntica à que o filho usava: de couro preto com tachinhas prateadas, fazendo-o parecer um roqueiro e o menino um pequeno primata a espernear numa armadilha. Belle o enterrara com ela.

Ele esperava encontrar gatos e toalhinhas de crochê, mas a casa da Srta. Vitkus era bastante arejada e agradável. A bancada da cozinha, apesar da pilha de jornais velhos que atulhavam uma de suas pontas, reluzia imaculada. As torneiras da pia brilhavam. Era bem provável que a parte externa já houvesse conhecido dias melhores – reformada e com cortes precisos na grama, assim como as outras casas da rua –, mas a velha obviamente tinha perdido a habilidade de cuidar do lugar.

Sobre a mesa limpa viam-se dois pratos diferentes, um pacote de biscoitos em forma de bicho, um baralho e um horrendo par de óculos de leitura, desses que são vendidos nas farmácias. As cadeiras cheiravam ao limão dos lustra-móveis. Quinn podia ver quanto seu filho devia ter gostado daquele lugar.

– Ouvi dizer que a senhora tem 104 anos – arriscou ele, querendo puxar assunto.

– Cento e quatro anos e 133 dias – disse ela.

Começou a dividir os biscoitos entre os dois pratos, um de cada vez, como se estivesse distribuindo cartas de baralho. Aparentemente não serviria leite.

– Estou com 42 – contou Quinn. – O que equivale a 84 pra quem é músico.

– Você parece mais velho – devolveu ela, encarando-o com os olhos esverdeados, sempre muito brilhantes.

O menino havia escrito em seu diário, com a ortografia perfeita: "Com os poderes mágicos que possui e com a vida EXTRAORDINÁRIA que teve, a Srta. Vitkus é EXTREMAMENTE inspiradora!!!" O diário não tinha mais do que trinta páginas, uma crônica cheia de listas entremeadas de descrições afobadas do mundo da Srta. Ona Vitkus, sua nova amiga.

– A senhora tem ajuda? – perguntou Quinn. – Além dos escoteiros?

– Minhas refeições são entregues em casa pelo pessoal da ONG – respondeu ela. – Preciso desmanchar as marmitas e cozinhar tudo de novo, mas acabo economizando uns trocados com os mantimentos que não preciso comprar.

Erguendo um biscoito em forma de dinossauro, disse:

– Isso é o que eles chamam de sobremesa.

Depois o examinou de cima a baixo antes de perguntar:

– Seu menino me disse que você é famoso. É verdade?

– Quem dera – riu Quinn.

– Que tipo de música você toca?

– Qualquer um, menos jazz. Jazz você precisa nascer sabendo.

– Toca Elvis?

– Claro.

– Música de caubói?

– Se me pedirem com carinho.

– Sempre gostei de Gene Autrey. Toca Perry Como?

– Toco Perry Como, toco Gene Autrey, toco Led Zeppelin... Toco até música de comercial de gato, desde que me paguem.

– Nunca ouvi falar de Ed Zeppelin, mas já vi um monte de comerciais de gato.

Ela piscou algumas vezes.

– Então você é... você é "pau pra toda obra", como dizem por aí.

– Sou um diarista, digamos assim. Preciso trabalhar.

Ela o avaliou mais uma vez.

– Então deve ser muito talentoso.

– Dou pro gasto – disse Quinn, e ficou se perguntando o que o menino poderia ter contado à velha. Sentia-se como um inseto espetado no alfinete. – Trabalho desde os 17 anos.

Para isso ela não encontrou o que dizer.

– Digo, como guitarrista. Tenho trabalhado sobretudo como guitarrista.

De novo, nada. Quinn achou por bem mudar de assunto.

– Seu inglês é excelente – disse.

– E por que não seria? Faz cem anos que moro neste país. Fique sabendo que já fui até secretária de diretor de escola. Lá na Lester Academy. Conhece?

– Não.

– Nunca ouviu falar no Dr. Mason Valentine? Um homem brilhante.

– Estudei em escolas públicas.

A Srta. Vitkus remexeu no suéter, uma relíquia dos anos 1940 com grandes botões de vidro.

– Esses meninos nunca terminam o que começam. Seu filho e eu, nós tínhamos alguns assuntos pendentes – esbravejou.

– Bem... Acho que já vou indo – disse Quinn.

– Como quiser.

Ela agora tamborilava os dedos sobre o baralho, que parecia um pouco menor que o normal.

– Meu filho contou que a senhora sabe fazer uns truques – disse Quinn, não se contendo.

– De graça eu não faço nada.

– A senhora cobra dele?

– Dele, não. Ele é uma criança.

Ela colocou os óculos, grandes demais para seu rosto, e inspecionou as cartas.

O menino havia escrito: "A Srta. Vitkus é EXTREMAMENTE talentosa. Faz cartas e moedas DESAPARECEREM. Depois faz elas APARECEREM de novo!!! Também sorri muito bem."

Era exatamente assim que ele falava na vida real.

– Quanto é? – perguntou Quinn.

Ela embaralhou as cartas, já menos azeda do que antes.

– Quanto lhe aprouver – disse, com o jeito malandro dos mágicos.

Quinn tinha tropeçado em todo tipo de trambiqueiro ao longo da vida e reconhecia naquela velha senhora uma profissional.

– Só um truquezinho está bom – disse ele, olhando as horas no relógio da cozinha.

– Você está com pressa. Hoje em dia todo mundo é apressado.

Ela agora sanfonava as cartas de uma mão para outra. Não era tão impactante quanto ela parecia pensar, mas impressionava o bastante.

– No verão de 1914, fugi de casa com o pessoal de um parque itinerante. Foi com eles que aprendi a arte da prestidigitação.

Ela arregalou os olhos como se a palavra em si produzisse mágica.

– Voltei três meses depois e, dali em diante, tive a vida mais convencional que você pode imaginar – disse, com uma expressão intensa, porém ambígua. – Faço isso pra lembrar a mim mesma que um dia já fui jovem. – Corando, ela acrescentou: – Contei muitas histórias ao seu menino. Talvez até demais.

Sua apreensão em ir até ali parecia acertada – o menino estava em toda parte. Quinn nunca quisera ter filhos. Tinha sido um pai estranho, constantemente ausente; e agora, após a morte do seu menino, não se via tomado pela paralisia congelante do choque nem pela lucidez cristalina do luto, mas sentia o coração pesar com um emaranhado de ironias lúgubres e tristes.

A Srta. Vitkus abriu as cartas em leque e esperou. Tinha dentes compridos e quadrados, ainda bem brancos. Os dedos eram encaroçados, mas espantosamente ágeis. As unhas tinham um aspecto saudável, lisas e brilhantes.

– Cinco pratas – disse Quinn, já tirando a carteira do bolso.

– Você leu a minha mente.

Ela recebeu a nota e guardou-a dentro do suéter.

Quinn ficou esperando.

– Cadê o truque? – perguntou ele um pouco depois.

Debruçando-se sobre a mesa, ela recolheu as cartas.

– Cinco pratas é o preço do ingresso.

Ele agora podia ver o que estava em seus olhos: raiva.

– Mais cinco e você recebe o show.

– Isso é extorsão.

– Não nasci ontem – disse ela. – Da próxima vez, traga o menino.

★ ★ ★

Esta é a Srta. Ona Vitkus. Esta é a sua vida gravada em fita. Esta ainda é a Parte Um.

. . .

Mais 88 minutos? Nesse gravadorzinho mixuruca?

. . .

Se você está dizendo, eu acredito. Manda brasa.

. . .

Bem, primeiro vem o rádio. Essa foi realmente muito boa. Mas também tem a máquina de copiar. O velcro. O misturador elétrico de alimentos. Ah, e alguns aperfeiçoamentos maravilhosos nas roupas de baixo das senhoras. Difícil escolher uma coisa só.

. . .

Então vou escolher a máquina de lavar roupa. Definitivamente, a máquina de lavar roupa. Só não lembro o momento exato em que fiz a troca. Uma hora estou batendo minhas anáguas no tanque, na outra já tenho dois filhos adolescentes e uma lavadora novinha em folha. O momento entre um e outro fica meio embaçado.

. . .

Pronto. É só isso que eu tenho pra você.

Capítulo 2

Quinn deixou a casa da Srta. Vitkus com cinco dólares a menos e nenhum truque de mágica no bolso. Foi de ônibus para o bairro de North Deering, onde Belle morava, e encontrou a ex-mulher de ancinho na mão, limpando seu canteiro de tulipas do outro lado da cerca de varetas brancas e estacas sorridentes. Sempre vira a casa como um espaço de Belle (o que de fato era, legalmente falando), apesar dos cinco anos e meio não consecutivos em que havia morado ali. As janelas salientes faziam-no lembrar das séries de TV dos anos 1960, às quais o menino costumava assistir hipnotizado, uma atrás da outra, em um canal de TV recheado de pais e maridos exemplares, chefes de família que sempre estavam em casa e ancoravam o barco doméstico.

– E aí, como foi? – perguntou Belle.

Até sua voz tinha afinado, apagando os resquícios da melodia anterior.

– A mulher mora lá pelos lados de Westbrook – disse ele. – O quintal dela é uma bagunça.

– O compromisso dele era até meados de julho. Falei ao Ted que a gente cuidaria disso.

– Ela tem uns vinte comedouros de passarinho. Pendurados num varal alto demais. Não devia ser fácil pra ele.

Belle correu os olhos pela rua.

– Você está a pé?

– Eu vendi o Honda.

Quinn tirou um cheque do bolso e o entregou à ex-mulher. Desde o segundo divórcio deles vinha pagando a pensão religiosamente, sem pular um único mês.

Ela o fitou com um olhar duro.

– Já lhe disse, Quinn. Não tem mais... necessidade.

Quinn se perguntou, não pela primeira vez, se era possível uma pessoa literalmente morrer de tristeza. Belle estava usando uma camisa rosa de tal modo amarrotada que parecia ter sido afanada de uma lavanderia pública.

– Belle... Deixa.

Ela não deixou, pelo menos não de início. Mas Quinn manteve o cheque estendido à sua frente, seu sangue latejando nas têmporas, até sua intenção de vencê-la ficar evidente. Belle cedeu, pegando o cheque sem dizer uma palavra, e ele relaxou.

A casa dava a enganosa impressão de ter sido reformada. Flores tardias de primavera vicejavam por toda parte, as janelas cintilavam de tão limpas e uma coleção de objetos aguardava pacientemente pelo lixeiro.

– Fazendo faxina de novo? – perguntou Quinn.

– Só as coisas que não suporto mais...

O que ela quis dizer com isso permaneceu um mistério. Quinn examinou rapidamente as coisas rejeitadas: uma cadeira estofada, um liquidificador, uma luminária de mesa, uns pratos velhos. De repente algo chamou sua atenção: mais ou menos afastado do resto estava o amplificador que aos 13 anos ele havia ganhado de aniversário, o primeiro que tivera na vida.

– Aquilo não é o meu Marvel?

Ambos olharam para o aparelho como se estivessem examinando um animal morto. Tratava-se de um amplificador japonês daqueles bem vagabundos, embalado numa caixa de laca que por algum motivo ainda brilhava apesar das três décadas de poeira.

– É muito feio – comentou Belle. – E não funciona. Ninguém vai querer essa porcaria.

– Foi um presente da minha mãe – retrucou Quinn.

Sabia perfeitamente que o amplificador era uma porcaria (dois watts, caixa de seis polegadas, três botões de controle), mas era tudo o que havia sobrado da sua adolescência. Mais que isso, era a única relíquia da sua mãe. Aquele aparelho tinha um lugar importante na sua vida.

– Funciona, sim – contestou, agora na defensiva.

Adorava o amplificador e o que ele representava.

– Que tal você tirar suas tralhas da minha casa de uma vez por todas? Não tem mais nada que prenda você aqui.

– Belle – falou, magoado. – Não diga isso.

Tinha faltado às duas últimas visitas a que tinha direito como pai, e sabia que dificilmente seria perdoado. Certas coisas, quando examinadas à luz fria do retrospecto, são simplesmente imperdoáveis.

Correu os olhos ao redor. Por duas semanas os parentes de Belle a haviam cercado feito uma nuvem de marimbondos, comandados por Amy, sua irmã. Entre os marimbondos estava também Ted Ledbetter, mas isso era outra história. Naquele dia, no entanto, não havia ninguém em casa, nenhum carro estacionado na rua.

– Ted está aí?

– Não. Mas isso é da sua conta por quê?

– Desculpa. Cadê todo mundo?

– As tias já foram embora. Amy foi postar uns cartões de agradecimento no correio. Às vezes finjo precisar de um favor só pra ter uns cinco minutinhos de paz.

Belle apoiou o ancinho em uma árvore e deixou escapar um suspiro que o fez lembrar dos exercícios de respiração das grávidas. Quinn a seguiu para dentro de casa, onde ela pareceu surpresa em vê-lo.

– Você me arruma um copo d'água? – pediu ele.

Ela foi até a cozinha e lhe serviu um copo. A casa, embora ainda estivesse nos limites urbanos de Portland, era um clássico dos subúrbios de classe média. Gramado perfeitamente plano onde antes havia um terreno irregular. Balanços. Casa na árvore. Cachorros aos montes. Belle a recebera de herança dos pais sob a condição de que o nome de Quinn fosse excluído da papelada.

– Por acaso a velha chegou a falar dele?

– Não – respondeu Quinn. – Mas me passou a perna e embolsou cinco pratas.

– Eles tinham conversas deliciosas, segundo o que ele costumava dizer.

– Não sei como ele aguentava aquela mulher.

Sua intenção tinha sido amenizar o clima com um pouco de humor, mas nos últimos tempos as palavras haviam adquirido um peso próprio, explicitando o esforço que era fazer qualquer brincadeira.

– *Você* falou dele?

Quinn bebeu a água toda. Os biscoitos em formato de bicho o haviam deixado com sede.

– Com a velha?

– Claro! Com quem mais podia ser?

– Não, não falei – disse Quinn. – Não consegui.

O rancor imobilizava Belle feito uma capa de gelo, mas pouco a pouco esse gelo começou a derreter.

– Se ele suportava a velhinha – comentou ela afinal –, isso é mais uma prova de que ele tinha bom caráter. Afinal, a mulher tem mais de 100 anos.

– Pois é – disse Quinn. – Levei isso em consideração.

– Essa foi a única coisa que eu pedi pra você fazer. Ele tinha assumido um compromisso e levava isso a sério. Eu mesma poderia ter ido lá, mas... – disse Belle, pousando a mão no braço dele. Ela precisou escolher bem as palavras. – Isso é coisa de pai.

Quinn não disse nada. Dizer o quê? Saíra daquela casa quando o menino tinha 3 anos, e voltara quando ele estava com 8. Cinco anos deliberadamente subtraídos da sua frágil paternidade. Belle poderia ter jogado isso na cara dele ali mesmo, mas não o fez. Boston, Nova York e por fim Chicago, até o dia em que ele percebeu que estava levando a mesma vida de antes, só que mais sozinho. Depois, só lhe restara isto: uma longa e humilhante viagem de volta para casa. Até conseguira ganhar uma grana razoável, e esse era seu único orgulho, mas mesmo assim não seria nada fácil encarar os ex-colegas de banda, bem como o ex-chefe que ele tinha no emprego diurno, para dar aquela notícia mais do que previsível: não, ele não havia conseguido emplacar uma carreira de sucesso como guitarrista e, sim, ele tinha voltado para ficar.

– Em nenhum momento afirmei que não voltaria mais lá. Só estou dizendo que a velha não é aquela vovozinha de avental xadrez que você imagina.

– Estou morrendo de pena – ironizou Belle. – Que mais você tem pra fazer hoje?

– Um casamento às cinco.

– Você sempre tem um casamento às cinco. Sr. Requisitado. Até parece que não existe outro músico na cidade.

Essa era uma briga antiga e o fato de Belle tê-la desenterrado naquele momento fez com que Quinn se sentisse um pouco menos sozinho. Certa vez ela havia comparado esse seu hábito crônico de sair para fazer um show qualquer ao vício diário de um alcoólatra. Para Quinn, o alcoolismo era uma analogia delicada. A verdade era esta: as ocasiões em que tocava sua guitarra eram as únicas, na sua vidinha besta e insignificante, em que ele se sentia apto a prover exatamente o que outro ser humano precisava ou desejava.

Ele seguiu Belle até a sala mas não foi convidado a sentar. Quinn imediatamente percebeu algo errado e olhou em volta até descobrir o que era: Belle havia guardado seus livros. Era uma leitora voraz e sempre tinha quatro ou cinco volumes espalhados pela casa inteira, já um tanto desmantelados de tanto manuseio. Quantas noites eles não haviam passado juntos no sofá, ela recontando as histórias incríveis que andava lendo, ele rindo, implorando que ela não revelasse o final? Mas quando amava um livro, Belle simplesmente não resistia e entregava todo o ouro. Agora os livros estavam guardados por ordem de tamanho numa estante que parecia ter sido limpa muito recentemente.

– São só mais uns sábados – disse ela.

– Sete, na verdade.

– Tudo bem, sete. Mas isso consome o quê? Duas horas da sua ocupadíssima agenda.

– Sim, mas você está se esquecendo dos biscoitos envenenados que eu vou ter que comer.

Belle riu, um grunhido curto que assustou a ambos. Quinn tomou as mãos dela entre as suas: faltava pouco para que explodisse de compaixão pela ex-mulher. Não tinha fim, essa compaixão.

– Posso dar mais uma olhada no quarto dele? Só por um minuto?

Ele precisava devolver o diário antes que Belle desse pela falta do caderno preto. Era impossível que ela não soubesse da existência desse caderno, logo ela que acompanhava a vida do menino como se um dia fosse escrever sua biografia.

Ela retirou as mãos de entre as dele.

– Agora não.

Ela o estava punindo, aquela mulher guerreira e adorável, sua melhor amiga. Quinn merecia, mas a conhecia o bastante para saber que não teria fôlego para sustentar aquela fúria.

– Ainda tenho uns cartões pra escrever – disse ela. – Seu pai mandou um bilhete. E o Allan ligou lá de Hong Kong.

Ela fez uma pausa.

– Ele ainda não sabia que a gente estava separado. Provavelmente nem sabia do nosso primeiro divórcio.

– Você sabe como a gente é – observou Quinn, encolhendo os ombros.

Seu pai agora permanecia na Flórida o ano inteiro, e o irmão morava do outro lado do mundo. Eles raramente se falavam.

Eram dez da manhã. Ele tinha algumas horas livres.

– Você vai almoçar? – perguntou.

A pergunta pareceu pegar Belle de surpresa.

– Provavelmente – respondeu ela. – Acho que sim.

– Precisa de alguma coisa?

– Quinn... – disse ela com delicadeza. – Não há nada que você possa fazer por mim agora.

A constatação dessa verdade o calou feito um murro. Belle o acompanhou até a porta, depois até a calçada, como se houvesse um carro à espera dele.

– Agora sou outra pessoa – afirmou ela.

Se em algum momento de sua vida Quinn soubera o que fazer diante dessa informação, esse tempo tinha passado. Manteve os olhos fixos na ex-mulher até que ela balançou a cabeça para despachá-lo.

Ele pegou seu amplificador – que não pesava quase nada – e o carregou para fora de sua antiga vizinhança, percorrendo toda a extensão da Washington Avenue para depois contornar as águas da baía pelo Baxter Boulevard, atravessar a península pela rampa relativamente íngreme da State Street e finalmente chegar à Brackett Street, onde morava. Subiu os três andares escuros até seu apartamento e entrou na sala equipada por diversos aparatos musicais perfeitamente organizados, uns poucos móveis de segunda mão e um porta-retratos que exibia o menino em seu uniforme de escoteiro, com seus dentinhos curtos obedientemente à mostra: alguém o havia mandado sorrir, e ele havia feito o melhor que pudera.

PÁSSAROS

1. O menor pássaro do mundo. Colibri-abelha. 5,58 centímetros e 1,58 grama.
2. A ave terrestre mais rápida. Avestruz. 72 quilômetros por hora.
3. O voo mais alto. Grifo-de-rüppell (da família dos urubus). 12 mil metros.
4. O pássaro mais falante. Prudie. Papagaio-do--congo. Oitocentas palavras.
5. Maior quantidade de penas. Cisne-da-tundra. 25.216 penas.
6. Menor quantidade de penas. Colibri-do-papo-rubi. 940 penas.
7. O voo mais lento. Galinhola americana. 8 quilômetros por hora.
8. O maior bico. Pelicano australiano. 47 centímetros.
9. O pássaro mais simpático. Na minha opinião. Chapim-da-cabeça-preta.
10. O voo mais longo. Andorinha-do-mar. 26 mil quilômetros.

Capítulo

3

Naquele primeiro sábado de março, quando o gelo começava a derreter, o menino chegou em uma van cinza conduzida pelo garboso e uniformizado escoteiro-chefe. Havia água pingando das calhas de Ona, do parapeito da varanda, dos comedouros do jardim e dos espelhos retrovisores da van. O chefe separou o menino do restante da tropa – seus companheiros eram todos maiores e mais encorpados que ele – e marchou (literalmente, ao que parecia) sobre as escadas. Ele se apresentou como Ted Ledbetter e em seguida apresentou o menino esguio e de cabelo bem aparado, cujo ar de voluntária obediência inquietou a velha.

A primeira palavra pipocou espontaneamente na cabeça dela, feito uma solitária pedrinha de granizo: *brolis*. Ela piscou com força, como se a palavra a tivesse de fato atingido.

Irmão.

O menino tinha 11 anos, embora aparentasse ter 8. Sobre o uniforme, vestia uma jaqueta de couro ridícula, manchada de chuva, da qual irrompia seu pescoço fininho, comprido e fantasmagoricamente branco. Parecia estar prestes a ser ferido. O chefe deixou o menino com várias instruções esmiuçadas e prometeu buscá-lo duas horas mais tarde, horário expresso em formato militar.

A van tomou seu caminho e o menino ficou esperando onde estava, mudo, tão esquelético e vulnerável quanto um louva-deus.

– É um prazer conhecê-la – falou por fim.

– Hmm – resmungou Ona.

O menino a olhou.

– Quantos anos você tem? – perguntou.

A segunda palavra veio de supetão:

– Šimtas.

– Hein? – disse o menino, confuso.

– Cem.

– Que língua é essa?

– Não sei – disse Ona, confusa também. – Lituano, eu acho. Mas não tenho 100 anos. Tenho cento *e quatro*. Um-zero-*quatro*.

Os dois ficaram juntos sob a chuva, avaliando-se mutuamente: ele, maravilhado por estar diante de uma centenária; Ona perguntando-se de onde tinha desenterrado duas palavras sem relação alguma numa língua que nem se lembrava de ter falado um dia.

– Pode entrar – disse ela.

E o menino o fez, permanecendo educadamente sobre o capacho com seus sapatos úmidos.

– Tenho vários serviços pra você e se não puder fazê-los, ou se não quiser, prefiro saber logo.

– Posso fazer, sim.

– Eu ainda nem falei o que é!

– Sei que posso – afirmou ele.

Tinha um jeito bonito de falar, apesar de sua dicção incluir pausas quase imperceptíveis nos lugares errados, como se fosse um estrangeiro ou tivesse perdido o fôlego.

Logo deu provas de que era um bom trabalhador: diligente, tenaz, fazia as coisas com cuidado e precisão. Sábado era o dia do lixo: ele foi rolando a lata enorme desde a calçada até o galpão dos fundos, o que ela já esperava, depois trocou a corda da tampa por uma nova, o que ela não esperava. Retirou os comedouros do varal, trocou o alpiste de cada um, depois os pendurou de volta com cuidado, como se estivesse arrumando a vitrine de uma loja. Em seguida limpou todos os montículos de neve restantes no caminho do jardim. Quando Ona ia oferecer o pagamento em biscoitos, o escoteiro-chefe tinha voltado.

Ona aceitou ficar com o menino. Ted Ledbetter não escondeu o alívio: os outros tinham sido dispensados logo no primeiro dia.

No segundo sábado, ele limpou e reabasteceu os comedouros em uma imitação tão precisa da semana anterior que Ona suspeitou que ele tivesse escrito instruções na palma da mão. Mais tarde, o menino confessou sua paixão pelos recordes mundiais. Estava com Ona à mesa da cozinha, comendo os biscoitos em forma de bicho que ia desmembrando aos poucos: primeiro a cauda, depois as pernas, depois a cabeça e por fim o corpo. Sempre nessa mesma ordem.

– Não é dos recordes de esporte que eu gosto – foi logo explicando – É de recordes tipo... Um, maior tempo rodando uma moeda sem deixar ela cair. Dois, a maior coleção de minilápis do mundo. Três, o maior fio de cabelo de orelha. – Ele respirou brevemente. – Quatro...

– Recordes do Guinness – interrompeu Ona, radiante por conseguir ouvi-lo bem.

– Então você conhece! – exclamou ele, incrivelmente satisfeito. – Entrar no livro é muito mais difícil que as pessoas imaginam.

No geral, Ona se entediava com os escoteiros. Eles só falavam das suas pontuações no Game Boy e no futebol, e eram preguiçosos, sempre escolhendo o jeito mais rápido para terminar uma tarefa. Mas aquele menino trazia-lhe um sentido literal da chamada "segunda infância". Com ele, Ona tinha a impressão de estar conversando com um amigo da época em que ela própria tinha 11 anos. Era fácil imaginá-lo na McGovern's, a lanchonete daqueles tempos, empoleirado num dos bancos diante do balcão, bebericando seu milkshake de chocolate! Podia imaginá-lo entre os meninos de camisa branca que jogavam beisebol na Wald Street, amassando a lataria do automóvel preto de Joe Preble. Havia algo errado com aquele menino, dando-lhe o aspecto de um visitante de outro tempo, de outro lugar.

Ele fazia com que ela se lembrasse do fascínio que um dia sentira pelas pessoas. Das múltiplas vidas que tinha vivido.

Ela tirou do bolso uma moeda de 25 centavos. Após algumas tentativas fracassadas, enfim conseguiu fazê-la rodopiar sobre a mesa.

– Cinco segundos ou mais – calculou, depois de vê-la sucumbir à força da gravidade. – Qual é o recorde?

– Dezenove segundos e 23 décimos – respondeu o menino. – Sr. Scott Day, país de origem: Grã-Bretanha. Sua mesa não é lisa o suficiente.

Vendo os inúmeros distintivos que ele trazia espetados à faixa do uniforme, Ona perguntou:

– Por acaso o recorde de distintivos é seu?

– O Sr. John Stanford, do país Estados Unidos, conquistou 142 distintivos de mérito. – Ele olhou pela janela. – Existe um pela observação de pássaros.

– É mesmo? – Apontando para o jardim, Ona disse: – Aquele ali é um pintassilgo.

Aprendera o básico com Louise no tempo em que a vida ainda lhe reservava pequenas surpresas. Guardara uma lista por mais ou menos dez anos, mas já não se lembrava da última vez que tinha *observado* pássaros. Alimentava-os por pena.

– Já conheço os mais comuns – disse o menino. – Um, corvo. Dois, tordo. Três, cardeal. Quatro, chapim. Mas, um, você precisa conhecer vinte tipos diferentes pra ganhar o distintivo. Dois, precisa construir uma casa de passarinho. E, três, precisa saber identificar cinco tipos só pelo canto.

Sua boca se afrouxou por um instante e ele acrescentou:

– Sou ruim pra música.

– É mesmo? Meu marido, Howard, era um compositor fracassado e frustrado. Por isso eu também tenho um pé atrás com a música. – Ona apontou para um dos ouvidos. – Mas o canto dos passarinhos é outra coisa. Agora já não consigo ouvir as notas mais agudas. Da última vez que ouvi um canário, estava com 72 anos. Às vezes não consigo ouvir direito nem os tordos, parecem um rádio quebrado.

– Que pena – disse o menino.

Estava sinceramente condoído; mal se mexia na cadeira.

Vendo isso, Ona entristeceu também. Ficou pensando nos sons de passarinho que havia perdido para a audição decadente, nas melodias de flautim que sumiram para sempre nas ruínas do seu ouvido interno. Depois de cuidar de Louise no calvário final do câncer, Ona não conseguiu ressuscitar o seu interesse nos antigos passatempos, convencida de que haviam subido com a amiga para as alturas do Grande Lugar Desconhecido. *Não vá se transformar num caranguejo velho*, Louise havia lhe dito nos seus últimos dias. *É previsível demais.* Mas era exatamente nisso que ela *havia* se transformado: num caranguejo velho.

– O Sr. John Reznikoff, do país Estados Unidos, entrou no Livro dos Recordes com uma coleção de cabelo – disse o menino. – Um, cabelo do Abraham Lincoln. Dois, cabelo da Marilyn Monroe. Três, cabelo do Albert Einstein. Quatro...

Essa lista era muito longa, e Ona esperou até que ele terminasse. Em nenhum momento ele desviou os olhos dela. Tinha na memória uma impressionante quantidade de recordes, todos do tipo "coleção de cabelo" ou "moeda que roda". Ele também colecionava suas coisinhas – mas sem sucesso, como ele mesmo admitiu. Coleções de verdade demandavam muita oportunidade e muito dinheiro também, variáveis longe do alcance de um aluno do quinto ano.

– O Sr. Reznikoff compra os cabelos dele – informou. – Ele não mexeu no túmulo do Lincoln.

– Ah. Eu estava mesmo me perguntando.

– O Sr. Ashrita Furman, do país Estados Unidos, caminhou 130 quilômetros e 30 metros com uma garrafa de leite, dessas de vidro, equilibrada na cabeça.

– De uma vez só? – perguntou Ona, boquiaberta.

– O Sr. Ashrita Furman também detém o recorde de número de recordes.

Ele refletiu um instante, depois disse:

– Um, onde é que eu ia conseguir uma garrafa de leite de vidro? Dois, como é que eu ia conseguir medir 130 quilômetros? Três, minha mãe nunca ia deixar que eu caminhasse 130 quilômetros com uma garrafa na cabeça, nem que eu quisesse. – Ele fez uma pausa. – Eu bem que queria.

Embora não ouvisse do menino muito mais do que isso, Ona imaginava o inferno que deveria ser a escola para ele. Dia após dia encolhido no fundo da sala por medo de ser chamado pelo professor. Provavelmente ficava sozinho durante o recreio. Ao contrário dos seus filhos, que tinham uma enorme facilidade para fazer amigos – sobretudo Frankie, sempre tão solar, sempre tão paparicado pelos outros. Esse menino, com seu jeito comedido de falar e seus modos arredios, se parecia muito mais com ela do que sua própria prole.

– Uma vez conheci um homem que fazia malabarismo com ratos – disse ela.

Os olhos do menino se arregalaram, então ela tirou do baú sua história de circo.

– Você fugiu de casa? – perguntou ele, assustado. – Abandonou *sua mãe*?

Ona adorou constatar que estava sendo reavaliada ali mesmo sob a lente de uma nova lupa.

– Eram tempos estranhos. Um clima de guerra no ar. Naquele ano eu subi a bainha de todas as minhas saias; de uma hora pra outra todas as meninas de Kimball estavam com as canelas de fora.

Estimulada pelos olhos verdes e curiosos do menino, ela prosseguiu:

– O proprietário era o Sr. Holmes, um trambiqueiro de marca maior. E o circo era bem vagabundo, desses que aparecem junto com parques de diversão no estacionamento do shopping.

– Ah. Eu já fui em um, uma vez.

– E como foi?

– Os brinquedos eram bem rápidos.

– Bem, a gente tinha um carrossel que o Sr. Holmes tinha ganhado num jogo de pôquer. Um legítimo Armitage Herschell de duas fileiras, portátil. Portátil não: montável e desmontável. Já viu?

– Não – disse o menino, cada vez mais impressionado. – Mas queria muito ter visto.

Ona agora embaralhava as cartas do seu baralho.

– A gente fazia o que podia com aquele carrossel. Também tínhamos umas barraquinhas de quinta categoria e um papagaio que cantava a versão de Sophie Tucker pra "Some of These Days". Já ouviu?

– Posso ouvir?

– Minha vitrola não funciona faz tempo – disse ela. – Fui sete noites seguidas naquele circo. Na última, eu me apaixonei. Bem ali, na frente do carrossel.

E como poderia ter sido diferente? O calor da noite, o cheirinho de amendoim, a terra molhada do chão, o carrossel a vapor com seus cavalinhos pintados, imobilizados para sempre na mesma pose de galope.

– Ainda posso ver os olhões brancos daqueles cavalos – contou ao menino. – Você nem imagina as cores daquela época. Eram bem diferentes dessa cor de rato de hoje em dia. Vai, escolhe uma carta.

– Agora?

– Quando estiver pronto. Nesse meio-tempo, deixe-me entretê-lo.

Ela havia aprendido a palavra *entreter* com Maud-Lucy Stokes, a professora particular que tivera na infância e que falava sempre com o maior rigor gramatical, dando à pequena Ona a impressão inicial (e equivocada, tal como ela constataria mais tarde) de que os Estados Unidos eram a terra da precisão. Ona se apaixonara pelo inglês logo de início e prestava atenção à língua, notando as relações de causa e efeito naturais do idioma: os desastres sintáticos dos seus pais, os palavrões ocasionais dos ambulantes, as enunciações perfeitas de Maud-Lucy. A boa oratória podia produzir sobre os ouvintes emoção, reverência, medo... Era possível inclusive fazê-los comprar uma sopeira da qual nem precisavam. Maud-Lucy a ensinara a elaborar suas frases com intenção, e Ona por fim optou por um estilo híbrido que condizia perfeitamente com suas ambivalências em relação à humanidade.

– Lá estava eu – contou ao menino –, com umas amigas do bairro, olhando para o giro constante dos cavalinhos, quando Viktor, o aprendiz do tatuador, veio caminhando na minha direção como se a gente já se conhecesse de um sonho. O lindo, louro e russo Viktor...

Primeiro ele lhe roubou o coração, depois sua virtude e, por fim, seu dinheiro.

– Antes disso eu não tinha deixado nem que pegassem na minha mão. Não era esse tipo de garota.

– E de que tipo você era?

– Ah – disse ela. – Bem, era inocente. Assim, como você. Mas... por que diabo resolvi falar disso agora?

– Sei lá.

O olhar do menino recaía sobre Ona com o fulgor de um raio de sol, e por um instante ela se sentiu desnuda. Bastara falar do russo para ficar naquele estado. Viktor, que agora teria 109 anos, mas que já estava mortinho da silva, flertando com ela do túmulo.

Enfim, o menino escolheu sua carta. Ficou olhando para ela durante uns bons trinta segundos, depois a devolveu. Ona fingiu misturá-la entre as outras, que embaralhou novamente.

– *Presto!* – disse em seguida, virando sobre a mesa a carta escolhida por ele.

O menino ficou de queixo caído.

– Ah, tenha a santa paciência... Não vá me dizer que você nunca viu um truque de cartas.

– Bom assim, nunca. Na minha sala tem um menino que faz truques ruins com o baralho. O Troy Packard, que todo mundo acha o máximo.

Um valentão, imaginou Ona.

– Bem, então olhe aqui – disse ela, remexendo o baralho.

Distribuiu as cartas para um truque simples de adivinhação, exatamente como já tinha feito para uma geração inteira de alunos irrequietos na Lester Academy, onde fora secretária do diretor. Para os mais novinhos, os mais franzinos e amedrontados, ensinara esse mesmíssimo truque que repassava agora ao menino.

Ele tinha dedos excelentes para a coisa, era curioso e esforçado, mas não demonstrava nenhum talento quando precisava despistar a atenção da plateia.

– Você não tem maldade nenhuma – sentenciou. – Não vá tentar isso na escola.

– O recorde pra castelos de carta é 131 andares.

– Hmm. Talvez você possa tentar quebrar esse aí.

– Já tentei.

– E quantos conseguiu?

– Onze.

– O que equivale a um andar por ano.

O menino riu.

– Suas mãos são muito bonitas, Srta. Vitkus.

No terceiro sábado, em retribuição ao primeiro elogio recebido em muitas décadas, Ona revelou todos os truques que tinha debaixo da manga: o arsenal inteiro, de mão beijada. Mas o menino era ingênuo demais para captar a diferença entre os truques mais bobocas, como "O rei pão-duro", e os mais sutis, como "A carta derretida". Com ele nem era preciso recorrer à tática de contar histórias para distrair a plateia, mas ainda assim ela se dispôs a responder a todas as suas perguntas. Fazia tempo desde a última vez que um ser humano demonstrara tanto interesse nos fatos corriqueiros de sua vida – se é que isso um dia tinha acontecido.

O menino ouvia de um jeito que até então ela nunca tinha presenciado: nada se mexia. Nem os olhos, nem os ombros, nem as pernas, nem os pés. Apenas os dedos das mãos. Um ritual discreto, mas perceptível, como se ele estivesse contando alguma coisa. Com a mão fechada em punho, ele soltava um dedo, depois o segundo, depois o terceiro, depois o quarto, depois o polegar. Depois a outra mão: um, dois, três, quatro, polegar. Dali a pouco fechava as mãos de novo, e lá se iam os dedos outra vez, sistemáticos e previsíveis. Dava a impressão de que estava retalhando as histórias em itens de uma lista, um tipo de prestidigitação que transformava informações corriqueiras em mágica.

1. A Srta. Vitkus tinha 4 anos quando veio para os Estados Unidos.
2. Com os pais Jurgis e Aldona.

3. Veio do país da Lituânia.
4. Que era governado pelos russos.
5. Eles tentavam forçar todos os homens lituanos a ingressar no Exército.
6. Então Jurgis e Aldona se mudaram pra Kimball, no estado do Maine, onde havia sete fábricas.
7. Jurgis conseguiu emprego na fábrica de papel, e Aldona na fábrica de bolsas.
8. E eles decidiram transformar a filhinha deles numa americana.
9. Então nunca falavam com ela em lituano.
10. E não sabiam falar em inglês.

– Você não se sentia sozinha? – perguntou o menino. – Se a minha mãe não falasse comigo, quem ia falar?

Ele curvou os dedos e ficou esperando pela contagem seguinte.

Então Ona se viu obrigada a prosseguir:

– Mas eles falavam comigo, sim.

Um.

– Só que tinham um vocabulário muito limitado.

Dois.

De repente Ona ouviu o próprio nome ecoar diversas vezes no seu baú de lembranças: *Ona, o que é que você tem, Ona?*; *Ona, sorri bonitinho, Ona*; *Ona, põe vestidinho bonito, Ona*. *Ona*: a única palavra nativa permitida. Um consolo modesto, uma pílula de nostalgia. Tinha vezes em que escutava a conversa dos dois através da porta do quarto e ficava apavorada quando começavam a cochichar em lituano, naquele misterioso *pushka-pushka-pushka* que mais parecia o farfalhar de um bosque impenetrável.

Fora daquele quarto era só inglês, inglês, inglês. Aldona passava o dia inteiro na fábrica de bolsas, e Jurgis passava a noite inteira na fábrica de papel. Encontravam-se na ponte para trocar palavras e expressões recém-aprendidas entre os turnos de trabalho. Ona já estava com 6 anos quando eles construíram seu próprio prédio de apartamentos, um sobrado de madeira com três andares e varandas abertas. Num terreno espremido na esquina da Wald com a Chandler, o bloco dos Vitkus havia sido erguido tábua por tábua, prova concreta da determinação e da capacidade de previsão de Jurgis e Aldona. No quintal minúsculo eles haviam reproduzido um pedacinho da sua adorada *Lietuva* com uma horta tão bem planejada que dava frutos em três estações.

– E o que tinha nessa horta? – quis saber o menino.

– Lembro que tinha muito repolho.

– Repolho! – exclamou o garoto.

Aparentemente era preciso muito pouco para impressioná-lo.

1. Jurgis e Aldona juntaram dinheiro suficiente para construir uma casa em Kimball.
2. A casa tinha três andares.
3. E era chamada de "bloco".
4. Tinha muito repolho no quintal do bloco dos Vitkus.
5. E pastinaca também.
6. A pequena Ona Vitkus morava com seus pais no primeiro andar.
7. Outras pessoas moravam no segundo.
8. E no terceiro morava uma mulher natural de Granyard, Vermont.
9. Seu nome era Maud-Lucy Stokes.
10. Ela dava aulas particulares de piano e inglês para os filhos dos imigrantes.

Falar bonito, dissera Jurgis ao levar a filhinha para o terceiro andar, para Maud-Lucy. A brilhante, a sofisticada Maud-Lucy Stokes. Sua intenção fora dizer: *Ensine alguma coisa a esta menina! Nossas línguas são incapazes!*

– Meu inglês também era horrível – contou Ona ao menino.

– Sua gramática é excelente – disse ele.

– Não naquela época. Meu inglês era uma sopa de gírias americanas, temperada com uma ou outra coisinha de italiano ou francês que eu aprendia na rua. Meus pais sabiam que eu não chegaria a lugar nenhum falando aquela mistureba.

– Mas seus pais não falavam inglês. Como podiam saber que seu inglês era ruim?

– Eram estrangeiros, não eram surdos – disse Ona. – Maud-Lucy me dava aulas de graça, por livre e espontânea vontade. Todos os dias.

– *Além* da escola? – perguntou o menino, recuando na cadeira e deixando suas listas de lado por um instante.

– *Em vez* da escola. Aquela escola fedia a menino suado e a fumaça de lenha. Além disso, a diretora detestava as meninas.

Ona costumava subir as escadas até o terceiro andar, todos os dias, para ter aulas com Maud-Lucy. Uma mulher independente e parruda, de cabelo curto e insolente, que odiava a voz passiva. Tinha um piano, um gato e uma ampla coleção de livros de capas duras e escuras. Maud-Lucy, cujo apartamento recendia a tinta de caneta e lavanda. E que vivia dizendo não precisar de homem para nada. Seus alunos ocupavam o espaço dos filhos que ela gostaria de ter tido – especialmente Ona. Todos os dias os presenteava com um adjetivo novo, como se fossem bombons de chocolate.

– Que coisa! – exclamou Ona, observando a si mesma. – Agora sou eu que estou contando nos dedos!

O menino logo tratou de esconder as próprias mãos.

– Você não ficou com saudade dos seus pais? Quando fugiu com o circo?

– Não era um circo – disse ela. – Não pense você que eu andava por aí montada num elefante!

– Não vou pensar nada.

– É exatamente isso que você está imaginando, não é? Eu, montada num elefante?

O menino deixou escapar uma risada. Até então não havia demonstrado muita inclinação para o humor, apenas inúmeros graus de seriedade.

– Não foi tão difícil assim abandonar meus pais – explicou. – Eu já me sentia filha de Maud-Lucy. Mas naquele verão ela precisou voltar pra Vermont, pra cuidar de uma tia que estava doente. Na época, eu achava que meus pais estavam planejando voltar pra sua Lituânia natal. Então não foi difícil fugir. Eu já estava com 14 anos, não era tão nova assim. Foi da Maud-Lucy que eu fiquei com saudade.

O menino ficou em silêncio por um tempo.

– Tem um homem aí que eu acho que gosta da minha mãe. É segredo – disse ele em seguida, olhando para o lado. – Acho até que pode virar meu pai um dia.

– Ah. Bem, no meu caso foi diferente.

– Às vezes fico achando que esse outro homem é meu pai de verdade. Do mesmo jeito que você pensava que Maud-Lucy era sua mãe.

– Entendo.

– Meu pai de verdade é um excelente músico – comentou ele enquanto apontava para a janela. – Este aí, qual é?

– É um tentilhão – respondeu ela.

O menino correu para sua mochila, tirou um caderno impecável e acrescentou "tentilhão" à sua lista.

– Agora são oito. Faltam mais doze – disse ele, olhando para os arbustos de flor-de-noiva que já começavam a verdejar, a primavera finalmente dando o ar da graça.

– Sinto muita falta do coro matinal – constatou Ona. – O canto deles é agudo demais.

– Preciso reconhecer cinco.

– Nisso eu não vou poder ajudar você.

– Se eles cantassem mais grave, aí você ia conseguir escutar.

– Só reclamando com Deus...

O menino ruminou suas ideias por alguns segundos, depois perguntou:

– Seus pais ainda estão vivos?

– Tenha a santa paciência! Faça as contas.

Ele calculou.

– O que aconteceu com eles?

Ona poderia contar nos dedos de uma única mão as vezes em que alguém lhe havia feito essa pergunta.

– O inglês deles melhorou – disse ela. – Deixaram o emprego nas fábricas e abriram um mercado. Trabalharam até se aposentar, viveram mais um pouquinho, depois morreram. Igual a todo mundo.

– Nem todo mundo – retrucou o menino. – Olha só pra você! – De repente, seu raciocínio chegou a um resultado tão claro que ficou expresso na postura dele. Precisou ficar de pé para dizer: – Acabei de ter uma ideia. – Piscando sem parar, plantou as mãozinhas na cabeça como se precisasse disso para mantê-la presa aos ombros. – E se você, Srta. Vitkus... E se você for... a pessoa mais velha *do mundo*?

Ona ficou sem saber ao certo como reagir. Refletiu um instante, depois respondeu:

– Puxa, espero que não.

O menino agora saltitava pela cozinha, ainda segurando a própria cabeça, mal se contendo de tanta alegria.

– Pensa *bem*, Srta. Vitkus! Você... pode... entrar... pro... Guinness!

– Eu vou ganhar um prêmio em dinheiro?

– Um, você ganha um *certificado* – disse ele, quase cantarolando. – Dois, você ganha *respeito*. Três, você ganha *imortalidade!*

– Bem, suponho que pra isso não haja um preço.

Pouco depois o enjoado escoteiro-chefe surgiu à porta e lá se foi o menino outra vez, de volta para casa.

Capítulo 4

Jailbreak Brew era um pub que cheirava a poeira e cerveja, apesar da juventude de sua clientela. Todos ali pareciam estar na casa dos 30 anos: as mulheres com mechas nos cabelos e blusinhas curtas, os homens com músculos esculpidos em academias de ginástica e bronzeamento artificial. Homens que gostavam de dançar com as mãos nos quadris rebolativos de alguma garota, como se estivessem guiando um carro. Gostavam do rock'n'roll das antigas, a música da época de seus pais.

Quinn estava ali para a apresentação que fazia semanalmente com sua banda, The Benders, formada por seus amigos mais antigos. Na inconsequência da juventude eles haviam composto meia dúzia de canções, mas com o passar dos anos tinham se transformado em uma banda de coroas que só tocava covers.

– Talvez você esteja trabalhando demais – disse Rennie.

A banda estava no segundo intervalo da noite. Junto ao balcão, Quinn bebia um Sprite com muito gelo, sua bebida predileta desde a promessa que fizera a Belle onze anos antes, no dia em que nascera o menino.

– Não estou trabalhando demais, Ren – retrucou Quinn.

Vinha tocando mal naquela noite, ora perdendo uma entrada, ora se atrapalhando numa introdução, o que nunca acontecia. Tinha dormido pouco, só isso, mas preferiu não explicar nada. A última coisa que queria era comiseração.

– Quando foi a última vez que você tirou folga? – insistiu Rennie.

– Não preciso de menos trabalho, Ren; preciso de *mais*. Tenho... uma dívida aí pra pagar.

– Dívida? Mas você não tem nada! – disse Rennie, como se estivesse fazendo um elogio ao amigo.

– As coisas mudaram.

– Posso descolar mais uns bicos se você quiser.

Rennie era proprietário de um serviço de mala direta e isso salvara Quinn diversas vezes nos períodos de seca. Na época Quinn já havia aprendido a administrar sua vida de músico, comparando-a a um riacho que transbordava nas chuvas e desaparecia na estiagem. O truque era permanecer de pé entre uma coisa e outra. Na realidade ele havia se saído muito melhor do que a maioria. "Você não tem medo do trabalho, querido", dissera-lhe sua jovem mãe antes de morrer. "Essa vai ser sua maior qualidade."

– Não é desse tipo de dívida que estou falando, Ren.

Quinn podia ouvir a conversa mole de Gary e Alex em uma mesa de professoras que celebravam um aniversário. Ele e os companheiros de banda haviam crescido na zona leste de Portland, lá pelos lados de Munjoy Hill. Agora Rennie tinha seu império de marketing, Alex era sócio de um escritório de advocacia e Gary tinha um consultório de quiropraxia. As apresentações no pub eram o ponto alto da semana. Todos tinham filhos lindos para criar, gramados para aparar nos fins de semana, casas para consertar e imposto de renda para declarar, mas sempre que por algum motivo entravam em desespero, ficavam achando que era Quinn quem tinha a melhor vida de todos: a vida de músico profissional.

– Bem, eu... vou deixar você em paz – disse Rennie, e sumiu na multidão.

Quinn não desejava tanto um drinque desde o enterro. Naquela noite de segunda-feira, ele havia buscado refúgio na rotina de sempre, fazendo suas contas pessoais, somando as receitas e despesas da semana que estava por vir. Mas largara a caneta ao se dar conta de algo terrível, como se tivesse acabado de receber um telegrama do inferno: sua maior fonte de despesas – um menino que precisava de plano de saúde, material escolar, dinheiro para a merenda, cortes de cabelo, sapatos e uma poupança para a faculdade – já não existia mais. Respirou fundo e calculou tudo o que teria devido a Belle caso o menino tivesse chegado aos 18 anos. Uma fortuna. Mas seria preciso quitar essa dívida o mais rápido possível, como uma penitência. Não queria que sua vida ficasse mais fácil agora que o menino tinha ido embora.

Esta tinha sido sua última noite de folga.

O celular vibrou no seu bolso traseiro. Quinn pensou duas vezes antes de atender. Já vinha esperando a ligação, mas ainda assim sentiu uma pontada no estômago quando ouviu a fúria na voz da ex-mulher. Procurando se controlar, imaginou a conexão telefônica como uma linha roxa, cordão úmido e umbilical, que os unia.

– Eu ia devolver – foi logo dizendo. – Ontem mesmo. Mas você não me deixou subir pro quarto dele.

Tentou fechar os olhos devagar para se imaginar ao lado dela, apesar de tudo. Mas ela gritou o nome do menino, uma vez, duas vezes, três vezes. Os olhos dele se abriam a cada dolorido tapa na cara: *paf-paf-paf!* Era como se a ex-mulher estivesse tentando despertá-lo de um coma.

– Belle, por favor... Procure se acalmar.

– Eu não vou me acalmar! Não vou! A não ser que você queira me ensinar, hein, Quinn? Quer me dar uma aula, já que você é o especialista em manter a calma? Faz isso, por favor. É disso que estou precisando neste momento: de um *maldito robô* que me ensine a ficar calma!

– Belle. Poxa... – Ele olhou de relance para o bartender do outro lado do balcão.

– Você podia ter me contado que levou o caderno. Mas ficou com medo. Você sempre foi um medroso.

Ela agora falava aos berros, cuspindo as palavras ao mesmo tempo que soluçava e chorava, causando interferências na linha telefônica.

– Eu vou devolver, Belle – disse Quinn. – Hoje à noite, prometo. Nem sei direito por que peguei esse caderno.

Era verdade. Mas agora que tinha o diário do menino, preferiria poder ficar com ele. Com a visão periférica ele viu que Gary acenava com as baquetas, chamando-o de volta ao palco.

– Você invadiu a privacidade dele – acusou Belle com raiva, agora chorando um pouco mais baixo. – Não tinha nada que ter levado esse caderno. Você nunca teve esse direito.

– Eu sei, eu sei... – disse Quinn, aflito para tranquilizá-la.

Por menor que fosse sua capacidade de amar (outra mulher já havia dito que nesse departamento ele não tinha nada a oferecer), ele a havia exaurido com Belle.

– Fui até a casa da Srta. Vitkus, Belle – acrescentou ele. O desespero na voz era o mesmo do peito. – Como você pediu. Você pediu e eu fui.

– Não fez mais que sua obrigação. Do mesmo jeito que visitar seu filho era uma obrigação. É isso que as pessoas fazem.

Pelo menos ela estava falando com ele. Quantas vezes eles não haviam conversado noite adentro, ele completamente desperto, ela lutando contra o sono, fazendo o possível para se adaptar ao fuso dos notívagos? Isso era o que ele mais queria agora, conversar com a ex-mulher como nos velhos tempos em que trocavam suas confidências a meia voz, receando acordar o filho de sono leve.

– Belle, eu vou devolver o caderno – insistiu Quinn.

Olhando à sua volta ele não via mais do que um monte de homens exemplares que saberiam exatamente o que dizer. Maridos que as mulheres viam como sensíveis, cujos filhos iluminavam cada hora de seu dia. Essas pessoas tinham fé no amor e em Deus, acreditavam que os bichos tinham alma e as avós mortas eram anjos da guarda.

– E os anos em que você sumiu? Os anos em busca da sua "grande chance"? Eu esperava muito mais de você – disse Belle, um pouco mais controlada.

– Belle, por favor.

– Eu queria que você enviasse muito mais do que dinheiro. Que se importasse mais. Nós sentimos sua falta, quer dizer, *ele* sentia falta da ideia de ter um pai. Eu sentia falta de você.

– Eu senti a presença dele – revelou Quinn.

As palavras haviam caído da sua boca feito dentes quebrados. De onde teriam saído?

– O quê?

Tinha agora toda a atenção dela.

– Na casa da velha – disse. – O lugar é exatamente como ele escreveu no diário: "mágica em estado bruto".

Belle deixou escapar uma risada em meio à tristeza. Sempre achara graça naquele jeito estranho de escrever do filho. O menino lia de tudo (manuais, livros de recordes, romances avançados demais para a idade dele), catando suas pérolas de linguagem do mesmo modo que uma gralha cata o que leva para o ninho.

– Como foi isso? – quis saber ela.

Quinn queria apaziguar as emoções da ex-mulher, curar suas feridas, tirá-la daquele buraco sem luz em que ela havia caído. Sabia perfeitamente que não tinha capacidade para tanto, mas isso só o deixava ainda mais determinado.

– Foi como se ele estivesse ali naquela casa.

Mal conseguia respirar. Agora estava improvisando desenfreadamente, misturando na mesma história o que realmente havia sentido, o que gostaria de ter sentido e o que decerto teriam sentido os seus companheiros de banda.

– Por um segundo foi como se ele tivesse voltado... – Hesitou em busca das palavras – Voltado do seu sumiço.

Depois de um longo e tenso silêncio, Belle disse:

– Nosso filho não sumiu. – Já não tinha mais lágrimas para chorar. – O que "o menino" fez, Quinn, foi morrer. Levantou da cama numa bela manhã de maio, foi andar de bicicleta sem nenhuma razão aparente e caiu morto antes que o sol subisse no horizonte.

Por que diabo ela insistia em fazer isso? Repetidas vezes. Por quê? Tudo o que ele mais queria era cicatrizar aquele talho aberto, encontrar o consolo de que tanto precisava.

– De repente, se você for lá comigo... – arriscou. – Talvez você também sinta a presença dele na casa.

Esse era o tipo de coisa que na sua cabeça parecia acertado dizer, mas as palavras, quando ditas, acabavam se transformando em algo bem diferente. Sua tentativa de conciliação errou o alvo de tal forma que acertou um segundo, em nada relacionado com o primeiro.

– Eu sinto meu filho *aqui* – devolveu Belle. – Na casa *dele*. A mesma casa em que você morou, por duas vezes, como marido e pai. Mas você não sentiu a presença dele aqui, não foi? Não acha isso estranho? Ser tão distante do próprio filho a ponto de precisar sentir a presença dele na casa de outra pessoa?

Quinn percebeu algo novo na voz dela, uma frieza e um distanciamento que pareciam pertencer a outra mulher. Três anos antes, na sua longa viagem de ônibus de volta para casa, remoendo o próprio rancor enquanto via passar pela janela a infinidade de galpões que pontilhavam os arredores de Chicago, ele havia acalentado a ingênua ideia de adquirir uma alma e se tornar uma pessoa melhor na meia-idade. Belle e o menino já esperavam por ele na rodoviária. O menino, desconfiado, mal se mexia. Mas Belle não era mulher de se intimidar. *Volta pra mim*, ela havia sussurrado ali mesmo, na chuvinha fina de Portland. *Seja o pai dele.* Em duas semanas eles já estavam casados outra vez.

– Você podia ter tirado qualquer coisa de mim... – disse ela agora, a voz mais rouca do que antes. – E escolheu tirar as últimas palavras dele.

– Desculpa, Belle – falou Quinn. Os amigos já começavam a afinar seus instrumentos quando ele ouviu o celular apitar. – Belle, espera um pouco, estou ficando sem bateria.

– Que surpresa... – ironizou ela, e desligou.

Quinn voltou para o palco, e os companheiros de banda preferiram desviar o olhar. O bartender desligou a música ambiente. Gary se acomodou atrás da bateria. Enquanto pegava sua guitarra, Quinn disse a Rennie:

– Aqueles bicos de que você falou... Acho que vou aceitar.

– Fechado – disse Rennie.

Virando-se para a nebulosa plateia, Quinn tocou automaticamente o mesmo solo que tocava desde os 17 anos. Em seguida, pegou o microfone e uivou feito um lobo.

Capítulo 5

No quarto sábado, antes de começar suas tarefas, o menino presenteou Ona com o relatório que havia imprimido em casa com os dados biográficos de madame Jeanne Louise Calment, natural de Arles, França, morta em 1997 e detentora do recorde provavelmente imbatível de pessoa mais longeva do mundo.

De todos os tempos.

– Cento e vinte e dois anos – leu ele com a solenidade de um arauto medieval –, mais cento e sessenta e quatro dias.

– Isso é ridículo – disse Ona. – Deixa eu ver.

Não havia muito o que ver. A vida de Mme. Calment, como a de todo mundo, era um acúmulo de banalidades. Mas isso não a impedia de dar conselhos, como todo mundo.

– Comer chocolate todo dia? É essa a receita dela pra uma vida longa?

Relendo os dados da imortal, o menino perguntou:

– O que é Porto?

– Um tipo de vinho. Os franceses realmente adoram o seu vinhozinho. – Ona se virou para ele. – Onde foi que você descobriu essas coisas, afinal?

– Por acaso você já ouviu falar da internet?

– *Claro* que eu já ouvi falar da internet. Na primavera de 2000 eles fizeram uma palestra na biblioteca pública, e eu estava lá. Muito barulho por nada. Esse negócio de internet é pior do que televisão.

Ona examinou o menino de cima a baixo. Por trás daquele uniforme perfeitamente engomado e dos modos antiquados, realmente batia o coração de um ser do século XXI. Desde seu nascimento, ela havia testemunhado a chegada dos automóveis, dos aviões, das máquinas de lavar roupa, das bombas atômicas, dos ônibus espaciais, das fraldas descartáveis, do fax, etc. Recebera tudo isso com a mais absoluta naturalidade, tendo perdido a capacidade de se espantar lá pelos idos de 1969, com a chegada do homem à lua. Mas aquele garoto embolorado, que andava com um telefone do tamanho de um chocalho de bebê ao mesmo tempo que levantava informações sobre a França a partir de uma máquina em seu quarto, era um enigma. Ela correu as mãos pela cabeça como se quisesse endireitar toda a tecnologia já absorvida dentro dela.

Da sua mochila o menino tirou mais papéis: mais entrevistas com Mme. Calment, que Ona leu de cabo a rabo, com o menino olhando por cima de seu ombro. Ela podia sentir o hálito dele, quente e adocicado.

– Esta sua madame é bem fanfarrona, você não acha?

– Leia isto aqui.

– "Tenho uma ruga só. E estou sentada nela" – leu Ona. – Puxa, foi isso que sua recordista escolheu pra dizer? Para a posteridade? Ou melhor, pra *posterioridade*?

O menino deu sua risada esquisita, que surgia do nada e morria de repente como se tivesse um prazo a cumprir. Ona deixou escapar apenas um *tsc-tsc*.

– Desperdiçar um prêmio importante com uma pessoa assim, tão sem classe... – resmungou ela, e examinou mais uma vez a foto da francesa, tirada no aniversário de 122 anos da pobrezinha. – É feia como o diabo.

Tentou comparar aquele rosto amassado ao de outros velhos que ela conhecia, mas ninguém era tão velho quanto ela própria, e muito menos quanto Mme. Calment. Rezou para que seu cabelo fosse mais bonito que o da francesa.

– Como foi que essa bruxa conseguiu?

O menino apontou novamente para a página de declarações de Mme. Calment.

– *Šokoladas ir vynas* – disse Ona.

Chocolate e vinho. As palavras simplesmente escaparam da sua boca.

O menino inclinou a cabeça feito um passarinho disposto a ouvir.

– Viu o que você fez de novo? – perguntou ele.

– Pois é – disse Ona, esmurrando a própria cabeça.

– Quando é seu aniversario? – quis saber ele, já tirando seu caderno da mochila.

– Doze de janeiro.

Ele anotou alguns números, lentamente fez suas contas, depois disse:

– Faltam só 18 anos e 99 dias pra você quebrar o recorde.

– Não vou durar tanto tempo assim – disse Ona. – Essa mulher é uma aberração.

No entanto, algo dentro dela dizia que dezoito anos talvez nem fosse tanto tempo assim. Desde seus 90 anos ela acordava diariamente pensando: "Talvez eu não passe de hoje." E agora vinha aquela falastrona francesa para mudar as regras do jogo. O calendário de Deus era mesmo algo insondável.

– Pensando bem... Acho que não custa nada peitar essa tal madame Frufru.

O menino resplandeceu de alegria.

– Um – foi logo dizendo –, os competidores devem estabelecer metas claras. Dois, os competidores precisam saber quem são seus adversários.

Voltando à mochila, ele abriu o zíper de um dos seus muitos compartimentos e tirou de lá mais uma folha de papel.

– A mulher viva mais velha é a Sra. Ramona Trinidad Iglesias-Jordan, Idade: 114 anos. País de origem: Porto Rico. A Sra. Ramona Trinidad Iglesias-Jordan – embolou-se algumas vezes tentando pronunciar o nome da mulher – também é a pessoa viva mais velha. O homem vivo mais velho é o Sr. Fred Hale. Idade: 113 anos. País de origem: Estados Unidos.

Deu uma espiadela em Ona para ver como ela havia recebido as informações.

– Existe um recorde para o caranguejo mais velho? – perguntou ela.

O menino levou a pergunta a sério, como sempre, sem ironia.

– Um, os recordes precisam ser sancionados. Dois, as tentativas de recorde precisam ser testemunhadas por alguém. Três, as tentativas de recorde não podem *extrepolar* os limites da lei.

– Um, o correto é "extrapolar". Dois, Porto Rico não é um país, é um território dos Estados Unidos.

– Obrigado.

Ele folheou as páginas do seu caderno e alterou algo em uma das listas, depois em outra.

Ona releu a breve lista de estatísticas vitais, procurando, sem grande sucesso, mostrar que não se importava. O recorde de Mme. Calment era absurdo, claro, mas os outros podiam muito bem ser batidos.

– A porto-riquenha é páreo duro. Mas quantas pessoas há entre mim e o americano? Os homens têm a expectativa de vida de um rato de laboratório. Talvez eu seja a terceira ou quarta pessoa nesse ranking.

– Vou descobrir! – exclamou o menino, quase berrando, antes de fazer outra anotação no caderno.

Sorria de orelha a orelha, deixando à mostra os dentinhos miúdos e muito brancos. Parecia... "pleno", tal como Ona se lembraria mais tarde.

– Pessoa viva mais velha... – disse ela. – Esse "viva" até que deixa a gente mais tranquila.

– Mas sua meta deve ser bater o recorde mundial! E entrar pra posteridade!

– Devagar com o entusiasmo, rapaz. Ainda temos alguns concorrentes pra eliminar.

Fechando os olhos, ele recitou de cor:

– "Os candidatos devem satisfazer *integralmente* todos os requisitos listados no pacote dos desafiantes."

– O que tem nesse...?

– Um, tem todo o regulamento oficial do Guinness. Dois, tem os formulários que as testemunhas devem preencher. Três, tem... – Ele balançou a cabeça, rebobinando mentalmente. – Um, tem o formulário oficial que o *candidato* deve preencher. Tem o jeito normal, e outro mais rápido. – Ele conferiu alguma coisa no caderno. – Vamos optar pelo mais rápido.

– Quantas vezes você já fez isso?

– Oito. Mas quando acho que tenho um recorde novo, sempre aparece alguém com a mesma ideia.

O menino foi rabiscando sua lista de providências com uma urgência desde muito ausente na vida de Ona. Ela, por sua vez, olhava tranquilamente para os passarinhos do outro lado da janela, imaginando o próprio nome nas páginas de um livro de recordes. Ona Vitkus: as vogais redondinhas do primeiro nome, o susto de consoantes que vinha depois... Agradecia a si mesma por ter resgatado seu nome de solteira, um passo nada comum no contexto de 1948. Subitamente ela se sentiu grata pela vida que tivera até então, aquele longo colar de pérolas falsas entremeadas em que ocasionalmente aparecia uma joia verdadeira. O menino agora a fitava como se tivesse à sua frente uma novilha premiada, e era exatamente assim que ela se sentia: forte e saudável, limpa e muito bem escovada. Inegavelmente uma vencedora.

★★★

Terminado o trabalho do dia, o menino voltou à cozinha para o leite e os biscoitos.

– Hoje eles me pregaram uma peça na refeição que entregaram. O pessoal da ONG. Justo quando eu já ia me acostumando com os biscoitos de bicho eles me aparecem com essas cocadas fajutas.

O menino experimentou uma e fez careta.

– Eu sei – disse Ona. – Mas eles ficam esperando que a gente baixe a cabeça feito um gatinho obediente, feliz com as migalhas que nos jogam da mesa.

Isso era o que ela menos apreciava naquele seu segundo século de vida: as pessoas geralmente viam os velhos como pessoas indigentes, esperavam gratidão, e desapontavam-se quando não recebiam uma enxurrada de lisonjas. Desde quando um simples "obrigada" não era mais suficiente? Ao longo dos últimos 22 anos ela havia recebido em casa todo tipo de bons-samaritanos, desde grupos religiosos até os assistentes sociais da prefeitura e todos eles, com a única exceção do escoteiro, haviam reclamado que ela era mão-fechada no departamento da gratidão.

Só mais tarde, depois de terminar seu leite e verificar pela enésima vez sua lista de passarinhos identificados, foi que o menino revelou a Ona a real extensão do seu plano de ataque. Eram muitos passos a dar, cada um deles obedecendo a uma lógica que nem sempre ela compreendia. Faltava pouco para a tropa vir buscá-lo quando ele tirou um minúsculo aparelho eletrônico do bolso secreto da mochila.

O gravador era do tamanho de uma barra de chocolate comida pela metade, presente de uma tia que trabalhava para um jornal da Califórnia.

– Nós temos que contar a história de vida de uma pessoa idosa – explicou ele. – O Sr. Linkman falou que os idosos adoram falar sobre suas vidas.

– Falou, é?

– O Sr. Linkman sugeriu que a gente entrevistasse nossos avós, mas prefiro entrevistar você.

Ona olhou desconfiada para o diminuto aparelho que o menino havia deixado exatamente no centro da mesa. Depois fez que não com a cabeça.

– Mas você já me contou umas dez histórias... – argumentou o menino.

– É diferente.

– Eu não vou fazer você ouvir. Não precisa se você não quiser – prometeu ele, com um olhar suplicante, já ligando o gravador.

– Hmm, sei não.

– E se você acabar entrando pro Guinness? Todo mundo vai querer uma entrevista e você vai ficar cansada. Mas se tiver uma gravação... Pronto, é só apertar um botão. Você pode até contar sua história e comer um pretzel ao mesmo tempo, se quiser.

Ona acabou consentindo, sobretudo porque não queria vê-lo tão agitado de novo. Ficara mexida na semana anterior ao vê-lo caminhar de um lado a outro na sua cozinha. O escoteiro não andava como os outros meninos. Parecia uma marionete, tamanha era a precisão com que mexia braços, pernas e ombros. Uma esquisitice de dar pena.

O menino rebobinou a fita e reiniciou a gravação.

– Esta é a Srta. Ona Vitkus – disse ele, esperançoso. – E esta é a história da sua vida. Esta é a Parte Um.

Ona inspecionou as minúsculas rodinhas rolantes do gravador. Parte Um? Ela imediatamente começou a repartir sua vida.

– Já está ligado?

O menino levou um dedo aos lábios e fez que sim com a cabeça. Aparentemente pretendia ficar de fora da gravação. Em seguida, colocou à frente dela uma folha impressa com diversas perguntas, provavelmente preparadas pelo Sr. Linkman. A primeira delas era: "Onde você nasceu?" Depois, vinham mais 49.

– Eu não tenho como responder a todas essas perguntas – disse Ona. – Vamos ficar aqui para sempre.

O menino permaneceu mudo, os olhos fixos no gravador como se o aparelho fosse capaz de falar pela entrevistada.

– O que você quer que eu faça? – perguntou Ona.

O menino ergueu a cabeça e sussurrou bem baixinho:

– Me entretenha!

Aquilo era um tanto presunçoso – uma coisa era jogar conversa fora à mesa da cozinha, outra era organizar as ideias e compor uma história que mais tarde seria formalmente avaliada por um professor. Mas Ona não via como recusar um pedido do menino a essa altura, agora que eram amigos. Justo ela, que acreditava ter se cansado de amizades.

– Vou responder à primeira e pronto.

Que nada.

Então ela elaborou o que parecia ser uma introdução, que resultou confusa, sobretudo por causa da timidez. Até que, graças a Deus, o menino desligou o gravador.

Ele abriu seu sorriso de muitos dentes.

– Ficou muito excelente! – disse, e ligou o aparelho outra vez. – Esta é a Srta. Ona Vitkus. Esta é a sua vida gravada em fita. Esta ainda é a Parte Um.

Capítulo 6

Quinn acordou cedo e pegou um ônibus para a empresa de Rennie: a Great Universal Mail Systems, o terceiro maior serviço de postagem em massa de New England. O galpão ficava em um tapete verde de grama. A entrada, construída em painéis de vidro sustentados por uma floreada moldura metálica, dava ao lugar um ar caseiro, como se fosse uma loja de decoração. Nos dias de sol, o vidro cintilava sem parar.

Uma jovem recepcionista o cumprimentou com a euforia de quem tem um excelente salário e muitos benefícios. Um vaso de íris enfeitava sua mesa.

– O senhor deseja...?

O cabelo da moça tinha o estilo de uma sexy melindrosa, curtos e colados à cabeça. Assim que a viu, Quinn foi tomado por uma inusitada imagem da Srta. Vitkus nos seus 20 e poucos anos, dançando o Charleston em um daqueles vestidinhos retos, uma menina imprudente de bochechas rosadas. Arrependido de não ter feito a barba com mais capricho, ele informou seu nome à recepcionista.

– O Rennie falou que tem umas vagas aí pra diaristas.

– Ah, *sinto muito* – choramingou a moça –, mas o senhor veio ao lugar errado. – Ela se levantou da mesa e o conduziu de volta às vidraças da entrada. – Está vendo aquele anexo ali? Fazendo um L com o galpão? É lá que tem de ir.

– Rennie é meu amigo – disse Quinn. – Pensei que talvez...

– Puxa, é que ele vai estar em reunião o dia todo – cantarolou ela. – Uma agenda daquelas, sabe?

– Fomos colegas de escola.

A recepcionista escancarou um sorriso.

– Uau, que legal!

Quinn ainda se demorou um instante na recepção. Atrás da menina sorridente havia uma divisória bege. O outro lado da parede emanava o vaivém reconfortante dos negócios: portas que se abriam e fechavam, o batuque dos sapatos de salto alto contra o carpete, as risadas abafadas pelo decoro. Rennie estava em algum lugar ali atrás, e Quinn lamentou, não pela primeira vez, não ter nascido com o talento do amigo para a resignação.

– Logo ali, naquelas portas pretas grandes – insistiu a recepcionista, batendo no vidro à sua frente. – Ah, o senhor vai ter que tirar o seu carro se tiver estacionado deste lado. O estacionamento dos funcionários fica ali. Está vendo aqueles postes?

Ela saltitou de volta para sua mesa e tentou despachá-lo com um sorriso.

– Eu sei – disse Quinn. – Fala pro Rennie que eu estive aqui.

– Claro! Não esquece de tirar o carro!

No anexo, Quinn se viu diante de outra recepcionista. Esta, porém, vestia jeans e uma camiseta onde se lia *GUMS: para executivos.*

– Já tenho ficha – informou ele.

– Sim – disse a moça –, mas faz mais de um ano. Você vai ter que fazer de novo.

Após a sessão de orientação para os novatos, uma sonolenta ladainha que terminava com a entrega de uma chave de escaninho e um tíquete-refeição, Quinn seguiu com um supervisor para o pátio de trabalho. O lugar era enorme, arejado e muito bem iluminado, mas o maquinário produzia um barulho constante que decerto enlouqueceria quem não se acostumasse logo com ele. Sua dupla de trabalho era Dawna, uma mulher de feições galináceas e um jeito cacarejante de falar. Quinn já havia feito muitas daquelas tarefas antes (depois do nascimento do menino, depois do primeiro divórcio, depois de sua volta para Portland e seu precipitado segundo casamento), mas Dawna, que não sabia disso, via-o como um prodigioso gênio. Ambos formavam um único dente na ampla engrenagem de Rennie, uma dupla exemplar no comando de uma estação que separava, rotulava e despachava sacos e mais sacos de correspondência. O salão trepidava com o ruído dos motores, das esteiras transportadoras e do bom e velho serviço braçal.

Nos primeiros cinquenta minutos ele se incumbiu da etiquetagem das malas postais; em seguida pilotou a rotuladora eletrônica. Por fim, agrupou com elásticos os envelopes já separados por código postal que a esteira havia cuspido. Então chegou a hora do almoço, que ele pagou com seu tíquete. No tempo restante, aproveitou para zanzar um pouco sob o sol, seguindo em zigue-zague pelos caminhos de um lugar que por ali era chamado de "campus". Os funcionários de Rennie tinham intervalos de descanso, banquetas com apoio para os pés, aulas de inglês e um salário inicial de nove pratas por hora. A rotatividade de pessoal era mínima. Quinn reconheceu um grupo de mulheres somalis que já tinha visto na sua última passagem pelo lugar.

Às duas horas ele foi promovido por Dawna para uma estação já preparada para o processamento de um gigantesco lote de catálogos de móveis. As máquinas realizavam tarefas distintas a intervalos complementares, e a regularidade do processo produzia o efeito de um sonífero. Ele realmente teria cochilado não fosse por um problema na máquina de triagem, que o obrigou a solicitar a ajuda de um técnico.

Às três ele foi cuspido do trabalho. Pegou seu ônibus e se acomodou num dos bancos traseiros sem nenhum projeto pela frente que não fosse uma longa e ociosa noite sem show. Em um dia normal ele teria convidado algum amigo para comer um sanduíche na rua, ou jantado com a família barulhenta de um deles, mas de repente ele se sentiu um homem transparente: não queria que os conhecidos olhassem para ele, e muito menos *para dentro* dele.

Na primeira baldeação, obedeceu a um impulso e pegou o ônibus da Linha 4 para a zona oeste da cidade. Na Sibley Street, puxou a cordinha, saltou e seguiu caminhando sob o sol gelado rumo à casa da Srta. Vitkus. Notou que, colado em quase todos os postes, um panfleto verde-limão anunciava a data e o local para uma REUNIÃO DE MORADORES. Os papéis trepidavam com o vento feito as asas de um inseto preso.

Quinn encontrou a casa da velha na mais perfeita ordem. A grama estava cortada e os comedouros transbordavam de passarinhos. Tinha-se a impressão de que o lugar havia tomado um banho recente, e ele sentiu uma pontinha de orgulho ao pensar que dera sua parcela de contribuição.

– Você de novo – disse a Srta. Vitkus assim que o viu diante da varanda. Olhou para os dois lados da rua, depois perguntou: – Por que diabo você não tem um carro?

– Vendi – respondeu Quinn. – Estava precisando do dinheiro.

Não se importou com o possível excesso de informação. Era bem provável que aos 104 anos ela já tivesse ouvido de tudo um pouco.

– Dinheiro pra quê? Pra comprar bebida?

– Uma dívida de consciência – disse ele, sem entender direito o porquê daquela repentina sinceridade. – Mas não deu certo. Não está dando certo.

– Dinheiro raramente conserta as coisas – limitou-se a dizer Ona.

Quinn tirou da carteira uma nota de cinco.

– A senhora ainda me deve um truque de mágica.

Ela recebeu o dinheiro, olhou-o de cima a baixo, depois foi com ele para a cozinha.

Quinn se acomodou à mesa, os pés ainda se ressentindo do piso de concreto de Rennie. O baralho estava no mesmo lugar de antes, mas as moedas haviam sumido, assim como os jornais velhos do balcão; no lugar destes, apenas um recorte meticulosamente dobrado.

– Meu filho diz que a senhora o inspira.

Ela o encarou de um jeito inescrutável.

– Você bebeu?

– Faz onze anos que parei.

– Eu tenho um apito bem aqui. – Ela mostrou a correntinha em volta do pescoço. – Semana passada teve um assalto na rua.

Das profundezas do seu amarfanhado suéter ela tirou uma engenhoca de plástico, um desses botões de emergência que os idosos carregam consigo por medo de uma morte solitária.

– É só apertar isto aqui e pronto. – Ela apontou para um pequeno aparelho que mais parecia um radinho de pilha de décadas passadas. – Algum capanga dá as caras e me salva.

Ele estaria tão maltrapilho quanto se sentia?

– Faz alguma coisa aí – disse Quinn, apontando para as cartas.

Não sabia exatamente o que queria. Ona Vitkus era a pessoa mais velha que ele conhecia, nada mais natural que tivesse algum truque debaixo da manga.

Ona hesitou um instante. Em seguida, com seus passinhos miúdos, estalando um ou outro osso, ela caminhou até o balcão e buscou o recorte de jornal.

– Você me enganou – esbravejou ela, sacudindo o papel no alto. Os olhos faiscavam, furiosos. – O trapaceiro aqui é você, não eu.

Quinn já sabia do que se tratava.

– Seu filho não foi o primeiro que apareceu aqui – prosseguiu Ona. – Todos os outros eram uns preguiçosos. Eram os pais que sempre acabavam fazendo o trabalho por eles, sempre com um milhão de desculpas esfarrapadas. "Ah, porque o menino anda muito atarefado na escola", "Ah, porque ele agora entrou pro time de beisebol." – Com o queixo em riste, arrematou: – Você me fez pensar que seu filho era um desses.

Quinn não disse nada. Apenas ficou olhando para aquele pescoço que mais parecia um retalho de seda amassada.

– Depois eu tive um estalo. Um negócio que eu tinha lido sem prestar muita atenção, ou ouvido em algum lugar. Sempre escuto o noticiário no rádio. Sempre leio os jornais, mas não os obituários, pelo menos não com a regularidade de antes. Quase todo mundo que eu conheci já morreu.

Ela pegou os óculos e os colocou com alguma dificuldade.

– "Repentinamente", é o que está escrito aqui – Erguendo o rosto, disse: – Mais repentino, impossível.

Quinn mal conseguia olhar naqueles olhos centenários que agora cintilavam com a dor do luto.

– O nome da coisa é Síndrome do QT Longo – explicou ele. – Uma espécie de pane elétrica no coração.

– Um curto-circuito?

– No coração. É. O primeiro sintoma geralmente é a morte.

– E como é que uma criança tem uma coisa dessas? – perguntou Ona, com a voz mais amena.

– Pode ser uma reação medicamentosa, ou algo hereditário. No caso dele é mais provável que tenha sido hereditário. É uma doença muito rara. Obviamente.

– Hereditário? Quer dizer então que você pode ser o próximo?

– O risco some depois que você alcança a meia-idade. O que a gente não sabe, o coração não sente.

– Se é que foi *você* – disse Ona. – Porque também pode ter sido a mãe.

– Vamos acreditar que tenha sido eu. A mãe já está sofrendo o bastante.

Quinn tamborilou os dedos no baralho, um veterano na arte de abortar os assuntos mais espinhosos.

– Paguei meu ingresso, estou esperando.

– Sim, de fato.

Ona enfim pegou as cartas e começou a embaralhá-las daquele seu jeito profissional, jogando-as de uma mão para a outra. Apesar dos dedos encaroçados, conseguia manter um ritmo perfeito. Decerto vinha treinando.

– Ele é seu único filho?

Quinn se espantou por um instante. Ao que tudo indicava, eles continuariam falando do menino no tempo presente.

– O único – respondeu ele, os olhos grudados na sanfona de cartas, lembrando que seu menino já havia sentado naquela mesma mesa, visto os mesmos preparativos; seu menino, sedento de magia.

Ona espalhou as cartas em leque.

– Escolha uma.

Quinn escolheu uma dama de paus, devolveu-a para o mesmo lugar e esperou que Ona embaralhasse as cartas para depois virar uma delas.

– É esta?

– É! – disse Quinn, surpreso.

– Por um momento achei que não fosse conseguir. Estou meio esquisita hoje.

– Agora faça alguma coisa desaparecer – disse Quinn, já tirando outra nota de cinco.

Ona arqueou as sobrancelhas – ou melhor, as rugas onde um dia elas haviam residido.

– A plateia não escolhe.

Ela embolsou os cinco dólares e não disse mais nada. Seguiu-se um silêncio até que de repente, e com uma rapidez que fez Quinn duvidar dos próprios olhos, ela pegou o recorte de jornal, apertou-o na mão cheia de manchas e então voltou a abri-la sem jornal nenhum, apenas com as linhas de vida que riscavam a palma, acumuladas num século inteiro de existência.

– Ué, cadê? – disse Quinn.

– Você pagou por mágica, é o que estou fazendo.

Sua recusa em sentir pena dele (talvez porque estivesse furiosa) diminuía o peso da tristeza no coração de Quinn. Ele sacou mais cinco dólares.

– Que mais você sabe fazer?

– As crianças sempre se dão por satisfeitas. Os adultos sempre querem mais. – E acrescentou: – Seu filho e eu, nós éramos amigos.

– Eu devia ter lhe contado – disse Quinn.

Ela se recostou na cadeira e cruzou sobre a mesa as mãos compridas.

– Pois é. E eu aqui, pensando que ele não passava de mais um preguiçoso que nunca termina o que começa.

Seus lábios finos pareciam tremer, mas era difícil ler algum sentimento naquele labirinto de rugas.

– A reputação exemplar que ele tinha nesta casa estava sendo maculada injustamente, o que me deixa muito triste. E o tal chefe dos escoteiros? Por que diabo não me ligou? Meu telefone funciona perfeitamente! Seu filho e eu tínhamos planos.

Quinn sentiu um calor súbito, como se agora estivesse sob o holofote de um interrogatório policial. Ele correu os olhos à sua volta em busca de algum trabalho que o menino talvez tivesse deixado por terminar. Não encontrando, perguntou:

– Que tipo de planos?

– Não importa mais – respondeu Ona, ríspida.

Em seguida, como se tivesse refletido melhor, ou como se quisesse dar a Quinn o benefício da dúvida, emendou:

– Ele era um menino maravilhoso e eu sinto muito, muito mesmo... Sobreviver aos próprios filhos é a pior coisa do mundo.

– Foi o que aconteceu com você?

– Frankie morreu na guerra – disse ela. – Randall morreu de câncer. Nunca conseguiu se estabelecer. Teve muitas mulheres, mas nenhuma esposa. Em contrapartida, era um ótimo advogado. As pessoas disseram coisas lindas no velório dele.

– Sinto muito.

– Aliás, esta casa era do Randall. – Ona encarou Quinn, piscando. – Será que existe indignidade maior do que herdar o dinheiro de um filho?

– Provavelmente sim – respondeu ele –, mas entendo o que você quer dizer.

Debruçando-se na mesa, Ona disse:

– Na época eu andava meio mal das pernas financeiramente, já entrando na terceira idade, que eu não sei se é uma bênção ou um suplício.

– Não precisa explicar.

– Randall tinha 61 anos. Não é uma vida longa. Mas também não é uma vida curta. – Ela fez uma pausa. – É do Frankie que eu tenho mais saudade.

Houve um momento de silêncio.

– A mãe dele tinha de me lembrar das minhas visitas – disse Quinn. – Mesmo assim eu vivia faltando. Eu mal conhecia meu filho, essa é a verdade.

Ona ergueu o braço e escorregou a mão fechada sob a jaqueta de Quinn. Por não mais que um átimo ele sentiu contra o peito o roçar dos dedos dela, leve como o rasante de um passarinho, e mal acreditou quando a viu recolher e reabrir a mesma mão para exibir o que tinha acabado de pescar: o jornal dobrado e, dentro dele, a nota de cinco dólares. Sem nada dizer, repousou ambos à frente dele na mesa. E, de repente, Quinn foi tomado de uma lástima aguda pelo filho, que estava perdendo este momento. Talvez também pudesse ser considerado um truque de mágica que ele, Quinn, não tivesse desabado sobre aquela mesa, vencido pelo desespero.

– Por que você não o visitava? – perguntou Ona.

Sua pergunta soou simplesmente como curiosidade. Quinn se entregou, rendendo-se à idade e ao semblante vivaz e urgente da Srta. Vitkus.

– Eu não entendia direito como a cabeça dele funcionava – confessou ele.

Uma onda de angústia se abateu sobre ele. Os olhos de Ona ainda eram jovens.

– Nunca soube como agir ao lado dele. O que dizer, o que fazer.

Ona assimilou a resposta, aparentemente sem fazer nenhum julgamento.

– Randall e eu também nunca acertamos nossos ponteiros. Era um bom menino, mas não tínhamos nada em comum. Sempre foi muito independente, ambicioso... Desde criança. Eu sempre ficava com a impressão de que ele não precisava de mim.

Quinn se levantou da mesa, guardou o obituário no bolso e deixou o dinheiro onde estava.

– Já que estou aqui... – disse. – Quer que eu faça alguma coisa?

– Uma lâmpada queimou lá na sala – respondeu Ona. – Detesto subir em cadeiras.

Quinn buscou a escadinha, que também precisava de conserto, e trocou a lâmpada queimada. Voltou no sábado seguinte, o dia marcado, e no outro sábado também.

Maio deu lugar a junho, e mais uma vez Quinn chegou pontualmente à casa da Srta. Vitkus com sua caixa de ferramentas, determinado a cumprir até o fim o que julgava ser o compromisso do menino.

– Hoje vai ter bolo – disse ela. – Você vai gostar. Tem um ingrediente secreto.

– Quem não gosta de um ingrediente secreto?

– Acho que você já pode me chamar de Ona.

– Faz tempo que você me chama de Quinn.

– É verdade. Mas você é muito mais novo. Sou uma velha senhora. Cabe a mim dar a permissão.

Quinn riu.

– Posso chamá-la de Ona?

– Permissão concedida. Olha, as calhas estão imundas.

Então Quinn limpou as calhas, depois consertou uma porta e trocou o revestimento antiderrapante da escada da varanda. Entre uma coisa e outra, parou um instante para admirar a lenta chegada do verão. Todos os sábados ele ficava mais um pouco para receber seu pagamento em biscoitos em forma de bicho ou bolo. Pagando cinco dólares, recebia ainda mais uns truques de mágica, executados invariavelmente com muita seriedade. Por vezes Ona fazia algo sumir: moedas, cartas de baralho, lencinhos bordados à mão. Esses eram os prediletos de Quinn. Ele nunca deixava de se divertir com a brincadeira daquele "agora você vê, agora não vê mais", com a astúcia das ilusões. Eram truques singelos que requeriam apenas um pouco de agilidade nas mãos e uma plateia muito disposta a se deixar surpreender.

Capítulo 7

No quinto sábado o menino chegou com más notícias: Ona era uma mocinha.

Ela tinha centenas de adversários espalhados pelo mundo inteiro, desde os confins do Canadá até os cafundós da Sibéria. Esse descuido – em pesquisar o "homem mais velho" e a "mulher mais velha", mas se esquecer do banco de reservas – aparentemente o havia deixado muito contrariado.

Ele abriu sua mochila em câmera lenta. A bolsa parecia recém-saída da loja, vermelha e brilhante feito as cerejas de um supermercado. Tirou de dentro dela mais um relatório impresso e, com uma expressão emburrada que não condizia com suas feições delicadas, leu:

– Depois da Sra. Ramona Trinidad Iglesias-Jordan, Estados Unidos, território de Porto Rico, a segunda pessoa mais velha do mundo é uma mulher, país da Romênia, também com 113 anos de idade. A terceira pessoa mais velha do mundo é uma mulher, país do Japão, também com 113 anos. A quarta pessoa mais velha do mundo é o Sr. Fred Hale. Esse a gente já conhece.

Ele entregou a papelada para Ona, e acrescentou:

– Se a Sra. Ramona Trinidad Iglesias-Jordan e a senhora originária da Romênia e a senhora do Japão e o Sr. Fred Hale morrerem, a pessoa mais velha do mundo será outra senhora, de nome Flossie Page, 111 anos, dos Estados Unidos.

– Hmm – resmungou Ona, examinando a lista.

Eram 82 concorrentes oficiais, em grande parte mulheres. A japonesa e a romena tinham nomes impronunciáveis: o da primeira era uma inundação de vogais; o da segunda, uma fortaleza de consoantes. Todos haviam sido listados por um órgão de pesquisa incumbido de rastrear os habitantes mais velhos do planeta, e todos já iam longe nos anos, o mais jovem com oito à frente de Ona, o mais velho a pouco menos de dez para bater o recorde da Mme. Calment. Ona ficou imaginando a francesa rindo lá no alto, balançando na sua cadeira celestial.

– Essa letra é muito miúda – disse ela de repente, levantando-se. – Preciso dos meus óculos. Vem comigo.

O menino empacou à porta da sala. Só então Ona se deu conta de que nunca o havia convidado para ir além da cozinha. Vencida a timidez, ele deixou os papéis no colo dela e se empoleirou no braço de uma das duas poltronas idênticas que ela havia herdado junto com a casa.

– Um bando de múmias! – disse Ona com a lista em punho. – Que diabo andam botando no mingau delas?

– Você não pode entrar no páreo antes de se tornar uma supercentenária. – A palavra saiu da boca dele aos galopes, como se previamente ensaiada. – Isso significa mais de 110 anos. Eles estimam que há quatrocentas pessoas com essa idade no mundo. Não é fácil localizar todas. – Ele saltou da cadeira e foi correndo o dedo indicador pela margem da lista. – Está vendo aqui? São as datas de aniversário de cada uma, mais a idade em anos e dias.

Ona notou que uma das mulheres era de Oslo, outra da Tailândia, e muitas do sul dos Estados Unidos: Annabelles, Elviras e Lavinias. Os poucos homens eram quase todos do Japão.

– Quem é que encontra essa gente? – perguntou ela.

– Pesquisadores. De gerontologia.

Ela fitou-o com os olhinhos espremidos.

– Por acaso sua mãe é professora?

– Minha mãe é bibliotecária.

– Você fala como um bibliotecário.

– Não tenho nenhum amigo.

– A bem da verdade, eu também não. De vez em quando tomo chá com as senhoras da igreja, mas elas reclamam tanto da saúde que eu saio de lá exausta. Você é um bom menino. Por que não tem nenhum amigo?

– As pessoas só gostam de você se você faz algum esporte. Os truques de mágica não adiantaram muito.

– Eu avisei – disse Ona.

– Um, detesto esportes. Dois, detesto grupinhos. Três, detesto almoços.

– Eu falei pra você não fazer esses truques na escola.

– Prefiro atividades assim – disse o menino. – É o que eu mais gosto de fazer.

Ona ficou sem saber ao certo que atividades eram essas. Visitar gente velha? Pesquisar coisas na internet? Convencer os outros a perseguir um recorde que não demandava nem um dedinho de talento?

– Quer dizer então que ninguém está rastreando esse pessoal entre os 100 e os 110? – indagou ela.

– É muita gente. Mais de trezentas mil pessoas se você contar o mundo todo. E eu conto.

– Em que buraco será que eles estão metidos?

– Sei lá – disse o menino, murcho.

– E eu aqui pensando que estava a duas simples pneumonias de um recorde mundial. A gente se animou por nada.

O menino balançou a cabeça, triste.

– Tudo bem – disse Ona. – Quem espera sempre alcança.

Para se distraírem da decepção, ela o conduziu de volta para a cozinha. Pegou o baralho e numa questão de minutos conseguiu animar o menino com um Esconde-Valete que qualquer cão de inteligência mediana teria desvendado em trinta segundos. Não que ele fosse burro, longe disso. Era apenas bonzinho demais.

– O que houve com Viktor, o menino bonito e loiro da Rússia? – perguntou ele.

Ona corou. Não conseguia tirar da cabeça a fotografia que vira da recordista francesa. Seria possível que os outros também a vissem assim, como um figo podre? Seria muito pedir ao escoteiro que mentalmente tentasse apagar a imagem daquela carcaça velha à sua frente, aquele rosto encarquilhado, aquele saco de ossos que ela tinha no lugar de um corpo? Na juventude, havia sido uma moça bonita. Aquele menino do século XXI teria imaginação o bastante para reconstruir o corpo saudável e viçoso que ela tivera um dia? As pernas torneadas? Os ombros salientes? Os cabelos avermelhados que ela engomava em ondas com uma pasta de clara de ovo? Seria ele capaz de esquecer aquela blusinha e aquelas calças já tão gastas de tanto lavar e no lugar delas enxergar o lindo vestidinho de popeline que ela havia comprado na McKay's Fancy Goods em junho de 1916?

Provavelmente sim.

– Você não deixa passar nada – disse Ona. – Já reparou?

– Tenho as minhas deficiências – lamentou o menino, de olho nas cartas. – O que aconteceu com o Viktor? O lindo e loiro russo?

– A história mais velha do mundo. Puxa, como eu era boba...

O menino ficou esperando com a paciência inesgotável de um gato. Aquilo não era nenhuma deficiência.

– *Kūdikis* – disse Ona afinal, e cobriu a boca com a mão.

– O que é *Kūdikis*?

Ona o avaliou demoradamente. Talvez fosse aquele uniforme que lhe dava um ar tão sério e bem mais velho. Talvez fossem os modos antiquados. Ou talvez o verde marítimo dos olhos, que sugeria maturidade e sabedoria superiores à um escoteiro de tão pouca idade.

– Significa "bebê" – confessou, e sentiu um frio na barriga. – Nunca falei disso pra ninguém.

– Você teve um bebê? No circo? – perguntou o menino, já começando sua silenciosa contagem.

Vendo isso, Ona tomou as mãos dele entre as suas e fechou os dedos dele. Ele as recolheu, cruzando-as atrás das costas, e ficou esperando.

– Voltei pra casa – sussurrou. – Desonrada.

O menino continuou esperando. Ona manteve a cabeça ereta, serena. A cozinha se calou, o quintal se calou. O ar, a luz, a poeira nas janelas, cada um daqueles muitos nomes na lista. Com a cabeça ereta e imóvel, Ona perguntou:

– Você sabe de onde vêm os bebês?

– De um espermatozoide e de um óvulo – respondeu ele, imóvel também.

– Pois bem – prosseguiu ela, a contragosto. – Tive esse bebê e depois o entreguei para outros criarem.

– Onde ele está agora? – perguntou ele, e lá se foram os dedos outra vez.

– É médico.

Um.

– Que tipo de médico?

– Cirurgião.

Dois.

– Cirurgião do quê?

– Do coração, se não me falha a memória.

Três.

– Qual é o nome dele?

– Laurentas.

Quatro.

– Laurentas do quê?

– Laurentas Stokes.

– É o mesmo sobrenome da sua professora. A tal Maud-Lucy Stokes que você amava mais do que sua própria mãe.

Batendo o indicador na testa inocente do menino, Ona disse:

– Com uma memória dessas, quem é que precisa de gravador? Você parece um elefante.

– Hoje seu bebê está com 90 anos – observou ele, e interrompeu a contagem, talvez porque tivesse esgotado seu estoque de categorias.

– Noventa? – exclamou Ona, surpresa.

Mas claro, o menino estava certo. Depois de parir Laurentas, ela só o havia reencontrado uma vez, em 1963, e tinha congelado esta imagem na cabeça: a de um homem de meia-idade, parrudo, bonitão e com o mesmo cabelo claro de Viktor. Por um tempo eles se corresponderam, mas sempre com cartas muito curtas e assinadas formalmente, com o nome completo. Essa correspondência foi minguando aos poucos até que um dia se viu reduzida a um ocasional cartão de Boas-Festas.

Sabendo que estava sendo observada, Ona se levantou da mesa. Buscou um maço de cartas e cartões no armário.

– Este cartão foi o último que recebi.

A data carimbada pelos correios era de cinco anos antes; a do penúltimo, oito.

– Nunca fomos muito bons de correspondência.

O menino examinou o endereço do remetente: Bridle Path Lane

– Seu filho tem um cavalo? – perguntou, por conta do nome da rua, que significava "caminho da rédea" em inglês.

– Ele mora num condomínio, ora! – disse Ona. – Faz uns dez anos que se mudou pra lá.

"Finalmente aposentado, condomínio excelente, novinho em folha. Feliz Natal, Laurentas Stokes." Tinha sido isso que ele havia escrito na ocasião. De repente ela sentiu um enorme cansaço.

– Você agora deve estar pensando horrores a meu respeito, não está?

– Por quê?

– Porque lhe contei o meu segredo.

– Que segredo?

Ona balançou o cartão no ar.

– Sobre o seu bebê?

– Sim!

– Ele é um segredo?

Fazia décadas que Ona não se sentia assim, tão impotente diante da própria fortaleza.

– *Claro* que é! – disse ela, ríspida. – Nem meu marido sabia!

Howard, sempre tão pouco inventivo entre quatro paredes, nunca havia percebido as cicatrizes.

– E fique você sabendo: não estava nos meus planos revelar esse segredo justo agora, no inverno dos meus dias.

Mas já que ela o havia revelado, um espaço se abriu no interior do peito dela, uma câmara vazia que precisava ser preenchida.

– Por que você batizou seu bebê de Laurentas Stokes?

– Foi a Maud-Lucy que escolheu o nome. Eu queria que ele se chamasse José, que nem o marido de Maria, a virgem inocente. Maud-Lucy voltou para Granyard com o bebê e o criou por lá, junto com sua família.

– Você casou com o Viktor?

– Ninguém consegue amarrar um inconsequente. Depois que Maud-Lucy foi lá pra terra das maçãs, pra dar uma vida linda ao meu filho, trabalhei dois anos numa fábrica de papel. Então minha mãe me mandou fazer um curso de secretariado aqui em Portland. Quando me formei, me casei com Howard, um viúvo de 39 anos.

O menino não disse nada. Apenas continuou fitando-a com seus olhinhos gentis.

– A vida com Howard foi em grande parte um desastre – prosseguiu Ona. – O que também é um segredo, vale dizer.

– Sou ótimo pra guardar segredos.

O menino agora a fitava tão intensamente que ela começou a se sentir desnuda. Mas de um jeito bom. Desnuda de decrepitude. Desnuda de vergonha.

– Agora chega – disse ela, e voltou para as listas à sua frente. – Olha só pra esses nomes todos. Acho que nunca estive nesse páreo. Nem neste nem em nenhum outro na vida.

– Você pode vencer – disse o menino. – É só não morrer.

– É fácil falar, meu amigo.

Ele colocou o gravador no centro da mesa.

– Esta é a Srta. Ona Vitkus – disse. – E esta é a história da sua vida. Esta é a Parte Dois.

– Será que você pode falar outra coisa que não seja "a história da sua vida"? E de um jeito menos pomposo?

Ele moveu os lábios e formou com eles as palavras *falar o quê?*

Apesar da pompa da introdução, o menino ainda insistia em ficar de fora da gravação. Quando precisava interferir, falava apenas com os lábios, sem emitir som. Volta e meia apontava para uma das perguntas do Sr. Linkman. ("Quais são as suas lembranças mais fortes da Segunda Guerra Mundial?"; "Na sua opinião, qual foi a invenção mais importante do século XX?") Se lhe ocorria algo novo, escrevia rapidamente em um papel, sem nenhum erro de ortografia e com uma divisão em partes. Entregava o escrito a Ona procurando fazer o menor barulho possível, para que não fosse gravado.

Por vezes ele desligava o aparelho para fazer uma pergunta pessoal sem sentido. Coisas do tipo: "Como era o rosto do seu bebê?" Coisas que a deixavam perplexa e estranhamente inclinada a perpetuar suas respostas assim que reiniciava a gravação. Sua atenção inabalável produzia sobre Ona um efeito inebriante, ora espevitando sua memória, ora destravando a língua. Às vezes ele acabava esquecendo o que era ou não segredo. E a certa altura, ela também.

★ ★ ★

Esta é a Srta. Ona Vitkus. E esta é a história da sua vida. Esta é a Parte Dois.

Será que você pode falar outra coisa que não seja "a história da sua vida"? E de um jeito menos pomposo?

. . .

Não sei. Lembranças. Estilhaços. Pequenos... Pequenas coisas que depois acabam formando... sei lá, uma coisa maior. Eu acho. Eu espero.

. . .

Tudo bem. Vá em frente.

. . .

Que diferença faz como era o rosto dele? Magrelo. Careca feito um ovo cozido. Amarelo por causa da icterícia. Uma tripinha miúda. O coitadinho sofreu pra nascer. Eu era uma moça grande e ele... mais parecia uma batata fora de época. Mesmo assim precisaram cortar minha barriga pra tirar ele de lá. Por acaso você sabe o que é isso? Uma cesariana?

. . .

Pois é, você gosta de ler. Provavelmente sabe de muitas coisas.

. . .

Prematuro, você? Mas o meu Laurentas, não. Ele já estava atrasado. Ainda bem que eu era jovem. Difícil acreditar, mas um dia eu já fui jovem. Jovem e forte.

. . .

Isso é muito gentil da sua parte. Obrigada. Mas onde é mesmo que eu estava? Um elogio à toa e eu acabo perdendo o fio da meada.

. . .

Ah sim, o bebê. Foi o papai que tirou ele de mim. Um truque muito mais assombroso do que qualquer outro que eu já tivesse visto no parque de diversões. Meu próprio pai, com aquela sua carinha de caipira. Não fosse por ele, eu teria morrido. Mas não estou aborrecendo você com essas histórias, estou?

. . .

Ótimo.

...

Certo. Pra posteridade, claro. Jurgis Vitkus, meu pai querido. Chorou feito um condenado. Antes e depois. Mas não durante. Durante, foi firme que nem um poste. E eu também. Não dei um pio. Não ia causar mais vergonha depois de tudo o que já tinha feito. Aguentei a dor por dois dias e meio até que meu pai... Bem, até onde eu sabia ele era apenas um operário de fábrica que um dia tinha plantado cerejas na Lituânia... Mas ele apareceu no meu quarto com uma bolsa de couro que tinha desencavado de algum lugar do apartamento e um bisturi tão brilhante que chegava a fazer arder meus olhos. Eu nem sabia o que pensar. "Papai, papai", eu gritei pra ele. "O que o senhor vai fazer?"

...

Cheguei a pensar que... Bem, por um momento achei que ele quisesse me matar por fornicar com um russo.

...

...

Desculpa... Até esqueci que você estava aí.

...

Do começo? Bem, apesar de tudo, fiquei aliviada por ter voltado pra casa. Era óbvio que eu estava grávida. Maud-Lucy voltou de Granyard pra cuidar de mim.

...

Ah, mas ela *largou* a tia doente. Por *mim*. Na época papai já falava um inglês até razoável, mas não sabia escrever muito bem. Mamãe menos ainda. Eram tantos erros de ortografia que mal dava pra entender o que eles escreviam. Não cheguei a ver a carta, mas Maud-Lucy ficou com a impressão de que eu estava morrendo de tuberculose. Imagina o susto dela quando me encontrou na mais perfeita saúde, gorda feito uma abóbora.

...

Mas é verdade! É preciso um pouco de imaginação, mas fui uma grávida dessas bem gordas e vigorosas.

...

Eu sei, eu sei. Certamente você *tem* imaginação de sobra. Afinal de contas, quem foi que conseguiu imaginar uma velha decrépita feito eu como uma recordista mundial?

. . .

É isso aí. Enfim, Maud-Lucy logo se encarregou do meu confinamento. Ela lia para mim na sala do terceiro andar enquanto eu comia marshmallows e mantinha os pés para cima. Ela sempre tocava piano ou cantava ou lia alguma coisa em voz alta. Leu um livro inteiro, enorme, do Sr. Charles Dickens.

. . .

A casa soturna. Foram dias e mais dias de leitura. Eu não podia estar mais feliz. Talvez as circunstâncias – ser tão paparicada pela mulher que eu mais amava no mundo – tenham me levado a acreditar que era possível esquecer o passado. Você ainda é novo pra saber como uma ilusão dessas pode ser reconfortante. Vez ou outra eu esquecia que um bebê estava a caminho. Mas quando chegou a hora, foi uma surpresa atrás da outra.

. . .

Surpresa número um: Maud-Lucy se revelou uma inútil. Não conseguiu ajudar em nada, só chorava. Quase ficou com as mãos em carne viva de tanto esfregar uma na outra. Mamãe ficava me dando uísque num porta-ovo de porcelana estampado com um galho de hera, mais um objeto trazido da minha terra natal e que até aquele momento eu nunca tinha visto. "*Sha, sha, sha...*", ela dizia. "*Sha, sha, sha...*"

. . .

Não faço a menor ideia, era alguma coisa pra me tranquilizar. Maud-Lucy estava uma pilha de nervos. Ficava andando de um lado pra outro, berrando com o papai. Foi bastante rude, diga-se de passagem.

. . .

"Pelo amor de Deus, Jurgis, leva essa menina pro hospital!" Surpresa número dois – isso mesmo, pode contar –, meus pais desafiaram Maud-Lucy. "Não, não, não", eles repetiam.

. . .

Porque o hospital de Kimball era um lugar bem esquisito e perigoso. Volta e meia minha mãe ouvia alguma história de pessoas que tinham internado algum parente lá. Todas terminavam do mesmo jeito: o sujeito entrava e não saía mais.

. . .

Surpresa número três, e essa foi a maior de todas: meu pai com um bisturi na mão. Da bolsa de couro ele tirou um pozinho e deu pra mamãe misturar no uísque. Eu me senti mais calma. "Ona, meu amor", ele sussurrava. Seus olhos estavam tão azuis e bondosos... "Não precisa medo, não precisa medo", ele dizia. E eu não tive. Eu não tive medo. Fiquei meio grogue, como você pode imaginar. Tinha a impressão de que estava flutuando, e só não ia mais longe porque era puxada de volta pelo carinho deles, daquele pai e daquela mãe que eu conhecia tão pouco. Ficava morrendo de vontade de conversar com eles em lituano, a língua que me negaram. Tarde demais: eu já era a filha americana de Maud-Lucy Stokes. Não conseguia me lembrar de nada, nem de uma única palavrinha. "Pensei que o senhor fosse um plantador de cerejas", falei pro papai. "Médico também", ele disse. E quando dei por mim, Laurentas já estava lá, berrando feito um cabrito. A batata temporã com excelentes pulmões.

. . .

Nunca. Talvez não tivessem vocabulário pra isso. Como iam saber falar "bisturi" em inglês? Ou "uísque no porta-ovo"? Como explicariam que tinham deixado pra trás uma plantação de cerejas e a prática da medicina para buscar emprego numa fábrica a milhares de quilômetros de casa? Devia ser uma história complicada.

. . .

Bem. Maud-Lucy. Ainda não tinha me ocorrido que ela pretendia criar o bebê em Vermont. Jamais poderia imaginar uma mulher como ela voltando para aquele lugar tão chato, aquele fim de mundo que só tinha pés de maçã, tios broncos e tias doentes.

. . .

Pois foi isso que ela quis. E fez. Maud-Lucy era uma mulher grande, pesada. Levei um tempo pra perceber que não era bonita. Comum demais pra um marido rico, inteligente demais pra um marido pobre. Naquela época, solteironas assim iam lá pro fundo do tacho. Ela apareceu em Kimball no ano de 1905, voltando de uma viagem que tinha feito pra região dos lagos de Rangeley, para pintar paisagens. Viajou só pra desafiar o pai, que andava insistindo pra que ela se casasse com um sujeito sem sal, um vendedor de árvores. O erro do pai foi ter dado a ela a educação que deu.

. . .

Houve um problema qualquer na linha do trem, e os passageiros tiveram de descer pra passar a noite na cidade. Foi aí que Maud-Lucy conheceu minha mãe. Trombou com ela na rua. Fazia três dias que eles tinham terminado a construção do bloco de apartamentos, e mamãe tinha passado no jornal para colocar um anúncio em busca de inquilinos.

. . .

Pois é, muita sorte mesmo. A gente ficou achando que ali tinha o dedo de Deus. Minha mãe estava me levando pela mão, uma menininha de tranças e um vestidinho costurado com quatro sacos de farinha. Maud-Lucy sempre dizia que naquele dia eu estava iluminada.

. . .

Eu sei! Não é bacana? Foi uma linda história, essa nossa. Amor à primeira vista. Ela ficou conosco aquela noite e depois não conseguia mais me largar.

. . .

É verdade. Também tinha o tal vendedor de árvores à sua espera em casa. Mas as pessoas fabricam suas próprias histórias, e essa era a nossa. Era verdadeira o suficiente. De qualquer forma, ela acabou voltando pra casa com um bebê no colo.

. . .

Mamãe e eu fomos com ela até a estação. Maud-Lucy estava do mesmo jeito de sempre: sem chapéu, sem luvas, vestindo um casacão de 1890. Sabe... com um pouco de esforço ainda posso sentir o frio que estava fazendo. Era um daqueles dias gelados, de céu azul. Maud-Lucy comprou sua passagem, depois afastou o cobertor um pouquinho pra mostrar o rosto do bebê. Eu ainda não o tinha visto. Não quis beijá-lo, mas ela insistiu. Ele tinha um cheirinho de pêssego maduro.

. . .

Mamãe estava aos prantos, para ser honesta. "É vida boa pro menino", ela disse. Depois Maud-Lucy entrou no vagão. Eu só conseguia pensar numa coisa: corvos.

. . .

Sabe esse jeito que os corvos têm de pular de um galho pro outro? Um borrão de asas pretas? Dali a pouco o trem apitou, e esse apito nunca mais saiu da minha cabeça.

. . .

Fazia *Wuuuu!* Era mais ou menos assim: *wuuu.* Na minha cabeça, um grito se sobrepunha àquele barulho: É vida boa pra menina! É vida boa pra menina também!

. . .

Eu a vi partir. O que mais poderia fazer? Eu não passava de uma criança também. O trem foi sumindo aos poucos, levando meu Laurentas pra um destino de muita ciência e muita literatura, de conversas sempre muito inteligentes que depois levariam a alguma consulta na enciclopédia, algum livro encomendado pelo correio, alguma anotação no caderno. Eu era a única pessoa no mundo que sabia como aquele menino seria feliz. Lá foi ele, junto com a sabedoria, o zelo e a notória independência daquela mulher. Junto com seu amor por mim.

. . .

. . .

Desculpa. O quê?

. . .

Não. Ela nunca voltou, nem pra buscar o piano.

Capítulo 8

O menino tinha decidido não correr riscos. No sexto sábado ele apareceu com uma lista das atividades estatisticamente mais perigosas, desde a morte por mergulho em caverna, ("ficar perdido durante; ficar sem ar durante; ser comido por uma criatura marítima durante") até a morte por porta ("trombar em; morrer no fogo porque perdeu a chave da, descobrir que não tem mais escada do outro lado da"). Havia 52 itens na lista.

– Leia isto aqui, só por segurança – disse. – Você não vai querer chegar aos 122 anos, 164 dias, pra depois morrer de uma hora pra outra só porque... – ele consultou a lista – porque decepou o dedão enquanto cortava um pão.

– Eu não vou querer morrer assim em idade alguma.

Depois de repassar com Ona sua Lista de Mortes e Desmembramentos Possíveis, o menino ainda produziu três adendos: primeiro, uma lista de exercícios físicos que o os idosos podiam fazer em casa; segundo, um inventário atualizado dos supercentenários (a japonesa já havia morrido, além de outro candidato menos conhecido do Guam); e por fim, o perfil resumido de dez supercentenários que ele havia conseguido só Deus sabia como. Ela imaginava a internet dele como uma caixa de Pandora da qual saía todo tipo de informação.

– Olha isto aqui – disse Ona. – Essa tal de Hartley ainda consegue ler sem óculos.

Ela, por sua vez, além dos óculos que estava usando, precisava apertar as pálpebras para focar os perfis que vinha lendo. Alguns dos perfilados já estavam meio cegos, meio surdos, ou totalmente gagás (esses ela ia pulando sem ler), mas a maioria estava bem.

– Nosso amigo Wong ainda corta sua própria grama. Esse vai dar trabalho.

– Quem sabe a gente não inventa um recorde novo pra você já ir guardando seu lugar no livro enquanto envelhece? – sugeriu o menino.

– Que foi? Já está achando que eu não vou chegar lá?

– Não, não! – ele protestou com os olhos arregalados. – Não foi isso que eu quis dizer!

Ona acreditou.

– O de paraquedista mais velho já está ocupado. E o de piloto mais velho. E o de dançarina mais velha. – O menino franziu as sobrancelhas, pensou um instante. – Mas todos estes recordistas são bem mais novos que você. E se você tentar quebrar o recorde de um deles?

– Antes vou precisar de um transplante de ossos.

Ele foi aventando outras possibilidades ridículas (a pessoa mais velha que já caminhou na asa de um avião, a que ficou mais tempo num pula-pula), e naquela altura Ona só conseguia pensar num único recorde a seu alcance: o de "mulher mais velha a ter cruzado os braços e jogado no lixo 17 anos da sua vida depois que Louise morreu".

– Você já está 36 dias mais velha do que no dia em que eu te conheci – disse o menino, já sacando seu minigravador.

– É verdade.

Olhando pela janela, ele perguntou:

– Está ouvindo?

– Não – respondeu Ona, triste. Podia ver a briga dos tentilhões, mas não ouvia a barulheira deles.

O menino murchou de dó.

– Preciso de mais seis passarinhos pra ganhar meu distintivo.

– A primavera já está vindo por aí. É só esperar. – Ela sorriu para ele em um arroubo de afeto. Ele era tão criança, e isso já era motivo suficiente para que gostasse dele.

– Esse carro aí fora é seu?

– Claro que é. – Tratava-se do velho Reliant de Randall. – De quem mais poderia ser?

Ele plantou os olhos sobre ela, imobilizando-a. Tinha tido uma ideia.

– Ainda funciona?

– Claro que funciona. É inspecionado todo ano. Um sujeito lá do grupo da igreja que leva pra mim. Não consegui renovar minha carteira da última vez que tentei, então não vou ser doida de chegar num estabelecimento de inspeção de veículos com um documento vencido no bolso.

– Ah – disse o menino. – Droga.

– Não foi essa a palavra que eu usei na época.

– Fiquei pensando que você podia ser motorista. De carro.

– Não falei que não posso dirigir. Falei que não tenho carteira. – Inclinando-se para a frente, ela completou: – Por causa da minha idade eles exigiram um teste de direção. E o examinador, de 16 anos, me reprovou.

– Talvez ele tenha se enganado.

– Falei pro pessoal da igreja que tinha passado – confessou Ona, rezando para que o menino não se importasse. – Contei uma mentirinha.

– Uma vez eu também contei uma mentirinha. Falei pro meu pai que gosto de música. Mas não gosto, não. São muitos acordes pra lembrar. E é muito difícil colocar os dedos no lugar certo.

– Escuta isto aqui. – Ona se empertigou na cadeira e cantarolou alguns compassos de uma música do seu tempo, "Beautiful dreamer".

– Puxa, que excelente, Srta. Vitkus.

– Viu? Você gosta de música, sim. É de *aula de música* que você não gosta. E com toda razão, se você quer saber.

Ela cutucou a mão fantasmagórica do menino, depois falou baixinho:

– Uma vez por semana eu pego o carro e vou dirigindo até o supermercado. Sempre o mesmo caminho. Dois quilômetros pra ir, dois pra voltar.

– Me parece seguro.

– Diga isso à abelhuda aí da rua. Uma corretora imobiliária. Você sabe o que é isso?

– É uma pessoa que vende casas.

– Bem, esta corretora *rouba* casas. Volta e meia a gente vê uma placa com a foto dela espetada em algum jardim. Blazer verde-limão, cabeleira ruiva. Ela está louca pra me dar uma rasteira e surrupiar minha casinha. Fica como o gato observando o rato.

– É uma que tem a cara cor-de-rosa?

– Ela mesma.

– Não deixa ela surrupiar sua casinha, não, Srta. Vitkus.

– Mas não deixo mesmo.

Tinha vezes em que os olhos do menino passavam de cinzas a azuis, e isso havia sido uma das primeiras coisas que Ona havia reparado nele.

– O Sr. Fred Hale, 108 anos, do país Estados Unidos, detém o recorde de motorista habilitado mais velho.

– Espera aí. Esse Sr. Fred Hale não é um dos meus principais adversários? Com 113 anos? Será que estou trocando as bolas?

– O Sr. Fred Hale, 113 anos, detém o recorde de homem mais velho do mundo. Mas também detém o de motorista habilitado mais velho do mundo, conquistado quanto tinha 108 anos, não 113.

– Provavelmente renovou a carteira e alguém tirou das mãos dele um segundo depois.

– Eu não tinha pensado nisso.

– Ou talvez tenha sido apenas um recorde simbólico. Talvez ele nem tivesse a intenção de usar essa carteira.

– Também não tinha pensado nisso.

– Mas eu não quero nenhuma carteira simbólica – resmungou Ona. – Quero uma de verdade. Aliás, isso é o que eu mais queria na vida: esfregar uma carteira legítima na cara cor-de-rosa daquela corretora enjoada. Eu pegaria o carro, passaria na rua a cem por hora, e ela não ia poder falar nada.

O menino se levantou da mesa.

– Dá pra recuperar a carteira depois que ela é tirada de você?

– Primeiro eu teria de passar num exame escrito. Moleza. Até um filhote de macaco consegue passar. Depois eu teria de passar no exame de vista. Minha vista até que é boa. É no exame de direção que eu me atrapalho toda.

O menino abriu os braços.

– Srta. Vitkus... se você passar no exame escrito, se passar no exame de vista, e se passar no exame de direção...

– Não se afobe! Antes de qualquer coisa vou ter que praticar mais. Dou minhas escapulidas secretas até o supermercado, mas não com a intenção de treinar pra um exame. Preciso desenferrujar.

– Você precisa é de um livro.

– Que tipo de livro?

– Do tipo que ensina a pessoa a dirigir – respondeu o menino. – Daí você vai ter sua carteira de volta, e daqui a quatro anos, mais um dia além da idade do Sr. Fred Hale, você será uma recordista oficial do Guinness!

– Mas daqui a quatro anos minha carteira vai estar vencida. A cada quatro anos você precisa...

– Mas você vai fazer, não vai? Você vai até lá, no lugar que tira carteira, e vai pedir pra fazer um novo exame pra renovar sua carteira por mais quatro anos, não vai?

– Ah, tenha a santa paciência... Nessa altura eu vou estar com 108 anos! E você... você vai estar com 15, não vai mais querer saber dessas coisas.

– Não, não – assegurou ele. – Todo recordista do Guinness tem uma equipe de apoio. – Pausa. – *Eu* sou sua equipe de apoio. – Outra pausa. – Você vai conseguir.

– Motorista habilitada mais velha... Aos 108 anos... Imagina.

– Mas você também vai disputar o recorde mundial de pessoa mais velha. Esse é o seu objetivo final, não se esqueça.

– Fique tranquilo, não vou esquecer – disse Ona. – Mas até lá a gente pode ir se divertindo com esse outro, que também não é de se jogar fora.

– Você pode acabar conquistando *dois* recordes! – exclamou o menino, puxando o cabelo com as duas mãos. – Duas vezes no livro! Duas vezes imortal!

Mais uma vez Ona tinha à sua frente aquele menino estranho e adorável que pulava de alegria na sua cozinha. Uma alegria que não dava as caras por ali desde a morte de Louise. Uma alegria que talvez lhe desse motivação suficiente para viver mais duas décadas se preciso fosse.

– Vamos ligar pro Departamento de Veículos agora mesmo – disse ela. – Pega a lista telefônica ali.

O menino escancarou um sorriso. Ona adorava aqueles dentinhos curtos.

Foi assim que no sábado seguinte ela se viu novamente ao volante do Reliant, indo para o supermercado e voltando, com um instrutor de 11 anos. Precisara gastar algum latim para convencer o menino a deixar suas tarefas para outro dia, mas o esforço valera a pena: ele era um ótimo professor, calmo e metódico.

– Numa pista molhada, quantos segundos de tempo de reação o condutor deve prever? – perguntou ele assim que se aproximaram da Brighton Avenue, relativamente vazia naquele fim de semana. Tinha nas mãos o manual oficial do Departamento de Veículos, e era de lá que vinha tirando as perguntas da sua sabatina.

– Que diferença faz? – devolveu Ona. – Nunca dirijo quando está chovendo!

Apesar disso ela diminuiu a velocidade automaticamente. Viu que estava perto demais do carro da frente.

– É possível que essa pergunta caia na prova – insistiu o menino.

– Tudo bem, então. – Ela olhou para ele. – Cinco segundos?

– Não. Infelizmente a resposta está incorreta. A resposta correta é quatro segundos.

– Vai, pergunta mais uma.

– Para se precaver no trânsito urbano, quantos quarteirões o condutor deve observar à sua frente? Um, dois ou três?

Diante de tantas perguntas, Ona percebeu afinal que a intenção do menino era ajudá-la a passar não só na prova prática, mas na escrita também. Percebeu ainda que havia reduzido a distância de segurança outra vez.

– Você é muito inteligente, sabia? Seus professores já te disseram isso?

– O Sr. Linkman diz que eu devo parar de contar as coisas.

Ainda estava atento ao guia, ciente de que Ona ainda não havia respondido sua pergunta. Mesmo assim acrescentou:

– O Sr. Linkman também foi meu professor na quarta série. E já dizia pra eu parar de contar as coisas.

– Dois quarteirões? – disse Ona. – A gente tem de observar dois quarteirões, é isso?

– Não. Infelizmente a resposta está incorreta de novo. A resposta correta é um quarteirão.

– Ah, tenha a santa paciência... Será que não existe um recorde pro condutor mais velho sem carteira de habilitação?

– Não – disse o menino. – Eles não incentivam atividades criminosas.

– Mas é crime uma velha senhora guiar seu próprio carro até o supermercado?

– Você não pode dirigir sem carteira. É por isso que eles têm estes simulados no guia. Pra você ir melhorando. Este é só o primeiro. Tem mais cinco. – Ele ergueu o rosto. – Não esquece de dar seta antes de...

– Eu sei, eu sei – interrompeu Ona, já deixando a avenida para seguir por uma rua secundária mais vazia. – Mas como é que alguém consegue passar nessas provas? É muita informação inútil pra gente guardar na cabeça!

– Não foi você mesma que disse que até um filhote de macaco consegue passar? – lembrou ele. – Era só a prova de direção que te preocupava.

Ona parou o carro junto à calçada.

– Já estou ficando zonza... – disse. – É mais difícil do que eu imaginava.

– Mas você falou que essa era a parte fácil. E o exame de vista? Será que também vai ser mais difícil do que você imaginava?

– Também não precisa exagerar.

Ele olhou pela janela.

– Quando você for parar junto ao meio-fio...

– Essa eu sei! – disse Ona. – Pare o mais próximo que conseguir, numa distância máxima de quarenta centímetros.

– É isso! Agora, sim, você acertou!

– Pergunta de novo.

– Se houver um hidrante por perto...

– Três metros!

– Correto de novo!

– Também não precisa ficar tão surpreso – disse Ona, e engatou a marcha para arrancar. – Vamos lá. Já não estou mais zonza. Pode continuar com suas perguntas enquanto a gente volta pra casa.

– Srta. Vitkus?

– Espera aí. Preciso me concentrar – disse ela, voltando para a avenida.

Eles já estavam quase chegando quando o menino falou:

– Você foi muito bem, Srta. Vitkus. Só precisa estudar mais um pouquinho.

– É, eu sei. – Ela suspirou – Porque temos uma missão a cumprir.

– Certa a resposta!

Ona olhou para o lado e viu que o escoteiro estava sorrindo. Ele tinha feito uma piada, e até não tinha se saído tão mal assim.

Chegando em casa ele fincou o pé, dizendo que precisava cumprir com suas obrigações. Na realidade estava quase em pânico porque teria de alterar a ordem habitual das tarefas. Ona acabou cedendo: ligou para o escoteiro-chefe e pediu que viesse buscá-lo mais tarde. Em seguida, arrumou os biscoitos no prato, tirou o leite da geladeira e ficou estudando seu guia enquanto esperava. Estava disposta a se esforçar mais. Não queria desapontar o menino.

– Vai, senta aí. – Ela foi logo dizendo quando enfim ele ressurgiu na cozinha. Pela primeira vez estava aflita para retomar as gravações.

– Esta é a Srta. Ona Vitkus – disse o menino para o gravador à sua frente. Já estava na Parte Cinco, e Ona sabia muito bem até que número ele pretendia chegar.

Dessa vez ele começou com uma de suas próprias perguntas, escrita com o capricho de sempre no papel que empurrou para o centro da mesa. De modo geral, as perguntas de sua própria autoria já haviam passado por uma reflexão prévia e abriam uma porta até então fechada por Ona, desencadeando nela uma avalanche de novas lembranças. Era um espanto que ela não se importasse com isso. O gravador era desligado apenas quando ela pedia, ou quando ele próprio dava por saciada sua bizantina necessidade de lógica, ou quando o escoteiro-chefe tocava a campainha. Só então a fita parava de rodar, e Ona percebia quanto ela – que nunca tinha ido a lugar nenhum – estava precisando viajar.

De sábado em sábado estabeleceu-se entre eles uma simpática rotina que incluía trabalho, histórias e aulas de direção. O que também não podia faltar era o exame da lista de adversários da Srta. Vitkus, uma dança das cadeiras gerontológica, bem mais divertida do que o baralho.

– A Srta. Difilippo morreu – disse o menino.

– Pois é, eu vi – disse Ona. Ela vinha torcendo pela Srta. Difilippo, de 107 anos, porque havia se divorciado três vezes e ainda morava sozinha.

– Quais são os tipos mais comuns de interseções? – O menino agora estava com essa mania, a de surpreender Ona com uma repentina prova oral, aparentemente uma especialidade do Sr. Linkman.

– Diamante e trevo.

– Esta é a resposta certa. Quando é permitido ultrapassar pelo acostamento?

– Isso é uma pegadinha. Nunca.

O menino riu.

– É isso mesmo – disse Ona. – Eu estudei.

Quando algum de seus adversários caía, Ona não via o despencar de um mosquito, mas o lento ziguezaguear de uma pétala levada pela brisa, e ao mesmo tempo que se entristecia com isso, sentia uma frágil gratidão pela própria longevidade. Os nomes pareciam tirados da lista de passageiros de algum navio, ou da lista de refugiados de uma guerra distante da qual as pessoas se davam conta apenas ao se verem como os últimos sobreviventes dela: Rosalie, Vittorio, Yasu, Clementine. Ona via essas pessoas como parentes, tão próximas e misteriosas quanto o menino que as havia apresentado.

FAÇANHAS EXTRAORDINÁRIAS

1. Cantora mais velha a ocupar o primeiro lugar numa parada de sucessos. Cher. 52 anos. País de origem: Estados Unidos.
2. Medalhista olímpico mais velho. Oscar Swahn. 72 anos. Membro da equipe Running Deer de tiro esportivo nos jogos de 1920. País de origem: Suécia.
3. Mulher mais velha a terminar uma maratona. Jennie Wood-Allen. 90 anos e 145 dias. País de origem: Escócia.
4. Dama de honra mais velha numa cerimônia de casamento. Flossie Bennett. 97 anos. País de origem: Inglaterra.
5. Piloto mais velho. Coronel Clarence Cornish. 97 anos. País de origem: Estados Unidos.
6. Paraquedista mais velho. Hildegarde Ferrada. 99 anos. País de origem: Estados Unidos.
7. Profissional mais velho no exercício da medicina. Leila Denmark. 103 anos. País de origem: Estados Unidos.
8. Sineiro mais velho. Reginald Bray. 100 anos e 133 dias. País de origem: Grã-Bretanha.
9. Padre mais velho em exercício. Frei Alvaro Fernadez. 107 anos. País de origem: Espanha.
10. Não o mais velho, mas o mais trabalhador de todos os guitarristas. MINHA PRÓPRIA PESQUISA!!! Quinn Porter. 42 anos. País de origem: Estados Unidos.

Capítulo

9

Este seria o nono sábado do menino, e Ona se percebeu esperando pela sua chegada muito antes do horário marcado. Para passar o tempo, abriu a janela e ficou ouvindo os passarinhos. Conseguiu pescar compassos de um papo-roxo, a rabugice de um corvo, uma única sílaba do canto de onze notas de um tentilhão. Pensou ter ouvido o crocitar facilmente reconhecível de um estorninho, quase o ranger de um portão enferrujado. Todo o resto, no entanto, era um grande silêncio, e o que ela mais queria agora era a barulheira do passado.

Finalmente o menino chegou e, terminadas as suas obrigações, disse que tinha novidades.

– Quando eu crescer, vou ser um pesquisador de gerontologia.

Tinha um repertório de apenas três entonações: monocórdia, trêmula e proclamatória, e foi a última que usou para fazer a declaração.

Ona buscou o bolo ao qual ela havia dedicado duas longas e perfumadas horas do seu dia.

– Você será um excelente pesquisador de gerontologia!

–Um, eles precisam de ajuda. Dois, existem muitos impostores tentando entrar na lista.

Do buraco-sem-fundo da sua mochila, ele extraiu uma lista de impostores. Buster Balen, de Phoenix (idade alegada: 105; idade real: 91); Floria Perez, da Califórnia (idade alegada: 114; idade real: 101). A lista era enorme.

– Nunca me ocorreu que pudesse haver impostores – disse Ona, já um tantinho desanimada com as possíveis consequências dessa nova realidade. – Mas como é que... como é que eles conseguem entrar na lista com uma idade inventada?

– Trapaceiam – disse o menino, e mostrou a ela.

O Sr. Bale havia apresentado os documentos do pai como se fossem seus. A Sra. Perez fora desmascarada pela idade comprovada da própria filha: se realmente tivesse a idade alegada, teria tido a filha aos 56 anos.

– Você tem de apresentar três documentos. Mas eles precisam ser autenticados.

– *Três* documentos? – disse Ona de olhos arregalados. – E *só agora* você me diz?

– Você... não tem... documentos? – perguntou o menino de queixo caído.

– Pensei que bastava telefonar pra lá no dia do meu 110º aniversário e pronto, a coisa era oficial.

O menino balançou a cabeça, temeroso.

– Eles nunca acreditam em você! Sempre conferem os documentos! É isso que os pesquisadores de gerontologia fazem!

Ona se viu tomada de um novo ânimo – desejo? Espírito competitivo? Mais tarde atribuiria o florescimento desta emoção a uma conjunção de fatores: o dia bonito que fazia lá fora, a lembrança da algazarra dos passarinhos, as bochechas rosadas do menino, as gravações que ele vinha fazendo. Mas naquele exato momento, tinha a impressão de que estava obedecendo a um chamado direto não só da venerável Mme. Jeanne Louise Calment, mas também dos muitos supercentenários que lhe faziam companhia no Além. Ela arrancou a lista de compras da porta da geladeira, voltou para a mesa e começou a escrever no verso do papel.

– Quero saborear minha fama enquanto estou *viva*, fique o senhor sabendo – disse ela ao menino, que seguia a caneta com seus olhos de águia. – Vejamos... Documentos... – Ela refletiu um instante. – Tenho um cartão Visa ainda válido. Tenho a carteirinha da Previdência. E da biblioteca também.

– Essas coisas comprovam sua idade?

Ona interrompeu suas anotações.

– São documentos de identidade. Provam que eu sou quem eu digo ser.

– Identidade é uma coisa, idade é outra – disse o menino, murchando novamente. E com a entonação trêmula, emendou: – Você precisa de alguma coisa que comprove sua idade...

– Tipo o quê?

– Tipo uma certidão de nascimento.

– Hmm. Acho que não tenho mais.

– Essa não... – ele choramingou. – Acho que cometi um grande equívoco – disse, e desabou contra o encosto da cadeira. – Pensei que todos os americanos tivessem documentos.

– Espera aí – disse Ona. – Você está esquecendo de uma coisa. Minha carteira de motorista. Se tudo der certo ela vai estar comigo em dois tempos, sem falar no recorde que um dia eu ainda vou bater com ela. Vai estar tudo lá: data de nascimento, peso, altura, o diabo a quatro. Problema resolvido.

– Sua carteira de motorista não vai ser aceita – disse o menino. – A gente prefere documentos que foram tirados na infância.

– *A gente* prefere, é? Mas por quê?

– Porque os adultos mentem a idade.

Ele olhou para a lista de impostores, depois para Ona.

– Bem, *esta adulta aqui* não está mentindo. Sei muito bem qual é a minha idade.

– Mas eles são uma grande empresa! – gritou ele, quase caindo da cadeira. – Eles têm regras importantes!

Ona pousou a mão no ombro dele.

– Vamos procurar manter a cabeça fria, tá?

– Tudo bem – respondeu ele, mas seus olhos se arregalaram com o alerta.

– Precisamos levantar mais algumas informações, só isso.

– Posso fazer isso. Sou bom com informação.

– É mesmo – disse Ona. Batendo a caneta na mesa, aventou: – Pode ser que peçam coisas como... impressões digitais. Ou uma certidão de batismo. Fui batizada nos recônditos da Lituânia, numa igrejinha que provavelmente já virou um Burger King. Não sei o nome da cidade, muito menos da igreja, e já não tem vivalma nesse mundo que possa me informar.

Ela largou a caneta, pasma.

– Não sei de onde vim...

Uma chuva de palavras despencou. *Pasienis. Laivas. Kelione.* Fronteira. Navio. Viagem.

O menino já estava quase chorando.

– E agora? O que é que a gente faz?

Ona bateu no ombro dele.

– Comece a contar.

– Um – murmurou ele – certidão de nascimento...

Ele rasgou uma folha do seu impecável caderno – Ona nem sabia identificar o que aquilo significava para ele – e escreveu no alto da página PROVAS. Em seguida, adicionou o primeiro item da lista com uma caligrafia cuidadosa e caprichada que pareceu tranquilizá-lo. Ergueu o rosto e solenemente entregou-lhe a folha, como se fosse o vigário da tal igrejinha nos cafundós da Lituânia, confirmando sua existência.

Garantiu a ela que retornaria no sábado seguinte com a lista de documentos necessários. Chegado o momento das gravações, Ona sentiu certo desconforto, achando que o fim já estava próximo. Mas o que realmente estava próximo era o fim da fita em si, apenas um fiapinho na bobina da direita, mas um tantão na da esquerda – como sua vida.

– Parte Oito? – perguntou ela. – Tem certeza?

Eles gravaram a Parte Oito.

– Você não vai mostrar essa parte pro seu professor – disse Ona. – Nem aquela outra.

– Não vou – disse o menino.

Ele já sabia. Talvez desde o início.

Quando o escoteiro-chefe chegou, Ona pediu a ele que aguardasse do lado de fora. Eles gravaram a Parte Nove. O escoteiro-chefe aproveitou para fazer alguma coisa na rua, depois voltou. Mas eles precisavam terminar. Ona pediu ao homem que esperasse mais um pouco. Eles encerraram com a Parte Dez, já que era o menino quem estava no comando da máquina.

Mas tudo bem. Ela já não tinha muito o que oferecer. O menino já havia levado tudo. Ou melhor, ela havia entregado.

Tão logo se viu sozinha novamente, Ona revirou a casa em busca da tal certidão de nascimento. De repente se lembrou do que tinha acontecido a ela. Tinha a intenção de contar ao menino, mas no décimo sábado ele não veio. Também não veio no sábado seguinte, quando de uma hora para outra ela viu seu jardim fervilhar com um bando de passarinhos multicoloridos inaudíveis para ela.

No sábado depois desse, foi o pai do menino quem apareceu.

PARTE DOIS

Sūnus (Filhos)

Capítulo 10

Quinn agora não fazia mais do que trabalhar. Ao fim de cada semana, depois de cumprir suas obrigações na casa de Ona, ele reservava algumas horas para ir ao banco, depositar seu dinheiro e preencher um cheque duas vezes mais polpudo do que os do passado. Depois pegava um ônibus para a casa de Belle e lhe entregava o dinheiro. Com esse ritual, ficava com tempo de sobra para pensar na vida, mas achava necessário que o pagamento fosse feito pessoalmente.

Visitar a ex-mulher já não era tão fácil quanto um dia fora, e isso também parecia necessário. Significava enfrentar o julgamento de Amy, a irmã implacável de Belle, ou de uma das dragoas que ela tinha por tias. Por vezes era a mãe emocionalmente instável; ou, pior, o pai; ou, pior ainda, Ted Ledbetter. Quinn comparecia mesmo assim, pois em seu entendimento isso era o mínimo que podia fazer. E o máximo também. Belle já perdoara o roubo do diário; ele tinha devolvido o caderno, e ela o havia recebido sem dizer uma palavra que fosse.

Ele desceu do ônibus e ainda não tinha dado nem um passo quando recebeu uma ligação.

– E aí, tio – disse uma voz familiar do outro lado da linha. – A gente tá precisando de você.

– Deixa eu adivinhar – disse Quinn, caminhando contra o vento forte de um dia ensolarado. – Na última hora o primo Zack deixou vocês na mão pra fazer mais uma visitinha à clínica de reabilitação?

– É uma *doença* – disse Brandon.

O garoto tinha 21 anos e Jesus Cristo como seu melhor amigo. Aliás, todos eles tinham Jesus por melhor amigo, e por que não? Eram jovens e privilegiados, herdeiros de covinhas nas bochechas e dentes perfeitos. Chamavam sua banda de Resurrection Lane, ou Rua da Ressurreição.

Quinn tirou sua agenda do bolso.

– Quando?

– Amanhã. Oito cidades, sete dias. A gente volta no sábado, no fim do dia.

– Pelo visto as coisas andam boas no mercado do louvor.

Brandon deu sua risada de tenor.

– Estamos *estourando*, tio.

– Tudo bem, então – disse Quinn. – Vou encaixar vocês.

A Resurrection Lane pagava bem e sempre em dia, graças aos talentos de agente da mãe de Brandon, a falante e espertíssima Sylvie. Quinn ainda não conhecia o tal primo Zack, o guitarrista ovelha-negra que volta e meia precisava ser substituído.

– Beleza! Ele vai encaixar a gente! – comemorou Tyler, em algum lugar próximo ao telefone do irmão Brandon. O grupo de oração se completava com Jay e Jeff, primos de ambos, também conhecidos como os Jotas.

– Opa, espera um pouco – disse Quinn, lembrando-se de algo. Ainda faltava um sábado para que ele terminasse seu compromisso com Ona, e até então ele nunca havia deixado de comparecer.

– Tio...?

– Tudo bem, eu dou um jeito – disse Quinn afinal.

– Irado! Ele vai dar um jeito! – Dessa vez foi um dos Jotas.

Quinn sentiu uma pontinha de orgulho, junto com um carinho paternal que o deixou desconcertado. Gostava dos garotos, apesar das exclamações de louvor que todos faziam antes de tirar uma mísera batatinha do pacote. Eles agiam com profissionalismo, e as canções que escreviam eram até razoáveis, melodiosas. No entanto, aquele jeito infantil que tinham de paparicá-lo, feito cachorrinhos brincalhões, por vezes o fazia se sentir na pele do próprio Jesus, pulando de cidade em cidade com sua turma de apóstolos. Ele já havia ensinado aos garotos alguns *licks* famosos de Jimmy Hendrix e Eric Clapton, aconselhando que mantivessem a guitarra o mais baixo possível e que pelo menos tirassem a camisa de dentro da calça para não serem confundidos com uma banda dos anos 1950. "Sr. Porter", era assim que o chamavam no início. Mas depois pararam, a pedido do próprio Quinn, e daí em diante passaram a chamá-lo de "tio".

– Lembra daquele mês de março em Worcester? – disse um dos Jotas, tomando o telefone de Brandon. – Daquela música que a gente tocou pela primeira vez? Pois é. A gente mudou a introdução e acrescentou uma ponte, do jeito que você mandou, e agora ela tá tocando no rádio! Verdade!

Nas estações evangélicas, foi o que ele quis dizer. Mesmo assim. Sylvie conseguira empurrar a canção para as mãos do amigo de um amigo de um DJ em Omaha, que a divulgou com alguma regularidade durante três semanas. No final, milagrosamente, o nome Resurrection Lane inundou as duas costas do país feito as águas partidas de um novo Mar Vermelho.

– A banda está acontecendo, tio! – De novo Tyler, ou talvez Brandon. Eles falavam do mesmo jeito que cantavam: harmonizando-se. – Deixamos você orgulhoso!

– Amém, amém – disse Quinn, já em tom de despedida. E os garotos riram, pois esse era o nome da música.

Chegando à casa de Belle, ele parou um instante na varanda e respirou fundo, preparando-se para o que estava por vir. Quando ia tocar a campainha, a porta se escancarou à sua frente. Lá estava Amy, sua ex-cunhada.

– Belle está dormindo – ela foi logo dizendo. – Trocou a noite pelo dia.

Quinn não pôde deixar de perceber a ironia da coisa. Quando eram casados, ele e Belle nunca conseguiam sincronizar seus respectivos biorritmos. Mas agora, ao que parecia, o problema estava resolvido.

– Eu espero.

Amy fechou a cara. Ela se parecia um pouco com Belle, mas o cabelo era mais escuro, e a voz mais rascante. Seria uma mulher bonita não fosse o ar de pugilista que herdara do pai, fazendo-a empinar o queixo mesmo quando não era necessário.

– Quinn... o que exatamente você acha que está comprando? – perguntou ela ao ver o cheque.

Quinn não disse nada. Simplesmente foi com a ex-cunhada para a cozinha, onde ela retomou a limpeza. Esfregava a pia como se quisesse fazê-la sumir. O sol vazava pelas janelas. O cômodo inteiro reluzia feito uma caixa metálica vazia, talvez por conta do zelo excessivo de Amy, talvez por uma nova inclinação de Belle a se desfazer dos bens materiais. A torradeira parecia ter desaparecido.

– Hmm, Amy?

Quinn ficou esperando. Finalmente ela se virou para ele, mas a face era uma página em branco, vazia de qualquer emoção. Não disse nada. Em vez disso, secou as mãos, foi até a geladeira e se serviu de uma limonada com um ruidoso tilintar de cubos de gelo. Voltou para a bancada, deu alguns goles, e só então falou:

– Em que posso ajudá-lo?

– Belle *quer* a minha presença aqui – disse Quinn, pois passara a acreditar nisso.

– Seja como for, agora é tarde. Foi-se o tempo em que sua presença nesta casa poderia fazer algum bem à minha irmã. Ela agora tem um homem bom e gentil a seu lado.

Quinn correu os olhos à sua volta.

– Não o estou vendo por aqui.

– Ele tem seus próprios filhos. E passa um bocado de tempo com eles.

As palavras tiveram o efeito de uma ferroada. Mas Quinn não sabia ao certo se o veneno havia sido premeditado. Em tempos de dor ou revolta, os Cosgroves recorriam aos eufemismos retóricos britânicos: *um bocado. Não exatamente. Seja como for*.

– Vou esperar. Ela nunca gostou de cochilos.

– Agora gosta.

Quinn de fato esperou, observando em silêncio o zanzar de Amy pela casa, sempre com algum produto de limpeza na mão. As irmãs Cosgroves aprenderam com a mãe a esfregar o próprio desespero até vê-lo sumir. Não havia detergente no mundo capaz de limpar a dor que sentiam agora, mas Amy perseverava na faxina com um furor quase violento. Quinn escutou a barulheira nos cômodos adjacentes – como um animal agonizante, pensou – até ela reaparecer, com as mãos já vermelhas e esfoladas.

– Você pretende ficar o verão inteiro? – perguntou Quinn.

Amy abriu um armário – onde antes ficavam guardados os instrumentos de Quinn – e buscou uma flanela. Ela trabalhava em Los Angeles, como articulista de finanças para um jornal local, mas havia transferido seu escritório para o quarto de hóspedes em frente à porta sempre fechada do quarto do menino.

– Estou esperando umas formalidades – respondeu ela.

Quinn observou ela desdobrar o pano e depois redobrá-lo em quatro partes iguais.

– Que formalidades?

– Se você quer mesmo saber, nós estamos avaliando a possibilidade de homicídio culposo.

– *Nós...?*

– Nós, da família.

– Mas quem vocês pretendem processar? – perguntou Quinn, genuinamente curioso. – Deus?

– Não seja ridículo – devolveu ela. O castanho dos seus olhos tinha a mesma tristeza das folhas cadentes do outono.

– Então quem? A médica?

Amy não disse nada.

Quinn se lembrava da pediatra como uma daquelas médicas da velha guarda para quem as crianças acabavam se curando sozinhas de qualquer doença. Nunca a tinha visto pessoalmente, mas lembrava do nome dela na lista de discagem rápida do celular de Belle.

– Vocês estão processando a Dra. McNeil? Só podem estar brincando...

– A Dra. McNeil já se aposentou. A Belle trocou para o CenterMed.

– CenterMed, então... – Quinn conhecia o lugar: uma clínica enorme em que os pacientes nunca eram atendidos duas vezes pela mesma pessoa, mas que era ótima para o atendimento de emergência.

– São eles que vocês querem processar? Mas com base em quê?

– Não vamos processar a clínica como um todo, mas um médico assistente que trabalha lá. A obrigação de um assistente é *assistir*, não é? De qualquer modo, quanto menos você souber, melhor.

Nada mais natural para a família Cosgrove. Aquela gente realmente processaria Deus se possível fosse. Quinn já podia vê-los arrastando Belle pelos corredores de um tribunal de justiça, ela cada vez mais pálida, cada vez mais exausta. A raiva lhe subiu a cabeça.

– Vocês querem processar um assistente por não ter detectado uma doença indetectável? Procure se informar melhor, Amy.

– É *você* que precisa se informar melhor, Quinn – retrucou ela. – Antes de receitar alguma coisa a uma criança, o médico precisa conhecer a bula pelo avesso. Aliás, é pra isso que existem as bulas: pra informar os médicos.

De um segundo a outro a capacidade de compreensão de Quinn se retesou feito uma corda de guitarra prestes a arrebentar.

– De que diabo você está falando?

Amy cruzou os braços.

– A Síndrome do QT Longo pode ser hereditária ou...

– Eu sei, eu sei – disse Quinn.

– ... ou pode ser adquirida. Não há como saber *a posteriori*. Se ele herdou – ela olhou para Quinn com desconfiança –, ele poderia ter vivido longos anos sem saber de nada, e o medicamento pesou na balança. Se *não* herdou, então foi o medicamento que o matou.

As informações dispensadas por Amy chegavam com um atraso, o peso das palavras atingia Quinn um ou dois instantes após sua pronúncia.

– Faz *sentido*... Mas que medicamento é esse?

Amy hesitou um instante.

– Antidepressivos. Para ansiedade crônica. Como você não sabia disso? Os comprimidos não estavam adiantando de nada, então o assistente acrescentou uma dosagem de antipsicótico na fórmula. Dois meses depois ele morreu.

– Anti *o quê?* Jesus...

– Em tese eram pra ajudar no pânico noturno – disse Amy. Um fio de lágrima foi rolando pela face dela até pingar do queixo para o colo. – Mas o tal assistente estava apressado demais, ocupado demais, com a cabeça em outro lugar, sei lá...

Quinn permaneceu imóvel na caixa metálica da cozinha, sentindo-se fraco e perdido, perguntando-se que diabo seria um "pânico noturno". Será que Amy estava falando daquelas madrugadas em que o menino acordava assustado, a respiração ofegante, os olhinhos arregalados e falsamente despertos? Quinn sentia a cabeça latejar. Tinha a vaga lembrança de que a filha de Rennie também tomava algum medicamento, e um dos filhos perfeitos de Gary também. Volta e meia os dois conversavam sobre o assunto, e agora ele se arrependia de não ter prestado mais atenção. Todas as crianças americanas andavam tomando alguma coisa, disso ele sabia.

– Quais eram as chances? – perguntou ele afinal. – Tipo... uma em um milhão?

– Ele deveria ter pedido um eletrocardiograma primeiro. Deveria ter pesquisado. Deveria ter se *informado melhor*.

Por alguns minutos eles ficaram se entreolhando, o ar entre eles pesava com uma antiga rivalidade.

– Quando ela pretende voltar a trabalhar? – indagou Quinn.

Belle trabalhava nos arquivos públicos, onde muitas vezes ajudava pessoas comuns a rastrear seus ancestrais. "Pra quê?", Quinn perguntara certa vez, justo ele que não havia conhecido nenhum dos avós, cuja mãe havia morrido cedo e cujos pai e irmão eram bastante distantes. Perguntara só por perguntar, jogando conversa fora, mas Belle havia respondido com toda seriedade: "Porque elas têm a esperança de que um dia seus descendentes façam a mesma coisa por elas."

– Ela já fez duas tentativas – respondeu Amy. – Mas não suportou lidar com os nomes dos mortos. – Com o rosto castigado pelas lágrimas de muitas semanas, ela olhou para ele e disse:

– E você, Quinn? Por que anda trabalhando tanto?

– Eu? Bem... é isso que eu faço.

– Por que não está arrasado como todo mundo? Por que não está em casa neste exato momento, jogado na cama, se retorcendo de tanta dor?

Porque, ele acreditava, não havia feito por merecer a libertação do luto.

– Se você tivesse sido outro pai, talvez ele tivesse sido outro menino. – prosseguiu Amy, respirando aos solavancos, quase arfando. – Um menino menos medroso, mais confiante em si mesmo, que não precisasse de fórmulas e comprimidos pra encarar o paredão do mundo, que não precisasse enumerar tudo o que via pela frente, que não precisasse sair de bicicleta às cinco da manhã pra depois morrer do coração e ser encontrado no asfalto com um talho na bochecha.

Ela cobriu o rosto com as mãos.

– Ah, meu Deus. Eu não sou essa pessoa odiosa... Não sou... – E virando os olhos molhados para o alto, disse: – Meu Deus, me ajuda... Essa pessoa não sou eu...

Quinn olhou para ela com espanto. Apesar de tudo, ainda a via como família. Podia sentir sua dor, seu desespero, sua raiva, ou o que fosse, apropriando-se desses sentimentos como se fossem seus, pois aquilo que havia sentido desde a morte do menino não contava como sofrimento. Ele se condoía de Amy, de Belle, de todo mundo. Mas sobretudo do próprio filho, que, por obra de um Deus furioso, nem sequer havia conseguido atravessar a soleira dos 20 anos.

– Houve um tempo em que você gostava de mim, Amy.

– É verdade. – Ela secou os olhos com os punhos. – Mas não como um marido pra minha irmã.

Sua voz não passava de um sussurro.

– Eu admirava você. Sempre tive atração pela vida artística, mas não tive coragem de ir à luta.

– Ir à luta é fácil, continuar nela é difícil. – disse Quinn.

Sempre gostara da voz rascante que ela tinha para cantar. Vez ou outra, lá nos idos da juventude, Amy aparecia nos ensaios da banda e dava uma canja.

– O preço é muito alto. – acrescentou.

– Hmm, acho que sim.

Abraçando o próprio tronco, Amy disse:

– Cheguei a ponto de contar os dias que passei com ele. Que tia é essa que consegue contar as vezes que passou com o sobrinho nos 11 anos em que ele ficou neste mundo?

Quinn começava a perceber que Amy estava ali, não porque Belle precisava dela, mas porque ela precisava de Belle. A bicicleta vermelha que o menino pedalava quando morreu tinha sido um presente dela.

– Quantos? – perguntou ele.

– O quê?

– Quantos dias?

– Sessenta e um – respondeu ela. E sussurrou: – Sessenta e dois se você contar o dia do enterro.

Amy tinha 40 anos, namorava um homem casado e morria de vontade de ter filhos. Juntando uma coisa com outra, Quinn se deu conta de que a ex-cunhada não competia com ele por Belle, mas pelo menino.

– Pra quem mora do outro lado do país, 61 dias até que é muito – disse ele, e Amy voltou a chorar. – Lembra daquele minigravador que você mandou pra ele uns anos atrás?

– Lembro – respondeu ela, secando os olhos com a manga da blusa.

– Ele andava pra todo lado com esse gravador como se estivesse com um cachorrinho de estimação.

– Pois é, eu sei.

– Era o único objeto de que ele não tinha nove reservas. Ele adorava você, Amy. Não há motivo pra remorsos.

– Eu... – ela começou a dizer, mas parou quando viu algo do outro lado das vidraças cintilantes da janela.

Quinn olhou na mesma direção. O dia já havia partido com o vento, deixando em seu lugar os últimos raios paralisantes do sol. Sob eles, Belle, de pijamas e com uma tesoura de jardinagem em punho, cortava as flores mais abertas de um dos seus canteiros viçosos.

– O que ela está fazendo? – perguntou ele.

– Pensei que estivesse dormindo.

– Vou lá falar com ela.

– Quinn? – disse Amy antes que ele saísse. Ainda chorava um pouquinho. – Obrigada.

Quinn não disse nada. Meio atônito, foi para o jardim. Por sorte não precisara dizer o vergonhoso número de dias que ele próprio havia passado com o menino.

O jardim em si era precedido por uma longa rampa que dificultava bastante o trabalho de quem cortava sua grama. O menino era fraquinho demais para pilotar o cortador elétrico, mas adorava empurrar o cortador mecânico, uma relíquia que ele pedia emprestada a Eric Chapman, o vizinho paspalho. Mas naquele dia em particular o gramado estava perfeito, como o feltro de uma mesa de bilhar. Certamente havia ali o dedo de um adulto – sem dúvida, Ted Ledbetter – com uma impecável habilidade organizacional.

Belle agora podava o canteiro de margaridas que cercava o barracão pré-fabricado onde ficavam as ferramentas da casa. A construção era um projeto entre pai e filho que tinha se arrastando por meses até que um dia, numa de suas visitas de custódia, Quinn a encontrou devidamente pronta e pintada de um tom sóbrio de verde. Ted e os filhos haviam transformado a montagem do tal barracão numa missão escoteira, uma brincadeira que no fim renderia aos garotos dois distintivos diferentes: um por carpintaria ou algo assim, e outro por espírito de equipe.

Belle cortou uma das margaridas e ficou olhando enquanto ela despencava para o chão.

– Esta parecia boa – disse Quinn.

– Não suporto suas caras felizes – disse Belle, já cortando a margarida vizinha.

– Você não pretende decapitar todas elas, pretende?

– Não é da sua conta – disse ríspida, mas não resistiu quando ele tomou a tesoura de suas mãos e a jogou no chão.

– Essa ideia de processar o médico... Foi do seu pai, não foi?

– As pessoas têm de preencher a vida com alguma coisa. Falei que assinava a papelada se fosse deixar todo mundo feliz.

– Você não precisa fazer o que seu pai manda – disse Quinn.

Mac Cosgrove era um ex-capitão de indústria que usava sapatos formais até mesmo nos fins de semana. Era um homem difícil de confrontar, sobretudo para suas filhas.

– Essas coisas podem levar anos, Belle.

– Que seja. Pouco me importa quem vai ser processado ou quanto tempo vai demorar. Eu só quero que me deixem em paz – disse Belle. Virando-se para ele, perguntou: – E seu trabalho de escoteiro, como vai?

Era assim que ela sempre começava suas conversas, querendo saber de tudo: quanto de alpiste cabia nas garrafas, qual dos degraus da varanda ele havia consertado.

– Hoje ela me serviu um bolo.

– Bolo de quê?

– Tinha gosto de chocolate. Mas ela fez com suco de tomate.

– Você deve ter ouvido errado, só pode.

– Juro que não. É o ingrediente secreto dela. Não foi fácil, mas eu tanto insisti que ela acabou entregando o ouro. – Ele se calou um instante, depois disse: – Só faltam mais alguns sábados.

– E depois se encerram as suas obrigações de pai – disparou ela. Não se virou para ver o efeito das palavras, mas ergueu os olhos pro alto e disse: – O que mais você tem pra contar?

– Já contei que ela assina três jornais?

– Quais?

– Você quer saber... quais exatamente?

– Sim, quais exatamente.

– O *Press Herald*, o *Times* e o *Globe*.

Belle meneou a cabeça três vezes, decerto numa contagem mental. Estava com uma péssima aparência: pijamas suados, olhos inchados de sono, cabelos amassados de um lado.

– A velha não joga a toalha, é isso que estou querendo dizer. Está em ótima forma pra idade dela.

– Melhor que você, aposto – disse ela, com uma pontinha do antigo sorriso.

– *Touché*.

Belle correu os dedos sobre as flores restantes, delicadamente, como se precisasse desculpar-se com um gesto de carinho. Quinn ficou esperando até que ela voltasse a olhar para ele.

– Eu não sabia dos comprimidos – disse afinal.

– Não precisa me julgar. Posso muito bem fazer isso sozinha.

– Eu jamais julgaria você. – Quinn encarou a ex-mulher com tristeza, sem saber o que fazer para tirá-la daquele buraco. – Belle, você sempre foi uma mãe maravilhosa...

– Ele também achava isso. Está lá, no diário. – Fechando os olhos em busca de coragem, ela perguntou:

– Quinn, você chegou a fazer o teste do QT Longo?

– Não.

– Porque se fez...

– Não fiz.

– Ficou com medo de descobrir se tinha?

Quinn hesitou um instante antes de responder.

– Fiquei com medo de descobrir que *não tinha* – disse, e ficou olhando enquanto Belle ruminava a resposta.

– Lembra aquela vez que pedi emprestado o carro do seu pai? Depois bati de ré na parede da garagem? Pois é. Até hoje ele pensa que foi você – confessou ela.

Quinn riu, apesar de tudo.

– Não tem problema. Ele nunca gostou de mim.

– Você pagou o pato por mim – disse Belle, e se sentou na grama do chão. Quinn ajoelhou-se a seu lado, e ela perguntou: – E você, como está?

Quinn ficou com os olhos marejados. Porque ela tinha perguntado. Porque realmente queria saber.

– Vou fazer uns shows aí com os mosqueteiros de Jesus.

– Sempre gostei deles. O primo Zack foi internado de novo? Por isso te chamaram?

– Exatamente.

Enquanto arrancava lâminas de grama com gestos automáticos, ela falou:

– O negócio é o seguinte, Quinn. Mesmo que nós dois tenhamos esse tal de QTL, não adianta nada a gente saber. Já estamos velhos demais, nossa chance de morrer cedo já passou há muito tempo. – Ela balançou a cabeça. – E a chance dele também teria passado se eu não tivesse dado aqueles malditos comprimidos. Li tudo sobre o assunto, Quinn. Foram os comprimidos que mataram nosso filho: ou por conta própria, ou como "catalisador" de uma condição pré-existente.

Ela deu uma risada baixa, triste.

– Que palavra mais horrível. Catalisador. Aquela capsulazinha de aspecto tão inofensivo que eu dava pra ele todo dia, sempre com um copo de suco de maçã...

– Belle, por que você está fazendo isso?

– Eu queria ter morrido cedo. – Tinha-se a impressão de que alguém havia fustigado o rosto dela com um galho de árvore. – Mas nesse caso eu não teria colocado no mundo uma alma tão bonita.

– Belle. Por favor.

– O problema é que... os malditos comprimidos *realmente* funcionavam! – Com os lábios trêmulos ela continuou: – Ele nunca saía do quarto sem antes contar tudo o que via pela frente. *Tudo*. Tinha dias que dormia *debaixo da cama*!

– Você podia ter me contado isso.

– Como? Quando? Poxa Quinn...

– É, tem razão.

Nos últimos tempos as duas visitas que ele fazia mensalmente ao filho haviam se reduzido a um lanche qualquer na rua. O menino sempre respondia às suas perguntas previsíveis com respostas completas e geralmente divididas em partes numeradas, o equivalente verbal de uma linha de montagem. "Por acaso você tem preguiça de sair com o próprio filho?", perguntara Belle, pasma, depois da última visita cancelada.

– Ele estava melhorando. Você não achou que ele estava melhor?

– Você não tem culpa de nada, Belle. Ninguém tem. As probabilidades eram ínfimas.

Ela fechou os olhos.

– Nosso menino improvável...

– Que tinha uma mãe maravilhosa.

Os ombros de Belle se curvavam de um jeito esquisito sob o pijama horrível, como se o resto do corpo tivesse desabado sem sua permissão. Um esforço tremendo, ao que parecia, somente para se manter ereta.

– Preciso contar uma coisa. Não falei nada sobre o processo porque papai achou que você ia tentar interferir.

Quinn imediatamente se preparou para más notícias. Era o que sempre acontecia quando o sogro era mencionado numa conversa.

– Você provavelmente conhece o médico assistente – disse Belle afinal. – Ele se apresentou como Richard, mas depois descobri que todo mundo o chama de Juke.

– Juke Blakely? Ele é o médico assistente? É ele que vocês querem processar?

– Ele era recém-formado. Eu deveria ter desconfiado. Deveria ter feito mais perguntas. Se ele tivesse se apresentado como Juke, eu certamente teria feito um interrogatório. Deveria ter sido mais prudente com a vida do meu filho. Meu próprio filho, imperdoável.

Quinn, que não era a pessoa mais prudente do mundo, sentiu um demorado frio no estômago ao pensar no que esperava por Juke Blakely. O colega o havia acompanhado em uma viagem de balsa para Ransom Island na véspera do nascimento do menino. Três sujeitos em picapes vermelho-cereja já os esperavam no cais. Carregaram o equipamento e seguiram para uma casa de veraneio no topo de um penhasco verdejante. O proprietário da ilha instruíra os cinco músicos do grupo (uma banda de festas chamada Fly by Night) a se apresentarem de camisa branca e jeans preto, uma despesa nada incômoda para Quinn, que já previa recuperar o dinheiro no open bar até o fim da noite. O show seria sua despedida da esbórnia, o último porre antes de largar a bebida de vez.

Juke Blakely tinha um excelente ouvido e dedos ágeis, e Quinn buscou sua companhia no primeiro intervalo. Os dois se acomodaram numa pedra e observaram o mar, compartilhando da inveja que sentiam daquela mansão, com suas quadras de tênis, palco ao ar livre e vista cinematográfica. Ambos tinham 31 anos, eram casados e haviam abandonado a faculdade de artes para obter um curso técnico de dois anos em eletrônica. Juke, no entanto, havia conseguido juntar uma poupança e já tinha um filho de 5 anos. Sua intenção era voltar a estudar algo prático, possivelmente na área médica.

O clima continuou até o anoitecer – *set lists* dominados por Van Morrison; piadas infames de Freddy, o vocalista; apresentações intermináveis de pessoas com roupas elegantes; inúmeras rodadas de "Parabéns" para a aniversariante semiembriagada. Quinn também já estava um pouco inebriado pela maresia, pelos convidados sorridentes e do mercado de cinema e pela sensação de que ele próprio estava dentro de um filme. Lá pelas tantas o padrasto da aniversariante subiu ao palco e tomou o microfone para anunciar a presença de um convidado de honra, um velho amigo da família: David Crosby.

O grande David Crosby, dos Crosby, Stills & Nash. Quinn chegou a ficar zonzo de emoção. Sentia como se a paisagem à sua volta tivesse sido pintada à mão: os convidados e a decoração pareciam maiores, mais nítidos, mais exuberantes. Até mesmo o céu noturno começou a mudar conforme as estrelas brotavam na escuridão azul, primeiro tímidas e desbotadas, depois frenéticas e ofuscantes. David Crosby pegou uma guitarra emprestada e perguntou:

– E aí, o que vai ser?

Eles tocaram as músicas que a banda conhecia, as que todos conheciam, Quinn e Juke e David Crosby - *Dave*, como ele tinha tido a oportunidade de chamá-lo. Juke e Quinn revezaram na guitarra principal, até que Juke percebeu a avidez do amigo e recuou, limitando-se às bases rítmicas. Por essa gentileza, Quinn nunca o esqueceria.

Uma energia de fraternidade e coesão se espalhou pelo palco naquela noite, tão sutil quanto a trajetória da lua. Quinn e Juke trocaram olhares incrédulos, saboreando a construção daquela memória que terminaria, rápida e delicadamente, com uma versão de Teach Your Children, um clássico ouvido mil vezes por Quinn na solidão de seu quarto de adolescente. À época, ele se debruçava sobre a guitarra com os olhos semicerrados, procurando esquecer a ira do pai e a ambição excessiva do irmão. Ele fingia que a mãe ainda estava viva e cantarolava ao seu lado, acompanhando o ritmo com os quadris como de hábito. Nesta última canção, *Dave* se encarregou da melodia, Juke das harmonias e Quinn, procurou simular a *steel guitar* de Jerry Garcia, utilizando as manobras de pedal que aprendera ainda no colégio. As vozes entrelaçadas lançavam-se no ar da noite e pairavam no alto, seduzindo os convidados para junto do palco, provocando abraços de nostalgia ou quem sabe até de amor. Um encontro de almas entrelaçadas, vagando alto, sobre o mar cor de esmeralda.

Conforme a canção crescia rumo às estrelas, Quinn podia ouvir as risadas de seu amigo Dave entre um verso e outro, embriagado com a beleza do cenário, com a música em si, com o embalado êxtase da plateia em adoração. "Olha só esse cara!", Dave dizia às gargalhadas no microfone. "Esse cara é o máximo!" Quinn ria também, agradecendo o elogio e dedilhando sua guitarra enquanto a canção ia esmaecendo lindamente de estrofe em estrofe, até acabar. Aplausos e mais aplausos, e então a aniversariante alcoolizada cambaleou palco acima com seus sapatos de salto altíssimo, pedindo ao convidado de honra para dizer mais algumas palavras. "Eu amo este lugar lindo!", foi o que ele disse. Quinn, interpretou "lugar" como um "lugar no tempo". E ele o amava também. Ele amava este lugar lindo.

Em algum momento daquela noite longa e encantada, Quinn se despediu do grande Dave; lembrava-se de um aperto de mão firme, do sorriso de cumplicidade compartilhado. Ao amanhecer, Quinn tomou a balsa de volta, hipnotizado pela vermelhidão do céu e pela ilusão, promovida pelo álcool, de que David Crosby quereria tocar com ele de novo, talvez até levá-lo consigo numa turnê. Nos confins da consciência, tinha a vaga impressão de que em algum momento eles haviam trocado números de telefone, muito embora não encontrasse papel algum nos seis bolsos da jaqueta, por mais que os vasculhasse dias a fio.

Ele passara os últimos 11 anos contando uma versão editada desta história, omitindo o final. Ao chegar em casa, cheio de novidades e planos ainda sem forma, encontrou sobre a mesa um bilhete deixado por Amy: "Vem logo pro hospital. Você é pai." Foi Juke Blakely ainda descarregando o equipamento do carro, quem lhe ofereceu uma carona até a maternidade.

Agora sua história – sua história maravilhosa – parecia envenenada. Permaneceu no jardim ceifado, entre os brilhantes cadáveres das flores decapitadas.

– Juke sabe o que o aguarda?

– Não sei.

– Ele ainda não era médico assistente quando o conheci – comentou Quinn. – Mas tinha um filho. E uma mulher. Era um bom sujeito, sempre achei. E um excelente músico.

– Quinn, não consigo ouvir isso agora. Não dá.

– Tudo bem – disse ele, e pensou que talvez estivesse enganado. Talvez fosse justamente disso que ela precisava para sair do buraco: uma longa e complexa batalha judicial que saciasse sua sede de vingança. – Belle?

Ela se levantou do chão.

– Não estou insinuando nada, Belle – continuou Quinn, e foi seguindo a ex-mulher rampa acima. – Juro que não. É só uma pergunta. Amy falou de ansiedade crônica. É isso que ele tinha?

– Não sei o que ele tinha – disse Belle, virando-se bruscamente para trás. – O que ele tinha era *a gente*. Eu e você. Os meus genes misturados com os seus. Era isso que fazia do nosso filho quem ele era.

Encarou-o com firmeza, distraidamente a princípio, mas logo em seguida com intensidade.

– De qualquer modo, nada disso é da sua conta.

Sua expressão defensiva foi despencando aos poucos, até que a Belle de sempre, a Belle real, aquela que gostava de crianças, de velhinhos e dele, apareceu em um súbito rubor em suas faces.

– Eu não choro. Sabe por quê? Porque não suporto a ideia de que estou machucando os outros com a minha dor.

– Pode me machucar – disse Quinn.

Era o que Belle queria ouvir. Jogou-se imediatamente nos braços dele e irrompeu num choro desgovernado. Quinn de fato se sentia machucado pelo desespero à sua frente, mas achava que merecia, que seus próprios sentimentos eram insignificantes diante dos sentimentos da ex-mulher. Seu próprio desespero, ou fosse lá o que ele estivesse sentindo, manifestava-se na forma de uma pressão crescente como a de alguém que prende a respiração por muito tempo, a de um náufrago jogado ao mar. Belle não conseguia parar de chorar, e ele aguentava firme.

– Ted tem sido uma rocha – disse ela afinal, limpando o rosto com a manga da roupa. – De verdade. Mas já passou por maus bocados quando a mulher morreu. E ele... Ele tem os próprios filhos. Não consigo evitar: fico me remoendo por dentro. Morrendo de inveja.

Então ergueu os olhos vermelhos para Quinn.

– Só estou contando isso porque você não vai me julgar.

– Fique tranquila. Você tem esse direito.

– Não. Não tenho nenhum direito. Os filhos dele são umas graças. Têm sido muito gentis comigo. Até o caçula, Evan, que tem só 9 anos, é muito gentil. Mas a verdade é esta: morro de inveja. Uma inveja que chega a doer. – Ela se desvencilhou do abraço. – Quanto à Amy... Meu Deus! Às vezes me sinto um protozoário na lâmina de um microscópio.

Quinn sentia que era hora de partir. Conduziu-a de volta para a casa e tirou do bolso o cheque que havia trazido. Guardara para si apenas o valor do aluguel. Vinha aprendendo a se controlar: agora apagava todas as luzes desnecessárias e tomava seu café sempre em casa, apenas uma xícara de café preto para economizar no creme. Cancelara o telefone fixo e contratara um plano de celular ainda mais barato que o anterior.

– Nunca fiquei entediado – sussurrou. – O problema nunca foi esse. – Então deixou o cheque sobre a mesinha em que um dia ficava sua correspondência também.

– Você precisa parar com isso, Quinn. O dinheiro é... irrelevante.

– É o que eu tenho pra dar.

– A dívida que você tem com ele... você nunca vai conseguir pagar – disse Belle.

Ela não pegou o cheque nem o devolveu. Simplesmente o ignorou. Sua raiva havia desaparecido. Em vez disso, sentia pena de Quinn.

– Pede aos mosqueteiros pra rezarem por mim – disse, e se retirou para a cozinha sem convidá-lo.

Ele acabou indo embora. Dar dinheiro a ela apenas o fazia se sentir pior. Mas ele supunha que o objetivo era esse mesmo.

No centro da cidade, saltou do ônibus e foi caminhando de volta para casa. Ao passar pelo museu, espiou através da cerca até encontrar a escultura de que tanto gostava: uma imensa figura humana feita de uma rede de arames, com entranhas de pedra. Um homem literalmente acachapado pelo peso da vida, com um dos joelhos colossais apoiado no chão, o tronco curvado para a frente, a cabeça inclinada mas não caída. Um homem calado. Protegido por um pequeno arvoredo. Era preciso saber onde ele estava para encontrá-lo.

Quinn sacou seu celular, buscando uma senhora de 104 anos na sua lista de contatos. Como isso havia acontecido?

– Ah, é você – disse ela ao reconhecer sua voz. – Pensei que fosse algum paquistanês tentando me vender um cartão de crédito.

– Não vou poder ir aí no sábado que vem – disse ele. Poderia deixar por isso mesmo, mas ainda se comovia com o fato de que ela o havia reconhecido com um simples "alô". – Podemos remarcar pro domingo?

– Você provavelmente acha que pra mim os dias são todos iguais, não acha? Só porque sou velha?

– Eu tenho um show que não posso deixar passar.

– Faço biscoitos nas manhãs de domingo.

– Faça-os no sábado.

– Depois vem uma senhora da igreja me buscar pra missa das dez e meia.

– Então eu chego cedinho.

– Você nunca chega cedo.

– Vou chegar cedo, Ona – insistiu Quinn, ainda espiando através da cerca.

Bastava demorar os olhos na escultura para se ter a impressão de que ela tremia, como se as pedras respirassem dentro do arame, dando fôlego ao homem.

– É que... Tem uma banda aí, uns garotos... O guitarrista adoeceu de novo, então me chamaram pra substituí-lo. É importante. Parece que estão estourando.

– Ah, não!

– Estourando é bom, Ona – corrigiu – É um estouro bom.

– Ah, sim. Pensei que estivessem prestes a se atirar de uma ponte. – Ela se calou um instante, depois perguntou: – Esses garotos... Eles tocam rock'n'roll?

Quinn sorriu ao ouvir a palavra sair da boca de uma centenária.

– Gospel rock – respondeu. – É a mistura de rock com música de igreja. Nada que vá deixar sua avó preocupada.

– Faz tempo que minha avó não se preocupa com nada, rapaz.

– São supertalentosos. E a mãe é um banco ambulante.

– Já entendi. A oportunidade bate à porta.

– Espero que sim.

– Esperar é uma coisa perigosa, Quinn.

– É o que dizem.

Houve uma época em que Quinn chegou a pensar que a esperança era coisa do passado, mas lá estava ela outra vez, aquela urgência, aquela dor quase espiritual, aquela ferida aberta à espera de um bálsamo qualquer. Como era possível que Ona tivesse percebido isso?

– Então pode vir no domingo. Até gosto da missa do sábado – disse ela afinal. Parecia mais animada. – Mas, olha, mesmo que meus dias *sejam* todos iguais, não é de bom-tom me fazer admiti-lo.

– Desculpa. Não vai se repetir.

– Por favor.

– Já estou até sentindo o cheirinho desses biscoitos.

– Vou pensar no seu caso.

A escultura ainda respirava – ou parecia respirar. De repente Quinn sentiu no próprio corpo um peso semelhante, como se ele também fosse um corpo aramado cheio de pedras, um homem de rocha escondido num arvoredo. "Levante-se", ele murmurou, mas o homem de pedra permaneceu como estava, suspenso, prestes a se levantar apesar de tudo ou a finalmente sucumbir ao peso cruel de tantas pedras.

PESADOS

1. A borboleta mais pesada. Cerca de 25 gramas. *Ornithoptera alexandrae*. País de origem: Papua-Nova Guiné.
2. Bebê mais pesado, nascido de uma mãe saudável. 10 quilos e 300 gramas. País de origem: Itália.
3. Ônibus mais pesado puxado por cabelos. 7.873,9 quilos. País de origem: Malásia.
4. Chuvas anuais mais pesadas. 38,94 pés por ano. Mawsynram. País de origem: Índia.
5. Objeto mais pesado retirado de um estômago. 2 quilos e 400 gramas. Uma bola de pelos. País de origem: Reino Unido.
6. Pássaro voador mais pesado. Abetarda-comum. 21 quilos. País de origem: Hungria.
7. Coração mais pesado. Quase 700 quilos. Baleia-azul. País de origem: oceanos.
8. Gato mais pesado. Himmy. 21 quilos e 20 gramas. País de origem: Austrália.
9. Cachorro mais pesado. Kell. 130 quilos. País de origem: Inglaterra.
10. Homem mais pesado. John Minnoch. 635 quilos. País de origem: Estados Unidos.

★ ★ ★

Esta é a Srta. Ona Vitkus. Esta é uma gravação de fragmentos da sua vida. Esta é a Parte Três.

Fragmentos? Sei não...

. . .

Senão vão achar que eu sou um vaso quebrado que não dá pra colar de volta.

. . .

Memórias, então. Mas não são isso, na verdade. Parecem outra coisa.

. . .

Deixa pra lá. *Fragmentos* está bom. Pode ir em frente.

. . .

Como é que eu fiquei? Esperando, ora. Igual às mães de hoje. Igual às mães de sempre. Randall estava na faculdade de direito, feliz da vida com as aulas de Prática Tributária, mas Frankie... Frankie se alistou na Marinha. Passando por cima do meu quase-cadáver.

. . .

"Pensa nesses soldados que voltaram abilolados da primeira", eu falava pra ele. "Veja o que aconteceu com seu próprio pai." Mas meu Frankie não gostava de ouvir. Gostava só de falar. Mandava as cartas mais lindas, lá do LCT dele nas Marianas do Norte.

. . .

É um navio enorme que transporta tanques e homens, basicamente. Atravessa meio mundo pra depois cuspir sua carga bem no olho do furacão. Ah, você devia ter visto as cartas dele... Mas Howard não deixou que eu as levasse comigo quando fui embora.

. . .

"Hoje vi um pássaro com três metros de asa, mamãe." "Tenho me dado muito bem com os companheiros de bordo, mamãe." Esse tipo de coisa. "O céu aqui tem milhares de cores, mamãe, feito o olho esmurrado de um pugilista." Meu Frankie tinha um jeito engraçado de escrever...

. . .

Bem, seis meses mais tarde, depois da Batalha de Saipan, um artilheiro pegou ele numa das raras noites dos fuzileiros em terra firme. Todos os rapazes ficaram na praia, assistindo à fita de cinema, menos o Frankie. Ele surrupiou um jipe, desafiando as normas como era do seu feitio, e saiu pra um passeio numa das zonas de segurança. Mas não era tão seguro quanto ele imaginava. Certamente tinha álcool na jogada. E mulher. Mesmo lá naquele fim de mundo ele teria dado um jeito de encontrar algum rabo de saia.

. . .

Também me pergunto até hoje, sabia? Exatamente a mesma coisa. Mas na época ninguém soube me responder. Falavam que não era importante. Imagino que fosse alguma coisa com o Bob Hope.

. . .

Ah, o Bob Hope era sensacional. Engraçadíssimo. Por isso acho que a fita era com ele. Ele mais o Bing Crosby, provavelmente numa daquelas histórias tolinhas em que a Dorothy Lamour ficava rebolando de um lado para outro em um sarongue branco. Todos aqueles garotos lá na praia, obedientes e sentadinhos na frente da tela com o olho grudado na Dorothy. O comportamento exemplar de quem teve uma mãe melhor do que eu pra educar. Enquanto meu Frankie pilotava um jipe a mil por hora no meio de um canavial.

. . .

Pode ser. Nunca pensei nessa possibilidade. Hmm. Aquilo lá era um grande descampado. Mas os jipes são barulhentos demais. E o som da fita não devia ser lá grandes coisas, não é? Imagino que não fosse possível ouvir de longe. Mas talvez ele pudesse pescar as partes mais engraçadas, só de ver o que aqueles dois estavam aprontando. Só pelo *timing* deles. Bing e Bob eram famosos pelo *timing*.

. . .

Eu também. Tomara que ele tenha ouvido um pouco do filme. Espero que tenha dado boas risadas antes de morrer.

Capítulo 11

Quinn ainda não havia acreditado inteiramente naquela história do DJ de Omaha e do sucesso estrondoso de costa a costa do país, mas foi obrigado a mudar de ideia quando viu as hordas de meninos e meninas que vestiam as camisetas da banda e sabiam de cor a letra de todas as músicas. Os CDs eram vendidos aos montes, e os shows se prolongavam com inúmeras canjas. Quinn passava batido pelas cifras que o primo ausente havia anotado, preferindo improvisar seus solos e ornamentos num estado de pura alegria e inspiração.

Era só mais um trabalho (na companhia de um bando de fãs de Jesus absurdamente talentosos que insistiam em chamá-lo de tio), mas, como sempre, Quinn acabou se importando. Volta e meia aparecia alguém para pedir algum conselho, e ele dava orientações como se fossem dinheiro de que não precisava. Sentia-se expansivo e necessário. Em Providence, alterou toda a ordem do *set list*; em Springfield, ajustou a aparelhagem vagabunda da casa com meia dúzia de truques; em Worcester, passou a conversa nos organizadores e encaixou a Resurrection Lane para fechar a noite depois de outras duas bandas. Preocupava-se com o movimento das bilheterias e o fluxo de venda das camisetas. Admirava-se com as composições honestas e geralmente repletas de surpresas harmônicas. Levava a sério o efeito que as músicas produziam em tantas cabecinhas atentas. Chegava ao fim de cada noite com os maxilares doendo de tanto rir.

Como previsto, Sylvie fazia rondas eventuais, fiscalizando isto ou aquilo, mas com a presença de Quinn aqueles hábitos perdiam o sentido. Ficara boquiaberta ao vê-lo consertar cabos e caixas durante uma passagem de som, o que para ela equivalia a construir um forno de micro-ondas a partir de um manual em japonês.

– Como é que você sabe isso tudo? – perguntou ela.

A resposta: nada era mais natural para quem tinha nas costas 25 anos de experiência com equipamentos velhos e bares sem nenhum tratamento acústico.

– Meus garotos mal conseguem consertar uma tomada – disse ela. – O Doug é ainda pior. Me casei com um *neurocirurgião* que não consegue nem armar o alarme de casa.

Isso havia sido na última noite da turnê, durante um intervalo. Eles rodeavam a mesa onde eram vendidos os materiais da banda, camisetas e bonés sobre o quais se lia RESSUSCITE-SE na cor vermelho-sangue das imagens cristãs. Virando-se para o ajudante, um sujeito alegre com uma camisa xadrez de caubói, voluntário da igreja, ela perguntou:

– Qual foi a contagem de hoje, alguém sabe?

– Umas seiscentas pessoas, fácil – respondeu o homem.

Quinn ficou boquiaberto.

– É aquela canção – emendou o outro. – Tem tocado muito na rádio local.

– Quinn sugeriu que eles deixassem pra tocá-la no bis – disse Sylvie, beijando seus dedos e apertando o queixo de Quinn. – Deixar o povo esperando! Nosso amigo aqui sabe das coisas.

Tinha 55 anos, mas parecia mais jovem do que ele. Sua pele tratada a laser parecia um pêssego, seu cabelo solar ficava sob cuidados caríssimos. Ao conferir o salão, seus olhos espertos amiudaram por trás dos óculos modernos.

– Da última vez que estivemos em Boston, havia 47 pessoas. – Ela precisou gritar um pouco para ser ouvida em meio à algazarra da multidão.

– Às vezes a gente dá sorte – disse Quinn.

– Cinquenta semanas na estrada não é sorte – disse Sylvie enquanto se encarregava da venda de itens da banda. Ela entregou uma camiseta a uma garota que lançava olhares insinuantes para Quinn por trás da sua franja roxa. O circuito gospel nem sempre era tão santo quanto as pessoas imaginavam.

– Se cinquenta semanas na estrada fossem uma questão de sorte – completou ele –, hoje eu estaria nadando em dinheiro.

Sylvie olhou para ele, pensativa. Ao longo dos três últimos anos eles haviam convivido o bastante para se considerarem amigos.

– Imagino que não seja fácil pra você – disse ela. – Tocar com esses meninos depois de tantos anos de carreira.

No palco, os meninos já interagiam com a plateia, convidando as ovelhas desgarradas para se juntarem novamente ao rebanho de Jesus. Conseguiam fazê-lo sem o fervor dos fanáticos, sem ameaças de fogo e enxofre. Soava como um convite para uma festa no camarim depois do show. Molhados de suor, muitos se aproximaram do palco para as orações de praxe enquanto outros seguiam com os orientadores de plantão até um local reservado para receberem uma rápida prédica e uma bíblia de cortesia. A ideia era acertar os ponteiros com Jesus para depois ticar em um cartão de compromissos os itens de preferência de cada um: "Eu me comprometo a *isto*"; "Eu me comprometo a *aquilo*"; "Quero receber informações sobre *isto e aquilo*"; "Quero receber por e-mail as meditações semanais da Resurrection Lane" etc.. Essa era a parte evangelizadora do show, reservada apenas para algumas cidades e minuciosamente discutida pelos integrantes da banda.

Era tacitamente entendido que Quinn podia ficar de fora.

– Às vezes me pergunto se Doug e eu exageramos na disciplina dos meninos. – disse Sylvie. – Eles não fazem nada além de ensaiar e tocar, ensaiar e tocar. E, claro, rezar, rezar, rezar...

– Você fala como se rezar fosse uma coisa ruim.

– Pra sua informação, Doug e eu não somos evangélicos. Somos unitaristas.

– Está brincando – riu Quinn.

– Meus filhos acham que o primo Zack caminha sobre as águas. Ele voltou da sua primeira reabilitação no maior estilo *Rock of Ages* e os meninos engoliram todas as suas profecias.

Sylvie se calou um instante para dar o troco a uma moça que levava na cabeça um boné com as iniciais JC. E então continuou:

– Melhor assim. Melhor que tenham optado pela boa e velha religião em vez da cocaína. – Ela olhou para ele. – Ficam mais tranquilos quando você está por perto, Quinn. *Eu* também fico mais tranquila quando você está por perto. É isso que estou querendo dizer.

Ela pediu ao caubói de camisa xadrez que assumisse seu lugar na mesa e foi puxando Quinn para um canto mais distante.

– Meus filhos acham que todo mundo é bem-intencionado. – Ainda precisava berrar para se fazer ouvir. – Acham que nada de mal pode acontecer, apesar do exemplo do primo. Você tem filhos, não tem?

Quinn não disse que sim nem que não. Os garotos da banda não tinham ouvido falar da morte do menino, ou se tinham, não haviam associado o episódio a ele. Melhor assim, ele pensava, embora tivesse vezes em que sentia um ligeiro desconforto (ligeiro demais para ter alguma consequência), perguntando-se como era possível ter convivido por tanto tempo com aquela mãe e aqueles filhos sem dividir com eles o mínimo sobre sua vida pessoal. Eles o viam mais ou menos como um de seus professores do colégio, que deixavam de existir assim que saíam da sala de aula.

– Até mesmo Brandon – prosseguiu Sylvie –, que já tem 21 e é casado, é um *adulto*. Ele já devia ser mais calejado, mas não, é um patinho ingênuo que nem os outros. E por que não seria? Nunca precisou esquentar a cabeça com nada porque a mamãe estava sempre por perto pra resolver os pepinos. Às vezes fico achando que eles têm uma impressão errada do que seja o mundo da música. Uma impressão *completamente* errada. Você também não acha?

– Um motorhome Winnebago novinho em folha? – disse Quinn. – Isso sim pode dar uma impressão errada do que seja o mundo da música.

Sylvie, que tinha o pavio curto quando o assunto era dinheiro, devolveu:

– Não é disso que estou falando.

– Se você está falando daqueles caras que apareceram lá no show de Providence – aventou Quinn –, aqueles que achavam que estavam disfarçados só porque estavam de óculos escuros... Aí a coisa já muda de figura. – Ele cravou os olhos nela. – O que eles tinham pra oferecer?

– Nada de interessante – disse Sylvie. – Pelo menos por enquanto.

A pista diante do palco fervilhava de fãs, alguns aos prantos, uma bíblia cerrada contra o peito. Sentia-se no ar um estranho perfume floral.

– Doug acha que estou dando um passo maior que as pernas – confessou ela, os brincos de design industrial cintilando sempre que ela mexia a cabeça. – Meus filhos são uns patetas nos negócios. Zack é o único que um dia já teve um emprego *de verdade*. Zack, o drogado que converteu os primos para a religião. Não é irônico?

– Inusitado, eu diria.

– Quer dizer... É muito conveniente andar por aí semeando a Palavra do Senhor enquanto a mamãe aqui fica pilotando a caixa registradora.

– Me adota – disse Quinn. – Eu preciso de uma caixa registradora.

Sylvie não se conteve e riu.

– Desculpa, só estou desabafando. – As luzes do palco já começavam a piscar. – Quer saber de uma coisa? Ando ficando meio sem paciência pra essa gente – disse ela, apontando vagamente para as pessoas à sua volta. – Já estou ficando com saudade de trabalhar com decoração. Minha praia nunca foi esta aqui.

A praia de Sylvie, pelo que Quinn podia imaginar, era mostrar retalhos de carpete para senhoras de testa congelada. A dele era a guitarra, e não importava muito onde ou em que circunstâncias essa guitarra era tocada. Mas agora, acompanhando aquela garotada na turnê que podia ser o princípio de uma carreira de grande sucesso, ele começava a enxergar no horizonte uma pontinha de esperança. A esperança de poder trancafiar os últimos 25 anos de sua vida num baú de relíquias e começar algo novo dali em diante. Fazia tempo que não sentia isso: esperança.

– Tudo aqui é muito... *Formal* – prosseguiu Sylvie. – Parece que eles estão se preparando pra alguma coisa. Uma guerra, sei lá.

– Não sou eu que vou julgá-los.

– Eu sei, eu sei. Não quero que você julgue ninguém. – Ela ajustou no rosto os óculos modernos. – O que eu estou dizendo é que... agora é tarde demais. Não dá mais pra cair fora deste bonde.

Só então Quinn entendeu: ela estava com medo.

Sylvie marchou de volta para a mesa de suvenires e rapidamente guardou os ímãs de geladeira numa caixa.

– Só mais cinco minutos, pessoal! – Depois virou-se para Quinn, dizendo: – Não quero que você fique achando que não dou conta do recado sozinha. Tenho me saído muito bem até agora.

De repente ela relaxou os músculos do rosto e por um instante, não mais que isso, aparentou os 55 anos que de fato tinha. Só então Quinn compreendeu por que a mulher havia confiado nele para se abrir daquela forma. Para uma pessoa assim como ela (enérgica e tensa, um relâmpago), ele podia ser tomado por um homem seguro de si, confortável dentro da própria pele, por mais incrível que isso pudesse parecer.

As luzes piscaram mais uma vez e Quinn já ia voltando para o palco quando a moça de mechas roxas na franja o abordou e pediu que ele autografasse seu CD. Concebida por Sylvie, a capa do tal CD trazia uma foto em que os meninos apareciam ligeiramente desfocados pelos vermelhos e laranjas de um sol nascente. Mesmo Zack (mais velho e mais encorpado que os demais, com sua testa enrugada e seu nariz avermelhado pela cocaína) parecia recém-saído da igreja.

– Não faço parte da banda – disse Quinn, berrando para ser ouvido. – Só estou substituindo o Zack.

– Ah, claro – disse a moça. – Agora está explicado.

O que estaria explicado? A presença de um homem de meia-idade no meio daquela juventude dourada?

Os holofotes se acenderam no palco e a multidão urrou junto com os acordes iniciais do set final. Diante de tantas vozes em uníssono, Quinn procurou esquecer que era apenas um substituto, que aquele público tão empolgado não lhe pertencia. Deixou-se levar naturalmente pelo vagalhão de carinho, pela enxurrada de assobios e *uhus*, alheio aos gritos e gestos de louvor a Deus, às bíblias sacudidas no alto, ao êxtase dos que haviam encontrado a salvação. Só o que importava era que continuassem aplaudindo sua guitarra.

Às duas da madrugada estavam na estrada de volta para casa. Brandon ficou ao volante do motorhome, a lua tremeluzindo no alto. Na cabine do veículo, focos de luz determinavam as diferentes ilhas de atividade: de um lado, os Jotas jogavam uma compenetrada partida de buraco; de outro, refestelado numa poltrona chumbada ao chão, Tyler devorava avidamente o livro que vinha lendo: *Carrie*, de Stephen King.

Lá pelas tantas, Quinn lembrou que havia faltado ao trabalho na sexta-feira sem avisar Dawna, sua animada supervisora no bico de diarista.

– Merda – ele deixou escapar.

– Opa – disse um dos Jotas, baixando sua mão de cartas. – Palavrão aqui não pode. Aconteceu alguma coisa, tio?

– É que decepcionei uma pessoa aí.

– Mas a gente você não decepcionou, não. Pelo contrário. Você encheu a casa.

Quinn esperava que aquilo fosse o início de uma conversa mais longa e mais proveitosa sobre como exatamente ele havia "mandado bem" naquela noite. Queria ouvir que tinha tocado muito melhor que o primo cocainômano. Essa era exatamente a oportunidade que vinha esperando: a de vender seu peixe de guitarrista. Mas os garotos voltaram ao silêncio de antes, exceto Brandon, que estava ensaiando sua parte em uma das canções novas com sua voz de tenor passeando facilmente pelo vaivém das notas. Aquela turma não era lá muito afeita ao humor e à ironia; mesmo assim, Quinn não podia deixar de rir toda vez que se imaginava como o guitarrista pagão de uma banda evangélica.

Os meninos continuaram acordados até tarde. Ninguém havia mencionado o nome de Zack desde a última terça-feira, mas vira alguns telefonemas furtivos sendo feitos depois que Sylvie o deixara no comando da desmontagem do equipamento e caíra na estrada com seu próprio carro, um Mazda Miata. Se ele estava lendo corretamente nas entrelinhas, a Resurrection Lane estava a um passo de se ver desfalcada de um integrante. Permanentemente.

– Do que você está rindo? – perguntou Tyler, erguendo os olhos do livro.

– Das voltas do destino... – respondeu Quinn, enigmático.

– Não existe isso de "voltas do destino". O que existe são os desígnios insondáveis do Senhor – disse Tyler, e riu de si mesmo. Sabiam como soava aquele seu jeito de falar, mas não conseguia evitar.

Seguiu-se um intenso coro de améns. Os meninos estavam sem dormir e enjoados de tanta comida ruim. No entanto, por serem jovens, brilhavam feito um cesto de maçãs recém-lavadas.

– E será que entre os desígnios insondáveis do Senhor está a assinatura de um contrato com os caras de óculos escuros que procuraram vocês no outro dia? – perguntou Quinn.

Os garotos emudeceram. Decerto Sylvie os havia instruído a ficarem de bico calado.

– Estamos rezando por isso – Brandon deixou escapar.

Como era possível que aqueles garotos, aquelas *crianças*, tivessem conseguido abrir a porta que ele tentara arrombar tantas vezes e tão inutilmente? Todos aqueles anos, aquelas bandas, aqueles "quases", aquela velha sede insaciada.

Ele esperou por alguns quilômetros e foi para a frente do motorhome, onde Brandon guiava com ambas as mãos fincadas no volante, sempre na posição correta de "dez para as duas". O garoto tinha o rosto de um arcanjo e de uma mulher que dava aulas no segundo ano do ensino fundamental.

– E aí – disse Quinn. – Me diverti bastante, sabia?

– Quem tem guitarra vai a Roma – disse Brandon.

– Pois é, mas... O que eu estou querendo dizer é... Se o primo não voltar nunca mais...

– Ele vai voltar. Sempre volta.

– Certo. Mas se não voltar... – Quinn virou-se para incluir os demais na conversa, animado com a possibilidade de deixar para trás todo um passado de frustrações. – Não é pra me gabar, mas... nunca faltei a um show. – Ele já havia tocado com gripe, com o tornozelo fraturado, com ressacas horrorosas, depois de ter passado sete horas em casa ouvindo o choro contínuo de um bebê recém-nascido. Nunca havia sequer atrasado.

Aqueles garotos tinham olhos calmos; calmos, azuis e sinceros, além de uma compaixão advinda do conforto material. Tinham nascido e crescido em ambientes solares, cercados de brinquedos, e agora haviam conseguido emplacar um primeiro sucesso nas rádios, estavam sendo abordados por figurões do setor e tinham uma herança de família mais antiga que Moisés. Quinn previa turnês nacionais, shows nas principais arenas do país, casas e estádios lotados. Imaginava-se dizendo: "Belle, finalmente consegui. Aqui está sua metade." Apreensivo, ele perguntou:

– Vocês não acham que talvez... talvez o primo não esteja assim tão comprometido com... o futuro da banda?

Agora tinha sobre si todos os olhos calmos. Sentia-se exposto.

– Zack é da família – disse Brandon. E ponto final.

A noite ainda estava escura quando pararam diante do prédio de Quinn. Escura e calma. Brandon desceu, tirou o amplificador de Quinn do bagageiro e deixou o aparelho na calçada; por um momento de terror, Quinn sentiu-se na pele de um velho incapacitado. O lugar era uma grande tristeza: os apartamentos escuros e silenciosos, os carros estacionados ao longo da rua à espera do amanhecer. Dali era possível ver a ponte e um fiapinho da baía, mas ninguém chamaria aquilo de uma "vista".

– Você sabe que é o nosso cara, tio – disse Brandon, plantando sobre Quinn os olhos muito azuis. – A gente conta com você.

Então Quinn notou que os outros observavam a cena de dentro do carro. Ficou se perguntando se o filho um dia teria olhado para ele da mesma forma.

Esperou que o carro partisse e recolheu sua tralha para o apartamento. Certas mulheres viam charme no lugar, mas sua libido havia sido suspensa diante do desespero de Belle e de sua própria confusão mental. No quarto, havia uma cama de casal perfeitamente arrumada, além de uma estante atulhada de livros e partituras. Na prateleira central ele havia colocado um porta-retratos com uma foto do menino.

Foi assaltado por uma súbita lembrança, de quando, ao voltar para casa, encontrara o bebê acordado no berço, olhando através das grades banhadas pelo luar. A cena ainda estava bem viva na sua cabeça: a penumbra do quarto, o silêncio do bebê, sua repentina vontade de tocar o pequeno violão que ganhara de presente da mãe na infância e que ainda estava lá, guardado debaixo do berço, na esperança de atrair o interesse do bebê. Sentou-se perto do berço e tocou o mais baixo que pôde, cantarolando a canção de ninar que sua mãe costumava entoar, ciente dos olhinhos lunares do menino, inicialmente fixados no violão e depois no pai, como se entendesse de onde a música realmente saía. Sentiu-se tocado por pássaros quando finalmente viu o filho adormecer. Das outras vezes em que tentara repetir o truque, não conseguira mais do que agitar o menino ou fazê-lo chorar, até que começou a pensar que aquela primeira serenata não havia passado de um sonho.

Era esse mesmo violão que ele agora via à sua frente, apoiado contra a parede do quarto, já um tanto arranhado pelos anos. Tinha por ele o mesmo zelo que alguém teria por um cachorro velho, o mesmo carinho, a mesma gratidão. Pegou-o com cuidado, sentou-se com ele na cama e afinou-o em sol aberto, já respirando mais facilmente, saciando um pouco a sede atormentadora. Assim que amanhecesse, iria para a casa de Ona. Reabasteceria o alpiste dos passarinhos, cortaria a grama do jardim. Mais tarde passaria na casa de Belle e entregaria a ela metade do dinheiro ganho na semana. Fechando os olhos, agradeceu por ter essas obrigações no seu horizonte imediato, por menores que fossem.

A madrugada já ia longe. Quinn tocava seu violão baixinho, a cabeça derreada sobre a caixa de ressonância. Entrou num estado de graça que poderia ser chamado – sem precisão e com alguma generosidade – de oração. Ao raiar do dia, deitou a cabeça no travesseiro e adormeceu com o instrumento nos braços.

* * *

Esta é a Srta. Ona Vitkus. Estas são memórias e fragmentos da sua vida. Esta é a Parte Quatro.

...

Guerra? De novo?

...

É verdade. Seus colegas da escola vão entrevistar avós que só lembram da Segunda Guerra. Talvez nem dela. Você terá a entrevistada mais velha da turma, com uma margem de pelo menos quarenta anos.

...

Não vou ficar *nem um pouco* surpresa se o Sr. Linkman te der uns pontinhos a mais.

...

Ninguém chamava de Primeira Guerra Mundial. Quem podia imaginar que haveria uma segunda?

...

Bem, eu estava aqui.

...

Você achou o quê? Que eu fui pra Europa com um capacete na cabeça? Pois eu estava bem aqui em Portland, no Maine, trabalhando dez horas por dia num grupo de datilógrafas e morando com mais três bocós num apartamento gelado.

...

Na Elm Street. E o nome da rua não era à toa, não. Realmente tinha um olmo nela, uma belezura, só você vendo. Bem na frente do meu prédio. Seis meses depois do Armistício, o Howard me viu na calçada, voltando da casa da irmã de uma vizinha, que ficava pertinho do parque. Tinha ido lá pra ouvir um disco no gramofone novo que eles tinham comprado.

...

Ah, mas naquela época tinha olmo pra todo lado na cidade. Portland era lotada delas. Você nunca viu uma árvore como aquela. Era primavera. Maio. A guerra tinha acabado e a gripe espanhola também, não sem antes levar cinco moças que trabalhavam comigo na companhia de seguros. Tiveram que fechar as portas por duas semanas em novembro e foi difícil se aquecer porque os cinemas fecharam também. As casas de festa, as igrejas tudo enclausurado. Nesse meio-tempo, todo dia chegava um ônibus de veteranos ruins da cabeça, alguns sem braço ou sem perna. Em maio, a cidade estava pronta pra despertar daquele pesadelo. E lá estava Howard Stanhope, o viúvo gentil que eu tinha conhecido ainda criança, gritando meu nome na primavera.

. . .

É um fonógrafo antigo. Um toca-discos. A primeira música que eu ouvi foi o hino nacional cantado pela Margaret Woodrow Wilson, filha do presidente.

. . .

Que nada. Era um horror. A menina cantava feito um pernilongo estrangulado.

. . .

Não sei. Não sou muito boa nesse tipo de coisa.

. . .

Ah, sei lá. Era mais ou menos assim: *miiiiiim miiiiiim miiiiiim.*

. . .

Não é pra rir, a culpa não era dela. Viu o que você fez? Agora sou eu que estou rindo!

. . .

Sim, então lá estava o Howard, na esquina da Elm Street com a Congress, me abordando com sua voz de cavalheiro: "Srta. Vitkus, não é?", ele disse. Sabe o tipo? Sr. Charmoso?

. . .

Ah, gostei *sim*. Fiquei *encantada* por ter sido reconhecida na rua. Sobretudo por um conterrâneo. A última notícia que eu tinha era que ele era dono de uma loja de discos na Mercantile Street lá de Kimball. Eram tempos difíceis. Eu tinha 19 anos, uma moça crescida, mas ainda tinha a esperança de que Maud-Lucy fosse voltar para me buscar. E de repente me aparece esse galanteador de chapéu na cabeça, lembrando do meu nome. Eu era uma palerma que não sabia a diferença entre encantamento e amor.

. . .

Aqui vai a parte sobre a Primeira Guerra: Howard excedia a idade limite por muitos anos – estava com 39 – mas tinha se alistado como motorista de ambulância quando todos os outros justificavam afastamento. Tenho que reconhecer isso. Ele voltou arruinado, mas sua ruína não aparecia da mesma forma.

. . .

Pra início de conversa, ele ficou meio surdo de um ouvido e precisava se aproximar das pessoas para ouvir o que diziam. Então todo mundo achava que ele tinha acabado de voltar da França e queria se reaproximar dos amigos. Parecia uma pessoa perfeitamente normal. Um comerciante de modos irrepreensíveis.

. . .

Stanhope Music Company. Ele tinha vendido a loja de Kimball antes de ir pra guerra. Depois se mudou pra Portland e assumiu a loja do pai, que tinha o mesmo nome. Ficava na Forest Avenue. Fui trabalhar pra ele, exatamente como tinha feito a primeira Sra. Stanhope lá em Kimball. Oito meses depois, num lamentável impulso de falta de imaginação, me casei com ele.

. . .

Porque me sentia sozinha, eu acho.

. . .

Pois é, obrigada. Realmente me pareceu um bom motivo na época. Nossa casa na Woodford ainda está de pé. Ouvi dizer que foi transformada num lugar em que embrulham as pessoas em algas marinhas pra rejuvenescer a pele.

. . .

Claro que não funciona. Nada funciona. Neste mundo não há truque de mágica que traga de volta a minha juventude e a minha beleza.

. . .

Muito gentil da sua parte. Diga a seus pais que eles o educaram muito bem.

. . .

Então diga só pra sua mãe. Onde é que eu estava? Howard. Só fui perceber o estrago que a guerra tinha feito nele quando já era tarde demais. Aliás, pode dizer pra este seu professor que as mulheres da época também ficavam abiloladas. Basta perguntar pras esposas de hoje, nesta guerra idiota que está acontecendo num país que ninguém sabe achar no mapa. Todos esses homens – e mulheres também, imagine, sozinhas com um bebê em casa! – voltando para os Estados Unidos destruídos pelas coisas que viram e fizeram.

...

Não estava me referindo a você. Tenho certeza de que você sabe apontar o Iraque no mapa. Mas não vamos falar mais de guerra. Pra muita gente a guerra não é um assunto, é uma pedra no coração. Já contei que votei pela primeira vez em 1920?

...

Exatamente. O primeiro ano em que as mulheres puderam votar. Você é craque com as datas históricas, não é? Mas acabei de contar uma mentirinha. Cheguei a votar, sim, mas não foi na eleição oficial.

...

Porque ainda faltavam dois meses para que eu completasse 21 anos. Naquela época as campanhas eleitorais ainda eram feitas por gravações fonográficas, e durante todo aquele outono, Howard colocava uma gravação dessas pra tocar na loja. Duas vezes por mês: uma para os Republicanos e outra para os Democratas. Três minutos de discurso. Howard cobrava dois dólares dos clientes republicanos, mas para o discurso Democrata a entrada era de graça.

...

A mesma ladainha de hoje, sobre como a guerra do presidente Wilson tinha salvado a civilização etc. Nas vésperas da eleição, as pessoas mal conseguiam entrar na loja, de tão cheia que ficava. Não estou exagerando, não, pode acreditar.

...

Quem dera! Howard não deixava que eu chegasse nem perto daquele gramofone! Minha função era servir cidra e biscoitos, mas secretamente eu estava era escolhendo meu candidato.

...

Porque uma das nossas clientes estava na mesma situação que eu. Também tinha nascido em janeiro. Jane, era esse o nome dela. Jane Baxter. Morava numa casa linda lá no West End, muito antes de começarem a destruir aquelas joias da arquitetura pra construir outra coisa no lugar. Jane aparecia na loja uma vez por semana pra comprar partituras. Tocava viola. E se era eu que estava no balcão, a gente sempre trocava um dedo de conversa.

. . .

Que nada. Jane era rica demais pra ser minha amiga. Pertencia a outra classe. Usava brincos de brilhantes, presentes do seu marido bonitão. Estava organizando na casa dela uma eleição simulada pras moças que ainda não tinham idade pra votar. Votação do meio-dia a uma hora, resultados revelados às 13h15. Ela me convidou.

. . .

Pode apostar que sim! No dia da votação, cheguei pontualmente ao meio-dia à Neal Street. A casa já estava repleta de mulheres. Eram vários cômodos arejados e bem encerados, com máscaras emplumadas da África penduradas nas paredes. Serviram ponche e profiteroles, e a irmã da Jane tocou alguma coisa na harpa. A urna estava no fundo de uma das salas. As pessoas iam lá e assinalavam uma cédula falsa.

. . .

Não lembro. Pra mim não importava se as cédulas pareciam com as verdadeiras ou não. Marquei a minha e depositei na urna improvisada. Foi a irmã da Jane quem apurou os votos, registrando um por um num caderno de contabilidade igualzinho ao que a gente usava na loja. O suspense foi delicioso. Muitas moças eram dessas sufragistas, como era de esperar. O Sr. Baxter nem deu as caras.

. . .

Eram mulheres que faziam campanha a favor do direito ao voto. Elas rodavam o país inteiro fazendo discursos. Algumas eram meio machinho, pra falar a verdade. Às vezes as pessoas arremessavam coisas no palanque.

. . .

Ah, sim, e algumas eram presas só por terem uma opinião formada. Mas também tinha um monte de outros tipos, mulheres mais caladinhas feito eu, com um bebê a caminho.

. . .

Vinte e sete ao todo. Tirando a Jane, eu não conhecia nenhuma delas. A gente ia bebendo nosso ponche enquanto fazia as previsões de quem ia ganhar e quem não ia. Alguém chegou a sugerir que a irmã da Jane fosse incluída entre os candidatos. Demos muitas risadas, uma pândega. A outra irmã da Jane, de 30 anos, apareceu antes da apuração e ficou quinze minutos falando sobre a emoção que tinha sentido ao votar de verdade.

. . .

Uma tarde deliciosa. Mas depois que cheguei em casa... Fiquei assim, meio tristonha.

. . .

Porque eu não tinha nenhuma amiga. Nem a Jane, nem ninguém.

. . .

Ah, mas isso não está certo. Um menino da sua idade não devia saber como eu me sentia. Pra mim foi mais fácil, porque no mês seguinte nasceu o Randall. Não sobra muito tempo pra pensar em amizade quando você tem um bebê pra criar, uma loja pra tocar e um marido que começa a atacar os móveis com uma faca de cozinha toda vez que não consegue publicar as canções horríveis que ele compõe.

. . .

Howard me perguntou a mesma coisa, e eu falei : "Votei no Eugene Debs." "Um socialista?", ele me perguntou. Não podia acreditar, assim mesmo, com os olhos arregalados. "Minha mulher votou num *socialista?*"

. . .

Eu sei. Era um voto de mentirinha. Foi por isso que Howard se acalmou. Mas intimamente eu ficava rezando pra que o Sr. Debs acabasse sabendo, talvez por intermédio de alguém da família Baxter, que uma eleitora menor de idade, lá da Woodford Street, queria muito que ele fosse eleito presidente dos Estados Unidos.

. . .

Na eleição seguinte? Naquela época eu já tinha dois filhos. Votei em Robert La Follette, e dessa vez foi pra valer.

. . .

Ih, você nem calcula. Howard só faltou me matar. "Outro socialista?", ele disse. "Follette não é socialista", respondi na hora. "É progressista." O coitado quase engasgou com o mingau. "Por que, Ona? *Por quê?*"

. . .

Porque eu podia, ora. Só por isso. Era uma mulher casada que não era dona de nada, nem mesmo das roupas que vestia. Mas era dona do meu voto, certo? Que motivo eu teria pra não voltar num socialista? Às vezes fico me perguntando como fui capaz de viver tanto tempo ao lado de um homem assim, tão mesquinho, tão desconfiado e, sobretudo, tão triste.

. . .

Vinte e oito anos. Uma eternidade. Depois disso foram mais vinte anos como secretária do Dr. Valentine na Lester Academy. Tinha uma daquelas mesas com tampa de sanfona, sabe? Achava que a qualquer minuto podia acontecer alguma coisa muito emocionante naquela escola.

. . .

Não, não acontecia nada. Eu passava o dia inteiro datilografando e arquivando coisas. Mas era a *sensação* que eu adorava – a expectativa.

. . .

Imagino que sim. Um pouco. Algo parecido com a expectativa de quebrar um recorde. Depois disso... *vapt*, *vupt*, mais vinte anos como aposentada. Num piscar de olhos. Depois mais vinte como uma carroça velha. E agora...

. . .

Puxa, mais uma vez, obrigada. Mas o que eu estou dizendo é o seguinte: talvez eu ainda tenha fôlego pra mais vinte. Já estava achando que tinha perdido o gás, mas...

. . .

Pode apostar, meu intrépido amiguinho. Aquela bruxa francesa ainda vai comer muita poeira.

. . .

Está bem, está bem.

Capítulo 12

Ona observava da janela quando Quinn deu suas obrigações por terminadas com uma boa faxina na calçada, a camiseta ensopada de suor. Tinha antebraços e mãos musculosos, um provável efeito colateral de uma vida tocando guitarra. Quando ele invadiu a casa e pegou um brownie sem pedir permissão, Ona percebeu que há tempos não era agraciada com tanta falta de cerimônia.

Outra palavra despencou do éter sobre sua cabeça: *sūnus*. A presença de um pai fez com que ela pensasse em filhos.

Depois de servir o leite de praxe, ela o examinou de cima a baixo.

– Este cabelo está implorando pra ser cortado.

Sua intenção havia sido a de fazer um comentário carinhoso, mas a voz tinha aquela estática da velhice, e elogios soavam como algo bem diferente: invertidos. Ela era uma inversão ambulante.

Quinn sorriu.

– Cortar o cabelo custa caro, Ona. Faz semanas que tenho trabalhado aqui sem ganhar um tostão furado.

Semanas? Tudo isso? Ele já havia instalado as portas de telinha, retirado as persianas quebradas e ressemeado aquele gramado que andava tão sofrido mas que outrora a enchera de orgulho. Nos dias mais ensolarados ela também havia se aventurado no jardim para limpar os arbustos de azaleia. Isto bastara para reavivar um desejo de atividade física até então adormecido e fazer com que ela retomasse as caminhadas diárias pela rua, agora bem mais lentas do que antes. Num primeiro momento ela havia estranhado a vizinhança, achando que tudo estava mudado, mais verde, como se ela – ou o seu entorno – tivesse voltado de uma demorada viagem.

– Puxa, você escondeu seus dotes culinários – disse Quinn, já abocanhando seu segundo brownie.

Ona notou que ele comia do mesmo jeito que Frankie, como se nunca tivesse feito uma refeição. Os cílios também eram idênticos, longos e com uma aparência úmida.

– O ingrediente secreto é a castanha picada. Sábado que vem faço mais uma fornada pra você.

Quinn baixou o pedaço de brownie que já ia levando à boca.

– Ona, hoje é meu último dia.

– Ah. – Tudo parou. – Puxa vida. Tem certeza?

– Eram sete semanas. Esta é a sétima.

– É, devo ter perdido as contas – disse ela. A ideia da despedida iminente começou a latejar dolorosamente dentro do peito. – Eu devia ter prestado mais atenção.

Quinn pegou o baralho da mesa, o que não era permitido.

– Que tal um truque de saideira? – perguntou.

Ela retomou rapidamente as cartas, receando que ele descobrisse os azes escondidos para o Visão Invisível. Era um truque difícil e exigia uma destreza nas mãos que ele não imaginaria possível, mesmo com seus longos e belos dedos de guitarrista. Lembrou-se da técnica há algum tempo, enquanto via o noticiário na TV em uma noite qualquer, rememorando cada detalhe com exatidão. Não era um truque qualquer. Cinco dólares eram numa ninharia.

Quinn esperou por ela, presunçoso. Esperava um truque de graça. Então ele sorriu de novo, um sorriso repentino que fez Ona imaginar como seria sua vida no resto da semana, para além das manhãs de sábado. Pedia um truque hoje por gentileza, ela percebeu; uma gentileza com a pobre velha que sentiria sua falta. Ele nunca a havia insultado com sua piedade; nem uma única vez até agora.

– Cinco pratas – disse ela.

– Não vai dar.

– Por acaso não ficou satisfeito com os truques anteriores? Não recebeu em suspense e espanto cada centavo do dinheiro que pagou?

– Sério, Ona. Não tenho nenhuma nota de cinco.

– Se não bebesse tanto, talvez sobrasse alguns trocados pra diversão.

Quinn deu uma sonora risada, e Ona não pôde deixar de rir também, sabendo perfeitamente que ele não bebia mais. A provocação lembrava um estágio inicial da amizade deles; reconhecia o caminho sutil que haviam percorrido na breve convivência; insinuava um caminho de muitas idas, vindas e curvas que os havia trazido até aquele exato momento. Antes, Ona não confiava nele; agora, sim.

– Você vai me negar esse último pedido? – disse Quinn.

Agora ela se lembrou de Louise. Das centenas de truques que havia feito para ela, sobretudo nos seus últimos dias de lucidez. Sua querida e moribunda Louise. De algum lugar sem nuvens caiu mais esta palavra: *draugas*.

Amigo. Não havia como negar: seu coração estava partido.

– O que foi? – perguntou Quinn.

Seu corpo ficou quente – de um calor súbito. Ona sentiu como se tivesse 50 anos de novo.

– Escolhe uma carta – disse.

Em seguida, pegou o ás de espadas escolhido por Quinn, voltou a carta para junto das outras, depois estendeu o braço para tirar algo do colarinho dele.

– É esta a carta?

– Você sabe que é.

– Se você vai mesmo embora, Quinn, melhor ir de uma vez. – Ona cruzou os braços à sua frente, depois falou: – *Iki*.

– O que significa isso? Adeus?

– Sim, mas não pergunte como eu sei, não vou saber responder – disse ela, com os olhos ardendo.

Como culpá-lo por ir embora? Ela sabia como era difícil para um pai ter que completar as tarefas iniciadas por um filho. Quando Frankie foi morto, coube a ela encerrar a modesta conta que ele tinha no banco, doar os livros e o violão, informar à faculdade que a matrícula dele seria trancada para sempre.

Às vezes os pais sobreviviam aos filhos, essa era a realidade. Mas o menino não tinha morrido em uma guerra como Frankie; tampouco de um câncer na meia-idade, como Randall. Era apenas um escoteiro que estava fazendo sabe-se lá o quê na rua às cinco da manhã. Maldita a hora em que ela havia se permitido o luxo de se afeiçoar àquele menino! Ao passar dos 100 anos, acreditara ter se livrado de lidar com a morte, a não ser sua própria.

E por que não? Quais eram as chances de que isso pudesse acontecer? O menino tinha *onze anos*. Ela tinha *noventa e três* a mais que ele. Mas o escoteiro havia partido para sempre, e agora era o pai quem faria o mesmo. O pai cuja companhia a fazia sentir a presença dos filhos: o dele e os seus.

Levantando-se para sair, Quinn disse:

– Qualquer dia eu telefono, Ona. Para saber o que você anda aprontando.

– Nada interessante, certamente, mas vou apreciar o gesto.

– Você sabia que eram só sete semanas, né? Que era esse o compromisso?

– Sabia, sim – disse Ona. – Perdi as contas, só isso.

– Trabalho nos fins de semana, Ona. Nunca chego em casa antes das três da manhã. – Uma sombra triste desceu sobre o rosto dele; era como se ele estivesse abandonando um gatinho na beira da estrada. – Quer dizer... seria difícil pra mim continuar vindo, você entende?

– Você está certo – Ona deu uma palmadinha na mão dele. – Já que está aqui, você se incomodaria de pegar aquela panela pra mim? – Apontou para a prateleira mais alta da cozinha. Faria uma sopa mais tarde. Com sua carteira vencida, daria um pulo no supermercado, compraria umas duas coxas de frango e alguns legumes, depois passaria o resto da tarde naquilo, fazendo aquela sopa que dali a três ou quatro dias iria quase toda para o lixo.

– Seu desejo é uma ordem.

"Meu desejo", pensou Ona. "Qual será realmente meu desejo?"

Quinn deixou a panela na bancada da pia. Então seu rosto perdeu a expressão, focado em algo atrás de Ona. Ela se virou e encontrou uma mulher magra e triste na sua varanda. Apesar da sujeira da janela, sabia de quem se tratava. Num inesperado rompante de solidariedade, Ona correu ao encontro dela.

– Acordou junto com os pássaros, pelo visto – disse a mãe do menino a Quinn.

– Se as corujas contarem... – retrucou ele.

Um traço de sorriso se desenhou no rosto da mãe: sua face carregava tantas emoções conflitantes que Ona preferiu desviar os olhos. Quinn, por sua vez, ainda a fitava com o mesmo carinho, um carinho que levava Ona a acreditar que tudo acabaria se acertando entre eles.

– Como vai? – disse ela afinal.

– Eu? – perguntou a mulher. Seu cabelo precisava ser lavado. – Péssima. Mas obrigada.

– Sinto muito pela sua perda – disse Ona. Já havia aberto a porta, mas a mulher – Belle, era esse o nome dela – permanecia imóvel na soleira, dando a impressão de que havia esquecido onde estava.

– Seu menino era o melhor de todos. Sempre muito pontual. Eu apreciava muito a companhia dele.

– Sim, ele era um ótimo companheiro. Muita gente não percebia isso.

Ona notou que ela tinha os mesmos olhos grandes e oceânicos do filho. Vendo o carro no qual ela havia chegado, um jipe monstruoso, ficou se perguntando como a pobrezinha tinha conseguido dirigi-lo. Belle enfim passou à sala, mas empacou novamente, encarando Ona como seu filho também havia feito, à espera de novas instruções. Era como se Quinn não estivesse ali.

Ona não gostava que a encarassem, mas não saberia dizer isso a ela de um modo gentil.

– Eu teria ido ao enterro, mas só fiquei sabendo depois. – lançou um olhar a Quinn, mas ele permaneceu tão mudo quanto antes. – Gostaria muito de ter ido. Muito mesmo.

– Tudo bem. Nem sei direito quem estava lá e quem não estava.

Belle vasculhou sua bolsa enorme e desencavou um grande envelope pardo.

– Isto chegou lá em casa. Acho que é pra você.

O envelope tinha um aspecto oficial. Ona recebeu-o com alguma hesitação, tendo aprendido com os pais a desconfiar de todas as coisas de aspecto oficial. Mas ele não continha nada além de uns papéis enviados pela sede londrina do Livro Guinness dos Recordes. Via-se que já tinha sido aberto e seu conteúdo fora bastante manuseado.

– Esse pessoal escreve pra ele o tempo todo – disse Belle. – Quase joguei fora, mas depois percebi que tinha nas mãos seus últimos pensamentos. Sua última preocupação.

A mãe caminhou pela sala, correndo os olhos à sua volta.

– Quinn às vezes sente a presença dele aqui, sabia?

– Não, eu não sabia – disse Ona, novamente olhando de relance para Quinn.

Ele observava a ex-mulher como se fosse um animal ferido, ao mesmo tempo comovente e perigoso.

– Fiquei espantada quando ele me contou – prosseguiu Belle. – Não é da natureza dele falar essas coisas. Provavelmente estava jogando conversa fora, só pra se desvencilhar da pegajosa teia das relações pessoais. Não há nada que Quinn Porter odeie mais do que isto.

– Estou bem aqui, Belle – disse Quinn, afinal.

Belle ergueu os olhos para o teto como se esperasse que o filho se materializasse no lustre.

– Ele tem me dado dinheiro. Ficaria ofendida se isso viesse de outra pessoa, mas entendo o que ele está fazendo. – Pausa. – Quinn é um homem bom, mas com algumas peças quebradas na cabeça.

Quinn não disse nada. Ao que tudo indicava era uma pessoa paciente, tolerante. Ona nunca havia notado isso.

– Ele tem me ajudado muito – disse Ona.

Belle não disse nada. E assim ficou por um bom tempo: muda. Então Ona começou a folhear os formulários, apenas para quebrar o silêncio com o farfalhar dos papéis. Belle ficou esperando, e Quinn também, mas atento à ex-mulher.

Sem saber o que mais fazer, Ona leu em voz alta a carta manuscrita, assinada por uma funcionária com o nome nada britânico de Florence Wu. Ao que parecia, havia simpatizado com o menino e se dera ao trabalho de explicar exatamente o que a tal "amiga idosa" dele teria de fazer para se candidatar aos recordes de (a) Pessoa mais velha do mundo, (b) Mulher mais velha do mundo, (c) Pessoa falecida mais longeva e (d) Pessoa mais velha com uma carteira de habilitação válida. Era a mesma coisa para todos os casos: juntar uma pilha de documentos. Listava-os todos com o costumeiro aviso contra a falsificação.

Terminada a leitura, com as bochechas queimando de vergonha, Ona disse:

– Foi uma bobagem da minha parte...

– Ele inscreveu você em quatro categorias – disse Belle. – Quais são as suas chances?

– Sou jovem demais para a, b e c. Quanto à carteira de motorista... Seu filho vinha me preparando para a prova escrita, mas dificilmente eu conseguiria passar num exame de direção.

– Talvez você precise só de uma desenferrujada – disse Belle.

– Não tenho a documentação necessária. Era só uma brincadeira.

O silêncio se instalou outra vez, e Ona se viu novamente obrigada a preenchê-lo com alguma coisa. Decidiu então despejar sobre eles tudo o que sabia sobre o mundo dos recordes. Comparou o número provável ao número oficial de centenários espalhados pelo mundo inteiro. Fez um breve resumo da biografia de todos os recordistas mais recentes. Desfiou todos os pormenores que sabia da vida obscenamente longa de madame Jeanne Louise Calment. Assumiu um tom imperativo emprestado do menino, incluindo nele até mesmo as suas inflexões mais sutis. Seu monólogo aparentemente acalmava a mãe – Belle, aquele bicho estranho na sua casa – e ela própria se sentia mais calma. Como era tranquilizador armar-se de informações, era reconfortante descarregar os fatos e enterrá-los no chão como as estacas de uma cerca, construindo uma forte barricada atrás da qual era possível proteger-se, sozinho, das falibilidades humanas.

Ona sentia uma saudade terrível do menino.

– Então... você é o quê? – disse Belle. – Uma alma perdida no espaço? Sem nada que prove sua existência? – As palavras saíram da boca dela com alguma pompa.

– Tenho provas mais do que suficientes da minha existência – disse Ona. – Provar a *duração* dessa existência, aí é outra coisa. – De repente ela sentiu o calafrio de uma queda de pressão. Preferiu sentar antes que a tonteira se instalasse.

– Belle – disse Quinn, e já não era sem tempo. – Posso levar você pra casa?

Como? Nas costas?

– No seu carro. Depois eu volto de ônibus pra cidade.

Belle não ouviu o que ele disse ou preferiu ignorá-lo.

– Pelo visto vocês dois estavam de conluio – disse ela a Ona. De novo, um esboço de sorriso. – Ele sabia sua idade exata, os anos e os dias. Vivia falando de você, mas eu nem desconfiava o que ele estava aprontando. Já fazia um tempo que eu tentava tirá-lo um pouco dessa coisa dos recordes e levá-lo pra outra mais produtiva. – Ela olhou de relance para Quinn. – O escotismo. A música.

Quinn permaneceu mudo onde estava. Esperando o momento certo de agir, pensou Ona. Essa era uma qualidade que ela sempre havia apreciado nos homens: saber esperar o momento certo.

– É possível que eu tenha pedido a ele pra ficar de bico calado – disse Ona. – Não estou gostando nem um pouco de ter sido descoberta agora.

Perguntou-se, não pela primeira vez, o que teria sido feito do minigravador. Eram tantas as confidências gravadas, e agora elas andavam por aí em algum lugar, provavelmente num dos bolsos secretos da mochila do menino, insuspeito. Talvez nunca fosse descoberto, aquele laço que a unia ao menino. Não sabia como perguntar sem expor seu segredo. Levantou-se devagarzinho, o sangue rodopiando na cabeça.

– Meu filho adorava segredos – disse Belle. – Só bobagens, nada de muito importante. Festas-surpresa, coisas desse tipo.

Quinn segurava os ombros dela, mas aparentemente ela não havia notado.

– Pois o nosso era um segredo desse mesmo tipo – disse Ona. – Nada que pudesse interessar aos outros. Só a esta velha aqui. – Ela guardou a papelada de volta no envelope pardo.

– Belle – disse Quinn – Que tal a gente..?

– Mas você deve ter pelo menos uma certidão de nascimento, não?

– Não à mão – respondeu Ona.

– Como assim?

– Minha certidão de nascimento está nas mãos de uma pessoa que não vejo há muito tempo. E isso é tudo o que tenho a dizer sobre o assunto.

Ona apertava seu envelope contra o peito como se aquilo fosse o menino que ela nunca havia abraçado. Belle bateu os dedos nele.

– Eu gostaria de ver a senhora entrar para o livro dos recordes. Gostaria muito, muito, que isso acontecesse.

Ona se sentiu acuada, completamente assustada: exposta como uma tola mocinha dentro da sua própria casa.

– Por acaso a senhora não poderia pedir a essa pessoa que está com a certidão pra...?

– Belle – soprou Quinn – Acho que ela prefere não falar.

Nesse instante Belle voltou subitamente a si, ou pelo menos ao mais próximo que conseguiu chegar disso.

– Desculpa – disse. – Acho que estou sonhando. Não sei direito o que estou fazendo.

Ela tomou a mão de Ona entre as suas.

– Meu filho gostava muito de você, Srta. Vitkus. Gostava das pessoas que sabiam ouvir com atenção. Obrigada por ter ouvido meu filho com tanta atenção. Foi só para lhe dizer isso que eu vim até aqui.

E com isso ela se foi. Quinn acompanhou-a até o jipe alto demais, e ali trocaram algumas palavras indecifráveis, mas visivelmente carinhosas. Ela enfim entrou no carro e foi embora.

– Caramba – Ona foi dizendo assim que Quinn retornou. – A coitadinha está meio destrambelhada.

– Ela não é assim. Ainda está em choque – disse Quinn.

– Alguém devia estar tomando conta dela.

– Alguém está.

Ona pôde ler o que estava escrito no rosto dele, tão facilmente quanto costumava ler o rosto de Frankie. E o que leu foi: uma mistura de amor e autocensura.

Quinn passeou os olhos à sua volta.

– Mais alguma coisa, já que estou aqui? – Ele agora estava com pressa.

De repente Ona se sentiu como a jovem que se despedira de Maud-Lucy na estação de trem.

– Tenho uma coisa pra você, Quinn. Estava guardando para nosso último dia, que eu não pensava estar tão perto assim.

Ona abriu uma gaveta e tirou um cilindro fonográfico em ótimo estado. Havia-o encontrado no seu baú de curiosidades ao vasculhar a casa em busca da certidão, sem resultados.

– "Some of these days", com Sophie Tucker, 1911. – disse Quinn, lendo o que estava escrito no rótulo. – O que é isto? Uma gravação?

– Acho que você vai precisar de um fonógrafo Edison pra ouvir.

Ona imediatamente percebeu sua mancada: tinha presenteado um músico com uma gravação que ele jamais conseguiria ouvir. Mas via que ele estava sorrindo, a nuvem escura deixada pela mãe do menino ia dissipando-se aos poucos enquanto ele retirava o cilindro da caixa e admirava a bizarrice que tinha nas mãos. Ela também estava achando aquilo estranho, e por um instante teve a nítida impressão de que estava de volta ao apartamento de terceiro andar de Maud-Lucy: não sabia o que Quinn usava para lavar o cabelo, mas ele exalava o mesmo perfume dos muitos forrinhos engomados que sua mãe postiça gostava de espalhar pela casa.

– Muito bacana, Ona. E isto aqui, o que é? A partitura? – perguntou ele, retirando o papel encardido que acompanhava o cilindro dentro da caixa. – "Hiding place", de Howard J. Stanhope.

– Hein? Não pode ser – disse Ona. – Deixa eu ver.

Mas ela tinha ouvido corretamente. O tal papel era mesmo uma das composições de Howard, já com 75 anos de existência. Como tinha ido parar nas suas coisas, ela não fazia a menor ideia. Talvez Howard a tivesse escondido ali na esperança de que um dia Ona a encontrasse e sentisse a falta dele. E ela de fato sentia falta do ex-marido, a mesma falta generalizada que sentia de todo o seu passado.

– O grande sonho do Howard era ter uma das suas composições publicada por alguma daquelas casas de música de Nova York. Mas era um péssimo compositor.

– Um sonho assim pode matar uma pessoa – disse Quinn, depois cantarolou os compassos iniciais, desvelando a melodia.

– Você sabe ler música?

– Poxa, Ona, não esculhamba.

Maud-Lucy era ótima na leitura à primeira vista, Howard também, mas depois desses ela não havia conhecido mais ninguém. Quinn gostava de contar as histórias da sua vida na estrada, e ela gostava de ouvi-las. Na última semana ele tinha viajado com os garotos carolas, o que ela achara um grande disparate, pelo menos até conseguir tirar dele o valor do cachê. Dali a alguns dias ele voltaria à estrada com a mesma turma. As histórias do guitarrista faziam-na relembrar os dias em que Maud-Lucy a arrastava até a casa de ópera de Kimball para ouvir histórias sobre a selva congolesa ou sobre o Velho Oeste, universos completamente diferentes do seu.

– Você nem imagina quanto dinheiro Howard perdeu nas mãos dos picaretas que passavam a perna nele, prometendo transformá-lo em um homem rico.

– Tem gente que não aprende nunca, eu acho – disse Quinn, lançando a ela um sorriso de ironia autodepreciativa. Sua amizade havia progredido assim, em um aumento na frequência de espasmos faciais.

Ele prosseguiu com a leitura da música. Ona lembrava-se dela como uma bobagem qualquer sobre uma conversa com Deus regada a uísque – produto da fase religiosa de Howard, após a morte de Frankie e antes da separação. Quantas vezes ela não havia sido obrigada a ouvir a voz inexpressiva do marido protestante, sentada na poltrona verde da Woodford Street, enquanto preferiria mil vezes escutar Jimmy Durante na sua vitrolinha Crosley?

– Howard era abstêmio – ela contou a Quinn. – A Lei Seca não mudou em nada a nossa vida.

Quinn interrompeu seu solfejo para dizer:

– Honestamente, essa música não é nada ruim.

– De repente seus amigos carolas vão gostar – disse Ona. – Os que estão estourando.

– Pode ser – disse Quinn, e cantarolou mais um pouco. – Tem uma pegada assim... meio *music hall.*

Ona não sabia exatamente o que era "pegada", mas por algum motivo a palavra a fez pensar nas inúmeras caixas de partituras encalhadas que volta e meia um caminhão devolvia à casa da Woodford Street. Pobre Howard e as suas ilusões de grandeza. De repente se deu conta: tinha presenteado Quinn com o cilindro porque queria parecer uma pessoa musical.

– Espero que você não se deixe salvar pelos carolas – disse.

Quinn ergueu os olhos maliciosamente.

– Não da maneira que eles estão pensando.

– Aha. Aposto que você está arquitetando alguma coisa.

– Com uma plateia suficientemente grande na sua frente, não importa se você está louvando Deus ou o diabo.

– Faz tempo que acertei meus ponteiros com Deus. Mas acho que prefiro você no time do diabo.

– Sou tão diabólico quanto um atuário, Ona. Pra mim é só trabalho. Um trabalho que eu adoro.

– Isso é bonito, de fato – disse ela.

– É melhor pensar que as nossas escolhas valeram alguma coisa – Quinn acrescentou baixinho. Depois voltou com a partitura para a caixa, estendeu a mão para Ona e completou: – Foi um prazer conhecer você.

– Você não me conheceu – retrucou ela. – Não contei nada para você.

– Você se surpreenderia com a minha capacidade de ler as entrelinhas.

Imediatamente, ela se sentiu vista e perdoou que ele estivesse indo embora.

Foi então que eles ouviram na rua uma alegre buzinada. Era o escoteiro--chefe, que acabara de estacionar sua van cinzenta diante da casa.

– Bom dia, Srta. Vitkus! – berrou ele ao descer. – Desculpa o atraso!

Bonitão, robusto e cheio de boas intenções, o homem veio caminhando com outro escoteiro na sua cola, um menino mais ou menos da mesma idade do anterior, embrulhado num uniforme grande demais e com um único distintivo espetado ao peito. Este não tinha olhos de pombo, grandes e esverdeados. Não tinha gravetos no lugar dos pulsos. Não falou "É um prazer conhecê-la", feito os galãs de cinema dos anos 1940.

Esse menino, na verdade, não falou nada. Continuou mudo, assim como Ona, enquanto os dois homens se entreolhavam.

– Só estou terminando o trabalho, Ted – disse Quinn. – Como combinado.

– Foi o que ouvi dizer.

O novo escoteiro olhava ora para um, ora para o outro.

– Eu não estava esperando um menino novo – disse Ona.

– Não queríamos deixá-la em apuros, Srta. Vitkus – disse o escoteiro-chefe. Vestia um uniforme impecavelmente passado e sem manchas de suor, apesar do calor. – O nome dele é Noah.

O novato engrolou algo incompreensível. Ah, esse não ia servir. Seguramente seria um chato, ou um mal-humorado, ou um preguiçoso alérgico ao trabalho. De qualquer modo ela queria que ambos sumissem dali, aqueles par de pilares da comunidade, com suas camisas marrons. Além do mais, se ela fosse querer um novo ajudante, seria um menino dos domingos. Ou terças. Não queria mais ninguém a seu lado nos sábados.

– Você chegou uma semana adiantado – Quinn disse a Ted.

O escoteiro-chefe sacou do bolso a mesma engenhoca que havia usado da outra vez.

– Vejamos – disse, correndo o dedo pela tela do aparelho. – Ah, aqui está. – Ele tinha traços bonitos, parecia uma pessoa séria e confiável.

– Faltavam mais sete semanas – disse Quinn. – E esta é a sétima.

Tantas semanas já descidas pelo ralo: os sábados do filho no inverno e na primavera; os do pai na primavera e no verão. Todos mais ou menos com a mesma rotina, um constante recomeçar até aquele dia: o fim.

A menção ao menino, ainda que tangencial, só fez aumentar o mal-estar no pequeno grupo reunido na varanda. O novo escoteiro ainda se escondia à sombra imponente do chefe, visivelmente acanhado. Ah, esse não ia servir.

– Voltamos na semana que vem, então – disse Ted, fechando sua agenda eletrônica. – Aliás, este aqui é o Noah. Acho que eu já o apresentei, não é?

Os dois visitantes retornaram à van e o menino escoteiro deixou escapar uma nota lamuriosa. Era evidente que sua nova missão filantrópica frustrara suas expectativas. Acharia que Ona tinha matado o menino? Mais uma vez, ela ficou se sentindo como a bruxa encarquilhada das histórias infantis.

– Pelo visto nosso escoteiro-chefe exemplar não sabe fazer conta – disse Quinn. – Te falei que ele anda de caso com a Belle?

– Não, não falou.

– Ela provavelmente está apaixonada por ele.

– Essa não...

– Viúvo. Pai coruja que cria os filhos sozinho. Difícil não gostar de um cara assim, mas ao que parece eu consigo.

– Bem, ele me parece um homem preparado – disse Ona. – Gentil, obediente. Pra quem gosta é um prato cheio.

Quinn riu, o ar ficou mais leve, e o momento da despedida chegou afinal. Quinn buscou seu cilindro fonográfico, seu presente musical, e estendeu a mão para Ona. Ela o cumprimentou e sustentou o aperto de mãos por um instante antes de deixá-lo ir.

– Esta casa nunca esteve tão linda, Quinn. Obrigada pela sua, pela sua cuidadosa atenção.

– Foi um prazer – agradeceu ele, e foi descendo os degraus da varanda.

– *Ir man manolu* – disse Ona.

Ouvindo isso, ele se virou de repente e perguntou:

– O que você disse?

– Acho que significa "O prazer foi meu."

Empoleirado no degrau inferior, com seu presente sob o braço, ele subitamente corou feito uma menina – pensando bem, como o menino. Seria demasiado esperar que ele não queria deixá-la? Atrás dele, o caminho brilhava de tão limpo, refletindo pedaços do céu do tamanho de moedas.

Antes que pudesse mudar de ideia, Ona falou de supetão:

– Quinn, preciso de uma carona até Vermont. Até a cidade de Granyard.

Quinn a encarou por alguns segundos, e então perguntou:

– Quem está em Vermont?

– Meu filho – disse ela, e gesticulou para que ele engolisse de volta a pergunta que os olhos traíam. – Meu primeiro filho. Eu era praticamente um bebê também... Já tinha contado ao seu menino, suponho que não seja mais segredo.

Então ela repetiu para o pai a mesma história que havia confidenciado ao filho. Nem tudo. Mas a maior parte. Quinn ouviu com atenção, com os olhos escuros e calorosos, emoldurados pelos cílios de Frankie.

– Você vai ter que esperar uma semana. Estou ocupado com os carolas. – disse ele, consultando sua agenda. Ona sentiu-se enlevada de alegria.

– Não tem problema, eu espero.

– E vamos ter que ir no seu carro.

– É um carro ótimo, Quinn. Nem um pingo de ferrugem, 40 mil quilômetros rodados.

– De repente posso te dar umas dicas de direção ao longo do caminho – comentou ele. – Se você topar, claro.

– Sou um perigo na estrada. E minha carteira está vencida.

– Isso nunca foi um problema pra mim – disse Quinn.

Observando o sorriso que ele abriu, Ona se espantou ao enxergar ali mais um traço que o menino poderia vir a herdar do pai se tivesse vivido o bastante.

VIAGENS

1. Caminhada mais longa de trás para frente. 12.800 quilômetros. Plennie Wingo. País de origem: Estados Unidos.
2. Maior veículo movido a pedais. 82 passageiros. País de origem: Suécia.
3. Viagem de carro mais longa. 617.359 quilômetros. Emil e Liliana Schmid. País de origem: Suíça.
4. Piloto mais veloz numa corrida de banheira. Greg Mutton. 58 quilômetros em uma hora, 22 minutos e 27 segundos. País de origem: Austrália.
5. Maior cortejo de BMWs. 107. País de origem: Holanda.
6. Cachorro mais rápido ao abrir uma janela de carro não elétrica. Striker. 11.34 segundos. País de origem: Estados Unidos.
7. Limusine mais alta. 3,08 metros. País de origem: Estados Unidos.
8. Maior velocidade alcançada por um sofá motorizado. 140 km/h. Edd China. País de origem: Reino Unido.
9. Carro mais pesado equilibrado na cabeça de alguém. 160 quilos. John Evans. País de origem: Reino Unido.
10. Motorista habilitado mais velho. Fred Hale. 108 anos de idade. País de origem: Estados Unidos.

PARTE TRÊS

Kelione (Viagem)

Capítulo 13

No dia da viagem, Ona acordou com uma palavra terrível na cabeça: *mirtis*. E se Laurentas já tivesse morrido?

Afastou a palavra da mente. Claro que Laurentas estava vivo e bem, desfrutando a vida no endereço que ela havia jogado dentro da bolsa. Tinha de estar. Ela antevia o dia à sua frente com uma empolgação tomada de empréstimo do menino, com quem compartilhou sua história. Aquela viagem era para ele. Então pronto: Laurentas *tinha* de estar vivo.

Na pressa dos preparativos, volta e meia ela esquecia o real objetivo da viagem. A jornada tornava-se um fim em si: pelo ar de novidade, o prazer. Pela primeira vez em 25 anos ela tinha ido ao salão para arrumar o cabelo. Com um spray de laquê, a mocinha havia transformado seus fiapos brancos num capacete enorme e rígido para depois apresentar uma conta astronômica que ela havia pago sem pestanejar. Durante toda a semana ela havia se sentido mais jovem, mais impetuosa, mentalmente dizendo a Louise: "Vou cair na estrada com um guitarrista desvairado!"

Afinal, suas lembranças conscientes mais remotas também eram de uma odisseia, da qual ainda restavam alguns recortes de memória desconexos: um cavalo exausto sendo sacrificado para virar comida. Um cigano vendendo pêssegos na beira da estrada. Nuvens de poeira da cor de rosas pulverizadas. Ela se lembrava do próprio rosto enterrado no pescoço do pai, das lágrimas da mãe pingando sobre as páginas de um livro contrabandeado, escrito no proibido alfabeto latino. Eles andavam e andavam e andavam, saudosos do seu quintal sempre tão florido, das galinhas e das cerejeiras, daquela fazenda tão querida que dali a uma década seria incendiada pelos alemães, tragédia registrada em carta pelo tio Bronys, o envelope marcado com uma cruz negra: morte na família.

Apesar da poeira e dos muitos receios, aquela viagem trazia consigo a benfazeja sensação de que ela estava indo na direção de *alguma coisa*. Que coisa era essa, pouco importava. Ona havia nascido no vigésimo dia do século XX, um bom presságio para seus pais católicos e supersticiosos. Haviam escolhido um destino que via o progresso como uma espécie de sacramento. Aldona subornara um guarda na fronteira, alegando que sua filhinha doente precisava de um tipo específico de médico, uma história deliberadamente longa e confusa, pontuada por um oportuno berreiro da menina. O guarda, um adolescente compridão, deixou-as passar, não vendo grande perigo naquela mãe desesperada que arrastava consigo uma enferma e uma ninharia de provisões. E lá se foram elas para o outro lado da fronteira, ao encontro de Jurgis, que já havia passado no compartimento secreto de uma carroça. Chegaram enfim a uma cidade, e depois dela ao navio em que haviam feito a perigosa travessia com as palavras "Kimball, Maine" espetadas nos seus casacos.

Pois essa era a história da família Vitkus, tantas vezes ouvida por Ona no inglês capenga dos pais, mas que só agora ela via menos como uma história e mais como uma experiência vivida. Da viagem de navio, lembrava-se de muita tosse, da paisagem cambiante, dos pedaços de queijo mofado que sua mãe limpava com os dentes antes de lhe entregar. Lembrava-se ainda do desdém com que Aldona e Jurgis olhavam para os companheiros de viagem, tão espremidos quanto eles nos porões bolorentos e infestados de piolho da terceira classe. Sempre a meia-voz, eles conversavam horas a fio sobre o medo que tinham de perder os documentos, o ódio que ambos nutriam pelo exército russo, a bênção que havia sido chegar até ali sem que os detivessem.

Outra pérola brotou na centenária cabeça de Ona, dessa vez uma frase inteira: *Dievas davė dantis, Dievas duos duonos.* Deus nos deu os dentes, Deus nos dará o pão.

O mais provável era que um dia ela já tivesse falado sua língua nativa, caso contrário não lembraria dessas coisas todas. Ona não via muita utilidade para a ironia, mas ainda assim achava cruel que os pais tivessem fugido da Lituânia entre outras coisas porque os russos insistiam em roubar deles o seu lituano ancestral, a mesma língua que posteriormente seriam obrigados a trocar pelo inglês. Ela agora cogitava se o idioma não se escondia em algum lugar do seu corpo. Não as migalhas que recentemente vinham aparecendo do nada, mas uma fluência plena que viria à tona em um momento de entrega completa.

Até agora, na sua vida, isso não havia acontecido.

Quinn chegou pontualmente na hora marcada. Entrou sem bater e foi logo dizendo:

– Levanta e brilha!

– Já levantei há quatro horas – disse Ona. – O brilho vou deixar para os mais jovens. Não tenho mais idade pra isso.

– Ona, você está mais resplandecente do que uma tarraxa novinha em folha. Olha só pra esse cabelo!

– Dava pra ir pra guerra com um cabelo desse – resmungou. – Me custou quarenta pratas.

Quinn estava com um ótimo aspecto, mais cor nas bochechas. Certamente gostava de viajar, e ela já devia ter imaginado: pessoas como ele estavam sempre fugindo de si mesmas e adoravam cair na estrada. Ele a acompanhou até o carro. Não se cansava de elogiar o estado de conservação do Reliant, dizendo que a situação seria outra se Ona não tivesse o hábito de ligá-lo pelo menos duas vezes por semana para fazer suas compras. Ela sentiu orgulho. Quinn a ajudou a se acomodar no banco do passageiro, segurando-a pelo cotovelo, fazendo com que ela se sentisse ao mesmo tempo mais firme e mais frágil.

Ona endireitou as pernas das calças e esperou que ele contornasse o carro para assumir o volante. Imaginara que o guitarrista fosse um pé de chumbo que faria aquela viagem em tempo recorde (qual seria o recorde?, chegou a se perguntar), mas não. Quinn saiu à rua com todo cuidado, seguiu adiante e, para seu espanto, passou direto pela rampa de acesso à autoestrada. Mais adiante dobrou a esquina e entrou num bairro de casas bonitas e bem-cuidadas.

– Pra onde você está indo, rapaz?

– Para uma missão de resgate. Há uma donzela em perigo – disse Quinn. A duas quadras da Washington Avenue, ele parou diante de uma casa de fachada branca e estilo colonial.

Ona murchou de desânimo assim que deduziu quem morava nela.

– Vamos levar a mãe enlutada em uma viagem de carro?

– Ela pediu pra ir com a gente. Você nem imagina como é bom poder satisfazer os desejos dela.

Belle saiu da casa com uma bolsa estufada a tiracolo. Outra mulher surgiu às costas dela.

– Essa não... – disse Quinn.

Ao contrário de Belle, a outra mulher tinha cabelo escuro e um porte mais atarracado. De longe era o mesmo olhar altivo e o mesmo nariz empinado das meninas da Henneford Academy, a escola-irmã da Lester. De perto, no entanto, via-se claramente que a carranca nada tinha a ver com altivez, mas com tristeza, com luto.

– Posso falar com você um instante? – A morena pediu a Quinn.

Ele desceu à calçada, e Belle imediatamente assumiu o volante do carro.

– Belle... – disse Quinn.

– Quem vai dirigir sou eu. Você é péssimo motorista.

Vendo as olheiras escuras no rosto dela, Ona fez suas contas: três meses já haviam se passado. Tempo demais para sobreviver sem um mínimo de noites bem dormidas, mas ela própria tinha passado por isso depois da morte de Frankie.

Sob o olhar azedo da morena, Quinn encarou a ex-mulher por alguns segundos.

– Tudo bem. Como você quiser.

Em seguida, foi até a outra, que foi logo lhe passando um sermão aos sussurros.

Belle jogou sua bolsa no banco traseiro do Reliant, e ela aterrissou bem ao lado da sacola de lona de Quinn.

Ona correu a mão pelo cabelo armado e transparente.

– Posso perguntar?

– Falei pro Quinn que ele não ia conseguir fazer isso sozinho.

– Não preciso de enfermeira – resmungou Ona.

– Nem eu estou aqui pra isso – retrucou Belle. E com os olhos molhados, disse: – Eu só quero sair desta maldita cidade. Você não sabe como eu tenho vontade de sair da minha pele.

Mas Ona sabia, sim. Depois de Frankie, teria sido um bálsamo poder entrar num carro e simplesmente *sumir*. Ela tentou engolir sua consternação. Não queria ser uma daquelas velhas que detestavam mudança, Louise já havia chamado sua atenção para isso. Mas também não podia deixar de ficar um pouco desapontada. Na véspera ela havia enfrentado as torneiras duras da banheira para enchê-la quase até a borda e tomar um bom banho com óleo de amêndoa na água. Esta manhã, tinha salpicado um pouco de perfume atrás das orelhas. Não imaginara que ela e Quinn teriam companhia. Já encalorada com as mangas compridas da camisa, sentia-se como um pudim em colapso, uma sobra esquecida no carro.

Belle abriu o porta-luvas.

– Você não tem mapa?

– Claro que tenho – disse Ona. – Não sou tão gagá assim pra sair numa viagem de carro sem mapa.

– Tudo vai dar certo, fique tranquila.

Belle ajustou o retrovisor; Ona sentiu cheiro de cecê. Na calçada, Quinn e a morena se digladiavam numa discussão.

– Aquela ali é minha irmã, caso você esteja se perguntando.

– Não estou – disse Ona, os olhos fixos no para-brisa à sua frente. Rapidamente se arrependeu da resposta malcriada. Quem era ela para negar o ar fresco de que tanto precisava a pobre mulher?

– Quinn me contou sobre seu filho – disse Belle. – Espero que você não se importe.

– Se eu me importo ou não, agora é tarde – disse Ona, surpresa ao constatar que realmente não se importava. Seu segredo já havia sido lançado ao ar, tão inofensivo quanto uma borboleta. Ela nem se lembrava mais por que o havia guardado tão preso ao seu peito. Por noventa anos.

– Sua companhia – prosseguiu Belle – me ajuda a acreditar que meu filho ainda está nesse mundo, em algum lugar. Obrigada por isso.

– De nada.

Pessoalmente, via a coisa de outro jeito. Preferia manter o menino fora de cena, numa espécie de limbo em que ele não era uma pessoa real mas também não era apenas uma lembrança. Era muito, muito mais que isso: era uma voz que conversava com ela das coxias, uma ilusão benéfica. No entanto, com a mãe atormentada por perto, era impossível esquecer que ele estava morto.

Quinn voltou ao carro e sentou no banco traseiro.

– Amy ligou para seu pai. O todo-poderoso já está a caminho.

Trazendo à mão um minúsculo telefone cor-de-rosa, a irmã correu para a janela de Belle.

– Querida, você pode ao menos esperar pelo papai?

– Diga a ele que é um pouco tarde pra bancar o paizão amoroso – devolveu Belle. – Ele não tem nenhuma empresa para roubar?

– Me liga assim que chegar. Promete que liga? Promete? – Amy colocou o celular cor-de-rosa na mão da irmã, beijou a testa dela. – Não deixe ele persuadir minha irmã – falou para Ona, a quem ela ainda não havia sido apresentada.

Belle exalou um ruidoso suspiro.

– Diga ao papai que estamos levando uma mãe pra ver o filho. Uma mãe adorável, o projeto comunitário do neto dele.

– Espere aí... – Ona começou a dizer.

– Fiz uma reserva pra vocês no Apple Country Motor Court – disse Amy para Quinn. – Quem não faz reserva acaba dormindo dentro do carro.

– Faz quinze anos, Amy – interveio Quinn.

– Pra sua informação, Ted está furioso com essa história.

– Então cadê ele?

– Com os filhos – disse Amy. – Cuidando dos filhos.

Avançando janela adentro, ela apontou para Quinn.

– A responsabilidade sobre essa viagem é inteiramente sua.

Em seguida, se despediu de Belle com um carinho maternal e voltou para a casa.

– Podíamos ter passado sem isso – resmungou Ona.

– Acho difícil – disse Quinn do banco traseiro.

Belle afivelou o cinto de segurança.

– Minha irmã sempre foi assim. Uma ursa.

– Na minha terra isso tem outro nome – disse Ona.

– Agradeça que ela não tenha insistido pra ir dirigindo no meu lugar.

– Deus me livre. Sua irmã deve ser uma dessas motoristas que aumentam o preço do seguro da gente.

– Boa, Ona – disse Quinn, e ela se sentiu ridiculamente satisfeita consigo mesma.

Belle deu partida no carro (agora um carro de fuga, ao que tudo indicava) e correu os olhos pelo painel.

– Onde fica o ar-condicionado? – perguntou.

– Isto é um carro – disse Ona. – Não é uma cabine de luxo no *Queen Mary*. – Ainda se remoía por ter sido chamada de "projeto comunitário".

Belle abanou o pescoço com o colarinho da própria camisa.

– Ao contrário da minha irmã, Srta. Vitkus, sou uma excelente motorista – disse ela. – Chegaremos lá em dois tempos.

– Não se o seu pai chegar aqui primeiro – retrucou Quinn. – Pé na tábua.

Finalmente partiram. Seguindo numa velocidade razoável, dentro dos limites da prudência, em poucos minutos alcançaram a estrada. Quanto mais se afastavam da cidade, mais engrenavam na conversa. Falaram das eleições que estavam por vir, da guerra, do último jogo dos Red Sox, de tudo um pouco até resvalarem para o silêncio total. Meio adormecida, Ona foi viajando de volta no tempo até encontrar sua mãe debruçada numa janela qualquer, o cabelo preso na nuca com uma fita esgarçada. Galhos de uma árvore roçavam a fachada da casa. Um cachorro latia por perto. Onde seria isso? Seria possível abandonar um país aos 4 anos e ainda se lembrar dele um século depois?

Após uma hora de viagem, já atravessando a fronteira de New Hampshire, Belle resolveu retomar um assunto em princípio morto.

– Meu pai é um homem difícil – disse a Ona. – Mas tem o seu valor. Conquistou o que tem por mérito próprio, começando do nada. Correu atrás das suas ambições. Acho isso bacana. Claro, acabou sacrificando a própria família.

Pelo espelho retrovisor ela lançou um olhar cheio de significados na direção de Quinn.

– Algumas filhas são mais capazes de perdoar do que eu e a Amy. Papai deu o azar de ter duas filhas inclementes.

– Você não é inclemente – disse Quinn. – Amy talvez. Você não.

Ona tinha dificuldade para ouvi-los, mas sabia que eles estavam falando em código. Talvez só conseguissem conversar assim. Ela permaneceu calada até se dar conta de algo: era sua presença que tornava a comunicação entre eles possível, apesar de dolorosa. Ela só havia visto a mulher uma vez, mas talvez aquela versão atirada e falante fosse mais próxima da Belle real do que a outra, a criaturinha indefesa que aparecera do nada na sua casa alguns dias antes.

– Qual é o ramo do seu pai? – perguntou Ona.

– Brinquedos – Quinn respondeu por Belle. – Mas não se deixe enganar. – Ele estava com os braços cruzados sobre o encosto do banco dianteiro, exatamente como Frankie e Randall costumavam fazer no Ford Model A de Howard.

– Começou com um avião – disse Belle com uma ponta de orgulho. – Um aviãozinho que vinha com seu próprio hangar. Uma graça.

– Em sete meses ele já era milionário – disse Quinn. – Depois disso contratou alguém pra levantar a árvore genealógica da família Cosgrove até onde fosse possível, e acabou encontrando uns duques, nada de muito importante. Mas, por causa deles, Belle e Amy cresceram achando que tinham sangue azul.

Ona logo percebeu que estavam requentando um prato já antigo. Louise chamava esse tipo de coisa de "dinâmica de casal", algo parecido com o ritual dos periquitos ao passarem uma semente velha de bico em bico.

– Não foram sete meses – disse Belle.

– É assim que ele conta a história.

– Foram sete anos – ela o corrigiu. – Quinn adora um exagero.

– Cosgrove? – perguntou Ona.

Belle fez que sim com a cabeça.

– Da Cosgrove Toys? É o seu pai?

– Apenas no papel. De vez em quando vinha de Nova York pra visitar a gente. – Belle passou por um caminhão conduzido por um velhinho que parecia aterrorizado. – Teve uma vez que ele deixou a gente pra trás e passou três anos seguidos em Taiwan. É um milagre que ele e a mamãe ainda estejam juntos. Ele voltou de vez para os Estados Unidos para se aposentar.

– E passar um tempinho na cadeia – disse Quinn. – Por fraude fiscal.

– *Evasão*. É quase legal.

– Lembro desse aviãozinho – disse Ona. – O nome dele era Future Flyer, não era?

– Isso! – disse Belle, mais animada. – O Future Flyer.

– Os meninos da Lester costumavam trazê-los às escondidas pra escola. Lester Academy, você já deve ter ouvido falar. Fui secretária do diretor por muitos anos.

Belle virou-se para ela um instante, depois voltou os olhos para a estrada.

– Eu imaginava que você tivesse trabalhado.

Ona gostou do que ouviu. Gostou de ser reconhecida como uma mulher à altura do mercado de trabalho.

– Hoje em dia o lugar é um condomínio – disse. – Todos aqueles prédios lindos, desfigurados com umas grades horrendas... As pessoas deviam ir pra cadeia por *isso* também.

Belle deu um sorriso. Ona ainda se lembrava dessa parte, do esforço que uma mãe precisava fazer para voltar ao convívio social depois de perder um filho, da canseira que era levar adiante uma simples conversa.

– Você mora sozinha? – perguntou Belle.

– Tinha uma amiga, mas ela morreu.

– Algum bicho de estimação?

– Duas gatas, mas morreram também.

– Não estou ouvindo vocês duas aqui de trás – disse Quinn, e novamente se debruçou no encosto da frente, exalando o perfume do seu xampu, o mesmo dos forrinhos engomados de Maud-Lucy.

– Estava contando à sua senhora sobre as minhas gatas – disse Ona.

Ginger, uma vira-lata de pelagem ruiva, havia sido a primeira a morrer. Kit morrera algum tempo depois, e Ona nem cogitara colocar outra em seu lugar: não queria deixar nenhum bicho abandonado no mundo depois que partisse. Isso havia sido na época em que ainda tinha cabelo que crescia. Poderia ter tido mais uma gata e meia desde então.

Não demorou para que Quinn desistisse de acompanhar a conversa e se esparramasse no banco para um cochilo. Aqui e ali, Belle e Ona apontavam para alguma coisa à sua volta: uma águia no céu, uma placa rodoviária, uma moto em excesso de velocidade. Depois voltavam a atenção para a estrada.

– Acho que ainda tenho um aviãozinho daqueles lá em casa. Vou procurar. Se encontrar, vou lhe dar de presente com o maior prazer – disse Ona a certa altura. Mas não se lembrava de ter visto nenhum ao revirar a casa inutilmente à procura da sua certidão.

Dessa vez Belle sorriu de verdade.

– Você é exatamente como ele descreveu – disse.

Ona não encontrou o que dizer. Mas enrubesceu a ponto de sentir as pálpebras ardendo. Quinn agora roncava baixinho. No fim das contas, era *ele* quem ficou sobrando.

Em Keene eles pararam numa lanchonete, e Ona se ofereceu para pagar o almoço de todos com o fundo de viagem que vinha juntando.

– De jeito nenhum – disse Belle.

– Por que não? Minha amiga aqui não é nenhuma inválida – disse Quinn, batendo os nós dos dedos contra o pulso de Ona e tirando dele um ruído seco, osso contra osso.

Só então Ona se deu conta de que ele a apresentava como se fosse um troféu, o pardal ensanguentado que o gato traz entre os dentes para exibir à sua dona. Geralmente ficava furiosa com esse tipo de coisa, mas como ele não tinha outro troféu para exibir – e sabia que ela estava ciente disso –, Ona sentia-se útil, quase exultante. Estava se divertindo como havia muito não se divertia. Mesmo que não obtivesse o resultado esperado com Laurentas, ficaria contente só com a viagem em si.

Quando abriu o cardápio, teve a impressão de estar nascendo de novo, como se os seus 104 anos não passassem de um mero aquecimento para o show verdadeiro, cujas cortinas estavam prestes a abrir. Pediu um sanduíche de queijo e uma torta de morango. Pretendia comê-los até a última migalha.

★ ★ ★

Esta é a Srta. Ona Vitkus. Estas são memórias e fragmentos da sua vida. Esta é a Parte Cinco.

. . .

Sim, sim, voltei a vê-lo sim. Maud-Lucy fez com que ele prometesse. Ninguém diz "não" a um pedido no leito de morte.

. . .

Em novembro de 1963. No dia em que mataram o presidente.

. . .

Não o Lincoln, tenha a santa paciência! O *Kennedy*. Lá ia ele naquele carro sem capota, e de repente *bum!* Acabou-se o país. Não fazia duas horas que tinham dado a notícia na TV quando o Laurentas bateu na minha porta.

. . .

Não lembro direito. Deve ter sido um "olá", eu suponho. É possível que tenha me chamado de "minha mãe". Era assim que o Frankie costumava me chamar de brincadeira. "Está bem, minha mãe. Já vou, minha mãe." Depois ele fazia justamente o contrário do que eu tinha pedido.

. . .

Eu diria que foi assim... meio esquisito. Claro, depois de tanto tempo... Ele estava com 48 anos. Sentou à mesa da cozinha e chorou por uns cinco minutos.

. . .

Ah, foi horrível. Simplesmente horrível.

. . .

Pra falar a verdade, eu nunca soube direito se ele estava chorando por causa do presidente assassinado ou por causa do nosso reencontro.

. . .

Pois é, isso é verdade. Afinal de contas ela era a mãe dele. Teve uma morte difícil. Ele passou por maus bocados. Também havia um divórcio em andamento. De uma segunda mulher, se não me falha a memória.

. . .

Suponho que sim. Muito difícil. Mas às vezes o divórcio é uma coisa boa.

. . .

Não? Nunca?

. . .

Então está bem. O divórcio nunca é uma coisa boa. Mas às vezes é necessário. Como foi no meu caso. Howard estava virando um maluco de pedra.

. . .

Vamos dizer que "às vezes" seja a resposta correta. Mas nem tudo possui uma resposta correta. Você ainda vai aprender isso um dia. Será que a gente podia...?

. . .

Isso, então eu deixei a televisão ligada a noite toda, bem baixinho. Toda hora aparecia alguém pra informar o que Jackie estava fazendo.

. . .

Era a mulher do presidente. A roupa dela ficou toda suja de sangue. Isso deixou todo mundo horrorizado. Perguntei ao Laurentas como tinha sido a infância dele entre os tios, o piano, as maçãs de Vermont... Mas depois de um tempo ele já não tinha mais o que contar, então ficou vendo televisão. Fiz o jantar, depois pedi a ele para ir à padaria da esquina e comprar uma torta em homenagem a Maud-Lucy, que sempre adorou açúcar. E lá foi ele, igual a um filho de verdade, abotoando o casaco a caminho da porta.

. . .

Como?

. . .

Ah, sim. Foi horrível. Foi horrível ouvir sobre a morte de Maud-Lucy. Havia décadas que eu não tinha nenhuma notícia. Foi o que bastou pra reabrir um monte de feridas. Primeiro uma, depois a outra, depois a outra... Meu Deus, aquele foi um dia horroroso.

. . .

Perguntou, claro. Aliás, foi a primeira coisa que ele quis saber. Do Viktor. Por que mais você acha que ele me procurou? Tinha os mesmos olhos do pai, com aquelas íris pintadinhas. Não encontrei nada meu naqueles olhos.

. . .

Bem, Maud-Lucy já tinha contado a história toda pra ele no seu leito de morte. Eu não tinha muito mais o que acrescentar, a não ser que o pai dele, pelo menos aos 18 anos, era um excelente tatuador. Um rapaz muito gentil, eu falei. E era mesmo, se você quisesse fazer uma tatuagem. A especialidade dele eram as rosas. Tinha a mão firme, era muito caprichoso.

. . .

Umas volutas, um espinho aqui e outro ali, em lugares discretos.

. . .

Receio que não seja da sua conta.

. . .

Não, não, está tudo bem. Você é uma criança. Ainda não sabe ao certo o que é adequado perguntar a uma velha senhora. Mas pra seu governo, tenho uma tatuagem, sim. Num lugar que não posso mostrar.

. . .

Não precisa se desculpar. Pra falar a verdade, até gostei que você tenha perguntado. E que não tenha ficado surpreso com a resposta.

. . .

Porque muita gente acha que sou uma espécie de estátua sem passado nenhum, por isso. Mas você senta aqui na minha cozinha e me obriga a tirar essas coisas todas do baú, me fazendo lembrar que eu sou eu. Mas do que estávamos...?

. . .

Isso. Perguntei pro Laurentas: "Você é médico?" Maud-Lucy tinha me jurado que ele seria médico. "Cirurgião", ele respondeu. "Seu avô biológico também era cirurgião", contei pra ele. "Menos aqui, nos Estados Unidos, onde ele era cozinheiro de polpa. E seu pai biológico era ótimo com as agulhas. E com as mãos."

. . .

Muito obrigada! Mas não me ocorreu naquele momento que Laurentas pudesse ter herdado minhas mãos. Porque o que ele disse depois me deixou completamente passada.

. . .

"Se eu soubesse da sua existência, minha mãe, teria te procurado antes."

. . .

Exatamente. Ficou de bico calado. Só de pensar naquelas cartas todas que ela mandava... Minha querida isto, meu anjo aquilo... No aniversário de 2 anos do Laurentas, escreveu pedindo uma foto pra colocar do lado da cama dele. Você imagina a trabalheira para conseguir uma foto em 1916? E eu acreditando que a foto poderia fazê-la se lembrar de mim como a menininha que amara e educara. Achava que ela faria de tudo para Laurentas gostar de mim, mas durante todo esse tempo ela tentou me apagar da maneira mais calculista possível.

...

Sim! A mesma Maud-Lucy que caiu de paraquedas em Kimball e por lá ficou só por minha causa. Quarenta anos depois, no dia daquele maldito assassinato, meu filho vem bater à minha porta, já médico, todo bonito de terno, todo choroso, dizendo que sentia falta da mãe.

...

Ah, só contei coisas boas. Falei dos gatos no piano. Dos livros na sala. Dos vasos de planta e das toalhas de mesa. Da meninada que fazia fila na porta dela, querendo aula. Vinham inclusive os filhos do fundador da cidade, que havia construído e equipado a escola de Kimball.

...

Porque era a mesma coisa que estar falando de mim mesma. Eu era a queridinha de Maud-Lucy. Entreguei ao Laurentas todas as cartas que ela tinha mandado. Aquelas cartas tão lindas, sempre num papel colorido, sempre numa letra caprichada, repletas de pensamentos poéticos sobre a música, de adjetivos sobre as macieiras em flor, de conselhos maternais sobre como usar um chapéu com *voilette*, sobre o que fazer pras luvas não encardirem. Essas cartas não me pertenciam mais. "Você vai encontrar ótimas histórias sobre sua vida de bebê", falei pra ele.

...

Ela parou de escrever quando ele completou 8 anos.

...

Talvez por medo de que eu resolvesse fazer uma visita. Laurentas já estava numa idade em que poderia cobrar alguma explicação. Mas naquela época eu já estava com mais dois filhos, não tinha a menor condição de viajar.

...

Laurentas? Falou que sentia muito. E acho que sentia mesmo.

...

Falei pra ele: "Tive mais dois filhos. Maud-Lucy sempre foi sua mãe de verdade." Por fora eu estava assim, sensata e equilibrada. Mas por dentro estava cuspindo fogo de tanta raiva. E na televisão o Walter Cronkite não parava de falar, cada vez mais casmurro, mais desconsolado.

...

Era o homem do noticiário. No tempo em que os homens do noticiário tinham de saber das coisas. Laurentas ficou com as cartas que eu tinha embrulhado num retalho de musselina.

...

Ele disse: "Muito obrigado por isso. Ela foi uma mãe maravilhosa."

...

Eu concordei, claro. Afinal de contas ela também tinha sido uma mãe pra mim. "Sinto muito pela sua perda", falei, e ele se levantou pra ir embora. Saí com ele pra varanda e fiquei ali, tremendo de frio, vendo ele descer pra rua e pegar seu carro. Nos vizinhos, todas as televisões estavam ligadas, todo mundo grudado naquela grande tragédia nacional. E eu lá, na minha varanda com meu suéter fino e minha própria tragédia banal – a história boba de uma menina boba enganada por uma mulher. Aquilo me bateu de jeito, com uma força tamanha. Doeu muito mais do que teria doído em outro dia qualquer, um dia menos triste, em que a roupa de Jackie não estivesse ensanguentada.

...

Nada, ué. O que eu poderia fazer? Ele tinha me procurado a pedido da Maud-Lucy. Laurentas tinha sua família, grande e complicada. Não precisava de outra.

...

Vi seu carro lindo, um Chrysler, passar devagarzinho na rua. Fiquei me perguntando onde ele dormiria naquela noite. Talvez eu devesse ter pedido pra ele ficar comigo.

...

Depois disso? Bem, acho que voltei pra dentro de casa. Desliguei a luz do hall, fui pra sala, deitei no sofá e me acabei de tanto chorar pelo presidente.

Capítulo 14

Quando Quinn pensou em pedir a Ona o endereço de seu filho, eram quatro da tarde e eles já passavam pela placa de BEM-VINDO A GRANYARD. O céu muito azul sobrelevava uma estranha paisagem de condomínios fechados, bem diferente da bucólica vila repleta de macieiras que ele havia imaginado.

– Olha ali – disse ele a certa altura, apontando através da janela. – Já toquei neste lugar.

Não lembrava mais o nome, mas lá estava ele, num pilar de granito: Hobson Christian College, um quinteto de prédios sem nenhuma alma sobre vinte acres do que antes havia sido uma área exclusivamente rural. Um probleminha técnico durante a passagem de som deixara os garotos em polvorosa até que ele disse: "Pessoal, é só um fusível, ninguém precisa rezar por causa disso."

Belle reduziu a velocidade.

– E então, Ona, pra onde vamos agora?

As duas já estavam bem mais íntimas, unidas numa solidariedade feminina após vinte minutos de conversa sobre gatos. Quinn mal podia acreditar no que estava vendo: como era possível que as mulheres conseguissem forjar alianças tão sólidas a partir de bases tão débeis?

– O que você disse? – devolveu Ona, fazendo uma concha com a mão na orelha.

– O *endereço* – berrou Quinn, respondendo pela ex-mulher. Todas as janelas do carro estavam abertas, o que na sua opinião servia apenas para espalhar o calor. Mas ninguém lhe dava ouvidos. – Você trouxe o endereço do seu filho, não trouxe?

Ele e Belle sempre viajaram assim, sem mapa nem bússola que os guiasse, confiantes na própria intuição, obedientes aos próprios caprichos. Mas não dava para repetir os arroubos da juventude quando se tinha a bordo uma centenária tão perigosamente frágil.

– Claro que trouxe – respondeu Ona. – Está pensando que eu sou o quê? Uma tonta?

Enterrou as duas mãos no buraco sem fundo da sua bolsa preta e de lá foi tirando as coisas mais inacreditáveis: balas velhas, lenços de papel amassados, recibos de supermercado.

– Sei que está aqui em algum lugar. Tem alguma coisa a ver com cavalos – falou aflita, e novamente vasculhou as trevas profundas da bolsa, as mãos já um tanto trêmulas, o capacete de cabelo ameaçando ruir.

Então reergueu a cabeça. Não fossem o verde dos olhos penetrantes e o vermelho do risco de batom, sumiria completamente com o branco chapado do dia à sua volta.

– Tenho certeza de que coloquei nessa bolsa – afirmou. – Por acaso não foi você que pegou? – falou para Quinn, brava.

– Por que eu faria uma coisa dessas?

– Pra conferir o endereço, ora – disse ela, armando um bico com o pouco que tinha de lábios.

– Não peguei endereço nenhum.

– Não pegou, é? Você tem a memória de um pernilongo, Quinn.

– Acho que eu me lembraria se tivesse pilhado a bolsa de uma senhora.

– Fique tranquila, Ona – interveio Belle. – A gente olha na lista telefônica. Vamos encontrar seu filho, prometo.

Vendo o tanto que a ex-mulher sofria com o calor, Quinn sentiu-se na pele de um guia turístico que leva seu grupo para conhecer uma simpática pracinha para depois encontrar nela um cadafalso com uma execução pública em andamento.

– Acho que devo ter colocado na minha maleta – disse Ona, cada vez mais preocupada.

– Então vamos parar pra olhar – disse Belle, já entrando com o carro num posto de gasolina. Ao abrir a porta, deparou-se com uma lufada de ar quente, quase mastigável.

– Espera, espera – disse Ona, tirando um envelope amassado dos intestinos da bolsa. – Aqui está.

Quinn teve a impressão de que ela vinha envelhecendo de minuto em minuto. Onde estava com a cabeça quando aceitou levá-la para uma viagem tão longa em um carro sem ar-condicionado? Desde o almoço, duas horas antes, ela não se mexia naquele banco. Não seria perigoso?

– Há quantos anos você tem este envelope?

– Que diferença faz?

– Você ligou antes, certo?

– Teria sido estranho avisar da visita. Eu não liguei.

Belle leu em voz alta o endereço.

– Bridle Path Lane, 1420. – E num tom calmo, quase maternal, disse: – Aposto que não estamos longe. Estou com essa intuição.

Quinn se sentia a um só tempo como o bandido e a vítima. Ona o havia enredado naquela viagem; por outro lado, ele próprio a convencera de que seria um prazer poder prestar aquele favor. E era isso mesmo que ele estava fazendo: prestando-lhe um favor. Isso tinha o seu mérito. E foi nesse mérito que procurou o ânimo necessário para enfrentar os próximos vinte minutos, já antevendo o que aconteceria: chegariam ao tal endereço e descobririam que a casa do filho de Ona ou havia desabado com uma tempestade, ou havia passado para as mãos de outros donos, ou havia dado lugar a uma loja da Pottery Barn.

– Pede informações àquela moça ali – sugeriu Ona.

Deixando o ceticismo de lado e disposto a se deixar levar pelos acontecimentos, Quinn desceu para o calor escaldante do posto e foi consultar a frentista, uma adolescente ruiva com dois pêssegos no lugar das bochechas. Viu em seus olhos a mesma voracidade de Belle quando jovem. Ao longo dos anos, Belle havia perdido esse brilho no olhar, colocando no lugar dele uma expressão nem tanto de saciedade, mas de inapetência. A morte do menino havia trazido de volta parte da voracidade anterior, mas de um modo diferente, sofrido, que de atraente não tinha nada. *Voracidade* não era a palavra adequada: *fome* era mais adequado.

Depois de falar com a moça, Quinn comprou três barras de chocolate e voltou correndo para o carro, como se fugindo de um equívoco.

– Fica logo ali na frente, a uns cinco ou seis quilômetros daqui – disse, e entregou as barras já amolecidas pelo calor.

– A imagem que eu tinha na cabeça – disse Ona assim que Belle voltou com o carro para a rua – era a de um lugar cheio de verdes e colinas, um rio cortando a paisagem. Maud-Lucy contava maravilhas nas cartas que escrevia. Eles moravam longe do centro, num subúrbio. Talvez seja mais bonito por lá.

Bridle Path Lane ficava à direita, em uma longa ladeira pavimentada, ladeada por casinhas que pareciam de enfeite. No fim da rua havia um condomínio de prédios baixos com fachada de tijolo aparente, quatro alas interligadas a um átrio central como se fossem as quatro asas de uma rígida borboleta. Logo na entrada, espetada ao chão e talhada com o capricho de uma escultura, uma placa de madeira informava o nome do lugar: ORCHARD ACRES CONDOMINIUMS. Logo abaixo vinha uma lista de modalidades não muito diferente da lista de sabores de uma sorveteria: OCUPAÇÃO INDEPENDENTE; OCUPAÇÃO SEMI-INDEPENDENTE; ASSISTÊNCIA PARCIAL; ASSISTÊNCIA INTEGRAL; ASSISTÊNCIA ESPECIALIZADA EM MEMÓRIA. Abaixo de tudo, numa rebuscada tipografia, vinha o endereço do condomínio: BRIDLE PATH LANE, 1420.

– Isto aí é uma casa de repouso – disse Belle, novamente conferindo o endereço.

Ona franziu o cenho.

– Ele disse que era um condomínio.

– Isso não pode estar certo – insistiu Belle, agora correndo os olhos sobre a placa. – Quantos anos tem o seu filho?

Sem responder, Ona abriu a porta e foi descendo devagarzinho, encolhendo em meio à claridade, suas roupas esmaecendo na luz do dia à medida em que contornava o gorducho vaso de petúnias à sua frente.

– Ei, Ona, espera aí! – gritou Quinn.

Mas Ona não lhe deu ouvidos. Seguiu impávida para a entrada, que por sorte não ficava longe, e atravessou a porta automática do que parecia ser uma recepção.

– Ah, meu Deus... – disse Belle, correndo os olhos aflitos à sua volta. Respirava com dificuldade, suava em bicas. – E se o tal filho estiver em coma? Já imaginou? – Num fiapo de voz, disse: – Ele deve ter o quê? Uns 75 anos?

– Noventa.

– Ah, meu *Deus*. Eu não imaginava... Um filho. De *90 anos?* – Ela balançou a cabeça como se assim pudesse dar mais sentido à informação.

– Belle, ela o teve aos 14 anos. Eu contei a história para você – disse Quinn. Só então notou as manchas de suor na camisa da ex-mulher.

– Eu sei! – Ela resmungou. – Como é que eu ia esquecer? Você disse que ela tinha um filho que não via há muito tempo. Não sou burra, Quinn, só não fiz a porcaria das contas, ora!

Antever as consequências nunca havia sido o forte de Quinn, mas enquanto levava Belle para dentro do prédio, ele aventou algumas possibilidades para o futuro imediato, entre elas a morte súbita de Ona e a internação de Belle na clínica psiquiátrica mais próxima. Ordenou essas possibilidades desde a mais provável até a menos provável, do mesmo modo maníaco que tanto o torturava quando via o filho fazer.

A recepção era bastante parecida com a da Great Universal Mail System: carpete estampado, candelabro de falso cristal, mesa de vidro para a recepcionista, árvores plantadas em vaso. Ona tinha desaparecido. Do outro lado de uma porta de folhas duplas vinham os ruídos daquilo que ela procurava esconder: o arrastar metálico de andadores e bengalas sobre a cerâmica do piso, as conversas picotadas pelos lapsos de memória. A mãe de Quinn, acometida ainda jovem de um câncer cruel, havia passado seus últimos dias num lugar semelhante, porém mais simples. Quando criança, ele não se importava muito com o cheiro acre que circulava pelos corredores, um cheiro de doença e velhice, tampouco dava atenção à estética de rodoviária da sala de convivência. O que realmente o tirava do sério era a cacofonia produzida pelos equipamentos ortopédicos, a ausência de uma afinação precisa, o ritmo constante e sem propósito daquela percussão. *Clac*... pausa... *clac clac*... pausa. Ele tentava tirar disso alguma melodia, um hábito de infância, mas não conseguia encontrar nenhuma lógica que lhe servisse de ponto de partida.

O ar-condicionado estava gelado, e Belle agora tremia, olhando vagamente para os próprios pés. Só então Quinn notou que ela usava em cada pé um sapato diferente: o da direita tinha uma ponta arredondada; o da esquerda, uma ponta mais angulosa.

– Não sei o que estou fazendo. Você sabe o que estou fazendo? – perguntou ela, e ficou esperando pela resposta de Quinn como se ele, que nunca conseguira responder a perguntas bem mais simples ("A que horas você chega em casa hoje?"), agora fosse capaz de responder as mais difíceis.

– Posso te levar de volta ainda hoje, se quiser. – Foi o que ele disse para apaziguá-la. – Deixo Ona no hotel, depois volto amanhã pra buscá-la.

Belle estava chorando sem derramar nem uma lágrima, algo que em vinte anos de convivência ele nunca a vira fazer. Seria mesmo possível "secar as lágrimas" de tanto chorar?

– Não quero voltar pra casa – disse ela. – Não quero mais *estar* naquela casa. Não quero estar em lugar nenhum. – Por um instante ela cobriu o rosto com as mãos, mas ainda estava com os olhos secos quando as baixou.

Uma mulher alta e magra de repente surgiu do nada.

– Pedi a uma funcionária que acompanhasse a mãe de vocês até o banheiro.

Quinn reparou nas longas pernas da mulher e nas unhas dos pés pintadas sob as tiras da sandália. Ela usava uma blusa com um decote profundo e uma jaquetinha estilosa – branca, mas em nada parecida com um uniforme de enfermeira. Seus brincos mudavam de cor com o movimento da sua cabeça.

Seu nome era Arianne. Ela os cumprimentou com um aperto de mão corporativo e lhes ofereceu água gelada.

– Estão pensando em trazer sua mãe para cá? – disse ela, recolhendo os copos vazios.

– Seria ótimo trazer minha mãe pra cá. – falou Belle, apática. – Mas antes você ia ter que arrancá-la da casa dela.

Arianne examinou-a num piscar de olhos, provavelmente identificando a real possibilidade de uma nova cliente.

– Não repara. – disse Belle. – É que acabei de perder um filho.

– Sinto muito – respondeu Arianne, abandonando seu tom de voz de atendente, sem saber direito para onde olhar.

– Esta senhora que está conosco não é nossa mãe – explicou Quinn. – É uma amiga e e está procurando uma pessoa que talvez more aqui.

Como não lembrava do o nome do filho de Ona, informou o único sobrenome que conhecia, mas não havia nenhum Vitkus no banco de dados de Arianne.

Ona ressurgiu logo depois, murcha, lívida, claramente exausta.

– Gostaria de falar com Laurentas Stokes, por favor – falou, com a firmeza de uma profissional, apesar do cansaço. – Talvez trabalhe aqui como médico.

– Ah, *claaaaaro* – disse Arianne, e soltou uma gargalhada sem graça. – Vocês estão falando do Larry, não é?

Tomando Quinn pelo chefe do grupo, virou-se para ele.

– Ele ainda mora na Ala B, mas passa as tardes aqui. Esta é a ala de assistência integral, onde os residentes são cercados de todos os cuidados, não precisam se preocupar com nada.

A recepcionista se dirigiu a Ona.

– A senhora é parente do Larry?

– Fui eu quem o colocou no mundo – disse ela –, se é isso que você quer saber.

O sorriso perplexo de Arianne ficou suspenso no ar feito o do gato de Alice, sem encontrar suporte no resto da face. Belle remexia pernas e pés como se o chão estivesse em brasa.

– Por favor, venham comigo – disse Arianne.

Seguindo na esteira dela, eles atravessaram as portas duplas e passaram ao universo fluorescente do outro lado. Quinn tomou o braço de Ona, deixando para se preocupar justamente naquele momento em que isso não era mais necessário – uma queixa manifestada por Belle com recorrência.

Por todo lado na sala de convivência se viam cadeiras de rodas estacionadas com seus respectivos cadeirantes olhando para o vazio à sua frente. Embora Ona sem dúvida parecesse com os outros residentes, Quinn via com clareza que ela não pertencia àquele lugar. Para ele, Ona Vitkus era como aqueles alienígenas dos filmes, habitando o corpo de um terráqueo para transitar disfarçada – e por mais ardiloso que fosse o disfarce, sempre era possível identificá-lo.

– Qual deles é o Laurentas? – perguntou ela. Parecia agitada, remexia-se internamente.

– Está logo ali – disse Arianne, um tanto cautelosa.

Em seguida, ela os conduziu até o senhor magricela e comprido que havia estacionado sua cadeira *high-tech* junto à janela e agora admirava distraidamente o pátio do outro lado. Trazia consigo, pendurados ao pescoço, um estetoscópio e um par de binóculos.

– Larry – disse a mulher, pousando a mão no ombro dele. – Você tem visitas.

Larry virou-se com alguma dificuldade e um simpático sorriso iluminava suas feições. Tinha a mesma testa grande de Ona, o mesmo olhar intenso.

– O que você está fazendo aqui, Laurentas?

– Nós nos conhecemos?

Ona plantou as mãos na cintura.

– Sou eu. Ona Vitkus.

– Quem?

– ONA VITKUS – ela repetiu. – SUA MÃE.

– Minha nossa... E não é que é mesmo? – disse ele, meio que arrastando as palavras. – Minha nossa senhora, mas que surpresa.

– O que você está fazendo aqui?

– Eu moro aqui. Minha nossa senhora...

– Você está tendo um dia ótimo, não está, Larry? – disse Arianne. – Vou deixá-los à vontade pra colocar a conversa em dia. – E se foi, para grande desgosto de Quinn.

– Me aposentei em 1992 – Larry dizia a Ona. – Meus filhos foram morar tão longe... – Ele apontou através da janela. – Meu apartamento é aquele ali, na quina do prédio. Sou independente, sabe. Eles me dão três refeições diárias no refeitório.

Quinn puxou uma cadeira para Ona, e felizmente ela aceitou a oferta, fazendo questão de se equilibrar na pontinha do assento. Estaria querendo parecer mais jovem diante do filho? Qualquer que fosse o motivo, o gesto causou em Quinn uma afeição renovada por ela.

– Isto aqui não é lugar para um homem saudável – declarou Ona. – Um médico, até o pescoço com gente doente?

Quinn podia sentir a presença de Belle às suas costas. Ela acompanhava a conversa com a mais absoluta atenção, quase musical, uma pausa entre dois compassos de melodia.

– Ano passado tive um pequeno derrame – contou Larry calmamente, remexendo no estetoscópio. – Mas ainda consigo fazer minhas rondas de médico nesta cadeira – disse ainda, lançando um sorriso para a veterana clientela de pacientes que o cercava na sala. Alguns estavam visivelmente curiosos com a presença dos desconhecidos, outros nem tanto. – Ficam mais seguros quando estou por perto.

– Pensei que você tivesse se mudado para um *condomínio*, Laurentas. Eu moro numa casa.

– Mas isto é um condomínio – disse Larry, confuso. E apontou novamente pela janela, dizendo: – Faz horas que estou aqui, esperando por um cartaxo do peito amarelo. Ontem tinha um. Uma raridade por estas bandas.

No pátio, caminhos de cascalho entrecortavam lindos canteiros de flor e uma ceva de passarinhos com diversos comedouros. Quinn espichou o pescoço para ver melhor, muito embora não tivesse a mais remota ideia do que fosse um cartaxo do peito amarelo. O menino talvez tivesse. Vinha listando passarinhos junto com as outras coisas todas.

– A vista aqui é bem melhor – disse Larry.

Ona piscava os olhos diante do filho, parecendo extremamente infeliz. Uma funcionária irrompeu na sala com uma torre de lençóis dobrados e saiu por outra porta.

– Aposto que ele foi um homem muito bonito – sussurrou Belle, olhando maravilhada para o filho de Ona.

Quinn preferiria estar em qualquer outro lugar que não fosse ali, no meio daquela linha cruzada de intenções.

– Também tenho uma ceva em casa – disse Ona.

– Hein?

– Tenho uma ceva de passarinhos. NA MINHA CASA. Esse marmanjo aqui vem uma vez por semana pra me ajudar. Quer dizer, vinha. Já cumpriu com sua obrigação. ESSE MARMANJO AQUI.

Todos agora olhavam para Quinn como se a qualquer momento ele fosse distribuir comprimidos ou examinar os pés de cada um. Por sorte ele estava mais bem-vestido que de costume, com uma calça jeans recém-lavada e uma camiseta relativamente nova.

– Não me lembro de uma ceva na sua casa – disse Larry. – Devo ter esquecido. Tenho esquecido muita coisa ultimamente, devo confessar. – Ele bateu na própria cabeça, dizendo: – A caixola aqui já não é mais o que foi um dia.

– Naquela época eu não tinha ceva. Era uma mulher ocupada. OCUPADA.

– Todos nós éramos ocupados, minha querida, todos nós.

Larry abriu um sorriso, deixando à mostra dentes tão grandes e quadrados quanto os de Ona.

Quinn notou então que ele não demonstrava muita curiosidade com relação à própria mãe. Teve a impressão de que ali estava um homem invejavelmente tranquilo, aceitando os novos ritmos e vicissitudes da velhice.

O Dr. Stokes decerto havia sido um daqueles médicos antigos, indo de casa em casa para socorrer seus pacientes, assobiando alegremente entre uma consulta e outra. Simpatizara com ele.

Quinn arriscou mais uma espiadela em Belle. Ela agora parecia bem mais relaxada. Certamente havia imaginado algo bem diferente para aquele reencontro entre mãe e filho, sendo o filho décadas mais velho do que ela havia pensado. No entanto, parecia encantada. Satisfeita.

– O que você fez com suas coisas? – perguntou Ona.

Larry deu um tapinha na orelha como se quisesse ressuscitar algum aparelho auditivo, mas não usava nenhum.

– SUAS COISAS – repetiu Ona. – Os móveis. Os livros. Os documentos importantes. ONDE ESTÃO SUAS COISAS?

– Ah, minha nossa senhora, minhas coisas. Nossa... quanta trabalheira – disse Larry. – As meninas levaram a prataria. Os meninos estão com as ferramentas, eu acho. O resto eu vendi em um leilão.

Apertando um botão no braço da cadeira, ele reclinou um pouco mais o encosto. Nenhum passarinho à vista nos comedouros do pátio. Quinn já começava a desconfiar que o tal cartaxo do peito amarelo pertencia a alguma espécie em extinção e dificilmente daria as caras por ali.

– É um grande prazer conhecer o senhor – disse Belle.

– Quem temos aqui? – perguntou ele, cumprimentando-a com um chapéu imaginário.

– Meu nome é Belle – ela mesma respondeu. Estaria sorrindo? Sim, ela sorria.

Larry retomou a conversa com Ona.

– Você gostaria de ter ficado com alguma das minhas coisas, minha querida? – perguntou. – Se eu soubesse, teria guardado pra você.

– Por acaso você sabe onde está minha certidão de nascimento?

Larry deu mais um tapinha na orelha.

– MINHA CERTIDÃO DE NASCIMENTO.

– Por que diabo sua certidão de nascimento estaria comigo?

– Meus pais deram todos os meus documentos pra Maud-Lucy guardar. ESTAVA COM SUA MÃE.

Belle cutucou Quinn com uma cotovelada, provavelmente mais forte que o pretendido. Eles estavam próximos demais.

– Do que ela está falando? – sussurrou.

Mas Quinn não sabia de nada. Ona não havia lhe contado a história completa.

Pousando a mão esquelética sobre o antebraço esquelético do filho, Ona se aproximou do ouvido dele.

– Maud-Lucy costumava guardar seus documentos numa caixa esmaltada vermelha. – Larry virou o rosto, e ela recuou. – Meus pais tinham MUITO MEDO DE QUE CONFISCASSEM NOSSA PAPELADA – prosseguiu. – E com toda razão. Sua mãe era A ÚNICA PESSOA NESTE PAÍS EM QUEM ELES TINHAM PLENA CONFIANÇA.

A conversa foi interrompida quando uma das cadeirantes, miando de longe com um sotaque estrangeiro, chamou por Larry.

– Dou-*torrr*? Dou-*torrr*? Dou-*torrr*?

– Volto já – Larry disse a Ona, e pilotou sua cadeira até o canto oposto da sala de convivência. Por um ou dois minutos ele conversou com sua paciente já quase inteiramente calva, auscultou o coração dela, depois voltou para a janela. – Faço muito pouco por eles – disse. – Procuro aplacar o medo, só isso.

– PRECISO DA MINHA CERTIDÃO DE NASCIMENTO, LAURENTAS.

– Não está comigo. – Quando falava, Laurentas lembrava ainda mais a mãe, algo no formato dos lábios, os mesmos dentes quadrados. – O mais natural seria que *você* tivesse a minha, não?

Ona refletiu um instante, depois voltou ao ataque.

– Estamos falando de pessoas que guardavam seu dinheiro numa LATA DE FARINHA – disse ela ao filho. – Eles tinham um prédio de apartamentos, depois tiveram um mercado também, mas viviam com medo de tudo e de todos. Não conseguiam relaxar. Esse era o problema deles. Nunca se sentiram em casa no país que tinham escolhido pra viver. – Mudando o tom de voz, acrescentou: – Sua mãe era justamente o oposto.

– Hein? Desculpa, não ouvi.

– SUA MÃE ERA O OPOSTO. Aquela mulher podia se sentir em casa em qualquer lugar. Bem diferente desse pessoal de hoje em dia. ESSE PESSOAL – repetiu ela, apontando para Quinn e Belle. – Esse pessoal de hoje em dia nem faz ideia de onde está. Estão sempre achando que estão NO LUGAR ERRADO.

Belle riu baixinho. Quinn percebeu que ela havia mentalmente atravessado para um local inacessível, deixando-o de fora dele. Achou, portanto, que o dia não tinha mais salvação. Ele agora se via sozinho na observação daquelas três pessoas inescrutáveis que decerto tinham projetos distintos, provavelmente conflitantes, para o desenrolar dos próximos minutos ou das próximas horas.

– Se minha mãe ficou com alguma coisa sua – disse Larry – , foi tudo embora com o fogo, junto com todo o resto.

– Que fogo? – perguntou Ona. Pela primeira vez ela se virou para Quinn, olhando-o como se dissesse "Você pode me ajudar com esse sujeito que não fala coisa com coisa?"

Mas Quinn não tinha nenhuma ajuda para oferecer. Permaneceu onde estava com sua camiseta relativamente nova, subitamente morrendo de frio dentro dela, tentando descobrir quais eram as reais intenções de Ona. Uma coisa era evidente: ela não estava ali para rever o fruto do seu útero. Estava ali porque queria sua certidão de nascimento e ponto final. Ele deveria ter prestado mais atenção. Mas teria feito a viagem de qualquer jeito, ele tinha certeza, e ficou surpreso com a constatação.

– QUE FOGO? – repetiu Ona.

– O fogo – disse Larry. – Eu era muito criança, claro, mas acho que ainda me lembro, porque ela vivia contando essa história. O sítio da família. Sete edificações, mais os pomares. Tudo virou cinza de um dia para o outro.

Quinn olhou para o médico, depois para Ona, depois para a janela, talvez na esperança de que o tal passarinho aparecesse a qualquer momento com um código amarrado à pata feito um pombo-correio.

– Ona... – arriscou Quinn. – A certidão não está com ele.

– DURANTE ANOS SUA MÃE ME ESCREVEU DESTE MESMO ENDEREÇO – disse Ona. Encarava o filho com as pálpebras semicerradas, talvez duvidando da sua identidade.

– O pai dela construiu uma casa nova no mesmo lugar do incêndio. Na verdade, construiu duas: uma pra ele, outra pra gente. – Larry sorriu com um ar sonhador. – Minha nossa senhora, como eu tenho saudades daquele lugar. No fim das contas, acabamos vendendo. Pra uma firma que transformou a região inteira num grande projeto imobiliário. Ainda vou ter que prestar contas com o Homem-Lá-de-Cima por causa disso. Mas é com esse dinheiro que eu me mantenho até hoje.

– Ora – resmungou Ona. – Que situação...

– Desculpa – disse Larry –, mas acho que esqueci seu nome.

Quinn ficou penalizado. Tentou buscar o olhar de Belle, mas ela continuou esquadrinhando Larry como já vinha fazendo antes, completamente absorta, em outro planeta.

Ona chegou o mais perto que pôde do ouvido do filho.

– Ona – disse. – Vitkus.

– Isso é polonês?

– Lituano.

– Jura? – disse Larry. – Minha mãe biológica também era da Lituânia. – ele balançou a cabeça, aflito consigo mesmo. – De onde é mesmo que nos conhecemos, minha querida?

A temperatura glacial do ar-condicionado havia ionizado o cabelo de Ona, o capacete de antes dando lugar a uma mixórdia de fios que parecia levitar acima do crânio.

– Sua mãe e eu éramos amigas – disse ela baixinho demais para se fazer ouvir. Levantando-se, estendeu a mão para o filho e disse: – Agora precisamos ir. Adeus, Laurentas.

Foi o que bastou para despertar Belle do seu transe.

– Já estamos indo?

– Fiquem mais um pouco – disse Larry. – As senhoras daqui fazem um café delicioso.

Belle sorriu.

– Um cafezinho até que iria bem.

– Não tem café nenhum – disse Ona. – Tenho um compromisso urgente em outro lugar.

Quinn ficou aliviado. Só o que ele queria era sair dali e voltar para a estrada. Mas ao que parecia, Belle tinha outros planos.

– Eu adoraria ver o tal passarinho – disse ela para Laurentas, olhando-o nos olhos de um modo que, Quinn sabia por experiência própria, derreteria as artérias calcificadas do coração do velho. – O não-sei-o-quê do peito amarelo.

– Cartaxo – disse ele, entregando a ela o binóculo.

Só então Quinn notou que o filho de Ona havia perdido os movimentos de um braço.

– Meu filho também adora passarinhos – disse Belle.

Larry, que pelo visto não tinha dificuldade alguma para ouvi-la, falou:

– Mais um para o nosso clube.

– Estávamos de saída – disse Ona.

Belle foi até a janela.

– Vou ficar aqui com o Larry.

– Você está com um ótimo aspecto, Laurentas. Fiquei feliz de vê-lo assim tão bem. Adeus. – Com isso, Ona deu as costas para o filho e saiu caminhando na direção da porta da sala.

– Bem... – disse Quinn.

Acomodada na cadeira deixada livre, Belle já ia longe na conversa com Larry, falando de filhos e passarinhos. Larry tinha quatro filhas e dois filhos, nove netos e mais um batalhão de bisnetos – Ona não fizera nenhuma dessas perguntas. Nenhum deles parava por muito tempo no mesmo lugar: sua prole tinha os olhos voltados para o horizonte.

– Meu pai biológico era do circo, sabia? – contou ele a Belle com uma ponta de orgulho, refestelando-se naquele banho de atenção que vinha recebendo dela.

"Ela está enrolando você, meu camarada", pensou Quinn. Em outros tempos ele teria dito isso em voz alta, e Belle teria rido com gosto, confessando imediatamente seu hábito incurável de jogar charme para velhinhos e crianças. Mas a situação ali era bem diferente. Belle não estava em seu estado normal, era uma mulher machucada que por algum motivo insondável via naquele senhor já carcomido pelas traças uma ponte emocional para o filho que havia perdido. Estava completamente em casa naquele ambiente. Para Quinn era como se fosse possível enxergá-la pelo avesso. Seria isso o que ela vinha pedindo todos esses anos? Que ele a enxergasse pelo avesso? Estaria finalmente satisfazendo a vontade dela? Com o rosto enegrecido e o cabelo embranquecido pela luz forte que vinha de fora, Belle poderia facilmente ser tomada por uma octogenária também, frágil, trêmula, subtraída de seus poderes mais vitais. Quinn imaginou-se cuidando de uma esposa idosa no crepúsculo de sua vida, e não demorou a constatar que, mais uma vez, ficaria aquém de sua missão conjugal.

Ele enfim deixou a sala, atravessou a recepção e saiu para o estacionamento, encontrando Ona logo ao lado da porta. Ficou apavorado ao ver que ela se desmanchava aos poucos no calor do entardecer. Com todos os cuidados que conseguia fazê-la aceitar, conduziu-a de volta ao Reliant, baixou todas as janelas e levou o carro para a outra ponta do estacionamento, parando sob a sombra ampla de uma árvore linda e enorme que decerto figurava no material de publicidade do lugar. Em seguida tirou da sacola uma garrafa de água mineral e entregou a ela. Sentia no ar um cheirinho nada agradável, talvez porque os odores da sala de convivência estivessem impregnados na roupa de ambos. Sua amiga (era assim que ele a via agora) segurava a garrafa com uma das mãos enquanto reajustava a blusa melada de suor com a outra. Estava visivelmente mal-humorada.

– Ona... Você quer voltar lá pra sala? – perguntou Quinn.

– E por que eu voltaria para aquele lugar?

Quinn refletiu um instante.

– Foi uma visita muito rápida. É só o que estou dizendo.

– O propósito desta viagem é da minha conta e de mais ninguém. Você se ofereceu pra me trazer e eu aceitei.

– Porque você disse que esperava um grande reencontro.

– Caso você não se lembre, eu disse apenas que precisava de uma carona para Vermont. Você e sua senhora interpretaram minhas intenções como quiseram. É o que as pessoas geralmente fazem.

Quinn ficou se perguntando se todas as demais almas caridosas do mundo se sentiam tão ofendidas quanto ele ao saber que não podiam especificar como queriam a caridade que estavam prestando.

– Eu cancelei um show pra vir.

Sua vontade era estar de volta a Portland, tocando sua guitarra diante de uma plateia barulhenta e dançante, dando àquelas pessoas exatamente o que desejavam.

Ona então falou, com os olhos marejados:

– Desculpa pelo inconveniente, Quinn.

– Poxa, Ona... Esse livro de recordes é uma grande bobagem, cheio de gente que literalmente vira de ponta cabeça pra se tornar imortal.

– Gente que faz malabarismo com serra elétrica, que tira o olho inteiro pra fora... Sei muito bem como é. Mas eu queria isso. No início eu não percebia, mas agora sim. – Antes de emudecer por completo, ela disse ainda:

– Você tem sua música pra deixar como legado. Não vai entender o que estou dizendo.

Quinn levou um tempo para perceber o espetacular equívoco da amiga, o de achar que Quinn Porter possuía algum legado musical. Já ia buscando as palavras para corrigi-la quando viu que ela não estava mais a fim de conversa, exaurida de toda energia, acachapada pela frustração de suas expectativas.

Belle, por sua vez, parecia outra mulher quando enfim apareceu.

– Vi o cartaxo! Vocês perderam! – foi logo dizendo. E então se virou para Ona: – Seu filho é uma pessoa maravilhosa!

Depois mandou Quinn para o banco traseiro, reassumiu o volante e deu a partida no Reliant.

FAMÍLIA

1. Maior reunião familiar. 2.369 membros da família Busse. País de origem: Estados Unidos.
2. Maior quantidade de filhos nascidos de uma mesma mulher. 69. Sra. Feodor Vassilya. País de origem: Rússia.
3. Família mais cabeluda. Victor e Gabriel Ramos Gomez. 98% do corpo coberto de pelos. País de origem: México.
4. Maior número de irmãos albinos. 3. Família Unoarumhi. País de origem: Reino Unido.
5. Dupla de pai e filho que mais pontos marcou num campeonato de beisebol profissional. Bobby e Barry Bonds. País de origem: Estados Unidos.
6. País mais populoso do mundo. China. Mais de um bilhão de habitantes.
7. Maior doação de sangue. 3.403 doadores em doze horas. País de origem: Colômbia.
8. Maior criatório de perus. 10 milhões de perus. Família Matthews. País de origem: Grã-Bretanha.
9. Maior agrupamento de palhaços. 850. País de origem: Reino Unido.
10. Maior corrente humana. Seiscentos quilômetros, 2 milhões de pessoas. Países de origem: Estônia, Letônia e Lituânia.

Capítulo 15

A esperança de Ona era que eles acreditassem que o cheiro vergonhoso que ela emanava era um resquício da sala de convivência. Ah, aquela sala medonha, repleta de múmias que haviam abandonado suas vidas sem um mínimo de luta, como gafanhotos que se entregam ao ataque de um gato. Ela havia passado dez intermináveis minutos naquele lugar, berrando como uma feirante no ouvido decrépito de seu primogênito, sofrendo com a calcinha encharcada e a certeza de que não era a única naquela situação. Tanta amolação por nada.

– Ali está – disse ela assim que avistou a placa: Apple Country Motor Court and Café.

– Ainda não são nem cinco horas – comentou Belle. – Que tal a gente dar uma volta pela cidade? Larry falou que tem lugares lindos por aí, bem diferentes do centro horrível que a gente conheceu.

– Não – suplicou Ona. – Não estou bem.

Belle parou o carro no estacionamento do hotel, e Ona desceu com a rapidez que lhe permitiam os ossos.

– Preciso da minha mala já – foi logo dizendo. – *Imediatamente.*

Belle estranhou a pressa, mas passou a chave do porta-malas a Quinn. Ele abriu o bagageiro, segurando Ona pelo ombro com a mão livre. Ona havia chegado ao banheiro da casa de repouso a tempo – mais parecia um banheiro público, com azulejos brancos e uma bandeja de sabonetinhos cor-de-rosa –, mas, na pressa de trancar a cabine, acidentalmente prendera a camisa na porta, deixando a bexiga vazar um pouquinho antes de conseguir sentar no vaso. Agora, ainda apertando a camisa no lugar onde ela havia perdido um botão, terrivelmente incomodada com a situação, ela mal podia acreditar no que via: o porta-malas do carro estava vazio. Nenhum sinal da sua malinha-colmeia, a mesma que levara consigo ao abandonar Howard em 1948.

– Essa não... – choramingou. – Essa não...

– Droga – disse Quinn. – Devo ter deixado na sua casa.

Depois disso as coisas se embaralharam um pouco na cabeça de Ona. Não que ela tivesse desmaiado; simplesmente não sabia ao certo como havia chegado à recepção do hotel, onde Quinn já recebia as chaves das mãos de um recepcionista magricela, decerto criado à base de muita maçã. Belle a conduziu para um dos quartos do andar térreo, e Quinn foi para o quarto vizinho. Ao que tudo indicava, as mulheres dividiriam o mesmo espaço. Desde quando ela havia concordado com isso?

Belle sentou-se em uma das camas. Ona foi direto para o banheiro e despiu a calça, que estava molhada em algumas partes. Para a calcinha, no entanto, não havia solução. A camisa (comprida demais, tendo pertencido a Louise, que era muito mais alta) achava-se úmida e amarrotada na barra que ela tinha enfiado dentro da calça. No chão frio daquele banheiro, cercada de espelhos e usando nada mais que uma camisa em frangalhos, ela se sentiu na pele de uma inválida, um trapo de gente, tão em frangalhos quanto a própria camisa. O que era para ser uma viagem maravilhosa havia se transformado em um tremendo pesadelo.

Ela sentou no vaso sanitário e começou a chorar. Era Frankie que ela gostaria de ter visto: Frankie aos seus 80 anos, com rugas ou sem rugas, com derrame ou sem derrame. Bastara deitar os olhos sobre Laurentas (Larry!) para que ela divisasse a imagem do seu querido e inalcançável Frankie, os olhinhos mais vivos e puros do que nunca.

– Está tudo bem aí? – perguntou Belle, abrindo uma fresta na porta.

Notou que a mulher estava com um aspecto bem mais saudável – a visita a Laurentas tinha restaurado as cores de seu rosto. Ona ainda desconfiava de seu humor oscilante, mas Belle parecia inofensiva ao entrar no banheiro, com o semblante delicado e aberto de uma flor. Sem outra opção, Ona confessou.

– Fiz xixi nas calças – balbuciou, secando os olhos com a mão. – Mais na calcinha do que nas calças, se é que você me entende. Mas não vai dar pra usar essas roupas de novo. Minha mala sumiu e não tenho mais o que vestir.

Num gesto de compaixão, Belle pegou a toalha mais próxima e entregou a ela.

– Uma vez isso também aconteceu comigo – admitiu. – Na gravidez. Estava acompanhando o Quinn num show e precisei pedir uma toalha para o garçom. – Encheu a pia, lavou as calças e a calcinha de Ona com o sabonete, deixou-as de molho. – E a camisa, como está? – Em seguida abriu a torneira da banheira com uma facilidade que deixou Ona com inveja.

Ona finalmente recolheu a mão com que vinha escondendo o rasgo.

– Tudo bem – disse – Mas não olhe pra mim, por favor.

– Este será o nosso segredo – prometeu Belle. Ajudou-a a despir a camisa, depois levou-a para a banheira.

A água quente estalejou como se assustada com a carcaça centenária que agora banhava. O tempo foi passando sorrateiramente até que Ona se deu conta e arregimentou forças para sair da banheira por conta própria, apesar das ofertas de ajuda que Belle oferecia do lado de fora. Suas roupas, já lavadas secavam no toalheiro e algumas peças limpas estavam sobre a tampa do vaso para ela vestir.

– Que roupas são essas? – perguntou.

– É o que eu tenho – Belle respondeu do quarto. – Suas coisas ainda vão demorar um pouquinho pra secar.

– Eu devia ter vestido poliéster – resmungou Ona, avaliando as peças sobre o vaso: uma calça jeans dobrada, uma blusa vermelha sem mangas, um sutiã tamanho P e uma calcinha de seda com borboletas estampadas na parte de trás. Tudo devidamente lavado e passado, decerto por obra e graça da irmã superprotetora.

Ela pegou a calcinha e por alguns minutos não fez mais do que examiná-la como se escavasse sua própria alma feminina. Mais de cinquenta anos já haviam passado desde sua última menstruação. Colocou a calcinha e puxou-a até os quadris. Talvez uma fada-madrinha aparecesse a qualquer momento para lhe devolver os fluxos. Depois olhou com desânimo para a seda, que agora pendia dos ossos como mais uma fatia de pelanca no meio de outras tantas. Como isso havia acontecido? Os seios eram dois sacos vazios. As coxas, duas sanfonas de ruga. Agastada com o que via no espelho, tirou a calcinha com tanta urgência que arrebentou o elástico.

Uma borboleta havia sido o primeiro presente que ela recebera de um garoto. Aos 14 anos, voltando de um baile no Automóvel Clube, flutuando no ar enquanto comparava seu carnê de baile com o das outras meninas da Wald Street. De repente, Mervin Fickett, o cavalariço dentuço da School Street, se interpôs no seu caminho para entregar o pequeno tesouro que trazia consigo. Espetada numa base rígida de veludo, uma defunta borboleta refletia o luar na iridescência de suas asas. Mervin recusava-se a dizer onde tinha conseguido aquela joia, mas, cuspindo as palavras através dos dentes muito tortos, confessara-lhe o motivo do presente: aquelas asas combinavam com a cor dos olhos dela.

O episódio havia despertado nela um desejo até então adormecido, um desejo por algo que ela nem sabia dizer o que era. Naquele verão de 1914, o boboca e simpático Mervin Fickett depositara a primeira pedra entre as muitas que pelo resto da vida sinalizariam o caminho dela. Enquanto Maud-Lucy cuidava de sua tia doente lá em Vermont, Ona levava seu desejo para passear num parquinho itinerante. Dali a dez meses estaria urrando de dor e remorso para dar à luz a um menino destinado aos braços de outra mãe.

Viktor havia roubado a borboleta azul para depois vendê-la por uma ninharia qualquer, e agora ela se arrependia amargamente por não tê-la escondido, pelas muitas décadas já passadas desde então. Adoraria tê-la dado de presente ao menino. Era bem possível que aquela borboleta se destinasse a ele desde o início. Ninguém receberia um presente daqueles com tanta alegria. Ninguém lhe daria um nome. Ninguém listaria com tanta precisão as diferentes espécies de borboleta. Ninguém amaria tanto uma borboleta morta.

– Nada serve – disse ela a Belle através da porta fechada. – Só me resta esperar.

Silêncio.

– Quer uma camisola emprestada?

O tempo se estendeu até que uma camisola florida surgiu do nada sobre a cabeça de Ona, e ela sentiu contra os braços a seda das alças que Belle ajustava. "Você deve ter sido uma boa mãe", lembrava de ter dito antes de adormecer e acordar pouco depois entre os lençóis excessivamente engomados do hotel. Um chá quente esperava por ela na mesinha lateral. Belle conversava com Quinn à porta do quarto. Parecia haver mais alguém por perto: ainda um tanto sonolenta, Ona pensou ter reconhecido a silhueta parruda do escoteiro-chefe.

– Não quero brigar com ninguém – dizia um deles.

Ona sentou-se na cama, a lucidez retornando aos poucos, e rapidamente cobriu o corpo quando viu que era mesmo o Sr. Ted Ledbetter quem estava ali.

– O que está acontecendo? – perguntou. – Por que esses homens estão no nosso quarto?

– Parem com isso! – exclamou Belle, e bateu a porta com estrépito.

A discussão prosseguiu feia e ruidosa no estacionamento, dois marmanjos brigando por conta de uma mulher que usava borboletas no traseiro.

– Tenha a santa paciência! – disse Ona, recostando-se nos travesseiros afofados por Belle, tão macios que pareciam dois pudins. – Eles querem o quê? Um duelo?

– Minha irmã contou pro Ted que a gente estava aqui – disse Belle, jogando-se na cama de Ona com seu celular rosa entre as mãos. – Caso contrário ele ainda estaria rodando a cidade à procura do seu carro. Não ia sossegar enquanto não me encontrasse.

Ela ainda vestia as mesmas roupas suadas da véspera, talvez as mesmas dos últimos dias. O cabelo era um novelo de mechas tristes e oleosas, aqui e ali deixando entrever o branco do couro cabeludo. Vendo o seu estado, Ona foi acometida por uma súbita preocupação maternal, uma comichão que não sentia havia bem mais de meio século.

– Mas então? – falou Belle. – Você só queria sua certidão de nascimento? Nada mais?

Ona não sabia direito como lidar com pessoas frágeis. Passara boa parte da vida cercada por fortalezas.

– Laurentas passou muito bem sem mim esses anos todos. Qualquer coisa diferente disso é pura invencionice. É querer me encaixar à força em uma história que não é a minha.

– Larry teve seis filhos. Quatro mulheres, dois homens.

– É, eu me lembro.

– Você tem um tataraneto – disse Belle. E acrescentou, depois de uma pausa – Por que não ficou louca para conhecê-lo? Por que não ficou pulando de alegria?

– Você não conheceu a Maud-Lucy. Quem tem uma mãe feito ela não sai por aí à procura de outra.

– Não estou falando da Maud-Lucy.

– Mas eu estou – disse Ona.

Aquelas cartas todas, repletas de mentirinhas e adulações. Nem uma só palavra sobre o incêndio. Nem um mísero pio sobre o fato de haver escondido toda a verdade de Laurentas. Reacomodando-se na cama, ela continuou:

– Você deve imaginar que fui uma mãe pouco exemplar. Pra falar a verdade, nem sei direito se queria ser mãe. Era jovem demais. Relapsa e impaciente com meus filhos, que eram dois endiabrados. Eu não tinha nenhuma amiga e era casada com um homem bem mais velho que eu. Eu odiava aquele casamento. Howard vivia no mundo da lua, e isso tinha um preço alto pra nossa família.

– Nesse aspecto ele se parece com Quinn.

– Quinn é um otimista. Howard era doido mesmo. E o culpado era o presidente Wilson. Mas o que estou dizendo é o seguinte: nunca fui a Mãe do Ano.

Quando recebeu o telegrama que informava a morte de Frankie, ela pensara: "Eu mereço."

– Não era como você. Seu menino teve muita sorte. Mas pode ficar tranquila: eu realmente *amei* todos os filhos que criei.

Por um bom tempo, ninguém falou. O quarto tinha o cheiro do corpo das duas misturado ao aroma de um desinfetante de carpetes antigo.

– Ainda não acreditei que ele se foi – desabafou Belle. – Continuo esperando que ele apareça em algum lugar, que esteja só se escondendo de mim.

Lenta e respeitosamente, sucumbindo à exaustão emocional, ela deitou sua jovem cabeça sobre o peito encaroçado de Ona.

Sem hesitar por um segundo, Ona começou a acarinhar aquela frágil e machucada criatura do mesmo modo que costumava fazer com seu menino Frankie antes que as Forças Armadas o transformassem em um homem. Um homem morto, no fim das contas, mas Howard acreditava que os garotos precisavam de um bom tranco para amadurecer.

– Na Batalha de Saipan – disse ela –, a função do meu Frankie era recolher os meninos antes que fossem carregados pela maré. Meninos já muito inchados, que se desmanchavam nos braços dele. Tinham sido seus companheiros de navio muito queridos. Ele retirava a chapa de identificação de cada um, embrulhava os restos mortais em correntes de ferro, depois os jogava de volta no mar.

– Jesus... – murmurou Belle.

– Vinte anos de idade e a função dele na Marinha Americana era esta: embrulhar os filhos de outras mães em correntes de ferro. Como o meu filho aguentava uma coisa dessas? Ele ou qualquer outro?

Ona se recostou novamente nos travesseiros e Belle a acompanhou, acomodando sua cabeça no peito dela. Depois de tantos anos deu-se conta de que, por mais que tivesse amado Frankie, teria amado muito mais uma menina. Uma filha.

– Howard ficou mais doido ainda depois da morte do Frankie. Lembro que ele comprou um jipe de brinquedo na Binny Morris da Forrest Avenue. Me dei conta agora que devia ser um dos jipes do seu pai. Uma réplica do jipe que levou Frankie para a morte. Uma compra mórbida, infantil. Sempre achei. Ele o mantinha sobre a lareira mesmo sabendo que aquilo me dava náuseas. Foi então que resolvi voltar às escondidas para o curso de secretariado, só por segurança.

A respiração de Belle parecia mais calma. Talvez ela tivesse adormecido.

– Sabe... – prosseguiu Ona. – Sempre tive a estranha impressão de que eu estava lá com o Frankie. Não quando ele morreu. Mas no seu cotidiano de trabalho, jogando alguma pobre alma de volta para as profundezas do mar. Quase consigo ver a cena, como uma visão ou um sonho, como se eu estivesse ao seu lado enquanto ele executava sua tarefa imperdoável.

– Sinto muito – sussurrou Belle. – Sinto muito mesmo.

– A gente leva mais ou menos um ano pra sair desse estado de choque.

– Não vou aguentar um ano. Não vou mesmo.

Belle emudeceu novamente, e Ona achou por bem omitir a informação de que o segundo ano era ainda pior que o primeiro.

– *Sha, sha, sha* – foi o que ela disse, entoando o mantra tranquilizador de sua mãe.

A voz dos homens tinha desaparecido, mas eles ainda estavam por ali, emanando suas descargas de testosterona através da porta fechada do quarto. Ona ficou se perguntando quais seriam as intenções divinas em arrastá-la de volta, àquela altura da vida, para o mar revolto das relações humanas. Ela vinha se saindo muito bem sozinha. Até que apareceu aquele menino para reacender no peito dela a chama das *possibilidades*, uma chama desde muito apagada e difícil de acomodar aos 104 anos de idade. E agora isso: onde, em sua vida decadente e limitada, alocaria esta criatura terna e digna de pena, que trazia de volta um monte de lembranças indesejáveis?

– Minhas amigas têm sido muito bacanas – disse Belle, subitamente erguendo a cabeça. – Mas todas têm filhos e são muito apegadas a eles. Agarram as crianças como se morressem de medo de perdê-las. Como se a morte do meu filho fosse alguma doença contagiosa, entende? – Ela encheu os pulmões numa inspiração cheia de dificuldade. – Meu menino quase não ocupava espaço. Os filhos do Ted vão largando tudo pra trás: os restos do sanduíche, os tênis, o livro de matemática, a mochila... Deixam tudo no chão, na cama, no jardim, o papai vai catar depois. Meu filho não era assim. Gosto de pensar que o mérito era meu. Da boa educação que dei pra ele. Mas sabe, era ele. Era o jeito dele.

Ela sentou com o tronco ereto, cruzando as mãos sobre o coração.

– Todo dia levo um susto quando acordo. Tenho um rolo de raiva dentro de mim que me assusta. Quero que todo mundo fique sabendo como estou me sentindo. Mas só tem uma maneira de saberem. E mesmo assim é o que eu desejo. – Ela enrugou o rosto numa careta, mas não chorou. – Você entende o que estou falando?

– Sim – afirmou Ona. – Nunca conheci o Laurentas e não me desculpo por isso. Era o meu Frankie que eu queria de volta, o meu filho mais querido, o melhor de todos.

Belle encarou-a por um bom tempo.

– Você teria gostado de mim – disse. – Eu era uma pessoa legal. – Ela esboçou um sorriso. – Pode perguntar para qualquer um.

Os homens voltaram a gritar, uma discussão que Ona não conseguia decifrar. Como devia ser revigorante, ela pensou, ser disputada com tanto fervor. Um deles bateu à porta, mas Belle o ignorou. *Meilė*. Amor.

– Seu menino me deu um presente.

Belle se aproximou.

– O quê?

– Minha língua materna. Desde o momento em que o vi, tenho tido lembranças. Uma palavrinha aqui, outra ali. Não sei como explicar, a menos que ele tivesse poderes mágicos.

– Ele era feito de magia – disse Belle, apertando-lhe a mão. – Este chá na mesinha é pra você.

Ona lhe havia dado muito pouco, quase nada, mas quando Belle atravessou o quarto para atender às batidas insistentes na porta, o cômodo se iluminou com sua gratidão.

Quando Ona voltou a abrir os olhos, estava escuro.

– Quanto tempo fiquei apagada? – perguntou a Belle, que estava sentada de pernas cruzadas na outra cama. Teve a impressão de que ela também havia dormido um pouco.

– Umas três horas – disse Belle, acendendo o abajur a seu lado. – Agora são nove.

– Será que minhas roupas já secaram? – Mais uma vez, sentiu a humilhação queimando. Ter urinado nas calças feito um poodle incontinente, e ainda por cima diante de uma mulher tão jovem, com sua bexiga novinha em folha, capaz de atravessar um furacão sem abrir as comportas.

Belle virou as costas e Ona despiu a diáfana camisola para se vestir. Vendo que para sua camisa não havia conserto possível, vestiu a outra que Belle havia lhe oferecido mais cedo, vermelha com pequenos botões dourados, cheirosíssima. Nunca tinha usado nada parecido na vida, o que bastou para reacender nela o espírito de aventura com o qual havia começado aquela longa jornada.

– O Sr. Ledbetter ainda está aí? – perguntou.

– Está – disse Belle. – Ona, eu estava pensando... – Pegou uma caneta na gaveta da mesinha, sacudiu-a no ar para espevitar a tinta. – Vou ajudar você.

– Eu não preciso de ajuda.

– Precisa, sim. – Ela agora rodopiava a caneta com ares de mistério, uma Belle diferente da outra que estava ali minutos antes. – Posso ajudá-la a conquistar o recorde mundial. Quinn não contou onde eu trabalho?

– Você é bibliotecária. Então suponho que trabalhe numa biblioteca.

– Trabalho nos arquivos públicos. Se tem uma coisa em que sou boa na vida é no rastreamento de informações.

– Pode até ser – disse Ona, com uma pequena chama de esperança, apesar de tudo. – Mas não dá pra tirar leite de pedra.

– É verdade – assentiu Belle. Até o ar à sua volta parecia de outra cor. – Mas dá pra tirar leite de um censo.

Ona sentiu um *kaploft* no interior do estômago quando uma imagem muito nítida brotou na sua cabeça: um homem relativamente jovem batendo à porta de seus pais, o cabelo incandescente de tão vermelho, terno e gravata; Maud-Lucy descendo às pressas para servir de intérprete, erguendo a saia para não tropeçar nos degraus da escada.

– O recenseamento no estado do Maine começa lá atrás, no século XVIII – informou Belle, e pegou o bloco de anotações com o timbre do hotel. – A menos que você tenha nascido antes disso, podemos dar um jeito. – Ela agora escrevia algo. – Onde você cresceu?

Ona ficou de pé. A camisa vermelha vestia muito bem.

– Em Kimball, Maine.

– E quando foi que chegou lá?

– Em 1904. Tinha 4 anos.

– É impressionante o tempo que algumas pessoas têm – disse Belle, erguendo a caneta. – Quero dizer, é tudo tão arbitrário.

Seu tom era solene, íntimo, difícil de interpretar. Talvez esperasse que Ona dissesse "Eu deveria ter morrido no lugar dele". Ona gostaria de acreditar que concordaria com esta proposta, caso Deus a tivesse feito, mas a verdade no seu coração era outra. Não que ela fosse egoísta ou indiferente. O problema eram os seus muitos quereres. Ela ainda queria ver suas hidrângeas em flor no outono. Queria votar nas eleições presidenciais. Queria ver o fim daquela maldita guerra. Queria ver seu nome num livro de recordes. Preferia a vida à morte, só isso. Como a maioria das pessoas.

– Qual era o endereço?

– Wald Street. As casas ainda não tinham número.

– E seus pais?

Uma enxurrada de palavras invadiu a cabeça de Ona, uma após a outra, e depois: *Aš esu lietuvis!* Eu sou lituano! A voz pertencia a seu pai, uma voz aflita do outro lado de uma porta fechada. Mas agora não ouvia mais que o áspero rabiscar de Belle no seu bloco de anotações.

– O censo é *um* documento. Acontece que eu preciso de três – disse timidamente. No fundo estava se perguntando: "Quem sou eu? Quem sou eu *de verdade*?"

– Seus filhos nasceram em Kimball?

– Não há nenhum registro de Laurentas com meu nome. Mas Randall e Frankie nasceram em Portland.

– Nas certidões de nascimento consta a idade da mãe.

De um segundo a outro, Ona teve a impressão de que o quarto 114 do Apple Country Motor Court havia se transformado num tapete mágico. Experimentou a deliciosa sensação de voar.

– Estou muito agradecida.

– Tudo bem. – Belle fez uma última anotação e jogou o bloco na bolsa. – Nós duas juntas ainda vamos realizar o sonho do nosso querido menino.

Foi então que alguém bateu de leve na porta. Belle se levantou e correu a mão pelo cabelo despenteado. Então se virou para Ona.

– Ted e eu vamos passar a noite em outro lugar. A menos que...

– Não preciso de uma cuidadora.

– De qualquer modo, Quinn está logo aí do lado.

– Também não vou precisar dele.

Belle abriu a porta e o escoteiro-chefe entrou, impecável feito um soldado apesar da longa viagem de carro. Atrás dele, à mesma distância que um cachorro de seu grande rival, Quinn esperava com uma cara de pouquíssimos amigos, recostado a um dos pilares da pequena varanda.

– Tudo bem com você aí, Ona? – perguntou de longe.

Sua voz entrecortou o ar quente da noite para se alojar diretamente no coração acelerado de Ona.

– Claro que estou bem! – anunciou ela a todos. – Tenham a santa paciência! Por que eu não estaria bem?

Ona saiu com Belle e Ted Ledbetter para a varanda e viu quando Belle despejou sobre o ex-marido um olhar diferente: de compaixão, talvez, ou qualquer outro daqueles sentimentos complexos que geralmente povoam o diálogo mudo entre duas pessoas que se conhecem há muito tempo.

– Amanhã de manhã estarei aqui – disse Belle. – Pra levar o Reliant de volta.

– Não precisa – retrucou Ona. – Quinn pode voltar dirigindo.

– A carteira dele está vencida – interveio Ted.

– Já renovei – disse Quinn. – E mesmo que não tivesse, acho que Ona não se importaria nem um pouco com isso.

– Nem um pouco! – confirmou ela, contente por poder tomar seu partido. Fazia tempo que não se via naquelas circunstâncias, participante da rede de intrigas da humanidade. Resolveu fazê-lo direito, aceitando todos os aspectos do jogo, mesmo aqueles que partiam seu coração.

– E aí, vocês vão ou não vão? – disse Quinn.

Ted hesitou um instante.

– Voltamos amanhã de manhã. Belle e eu podemos ir atrás de vocês, só por segurança.

Com uma comovente sinceridade, ele olhou para Ona.

– Você pode ir com a gente se preferir, Srta. Vitkus.

– Não preciso de escolta policial, Ted – rugiu Quinn. – Pegue sua namorada e dê o fora daqui.

Ted massageou as próprias têmporas, não com rancor, mas com a resignação de um escoteiro-chefe que a toda hora precisa interromper sua marcha para socorrer um dos lobinhos que tropeçou.

– Srta. Vitkus...

– Estou falando sério, Ted. Pode ir! De repente você encontra uma pousadinha legal por aí, com cortina de abacaxis e tudo o mais. Vá procurar *sua turma!*

– Quinn, não seja um babaca – disse Belle. – Está bem pra você, Ona?

– Claro que está! – exclamou ela, virando a casaca sem nenhum pudor. – Tenha uma boa noite de sono nos braços deste cavalheiro.

– Não gosto de abadoná-la, Srta. Vitkus – disse o referido cavalheiro.

Ona havia recusado o último escoteiro – "eu me viro muito bem no verão" – mas agora decidira aceitar o menino que ele trouxesse no outono, mesmo que fosse um imbecil.

– Ela não está sozinha, Ted – disparou Quinn. – Pelo amor de Deus, você está me vendo aqui, não está?

– Não me sinto abandonada, Sr. Ledbetter – disse Ona. – Estou apenas navegando em águas desconhecidas.

Belle foi saindo na direção da van de Ted. Não tinha dado três passos quando se virou para trás.

– Ela precisa comer. Está de barriga vazia desde a lanchonete do posto.

Depois sumiu na escuridão da noite.

– Tudo bem, então – Ted disse a Ona. – Acho que...

– Ela está bem, Ted. Vai com Deus.

Ted o encarou por um instante, e Ona aproveitou a oportunidade para sopesar os dois rivais. Do ponto de vista de uma mulher jovem, um não era páreo para o outro. Talvez porque estivesse usando a camisa de Belle, foi com os olhos da moça que avaliou a dupla. Quinn: aspecto vagamente perigoso, alto e meio corcunda, rugas com muita história para contar. Ted Ledbetter: normal feito um hambúrguer com sua camisa pólo de mangas puxadas até os cotovelos, cara de bom sujeito, um viúvo bem intencionado à procura de uma nova família.

Sem nenhuma maldade, ele se virou para Quinn.

– Eu adorava seu filho.

Não havia nessas palavras nem uma gota de ironia. Não se tratava de um golpe baixo numa briga de foices. Era um lamento sincero, vindo de um homem que conhecia o sofrimento de perto. Percebendo isso, Quinn finalmente baixou a guarda e não disse mais nada.

Ele e Ona ficaram onde estavam, vendo Ted partir. Não demorou até que a van do escoteiro-chefe se misturasse ao pouco trânsito que seguia rumo às luzes da cidade de Granyard.

– Está com fome? – perguntou Quinn. – O restaurante do hotel até que não é mau.

– Posso beliscar alguma coisinha – disse Ona.

Ela estava faminta. Seus sonhos de imortalidade haviam morrido em um incêndio para depois renascerem nas mãos de uma mulher desolada que havia entrado de gaiata na sua viagem para Vermont. Como Ona Vitkus, depois de tantos anos sozinha, havia se deixado arrastar por aquele remoinho de amores e desamores, de mágoas e invejas, de faíscas e reconciliações fajutas? Ah, e como era patética aquela gente tão cheia de vontades confusas e interesses conflitantes, cega para o tiquetaquear irrefreável de suas respectivas vidinhas.

★ ★ ★

Esta é a Srta. Ona Vitkus. Estas são memórias e fragmentos da sua vida. Esta é a Parte Seis.

Vai, escolhe você mesmo.

. . .

Os Loucos Anos 1920? Deixe eu dar uma olhada no seu papel. A Era do Jazz? A Grande Depressão? Hmm. Já sei o que está por trás disso. Se o que vocês querem é uma história do século XX, é melhor consultarem uma enciclopédia. Ou um homem. Pode dizer lá pro seu Sr. Sei-lá-quem que as pessoas não vivem só em letras maiúsculas.

. . .

Linkman. Diga ao Sr. Linkman que a Srta. Vitkus passou a Era do Jazz lavando fraldas no tanque e lendo *Modern Priscilla.*

. . .

Era uma revista sobre prendas domésticas. Vou lhe dizer uma coisa sobre a Grande Depressão. Aliás, duas, já que você gosta tanto de listas. Um: algumas pessoas saíram sem nenhum arranhão. Dois: acha que reciclagem é coisa de hoje em dia? Naquela época a gente reaproveitava até o papel de embrulho do açougue.

. . .

Primeiro você limpa o caldo com um pano molhado e um pouco de sabão.

. . .

O caldo da carne, ué. Carne de porco, carne de boi... Depois você passa vinagre no papel inteiro e espera secar. A gente guardava pra depois embrulhar as cordas de violão que a gente vendia na loja.

. . .

Vejamos se tem alguma aí que eu consiga responder. Esta aqui: Pessoas Influentes. Pode perguntar.

. . .

A primeira pessoa que me vem à cabeça é Maud-Lucy, claro. Na minha infância. Depois dela tem a Louise. Louise era uma figura. Às vezes aparece na minha frente, nítida feito uma lua cheia.

. . .

Claro que não a vejo em carne e osso, tenha a santa paciência! Ela aparece na minha imaginação!

. . .

É mesmo? Faz quanto tempo que ele foi embora?

. . .

Cinco anos é muita coisa pra alguém da sua idade. Nem tanto pra alguém da minha idade. Para mim, cinco anos é um piscar de olhos. O que foi que aconteceu depois que ele voltou?

. . .

Jesus... E quanto tempo durou a segunda?

. . .

Sua mãe gosta mesmo deste novo homem? O tal misterioso que você acha que um dia será seu pai?

. . .

Não. Tenho certeza absoluta que você não disse o nome dele, nem de passagem. Você não é o único que tem boa memória.

. . .

Ele me parece um homem muito bom.

. . .

Claro que você ama o seu pai. Mas fique o senhor sabendo que não é crime nenhum gostar do outro sujeito também. Se ele for uma boa pessoa, se for carinhoso com você.

. . .

De nada. Mas onde é que...?

. . .

Ah, sim. Louise era uma coisa de outro mundo: tinha porte de rainha, olhos muito vivos... Não tinha pra mais ninguém. Infelizmente eu era um ratinho covarde. Tinha abandonado o Howard pra ir trabalhar como secretária profissional; era de esperar que eu transbordasse autoconfiança. Mas certas mulheres, elas dão a ordem e você obedece.

. . .

Obrigada. Mas eu não era nem um pouco assim. Eu tinha um vazio em mim, e quando você é do tipo que tem um vazio, faz o quê? Procura alguém que o preencha. E lá estava ela.

. . .

Além de mim, e das irmãs Franco que pilotavam a cozinha, não havia mais nenhuma outra mulher na Lester Academy quando a Louise invadiu o lugar como se fosse um turbilhão de folhas secas. Portanto, nós duas éramos comparsas, por assim dizer. Louise e eu. E a Lester era nossa ilha deserta. Eu estava lá, morrendo de fome, e Louise tinha toda a comida.

. . .

Eram bons meninos, eu diria. Nada como os meninos de hoje em dia. Não estou me referindo a você, claro.

. . .

De nada. Vinham de Boston, quase todos. As mensalidades eram bem salgadas, mas a Lester era mantida secretamente por uma mulher indomável chamada Emmaline Simpson. Ela era bisneta do fundador. A Sra. Simpson tinha crescido em Lester, onde as mulheres não tinham nenhum tipo de aspiração, mas de algum modo conseguiu se formar em Ciências Humanas no Swarthmore College.

. . .

Ah, é uma escola pra lá de chique que fica na Pensilvânia, eu acho. Ela vinha nos visitar todo mês de junho. Tinha uma cabeleira branca sempre presa num coque, com um pente de madrepérola espetado no alto, e usava vestidos tão pesados que podiam facilmente ser transformados em cortinas.

. . .

Seu objetivo era um só: ela queria que as aulas de literatura incluíssem mais livros escritos por mulheres.

. . .

Ah, autoras na mesma linha de Anne Bradstreet. Ela aparecia por lá, fazia sua sugestão aos diretores, homens todos eles, depois voltava às cinco em ponto com o cheque da sua doação. Antes de ir embora, sempre me presenteava com uma caixa de bombons italianos.

. . .

Foi uma poetisa dos tempos de colônia, a primeira a ser publicada neste país. Escrevia muita coisa elogiando o marido.

. . .

Não tem problema. Eu também nunca tinha ouvido falar dela.

. . .

Bem, a Sra. Simpson acabou morrendo. E os conselheiros da escola ficaram apavorados, achando que ela pudesse ter pregado alguma peça neles, deixando toda sua fortuna para os gatos de rua. Mas ela fez melhor. Muito melhor. Deixou um bom dinheiro pra escola, claro. Milhões e milhões. Mas com a seguinte condição: dali em diante o departamento de literatura da Lester Academy teria de ter nos seus quadros uma mulher. Uma professora devidamente qualificada.

. . .

Concordo plenamente. Os gatos de rua também mereciam um dinheirinho. Mas você nem imagina como foi essa reunião do conselho, o pavor que eles ficaram. Ninguém conseguia falar de outra coisa que não fosse a tradição da Lester.

. . .

Pelo contrário, foi até divertido. Um depois do outro, era sempre a mesma ladainha: tradição, tradição, tradição. Se pudessem *comer* tradição, eles comeriam. Se pudessem *pentear o cabelo* com tradição, penteariam. Uma mulher no quadro de professores da escola? Era impensável! Eu fiz anotações, era o meu trabalho, mas algumas das palavras que eu me recusei a anotar eram daquelas para as quais ainda não existia nenhuma estenografia.

. . .

Claro que sim. O dinheiro falou mais alto. Sempre fala. E quem você acha que chegou no primeiro semestre letivo de 1954? Ela mesma: Louise, o turbilhão de mulher.

. . .

Hmm... Inteligente. Isso é a primeira coisa. Independente também. Mas só quem a conheceu pessoalmente sabe como ela era. Certas mulheres mudaram muito com a guerra. Pode anotar isso sobre a Segunda Guerra Mundial.

. . .

Tudo bem. Eu espero.

. . .

Algumas mulheres, isso mesmo. Por fora eu devia dar a impressão de que era uma delas. Tinha perdido Frankie, meu filho querido; tinha deixado o Howard; tinha saído de casa pra levar outro tipo de vida. Mas fora isso eu me sentia a mesma menina amedrontada de antes. Sem levar em conta, claro, aquele meu único desvario aos 14 anos, cujas consequências já foram devidamente registradas nesta sua engenhoca aí – sob coerção, diga-se de passagem.

...

Não precisa se desculpar. Você é um bom menino. Só estou comparando o nível da sua vontade de saber com o nível da minha vontade de falar. Mas voltando a Louise, ela também mudou com a guerra. Perdeu os dois irmãos mais novos no mesmo dia, imagine você. Mas às vezes eu ficava pensando que ela não tinha exatamente mudado. O sofrimento da guerra tinha apenas revelado o que ela já tinha dentro de si.

...

Uma mulher intensa. Luminosa. Tinha 42 anos, mas parecia ter 30. Eu tinha 54, mas parecia estar com uns 60.

...

Ah, no início foi tranquilo. Teve um rififi com os diretores por causa do Shakespeare. Logo ele, coitado. Mas o Sr. Shakespeare, quando quer, pode ser um tremendo gozador, e o Dr. Valentine não gostava das interpretações que Louise fazia. Então no primeiro ano teve isso, uma pequena quizila que não matou ninguém. O segundo ano também foi bem tranquilo, pelo menos para os padrões de Louise. Mas o terceiro... No terceiro ela criou coragem e começou a improvisar.

...

O outono já ia longe, lembro direitinho. As árvores estavam *cuspindo* folhas. Daí um dia ela aparece na minha sala com um terninho muito justo no traseiro, de uma gabardine que de tão roxa parecia um ser vivo. Sempre tinha sido muito arredia comigo, no máximo me dava um bom-dia, e eu até achava ela meio metida. "Posso dizer ao Dr. Valentine que você já chegou?", perguntei. Séria, claro. Era o meu trabalho. Daí ela respondeu: "Se você ousar..."

...

Era, sim. Muito engraçada. Falou aquilo, depois caiu na gargalhada. Tinha uma risada só dela, quase um apito de navio. Depois, sem pensar duas vezes, sentou na minha mesa com aquele bundão em cima de umas cartas que estavam esperando pra ser enviadas.

. . .

O Dr. Valentine tinha arrependimentos crônicos, então eu guardava as correspondências para conferir se devia enviá-las de fato no final do dia. Não pedi a Louise que fosse sentar em outro lugar, mas também não ia deixá-la sozinha na minha sala com aquelas cartas debaixo do traseiro. Então fiquei ali. Que nem uma refém.

. . .

Igual você está aí agora. Olhando. Avaliando a situação.

. . .

O problema era o seguinte: ela achava que estava em apuros porque vinha falando de George Eliot nas suas aulas – George Eliot era uma escritora do século XIX. Ela estava trabalhando a questionável vida amorosa da autora em suas aulas. E então os pais começaram a ligar.

. . .

Mas não era por isso que ela tinha sido chamada pelo Dr. Valentine, e eu não conseguia dizer isso a ela. Louise não parava de falar sobre George Eliot, como se ela gostasse de punir a si mesma com os homens que arru mava pra namorar. Naquela época eu andava numa fase parecida, querendo punir a mim mesma também, mas por outros motivos que agora não vêm ao caso. "Pois é justamente isso que torna os livros da George Eliot tão... *saborosos*", ela disse. Fazia a palavra soar como uma mordida na maçã do diabo.

. . .

Saborosos.

. . .

Mais ou menos. Não sou muito boa para imitar as pessoas. Mas aí ela perguntou: "Será que o Dr. Valentine pensa que os escritores tiram sua inspiração do ar?"

. . .

Eu não sabia nem queria saber de onde os grandes escritores tiravam sua inspiração. Queria apenas arrumar um jeito de alertá-la, de dizer que ela tinha sido convocada por outro motivo bem diferente.

. . .

Bem, é que andavam circulando uns boatos.

. . .

Sobre ela, Louise Grady, e o menino Hawkins.

. . .

Um aluno do último ano. Um tipão espadaúdo, desses que precisam fazer a barba duas vezes por dia. A história tinha sido espalhada por outro garoto, um sardentinho bem mais novo, e agora estava em toda parte. Tadinha da Louise, tagarelando sem parar sobre George Eliot, quando na verdade estavam querendo fritá-la como uma corruptora da moral. Uma *femme fatale*.

. . .

Alguém que persuade as pessoas a se sentirem de um jeito quando não é exatamente o que elas querem fazer. Não existe uma expressão equivalente para os homens, mas deveria.

. . .

Bem... Elas enrolam os meninos, por exemplo, pra que eles pensem que estão apaixonados.

. . .

Eu não fazia a menor ideia se era verdade, mas estava preocupada.

. . .

Porque a Louise era a única mulher que eu via naquela escola o dia inteiro, e eu não queria que a única mulher que eu via naquela escola o dia inteiro fosse demitida.

. . .

Falei pra ela: "Se você der uma maneirada nas suas aulas, quem sabe não chama menos atenção pra si mesma?"

. . .

Não, não. Ainda não éramos amigas nessa época. Louise adorava ser uma atração. Ela *era* uma atração.

. . .

Mas um dia você vai ser também. É só esperar pra ver. As meninas vão fazer fila na sua porta.

. . .

Vão, sim. Você tem um tipo de beleza que as meninas só notam mais tarde.

. . .

Uns 18 anos, por aí. Ou 21.

. . .

Não é tanto tempo assim, você vai ver.

. . .

Então lá estava ela, sentada com o traseiro nas minhas cartas, esperando um duelo com o Dr. Valentine. "Esses alunos são uns garotos mimados que não conhecem nada da vida", ela dizia. "Exatamente como os pais, já reparou, Srta. Vitkus?" Esta, diga-se de passagem, foi a primeira frase completa que ela dirigiu especificamente a mim. Mas Louise não parou por aí. Continuou falando pelos cotovelos, muito embora o Dr. Valentine já tivesse aberto a porta da sala e estivesse ali, a uns três metros de distância, lívido que nem um fantasma. Com ele estavam mais duas pessoas: o Sr. e a Sra. Hawkins, ambos cuspindo fogo pelas ventas. Fico toda arrepiada só de lembrar do olhar furioso daqueles dois.

. . .

Não tenha dúvida! Quase tive um treco! Mas Louise sempre teve um sexto sentido para as plateias, sabia muito bem que estava sendo observada. Então desceu da mesa, sem derrubar uma única carta e, antes de se virar completamente, falou baixinho pra mim, mas alto o bastante pra todo mundo ouvir: "Se tem uma coisa que o animal macho não tolera, Srta. Vitkus, é uma fêmea com segredos."

. . .

Uau mesmo. Até hoje não sei se ela estava falando dos segredos de George Eliot, dos seus próprios ou dos meus. De qualquer modo, imediatamente senti um calor terrível no rosto. Achei que estava em chamas! Porque não era mais pra Louise que o Dr. Valentine estava olhando.

. . .

Era pra mim. Era pra mim que ele olhava.

. . .

Sim, eu também era uma fêmea com segredos.

Capítulo 16

Quinn acordou tarde, azedo consigo mesmo, imobilizado pelas cobertas duras do hotel. Depois de bater à porta de Ona por dez minutos de puro pânico, chamou o recepcionista, que era o mesmo da véspera, e pediu a ele que destrancasse a porta. Qual não foi o susto do magricela quando deparou com a visão mortificante de Ona saindo do banheiro com sua camisolinha roçando os joelhos. Quinn ganiu como um gato cujo rabo é pisado.

– O que você pensa que está fazendo? Saia já daqui!

Quinn tapou os olhos com as mãos e o recepcionista fugiu.

– Bati 50 milhões de vezes, Ona. Pensei que... – começou ele, e deu as costas para ela, virando-se para a porta aberta do quarto. Podia ver o Reliant mais adiante, acenando sedutoramente com seu tanque cheio. Não via a hora de sair daquele lugar. Não queria mais saber de boas ações. Estava farto delas. O "regate" teatral de Ted havia exaurido todo o seu apetite para o bem.

– Sai daqui! – rugiu Ona. – Não planejo descansar pelos próximos dezoito anos.

Uma hora depois, de volta ao restaurante ensebado em que tinham jantado na noite anterior, Quinn, emudecido pela vergonha, bebericava preguiçosamente seu café aguado enquanto Ona devorava os três andares de uma panqueca de mirtilos. Ao que tudo indicava, as maçãs estavam fora de época.

Foi Ona quem se encarregou de quebrar o silêncio.

– Você não esperaria que um médico tão bem-sucedido, criado com tanto carinho por uma mãe exemplar, tivesse procurado um final mais feliz pra sua vida? Qualquer outra coisa que não fosse ficar zanzando em uma cadeira motorizada dentro de um asilo com um binóculo pendurado no pescoço.

– As pessoas não escrevem seu próprio fim, Ona.

– Pois eu pretendo escrever o meu.

Era estranho que ela estivesse assim tão falante e otimista depois do incidente no quarto, pensou Quinn. Já havia agradecido quatro vezes pela ajuda prestada por Belle na véspera.

– Se você quiser podemos passar de novo no condomínio antes de irmos embora. Não quero ser chato, Ona, mas talvez você não tenha outra oportunidade.

– Não se preocupe – disse ela, dando-lhe uma piscadela do outro lado da mesa. – Laurentas ainda tem uns bons dez anos pela frente.

– Fui um péssimo pai... – balbuciou Quinn, talvez baixo demais para que Ona ouvisse.

Mas ela assentiu displicentemente com a cabeça.

– Há coisas piores.

– Tipo o quê? – perguntou ele. Realmente queria saber.

– Ser uma mãe adequada. – Ona deu um pequeno gole no seu café. – Pais ruins tem às dúzias por aí e ninguém fala nada. Não sei que tipo de pai você foi, mas aposto que não foi tão ruim quanto está dizendo. Provavelmente fez o melhor que pôde. E ninguém espera muito mais que isso de um homem.

– Belle esperava.

– Vou lhe dizer uma coisa, Quinn. – Até então ela nunca o havia chamado pelo nome. Chegou a assustá-lo. – Se você se comportasse mais como um pai enlutado com a morte do filho, era bem possível que sua senhora quisesse você de volta.

Vendo o afeto nos seus olhos, Quinn se rendeu.

– E como é que um pai enlutado deve se comportar?

Ona inicialmente não disse nada. Mas depois:

– Como esse camarada aí, o Ledbetter.

Mordido, Quinn esperou que um grupo de sete colegiais se acomodasse na mesa vizinha. Vestiam a camisa de um time e festejavam ruidosamente. Esparramaram-se no banco em torno da mesa redonda falando muito alto, como se fossem donas do lugar, donas da cidade inteira.

– Eu ficaria agradecido se você parasse de se referir a ela como "minha senhora" – pediu. – Porque ela obviamente não é.

– Você me fez uma pergunta e eu respondi.

Quinn cogitou abandoná-la ali mesmo. Ela que se virasse depois para levar seu centenário traseiro e sua admiração por Ted Ledbetter de volta para Portland. Por quatrocentos quilômetros. Aliás, por onde andaria o venerável escoteiro-chefe que até aquele momento ainda não havia chegado?

Preferindo não levar adiante a discussão, Quinn terminou seu café em silêncio. Ona pegou o guardanapo e limpou o queixo.

– Estou aqui me perguntando se existe um recorde pra panqueca mais gostosa do mundo – disse ela, afinal.

Quinn a observou por alguns segundos.

– Até agora não entendi direito como ele conseguiu passar pra você essa mania de recordes. Ele te fisgou direitinho.

– Um: não é uma mania. Dois: ele me fisgou com o entusiasmo.

Quinn vivia se esquecendo de alguns fatos essenciais a respeito do próprio filho: o menino realmente havia sido um grande entusiasta. Não era raro que irrompesse numa risada sem nenhum motivo aparente, assustando até mesmo os cachorros da vizinhança. Sua alegria era uma espada enterrada na bainha, brandida nos momentos mais esquisitos. Aparecia e sumia, aparecia e sumia. Ao contrário de Belle, ao contrário de Amy, ao contrário de qualquer um que tivesse pelo garoto um mínimo de afeto, ele, Quinn, sentia-se incomodado e desorientado com aquela vida interior tão secreta. De repente lhe veio à cabeça uma imagem nítida do menino: a voz metálica, as listas, o rosto parado enquanto os dedos iam contando alguma coisa. Ficava pouco à vontade na presença do garoto, preocupado com o mundo que ele habitava.

– Ora, ora, quem vem lá – disse Ona.

Ted e Belle. Ted abraçava contra o peito um gordo buquê de lírios alaranjados, Belle usava um belo vestido branco que ele nunca tinha visto. As alças, pespontadas de vermelho, pareciam comestíveis. O cabelo reluzia de tão limpo. "Parabéns, Ted Ledbetter", remoeu Quinn com seus botões. "Mandou bem. Ponto pra você."

– Preciso de um favor – disse Belle. – Por favor não digam que não. – Antes que Quinn pudesse sair correndo dali, ela soltou a bomba: – Ted e eu vamos nos casar daqui a meia hora e precisamos de testemunhas.

As meninas da mesa ao lado começaram a aplaudir. Belle levou um susto, mas depois sorriu para o grupo. Ted sorriu também, feito um girassol, e a cabeça de Quinn se encheu de abelhas.

– Um casamento? – perguntou Ona, radiante.

Sob a luz certa, pensou Quinn, não seria difícil que a tomassem por uma mulher de, digamos, 95 anos.

– Providenciamos toda a papelada hoje cedo – contou Ted –, mas precisamos de testemunhas pra que a nossa união tenha valor legal.

– O pessoal do cartório não foi lá muito simpático – disse Belle.

– Eles são assim mesmo aqui em Vermont – concordou Ted. – Meio caladões.

– Mas eu não queria dois desconhecidos como testemunhas. – Belle virou-se para Ona. – Achei que vocês ainda estariam aqui. Quinn nunca acorda antes das dez. É assim desde os tempos de colégio.

– Não é uma decisão tão repentina assim – disse Ted a Quinn. Depois olhou carinhosamente para Belle. – Já vínhamos conversando sobre o assunto há um tempo.

Belle ergueu um dos pés para mostrar a sandália nova, branca com tachinhas douradas.

Comprei no Walmart disse. Estamos de pé desde as seis.

Ela estava... definitivamente não estava feliz, mas certamente parecia menos infeliz.

– Tenho um show hoje à noite – disse Quinn, sua cabeça ainda confusa. – Já devia ter pegado a estrada uns dez minutos atrás.

Certa vez alguém havia acertado sua cabeça com um taco de beisebol, mas aquilo era pior.

– São aqueles meninos religiosos. – Ona lembrou a todos. – Não vão se importar se ele chegar um pouquinho atrasado.

– Não vai levar mais do que cinco minutos – disse Belle. – Eu não esperava que você desse cambalhotas de alegria, Quinn, mas se gosta de mim pelo menos um pouquinho, agora é um bom momento de demonstrar.

Belle cravou nele um olhar arregalado e espectral, que continha toda a história vivida entre os dois. Isso era tudo o que sobrara dela.

Foi com esse mesmo olhar que ela o havia recebido na véspera do aniversário de 3 anos do menino. Belle sentou-se com ele na casa escura, depois que Quinn guardou o equipamento usado no show daquela noite.

– Não era essa a ideia que eu fazia de uma vida em família – disse, acendendo o abajur. – Solidão era a última coisa que eu esperava. – Esse era um daqueles momentos em que os ponteiros congelavam nos relógios. – Preferiria mil vezes estar sozinha do que ficar assim, arrastando correntes pela casa, remoendo minhas mágoas. Prefiro não ter você do que tê-lo pela metade.

Exausto depois de uma hora de estrada com chuva, ele sacou do bolso o cachê da noite.

– Estou fazendo minha parte. Garantindo nosso sustento.

– Não é só de sustento que a gente precisa, Quinn – disse ela baixinho. – A gente precisa de uma *vida* também.

Só o que ele queria naquele momento era cair na cama e sentir o corpo quente da mulher ao seu lado, duas ou três horas de paz até ser despertado pelo choro do menino, que tinha medo de insetos, de casacos muito pesados e da cor amarela. Toda manhã era a mesma coisa: a mesma sirene de pânico que fazia Belle saltar da cama num piscar de olhos e que o deixava com o coração disparado, tamanha era a descarga de adrenalina.

– Pensei que a gente fosse capaz de segurar essa onda – disse ela, muito embora não fizesse outra coisa na vida que não fosse justamente isso: segurar a onda. Já podia dar aulas sobre o assunto. Orientar teses de pós-graduação. Escrever ensaios, livros e tratados.

– O quê? – perguntou Quinn, assustado com a expressão no olhar dela. – Espera aí.

As palavras encerravam uma infinidade de sentidos possíveis, e ele nunca tivera lá muito talento para interpretá-las. Sentia a cabeça rodar, embora não tivesse bebido uma gota de álcool desde o nascimento do menino. O filho deles: quinto percentil em tamanho e peso, mas com uma inteligência muito acima da média. O garoto era capaz de copiar palavras de um livro e não tinha a menor dificuldade para completar um quebra-cabeça destinado à faixa etária de 10 anos. As tias de Belle, que se alternavam como babás, diziam carinhosamente que ele as deixava exaustas só por existir.

– Isto aqui é o que eu quero – disse Belle, desdobrando o que parecia ser uma longa lista. – Quero que você conserte a cerca do quintal. Quero que comece a gostar de acordar cedo. Que leve a gente pra passear no parque todo sábado. Que pare de tocar à noite. – Pausa. – Quero que se comporte como se realmente gostasse da gente.

Sua voz tinha o timbre aveludado de um instrumento de sopro, os harmônicos de uma história já antiga. Nesse mesmo tom plangente ela havia revelado a Quinn que havia esquecido de tomar a pílula e estava grávida. Mais tarde compreenderia que havia sido vítima de uma vontade inconsciente de engravidar, mas à época não conseguia se perdoar pelo incidente, não fazia ideia de como deixara aquilo acontecer. "Mas já que aconteceu, vamos ter", dissera então, com a mesma aura de autoconfiança que emanava agora. "Você não precisa se casar comigo, Quinn. Muitos caras não se casariam."

– Tem um estúdio que abriram em Cambridge – disse ele com cautela. – Conheço o cara.

Belle fechou os olhos.

– Não, Belle. Escuta. – insistiu ele. – Estão contratando guitarristas fixos pra tocar nas gravações. – Tomando às mãos dela, emendou: – A gente nem vai precisar se mudar daqui. Eu viajo todo dia.

– Ai, Quinn... – choramingou, cobrindo os olhos com a mão livre. – Em outros tempos isso não teria o menor problema. Eu topava qualquer buraco. Mas isso era antes.

– Belle, escuta...

– Eu adorava sua música – disse ela, cruzando as mãos sobre a lista que havia deixado no colo, tirando do papel um ruído agourento. – Pensava que...

– Pensava o quê?

– Eu acreditava em você. Acreditava na coisa toda.

Acreditava. O tempo pretérito entristeceu Quinn. Ele se lembrou do dormitório em que ela morava na universidade, depois de um show dos Benders em que ele tocara. Belle tinha 19 anos. Suas paredes pulsavam com pôsteres emoldurados.

– Eu achava que queria algo diferente – acrescentou, quase sussurrando. – Teria sido ótimo se isso fosse verdade, Quinn, mas não era. A verdade era que eu queria exatamente a mesma coisa que todo mundo.

Sua voz manteve o timbre melancólico, perfeita para cantar, muito embora ela não fosse capaz de sustentar a afinação. Para Belle, a música era algo da ordem do milagre.

– Eu também. – falou Quinn. – Adoraria ter querido outra coisa.

– O que eu quero – disse ela, encarando-o – é outro filho.

– Ah, não. Não dá. Desculpa, Belle. Simplesmente não dá.

– Eu sei – concluiu ela, séria.

Foi então que Quinn desconfiou.

– Você não... Você encontrou outra pessoa?

– Não.

Mas o que ele ouviu foi: "Ainda não."

Ele tinha se casado com ela quando o outro caminho teria sido mais fácil – prova do seu amor por ela, se é que isso era necessário. Assumira a criança. Não a havia acusado por ter esquecido a pílula. Estes mínimos sinais de decência – sua esperança de não ser como "os outros caras" – tinham-no guiado relacionamento adentro. Ainda haveria muitos ultimatos e voltas, muitas noites de um amor angustiado, muitas promessas feitas e quebradas, e sobretudo muitas lágrimas. Mas no final das contas, a lista de Belle se resumia em um item impossível: ele precisaria se transformar em outra pessoa.

Mesmo assim, quando finalmente voltou para a estrada, ele jurou a si mesmo que faria exatamente isto: procuraria se transformar em outra pessoa. Repetiria o mesmo que haviam feito os aventureiros do Velho Oeste, que abandonavam mulher e filhos para correr atrás do ouro prometido e depois mandavam dinheiro para casa. Fincaria o pé num bom estúdio e levaria a vida bem mais flexível de um assalariado, de um prestador de serviços, de um daqueles tantos guitarristas de plantão que apareciam nos créditos dos discos. Provaria a Belle que seu sonho não era de todo uma fantasia.

Já estava em Chicago quando recebeu a papelada do divórcio. Leu todos os parágrafos e artigos com a mais absoluta atenção, cada um deles trazendo lembranças da história que eles haviam vivido juntos, dois caminhos de tal modo imbricados que poderiam se separar só mesmo pela força de um instrumento legal. Cinco anos depois, na cerimônia do seu segundo casamento com Belle ("Porque eu estava morrendo de saudades, Quinn. Porque filhos precisam de um pai"), ele havia dito um "sim" tão convicto e sonoro que ela, não se contendo, havia caído na gargalhada.

Mas ele fora sincero naquele seu segundo "sim", mesmo tendo ao lado aquele filho misterioso que costumava encará-lo de olhos arregalados e ouvidos em pé, sempre contando algo com os dedinhos miúdos. Contando o quê? Os pensamentos inconfessos de Quinn? Seria isso que ele tanto gostava de contar?

Volta e meia sentia-se como um buldogue presenteado a um menino que queria um periquito.

Teria tentado o bastante? Acreditava que sim. Um ano depois, sufocado pela monotonia do seu emprego numa loja de eletrônicos, ele voltou a sentir uma comichão pela vida de cigano que levava antes, os dedos implorando pelas cordas de uma guitarra. Além disso, Belle andava falando em filhos outra vez, mas os meses de rotina já haviam arrefecido em grande parte aquele seu desejo inicial de fazê-la feliz.

– Ele gosta de listar as coisas – arriscou certa noite, lavando a louça enquanto ela secava. – Não é meio estranho?

Fazia semanas que trazia essa pergunta na ponta da língua, e agora ela havia escorregado acidentalmente, dando fim à placidez daquela cena tão doméstica.

Belle balançou os ombros.

– As primeiras palavras que ele aprendeu a falar foram "um", "dois" e "três".

O menino começara a falar aos 4 anos, mais uma das muitas estranhezas que ele havia notado desde sua volta.

– Isso é o que eles chamam de personalidade, Quinn – interveio Amy, que passava o fim de semana com eles. Em seguida tirou um naco do pão de gengibre que comia e ofereceu a ele a título de compensação pelo coice dado, mas as mãos de Quinn estavam molhadas e ele recusou.

– É que os outros meninos da mesma idade não são assim tão... – disse ele, cauteloso. Precisou parar um instante para encontrar as palavras certas. – Fico pensando se não é algum problema. Alguma coisa... com a qual a gente deva se preocupar.

Belle continuou o que estava fazendo, mas prestava atenção.

– Que tipo de preocupação? – perguntou ela.

Quinn confirmou então o que já havia imaginado: ela tentaria se esquivar sempre que possível, receando azedar as coisas e pôr em risco o bom andamento da reuniãozinha familiar. Ficou desanimado, mas ao mesmo tempo sentiu uma pontinha de orgulho por ser capaz de ler tão bem as entrelinhas.

– Um: o menino fica olhando pra gente sem falar nada – disse, usando os dedos para fazer sua contagem e ilustrar um ponto sem precisar incluí-lo na lista. – Dois: os braços dele não mexem quando ele está andando.

Belle agora se virava para ele com um pires de filigranas douradas na mão. Passara a servir café apenas em xícaras antigas de porcelana, o que para ele era um exagero.

– Ele não anda como os outros meninos – continuou Quinn. – Os braços não saem do lugar. Ficam lá, parados. Como se estivessem amarrados por uma corda.

Belle franziu a testa.

– Você não... Você não está debochando dele?

– Claro que não, Belle! Pelo amor de Deus! Só estou tentando ser um pai mais... participativo. – Ele lançou um olhar de pânico na direção de Amy. – Não tenho muita experiência com crianças... – Amy revirou os olhos. – Não sei direito o que é normal ou não.

Silêncio.

Quinn retomou sua lista.

– Três: é como se o menino tivesse um gravadorzinho na cabeça. Se ele escuta alguma coisa errada pela primeira vez, como o nome de alguém, a informação fica lá, gravada pra sempre. Não há quem consiga corrigi-la. – Perdido por um, perdido por mil, ele pensou. – Fico achando que são sinais preocupantes... sei lá, em algumas áreas da vida dele. Na socialização ou algo do tipo.

– Ele tem um vocabulário infinitamente superior ao dos outros meninos – disse Amy.

– Eu sei, eu sei... Ele tem um ótimo vocabulário. Um vocabulário estupendo. – Quinn não sabia ao certo de onde o filho tirava aquelas palavras, tampouco a sintaxe elaborada com que as inseria nas frases. – Mas por exemplo: essa insistência dele em chamar o professor de Sr. Linkman. Já tentei corrigi-lo mil vezes, mas não adianta. Quer dizer, ele sabe que o décimo sexto presidente dos Estados Unidos era Abraham *Lincoln*. É capaz de ficar horas falando sobre a casa em que *Lincoln* morava na infância, quem era a mulher do *Lincoln*, qual era a peça que *Lincoln* estava assistindo quando foi assassinado, quem eram os ministros do *Lincoln*, quem foi que construiu o Memorial *Lincoln* em Washington... Mas ainda assim ele insiste em chamar o tal professor de Sr. Linkman.

Belle e Amy se viraram uma para a outra com uma expressão terrivelmente significativa no olhar.

– Talvez porque o nome do homem é mesmo Linkman – disse Belle. – Andy Linkman.

As irmãs irromperam numa sonora gargalhada, a tensão acumulada da conversa finalmente se dissolvendo na leveza do humor, produzindo o mesmo alívio de um acorde dissonante que se resolve nas consonâncias mais próximas.

– Nossa, Quinn – disse Amy. – Até parece que você tem um *gravadorzinho* na cabeça.

– Deixe-o em paz – falou Belle. – Gosto de homens que se preocupam.

– Obviamente usei um mau exemplo – defendeu-se Quinn.

Mas havia outros. O menino dizia "gasfanhoto" em vez de gafanhoto; "gratindão" em vez de gratidão; "linite" em vez de limite.

As mulheres riram de novo, sobretudo Amy. Quinn esperou que a cunhada se desse por satisfeita (parte do esforço que vinha fazendo para se tornar uma pessoa melhor), mas depois tomou a palavra.

– O que estou dizendo é o seguinte: por mais que ele ouça ou leia "gafanhoto", vai continuar dizendo "gasfanhoto". Daí eu fico pensando, Amy, se você me permitir, que isso talvez seja sintoma de algum problema maior. Acho que tenho esse direito como pai.

– Não tem nada de errado com ele – sentenciou Belle, ríspida.

– Você não está me ouvindo – disse Quinn, já antevendo o caldo que estava por entornar. – Será que os professores dele não poderiam ajudar?

– Sei lá, Quinn. Por que você não dá um pulo lá na escola, se é que sabe onde ela fica, e pergunta pro Sr. *Lincoln*? Ou será que falta competência até pra isso?

O momento, como previsto, havia chegado. Fazia um ano e meio que ele vinha pisando em ovos sempre que arriscava sondá-la com alguma pergunta, preferindo não insistir quando ela saía pela tangente, esquivando-se de responder. E o menino lá, cada vez mais esquisito.

– Só estou *perguntando*, ok? Na qualidade de *pai* – explodiu ele. – Agora, por exemplo, o que ele está fazendo lá em cima, naquele quarto? Provavelmente está contando cadarços de sapato, ou memorizando recordes de boliche, ou arrumando duzentos CDs em branco numa ordem que ninguém entende, ou então fazendo mais uma de suas listas bizarras. Por que diabo ele não tem nenhum amigo? De onde vem essa mania de *contar* tudo o que vê pela frente?

Amy se empertigou na cadeira. "Que CDs?", era o que ela perguntava com os olhos. "Como assim, nenhum amigo?" Belle, por sua vez, fitava-o com um misto de desespero e indignação. Seria possível que tivesse cogitado medicar o menino já ali, naquele momento, influenciada pelos medos do marido e pelo susto da irmã?

– Ele é quem ele é – disse Belle. – É o nosso menininho engraçado. – Essa era uma de suas grandes qualidades: saber exatamente o que dizer no momento certo. Com essas palavras, poucas mas perfeitamente calibradas, havia conseguido dar um ponto final à conversa, fortalecendo a condição de Amy como tia do menino e enfraquecendo a dele como pai.

Mais tarde naquela mesma noite, enquanto Belle acompanhava o ritual noturno do filho (dez goles de água, dez pancadinhas no travesseiro, dez respirações profundas), Quinn confidenciou a Amy:

– Você não acha que um menino de 9 anos deveria estar num time de beisebol?

– Ele está no escotismo.

– Sim, mas não sabe dizer o nome de nenhum dos companheiros.

Naquela manhã, havia acompanhado o filho numa reunião de matilha, tal como eles diziam, precisando engolir o sapo enquanto via Ted Ledbetter, seu futuro rival, demonstrar todo o talento que tinha com a garotada sob seu comando.

– Você não acha estranho, Amy? Sobretudo alguém que tanto adora fazer listas, não saber o nome de nenhum dos companheiros?

Eles agora tomavam um uísque na sala. Isto é, Amy tomava seu uísque enquanto Quinn bebericava um Sprite.

– Na verdade – disse Amy –, o que eu acho estranho é você ter dito a ele mil vezes que o nome do professor era Lincoln e ele não ter tomado a iniciativa de corrigi-lo.

Quinn deu um demorado gole no seu falso uísque, e Amy continuou:

– O garoto tem medo do próprio pai, Quinn. Você precisa se esforçar mais. – Ela depôs o copo na mesa, fazendo o gelo tilintar contra o vidro. – Quer um conselho de amiga? Belle acha que você nunca chegou a estabelecer um vínculo emocional com o garoto. Não sei se isso é verdade ou não, mas... – Amy fez uma pausa de efeito – Você só vai colocar lenha na fogueira se continuar julgando seu filho. Ninguém muda a natureza de outra pessoa.

Quinn detestava a palavra "vínculo", achava que era coisa de apólices de seguro, e desconfiava que Amy a havia usado apenas para provocá-lo. Mas ela estava meio alta por conta do uísque, e eles vinham tendo uma conversa minimamente civilizada, então ele achou que podia dar à cunhada um pequeno desconto.

– Não é fácil estabelecer um vínculo com ele.

– Por que não? – devolveu Amy, mas sem nenhuma agressividade. – Seu filho é uma criança linda, linda mesmo. Sou louca por ele. – Em seguida o encarou com uma expressão de tal modo vulnerável, com tanto desamparo no olhar, que Quinn não foi capaz de encará-la de volta.

Belle e Ted ainda esperavam por uma resposta. Quinn podia sentir que as meninas na mesa vizinha acompanhavam a conversa de longe.

– Nunca fui a um casamento – falou Ona. – Ninguém nunca me convidou.

– Eu queria que a gente se casasse em casa – disse Ted –, mas não tem problema. Assim está bom também. – Virou-se para a noiva, sem conseguir disfarçar sua frustração: – Mas a mamãe e os meninos vão ficar chateados.

– Depois a gente faz uma festa. De repente até outra cerimônia – disse Belle, e tomou o braço do noivo, apoiando a mão na altura do cotovelo. Exatamente como costumava fazer com Quinn.

"Ah, céus, ela realmente está apaixonada", ele pensou. E por que não estaria? Ted Ledbetter queria um casamento de verdade em que estivessem presentes não só a mãe e os filhos perfeitos, mas todos os escoteiros da Tropa 23, todos os professores da King Middle School, todas as amigas da sua santa finada mulher. Queria reunir todo mundo numa praia paradisíaca e proclamar seu amor ao som de gaivotas e violoncelos. Provavelmente havia concordado com aquele casamento pré-fabricado em Vermont apenas porque sabia que Belle não era lá muito afeita a multidões. Nunca fora, talvez nunca viesse a ser. Ele estava se comprometendo com os fragmentos esmagados da mulher que amava, com um processo judicial que levaria anos para se resolver, com uma cunhada territorialista e um sogro capaz de engoli-lo sem ao menos se dar ao trabalho de mastigar.

Quinn procurou sufocar a inveja e o ressentimento. E ficou surpreso com o que encontrou no lugar deles: respeito.

– Não vai demorar mais do que cinco minutos – insistiu Belle.

– Tudo bem. Será um prazer – disse ele, afinal, mas não conseguiu sorrir.

Ted se aproximou com seu hálito de hortelã. Ainda vestia a mesma camisa da véspera, nem de longe o terno que decerto vinha esperando por esse dia havia meses, embrulhado num saco de lavanderia.

– Vou fazê-la muito feliz, Quinn. Prometo.

Quinn não tinha a menor dúvida quanto a isso, por mais que quisesse ter. Ted era exatamente o tipo de homem com quem Belle deveria ter se casado desde o início.

– Então vamos logo, caramba. – disse ele entre dentes. – Não posso demorar.

Ona se levantou.

– Não estou vestida pra comparecer a um casamento, muito menos para participar como testemunha.

– Nem eu – disse o apaixonado Ted. – Mas de hoje esse casamento não passa.

O buquê gordo que ele carregava era na realidade a soma de dois buquês menores, um dos quais ele entregou a Ona.

– Para a nossa dama de honra – disse, agora com um sorriso mais sincero e descontraído, sua felicidade já imune à presença de Quinn, à cerimônia pré-fabricada, à distâncias de seus parentes mais próximos.

– Eu aceito – declarou Ona, como se fosse a noiva.

Quinn imediatamente a espetou com um olhar acusatório por mudar de time com tanta fluidez, mas Ona não fez mais do que abrir ainda mais os olhos, sinalizando silenciosamente para que ele se comportasse.

– Boa sorte pra vocês! – disse uma das colegiais da mesa vizinha, a cabeça enterrada num boné de beisebol cor-de-rosa.

Quinn pagou a conta e Ona deu o braço a ele, já assumindo seu papel de consorte na cerimônia que estava por vir. Mac Cosgrove sempre o aconselhara a se associar com pessoas determinadas. Pois era exatamente uma pessoa assim que ele conduzia para o carro. Ona já havia retocado o batom e exalava o perfume do banho recém-tomado.

– Você é um cavalheiro, Quinn – disse ela, assim que atravessaram as portas ensebadas do restaurante. – Está fazendo a coisa certa.

Quinn teve a impressão de que quem estava ali a seu lado, usando a blusa vermelha de Belle, não era uma velha senhora com todos os achaques naturais da sua idade. Quem estava ali, flutuando adiante, era a menina que decerto Ona havia sido um dia. Quinn ficou lisonjeado por ser o alvo de tanta atenção. Vendo que ela agora o avaliava como se estivesse diante de uma pedra preciosa, deu-se conta de que só lhe restava brilhar e dar a Belle todo o apoio de que ela precisava.

PARTE QUATRO

Draugas (Amigo)

★ ★ ★

Esta é a Srta. Ona Vitkus. Estas são memórias e fragmentos da sua vida. Esta é a Parte Sete.

...

Estávamos falando da Louise e daquele boato horroroso. Pouco tempo depois ela apareceu na minha porta.

...

Acho que era outubro. Não podia ser inverno ainda. Mas lembro que ela chegou em um dia invernoso, com o rosto vermelho de tanto frio. E o ar tinha aquela solidez das noites de janeiro, sabe como é? Sabe quando a gente acha que dá pra quebrar um pedaço do ar?

...

Bem, o clima era muito diferente naquela época. Eu tinha acabado de preparar um de meus pratos prediletos pro jantar, e de repente lá estava Louise Grady na minha porta.

...

Torta de carne com um acompanhamento de repolho frito. O segredo está no cominho, se lhe interessa saber.

...

É uma semente. Eu devia estar com saudades da minha mãe. Ela tinha falecido naquele verão de 1955, fazia só alguns meses. Papai já tinha morrido muito antes, mas ela continuou lá na casa da Wald Street. Estava com 91 anos e ainda colhia seus rabanetes direto da horta. Aliás, foi nessa mesma horta que ela finalmente bateu as botas num dia quente de julho. Me pareceu um jeito bom de bater as botas, apesar de toda a tristeza.

...

As plantas devem facilitar a partida, não acha? Imagina só, um canteiro todinho de cenouras dizendo: "Não tenha medo! Aqui embaixo é ótimo!"

...

Eu sei. É engraçado. Mas lá estava Louise com suas bochechas vermelhas em uma noite fria de outubro. Convidei-a para jantar comigo, claro – não dava para evitar, a mulher estava plantada em minha porta com uma intenção bem clara.

...

"Puxa, muito obrigada, Srta. Vitkus", disse ela, como se meu convite fosse uma grande surpresa embrulhada em papel de presente.

...

Ah, sim. Era boa de garfo, aquela Louise. Naquela época era assim: quanto mais rechonchuda, melhor. A gente não via as mulheres esqueléticas de hoje, esses cabides ambulantes desfilando de calcinha e sutiã. Louise estava usando aquele mesmo terninho roxo.

...

Eu? Nem morta! Não fazia o tipo "terninho". Tinha um armário inteiro só de vestidinhos de cintura fina. "Mas o que traz você aqui numa noite tão fria, Srta. Grady?", foi o que eu perguntei assim que ela devorou seu primeiro pedaço de torta.

...

Ela disse: "Srta. Vitkus, estou precisando de uma aliada." Pra quê eu não fazia a menor ideia. O menino que tinha espalhado o boato acabou sendo expulso. Um bolsista, coitado. Morava na River Street, filho de funcionários de uma fábrica de enlatados.

...

Porque a Louise confrontou o diabinho ruivo bem na frente do menino Hawkins e dos pais dele. No fim, a Sra. Hawkins estava aos prantos, se desmanchando em desculpas, sem saber onde enfiar a cara. Os meninos também. Os dois, chorando que nem bezerros.

...

Sim, tudo se esclareceu, mas Louise não podia arriscar. Como eu, não tinha um homem para pagar suas contas. "Que tal voltar à vida de estudante, Srta. Vitkus?", ela me perguntou.

...

"Não estudo desde os 14 anos, Srta. Grady", falei pra ela. E corri para acrescentar, antes que ela pensasse que eu era uma ignorante, que tive uma excelente professora particular.

...

Ela mesma! Maud-Lucy Stokes, que me deu uma educação de princesa.

...

Então Louise disse: "Acho que você vai gostar de retomar os estudos, Srta. Vitkus." Depois me convidou pra participar do seminário de literatura que ela dava para os alunos do último ano. Eu teria de me ausentar do trabalho na secretaria toda segunda-feira, de uma às três. O Dr. Valentine já tinha concedido sua permissão e tudo o mais. Você nem imagina como isso era uma proposta radical em 1955. Por acaso alguém já te disse que...?

...

Seus olhos. Olhos de quem não julga ninguém.

...

De nada. Daí eu falei: "Será um prazer participar do seu seminário, Srta. Grady." E ela: "Pode me chamar de Louise."

...

Claro, foi o que eu fiz. Depois vasculhei os armários da cozinha até encontrar a garrafa de xerez abandonada pelo último inquilino. Não tinha as tacinhas apropriadas, mas isso não impediu um brinde."

...

"Saúde", eu imagino. Não lembro direito. Lembro do tim-tim com os copos *errados*, da minha vergonha por não ter os copos *certos*. Até hoje considero esse brinde como o marco inicial da nossa amizade. Os copos não eram de cristal, mas por sorte fizeram algum barulho.

...

Acho que sim! Bebemos metade da garrafa, e como eu não tinha o hábito de beber, acho que mencionei o Dr. Valentine mais do que devia.

...

Ah, eu adorava o Dr. Valentine. Achava ele um homem assim... Tão bem-sucedido! Mas na cabeça da Louise isso era outra coisa.

...

Antes de sair ela se virou pra mim e perguntou: "Há quanto tempo, Ona Vitkus, você está apaixonada?" Depois me deu um abraço. Exalava um cheirinho adocicado de violeta, apesar do frio. "Ele é sua paixão secreta", ela disse. "Mas Ona, querida, será que ele retribui o sentimento?"

...

Desculpa. Até esqueci que você estava aí. Você tem um jeito de desaparecer. Por acaso sabe o que significa um amor não correspondido? Deixa pra lá. Bonitão do jeito que é, nunca vai precisar saber.

. . .

Ah, você nem imagina. Depois de toda a confusão, passou o resto do semestre comendo na mão da Louise, a ponto de permitir que ela desse seus palpites nos últimos módulos do seminário. Era só ele que usava essa palavra: "módulos". Deve até ter sido ele que a inventou, mas nos anos 1960 todo mundo a usava.

. . .

A ideia era administrar o tempo de um jeito que tirasse partido do miolo mole dos alunos. Na época era uma ideia revolucionária, mas verdade seja dita: o Dr. Valentine não era nenhum rebelde. Era apenas um homem no emprego errado. Gostava de tomar seu chazinho com bolo todas as manhãs. Pensando bem, era apenas uma versão melhorada do Howard: mais inteligente, mais bonito, mais simpático, mais bem-educado e, de modo geral, mais agradável.

. . .

Então. Louise estava preparando o último módulo do seminário de literatura, que em princípio era pra deixar a meninada louca por Nathaniel Hawthorne, Walt Whitman e Henry Wadsworth Longfellow.

. . .

Uns poetas aí do século XIX. Mas Louise conseguiu incluir umas escritoras também, mulheres de vida escandalosa.

. . .

"Esses garotos precisam de uma imersão maior nas águas profundas da literatura", ela dizia. E eu concordava. Não que alguém pedisse minha opinião.

. . .

Ah, os meninos adoraram. Quem resiste ao charme de uma escritora rebelde? Além disso, já estavam quase todos apaixonados pela Louise.

. . .

Porque ela ouvia. Exatamente como você está fazendo agora. Coitada. Precisou comprar uma briga pra cada livro incluído naquele programa. Achava que tinha a obrigação de formar maridos melhores para as mulheres do futuro, com quem pudessem ter uma conversa decente à mesa do jantar, sem o risco de querer pegar uma faca e enterrar no próprio peito.

. . .

Porque Louise havia se separado de dois maridos medonhos. Sem filhos, o que dava a ela um excesso de amor maternal pra distribuir entre os alunos. As mães verdadeiras não faziam a menor ideia do que era educar um ser humano. Era isso que Louise achava.

. . .

Sim, tenho certeza de que elas davam o melhor de si.

. . .

Sim, tenho certeza disso. Estou *concordando* com você. Mas segundo Louise, o seu melhor era muito pouco. Portanto cabia a ela, não só transformar aqueles garotos em maridos decentes, mas também em evitar que acabassem se casando com alguma bocó de cabeça-oca.

. . .

Fazendo com que eles lessem coisas como "O bebê de Désirée", por exemplo, um conto escandaloso de uma escritora chamada Kate Chopin. Olha, essa Louise era uma grande guerreira. Filha de uma antiga sufragista da Filadélfia.

. . .

Desculpa. Esqueci de você outra vez. Sabe, ao longo da vida a gente vai conhecendo tanta gente. Os anos vão passando e passando... Mas tem certas fases, certas pessoas que...

. . .

Que ocupam muito mais espaço que outras. Na memória da gente. Fui casada com o Howard por 28 anos, mas na maior parte das vezes nem lembro que ele existiu. Outras pessoas, no entanto, chegam na sua vida e se instalam nela sem nenhum pudor, depois nadam de braçadas na sua história. Pessoas de envergadura.

. . .

Eu diria que sim. Você também tem envergadura.

. . .

De nada. Pois bem. Voltando à Louise. Um belo dia ela chega na minha sala com todo um carregamento de livros. Eram os livros que ela pretendia apresentar pra aprovação do Dr. Valentine. Pilhas e mais pilhas, a toda hora ameaçavam desabar. Tínhamos seis cadeiras de espaldar alto encostadas contra a parede do lado de fora do escritório do Dr. Valentine. Era nelas que os alunos ficavam esperando quando cometiam alguma infração absurda e eram chamados pra falar com o diretor.

...

Uma pilha por cadeira. Olha, foi engraçado pra burro. Aquelas torres todas, quase do tamanho dos alunos. Minha vontade era botar um chapéu em cada uma.

...

Pelo contrário, nada de terninho roxo esse dia. Ela precisava estar tão inofensiva quanto uma bengala de açúcar. Usava uma saia vermelha bem rodada com uma camisa de manguinha curta, branca de doer. Os sapatos combinavam perfeitamente: vermelhos com frisos brancos. Há anos não pensava nesses sapatos, eles praticamente *falavam*. "Pensei nestes livros aqui", ela falou pro Dr. Valentine. "E mais estes, e estes. Sujeitos à sua aprovação, claro." Pois bem. O Dr. Valentine era um sujeito bem-apanhado, mas também um tanto desengonçado. Meio bambo nas juntas. Ele se debruçava sobre uma das pilhas e pegava um livro. Depois se debruçava na pilha vizinha e pegava outro. Parecia um daqueles pássaros de pescoço comprido catando girinos no pântano.

...

Menos engraçado do que parece.

...

Porque o Dr. Valentine era elegante. Tínhamos livros em seis cadeiras e o Dr. Valentine ficou completamente desnorteado. Mas a maioria estava ali só pra tapear. Eram livros absurdos, Louise estava careca de saber que jamais passariam pelo crivo do diretor. Sua bibliografia de verdade virava água com açúcar em comparação.

...

Ah, uns tratados comunistas, uns romances mais apimentados. Tinha até a biografia de uma dama da noite do século XVII. Resultado: quase todas as escolhas reais da Louise foram aprovadas com louvor.

...

Você não deixa passar nada, não é? Foi *exatamente* isso: um truque. Igualzinho ao que os trambiqueiros lá do parquinho costumavam fazer. Mostravam um papagaio falante pro sujeito e roubavam-lhe a carteira enquanto o coitado ficava tentando ensinar o bicho a falar "Cincinnati".

. . .

Tem razão. Hoje estou com pássaros na cabeça. Aliás, fique de olho na janela. Mais cedo avistei um junco. Pode ser o seu número 15. Em poucas semanas você já vai ter uns vinte. Ou mais.

. . .

Não é impossível. Acho que você consegue trinta, sim.

. . .

Bem, o Dr. Valentine, coitado, levou duas semanas pra examinar todas as pilhas. Deixou passar "O bebê de Désirée" e mais uns tantos outros, muito bons também. Mas pegou um livro chamado *Mrs. Dalloway*, da Virginia Woolf, que nem americana era. Esse ele levou pra esposa ler.

. . .

É sobre uma mulher que sai pra comprar as flores da festa que ela vai dar naquele dia, mas não precisava de fato fazê-lo.

. . .

Porque era muito rica. Podia ter mandado outra pessoa comprar. Ou mandado a floricultura entregar em casa.

. . .

Opa. Acabei de lembrar o nome da esposa do Dr. Valentine. Sadie. Ela também oferecia jantares.

. . .

Eu nunca fui convidada, mas Louise foi a alguns. Sadie Valentine se revelou uma leitora voraz desde que descobriu o trecho de *Mrs. Dalloway* em que uma mulher beija a outra, e teve que ler um bom pedaço do livro para chegar até esta parte.

...

Não. A festa só acontece no fim. A história se passa num único dia, e Louise achava isso o máximo. A mulher que está dando a festa, a tal Mrs. Dalloway, reconta toda sua vida errada além da vida que poderia ter tido. Tudo isso num dia só. O dia da festa.

. . .

Ah, mas Louise acabou incluindo mesmo assim. Acho que o Dr. Valentine nem ficou sabendo. Não é um livro muito grande. E também não está entre os meus favoritos. Mas Louise era uma ótima professora. Eu não me dispunha a estudar com tanto afinco desde a infância.

. . .

Sim! As aulas dela também eram *maravilhosas*! Mas a verdade é a seguinte: ninguém é insubstituível nesta vida.

. . .

Ninguém. Quem vive o bastante acaba descobrindo. Levei mais de 35 anos para encontrar alguém que pudesse ocupar o espaço deixado pela Maud-Lucy. E foi exatamente isso que ela fez, a Louise, outra mulher brilhante que se deu ao trabalho de me educar.

. . .

Não sou lá muito boa pra fazer resumos. Mas se for pra juntar tudo numa frase só... eu diria que o livro é sobre... a vida de uma pessoa que se sente terrivelmente sozinha. Opa. Lá está o seu junco. O número 15 da sua lista.

CASAMENTOS

1. Noivado mais comprido. 67 anos. Octavio Guillien e Adriana Martinez. Casados aos 82 anos. País de origem: México.
2. Maior número de vezes que alguém se casou com a mesma pessoa. 66, podendo aumentar a qualquer momento. Lauren e David Blair. País de origem: Estados Unidos.
3. Maior índice de casamentos. 35,1 para cada 1000 habitantes. Ilhas Virgens, Estados Unidos.
4. Maior bolo de casamento. 6.818 quilos. País de origem: Estados Unidos.
5. Casamento mais duradouro. 86 anos (1743-1829). Lazarus e Molly Rowe. País de origem: Estados Unidos.
6. Maior número de casamentos oficializados na mesma cerimônia. 35.000. País de origem: Coreia do Sul.
7. Maior audiência de TV para um casamento. 750 milhões de pessoas. Príncipe Charles e Lady Diana. País de origem: Reino Unido.
8. Maior véu de um vestido de noiva. 2.545 metros. País de origem: Holanda.
9. Cidade com o maior número de cerimônias de casamento. Las Vegas. 280 por dia. País de origem: Estados Unidos.
10. Beijo mais demorado. 30 horas, 59 minutos e 27 segundos. Louisa Almedovar e Rich Langley. País de origem: Estados Unidos.

Capítulo 17

Segundo o relógio de Quinn, a cerimônia – realizada numa saleta bege no segundo andar da prefeitura de Granyard – havia durado exatos 6 minutos e 22 segundos. Os recém-casados desceram para a van de Ted, que já havia passado por uma boa faxina. Quinn acompanhou Ona até o Reliant e assumiu a direção. Por mais ou menos uns quarenta quilômetros, Quinn foi seguindo na esteira de Ted, mas depois perdeu a paciência, pisou fundo no acelerador, ultrapassou a van com facilidade e disparou adiante como um foguete, os lírios de Ona espargindo uma alegre nuvem de pólen.

O casamento havia dado a ambos o que pensar, e por isso eles não falavam muito. A viagem foi prazerosa, o clima estava fresco e Quinn ocupou a cabeça com o menino. Muitas vezes, nos cinco anos que passara longe de casa, tinha a impressão de estar orbitando a Terra enquanto a vida real se desenrolava lá embaixo, fora do alcance de sua visão. Ao reentrar na atmosfera de Portland, sentira o gostinho bom do reencontro, da volta, e nos meses seguintes fizera um esforço consciente para manter esse gostinho vivo na lembrança. O inevitável baque da aterrissagem deu-se apenas no segundo mês de inverno, numa das tentativas de estabelecer o tal "vínculo" com seu filho: aulas de guitarra.

Ele vinha dando aulas durante as tardes numa loja de discos da Forest Avenue, não muito longe de onde um dia ficara a Stanhope Music Company, a antiga loja do seu futuro amigo. Revelou-se um professor estranho. Alguns alunos (justamente os menos talentosos) já haviam reclamado com o proprietário da loja, dizendo que se sentiam intimidados com a impaciência do professor.

"Mas com ele será diferente", dissera Belle. "Ele é seu filho."

Na sexta aula, Quinn mais uma vez foi com o menino para a garagem da casa, abafada mas espaçosa, vazia por conta de uma pequena reforma que ele estava fazendo. Colocou duas cadeiras de frente uma para a outra, depois empilhou no chão os CDs que havia escolhido com todo cuidado.

– A maior distância percorrida por uma banda de música é de 75,2 quilômetros – informou o menino.

Quinn plugou as duas guitarras. Belle entrou de repente, deixou um lanche para os dois, fez carinho na cabeça de ambos e saiu. O menino pescou um único biscoito do prato, deu um único e pequenino gole no mate, e então disse:

– Eles marcharam da cidade de Assen até a cidade de Marum no dia 9 de maio de 1992. País de origem: Holanda.

Quinn imaginava haver diferentes maneiras de dar sequência a esse tipo de conversa, mas não conseguiu pensar em nenhuma delas. Preferiu mostrar ao filho o isolamento acústico que vinha instalando desde a última aula, bem como os equipamentos que dias antes conseguira comprar de um estúdio recém-falido.

– Eles levaram treze horas e cinquenta minutos – prosseguiu o menino. – Começaram com sessenta músicos e terminaram com 52.

As rachaduras no piso de cimento permaneciam um problema, talvez um problema insolúvel, a menos que eles se dispusessem a estourar o orçamento previsto. Mas a esperança não morria nunca naquele núcleo familiar recém remendado, e Quinn não havia desistido da ideia de ter um estúdio doméstico ainda naquela primavera.

– A ideia foi da sua mãe – contou. – Vamos derrubar aquela parede, substituir as portas e alugar o espaço pra ensaios. – Com um sorriso duro, acrescentou: – Pra gravações também.

Ele havia dito "vamos" para incluir o filho. Já havia mostrado ao menino boa parte do equipamento adquirido (quem naquela idade não ia gostar de uma boa geringonça cheia de botões e luzes?), mas até então não conseguira arrancar nenhum sinal de interesse, por menor que fosse.

– De dia vou trabalhar como guitarrista de apoio – explicou, batendo no corpo da guitarra em seu colo –, e de noite vou cuidar da casa.

Em resposta à mudez e aos olhos arregalados do menino, perguntou:

– Você sabe o que quer dizer "comprometimento"?

Depois de uma demorada reflexão, o menino finalmente se manifestou.

– Acho que não vai dar certo.

O que ele queria dizer com isso, só Deus sabia. Então Quinn disse a ele para imaginar a cabine de controle nos fundos da garagem, o espaço dos músicos bem ali onde eles estavam, o microfone pairando sobre sua cabeça, a agenda lotada por meses a fio, um império em construção que o menino, cuja capacidade de visualização espacial era limitada, não conseguia antever.

– Deixa pra lá – disse. – Quando ficar pronto você vai ver. E aí? Ouviu as músicas que eu falei?

– Ouvi.

– Três vezes como eu pedi?

– Três vezes mais sete. Dez vezes. – disse o menino. Parecia apavorado.

– Isso não é uma prova, tente relaxar. Mas e aí, o que você achou?

– Tem notas demais nessas músicas.

Um pensamento terrível quebrou o telhado de prudência que Quinn construía meticulosamente: aquele filho não podia ser seu. Não tinha como.

– As músicas deviam tê-lo inspirado.

Fisicamente era a cara da mãe: a mesma ingenuidade no olhar, a mesma pureza. De resto, parecia um bichinho arredio que vivia escondido nas profundezas da sua toca, e nisso lembrava o avô paterno, que só abria a boca quando precisava fazer algum pronunciamento importante.

– Ok. – respondeu o menino, parecendo absorver cada pensamento antipaternal de Quinn. Como ele poderia saber? Mas ele sabia.

Quinn sentia-se acuado, preso numa armadilha, condenado a pagar pelos cinco anos de ausência. Mas não se furtaria de pagar o que quer que fosse, nem agora, nem nunca. Certa vez ouvira do pai: "Você e seus irmãos vão ter que virar adultos. Sua mãe morreu e pronto, acabou."

Como sempre, o menino usava o uniforme de escoteiro para receber sua aula de guitarra, por um motivo que Quinn não conseguia compreender. Tinha vincos perfeitos, penduricalhos para todo lado, comendas para um milhão de coisas que não eram música. Resignado, ele acomodou no colo do filho a guitarra infantil Les Paul que Belle havia comprado numa liquidação, depois posicionou os braços dele para orientá-lo com uma das escalas mais simples. Diante do resultado sofrível, pediu:

– Não pense, sinta.

– Sentir o quê?

Chorar não vai trazê-la de volta. Agora vem, me ajuda a levar essas coisas pro carro.

– Talvez dez vezes seja demais – sugeriu o menino.

Nos braços dele, a guitarra parecia radioativa. Quinn se perguntava se era possível um ser humano não gostar de música.

– Vamos tentar outra coisa – disse ele, e dispôs os dedos do filho para uma primeira posição em sol. – Vamos repetir aquela progressão de acordes que eu ensinei pra você na semana passada. Lembra do "I-IV-V"? Só pra você não esquecer. Depois vamos repassar aquela outra escala que falei outro dia. A escala pentatônica do blues, lembra?

A boca do menino murchou perceptivelmente.

– Tudo bem. Mas olha. Na próxima segunda-feira, quando você chegar na escola tocando blues, as meninas vão fazer fila para carregar os seus livros.

– Não conheço nenhuma menina.

– Mas vai conhecer se souber tocar blues.

– Você disse que era rock.

Quinn exalou um demorado e silencioso suspiro.

– Qual é o alicerce do rock, o coração e a alma de toda a música popular moderna?

– O blues – resmungou o menino, feito um robô.

– E qual é o melhor solo de blues já produzido por um músico que não seja negro? – Quinn estava a um passo de perder a paciência, mas procurou disfarçar.

– "Sleepy Time Time", do Eric Chapman.

Eric Chapman era um vizinho de Belle que morava do outro lado da rua. O mesmo que um belo dia, do alto do seu tratorzinho de cortar grama, tivera o desplante de dizer a Quinn: "Quem não tem um emprego de homem não devia ter permissão pra procriar."

– Não é Chapman. É *Clapton* – corrigiu ele pela centésima vez. – Clapton, Clapton, Clapton! – Em seguida recolheu a guitarra do filho, deitou-a no chão e disse: – Que tal a gente só escutar um pouquinho de música?

– Escutar eu consigo – disse o menino, visivelmente aliviado por se ver livre do peso metafórico de sua guitarra.

Quinn tinha plena consciência daquela dança entre pai e filho que estava reproduzindo, mas não sabia o que fazer para melhorar os próprios passos.

Já está na hora de você assumir sua parte nas responsabilidades desta casa, rapaz. Ou você prefere que eu quebre essa guitarra em duas?

– Procure relaxar os ouvidos.

Em seguida ligou o aparelho de som e girou o botão de BALANCE completamente para a direita. Clapton agora ressoava por uma das caixas enquanto a base rítmica pulsava discretamente no fundo. O menino arregalava os olhos como se estivesse absorvendo tudo ou nada. Como saber? A música crescia em intensidade, caminhando pouco a pouco para o solo virtuosístico da guitarra. Quinn já tinha ouvido aquilo um milhão de vezes, mas era a primeira que estava apreensivo.

– Você consegue perceber o solo que está por vir? – perguntou, fazendo o possível para experimentar qualquer outra sensação que não fosse aquela que de fato o assaltava. – Presta atenção. É um jogo de perguntas e respostas.

Balançou a cabeça como sempre fazia, maravilhado com a música, mas sentiu, também pela primeira vez, que se tratava de um gesto automático, uma repetição pouco sincera. Já começava a culpar o menino por ter arruinado uma das suas fontes de êxtase mais confiáveis.

– É uma conversa que ele está tendo consigo mesmo, está ouvindo? É como se alguma coisa estivesse prestes a emergir das profundezas do mar! Escuta...

Você está tocando igualzinho o disco, filho, sua mãe havia lhe dito certa vez, parada à porta do quarto, encantada. Uma cena da qual ele jamais esqueceria. Ela ali, tamborilando os dedos contra o marco da porta, marcando o compasso com as unhas já encardidas pela doença. Sua mãe que adorava música. Qualquer música. Mas sobretudo a dele.

O menino finalmente se mexeu, virando um dos ouvidos na direção da música, conforme a garagem se enchia de melodia. Arfava entre os dentes separados como se estivesse sofrendo algum tipo de dor física, mas os olhos continuavam tão parados quanto antes, estacionados naquele mesmo deserto de expressão que tanto desconcertava Quinn. Música errada, banda errada, ele agora se dava conta. Eram muitos detalhes para ouvir, muitos tesouros entrelaçados, sobretudo para alguém que não batia os pés ou balançava a cabeça, e não dava qualquer sinal de possuir um mínimo de afinidade com a música em geral.

– Procure *receber* a coisa – disse ele, referindo-se ao fraseado sublime de Eric Clapton-Clapon-Clapton. – Está ouvindo as notas que ele *não* está tocando? Está ouvindo essa pressão que vai crescendo, crescendo e crescendo, e de repente – *uau!* – ele já partiu pra outra coisa diferente, outro lugar maravilhoso, mas a gente continua ouvindo as notas que ele *não* tocou? – Então ele apertou o STOP. – São notas fantasmas – disse. – Você ouve, mas elas não estão ali. É pra tirar o seu fôlego.

– Ok – disse o menino.

– Mas, claro, não espero que você toque assim. Você entende isso, não entende?

– Ok.

– Só quero que você aprenda a apreciar. A música começa com a apreciação.

– Ok. – Grudado à cadeira, o menino tinha a postura e o semblante imóveis de um condenado à espera da forca.

– Relaxa, meu amigo. É só rock'n'roll!

– Você falou que era blues.

– Pois é – admitiu Quinn. – Realmente falei.

O menino se recompôs. Talvez fosse mais valente do que aparentava. Quinn pegou sua própria guitarra e reproduziu o solo em câmera lenta, nota por nota.

– O que significa "o inferno do pai delas"? Aquele que "passou lentamente" – quis saber o menino, e cantarolou – *"Their father's hell did slowly go by..."*. Era um trecho de "Teach your children", a música da qual eles haviam desistido três semanas antes.

Para com esse barulho, garoto! Ou será que vou ter que ir aí?

– Sei lá – disse Quinn. – Você tem de ser um poeta pra saber.

– Não sou um poeta – afirmou o menino. – Você é?

– Hmm. Acho que podemos encerrar. Por hoje já está de bom tamanho.

O menino se levantou cerimoniosamente.

– É, creio que seja melhor assim. – concordou o menino, com tristeza.

Ele pegou o prato de biscoito, os dois copos, e foi andando com eles na direção da porta. Antes de atravessá-la, virou-se novamente.

– Um: a banda de música do país da Holanda se chamava Marum, o mesmo nome da cidade pra onde eles estavam indo. Dois: a maior guitarra elétrica do mundo tem treze metros de comprimento. Três: você toca mil vezes mais excelente do que o Eric Chapman.

Quinn assentiu.

– É verdade – disse, pensando no vizinho psicopata e seu tratorzinho de cortar grama. – Eric Chapman não chega nem aos meus pés.

Assim que se viu sozinho, retomou a guitarra e tocou o famoso solo outra vez, acertando no alvo de todas as notas, mas passando longe do colorido de Eric Clapton – o fraseado surpreendente, a pulsação visceral. Sofria toda vez que passava por isso, mas não se continha. Adorava aquele solo: a tensão que ele acumulava, o alívio que trazia, os lugares que visitava, as histórias que contava. Gostava tanto dessas coisas que não resistia à tentação de mergulhar nelas, mesmo sabendo que iria se afogar.

Nas imediações da fronteira com o Maine, Quinn perguntou a Ona:

– Quando foi a última vez que você foi a um casamento?

– Em 1967 – disse ela. – Um rapaz de Lester que se casou com uma moça de Henneferd. Tinham quase trinta anos, o que na época era bastante coisa. E você?

– Hmm. Sei lá.

– Ah, claro. – Ona olhou para ele. – Pra vocês os casamentos são todos iguais. Mas não pra mim. Quer saber? Achei aquela cerimônia encantadora. Principalmente quando o Sr. Ledbetter precisou pedir emprestada a aliança do juiz.

– Aposto que vai colocar um diamante no dedo dela ainda hoje.

– Com certeza. – Ela olhou pela janela. – Mas eu queria estar lá só pra ver a cara da irmã quando ela aparecer com um marido a tiracolo. – Falava contra a torrente do vento, o que dava às suas palavras um ar de urgência, como se eles estivessem correndo contra o tempo para prevenir algo que já havia acontecido. – O pai também – ela acrescentou, agora berrando. – Imagino que ele não vá gostar nem um pouquinho.

– É aí que você se engana – disse Quinn. – Aquela gente acha que o Ted caminha sobre as águas.

Ona subiu a janela.

– Ele é um homem bom, o Sr. Ledbetter.

– Mas não caminha sobre as águas, Ona.

– Não literalmente – falou ela. Alguns quilômetros depois acrescentou: – Você está muito desapontado?

– Porque o escoteiro-chefe não caminha sobre as águas?

– Porque ele derrotou você no jogo do amor. Foi isso que eu quis dizer.

– Eu entendi perfeitamente.

– Mas pensa bem – disse Ona. – Você ainda não foi derrotado. Casou com a Belle duas vezes. Então... por enquanto o placar está 2x1 a seu favor.

Quinn deu uma risada como desde muito não fazia. Foi como se tivesse dado um primeiro gole de cerveja depois de um longo período de abstinência, um misto de alívio e remorso. Mas sob a superfície dessa risada estava Belle, acenando do pedestal de sempre. Era boa demais para ele. Desde o início todo mundo sabia disso, menos ela. Apesar da recepção morna por parte da família ("Tocar guitarra não é profissão") e das amigas ("Esse é do tipo que não quer filhos"), Belle tinha um especial talento para as profecias autorrealizáveis: vivia cortando o cabelo dele com sua tesourinha de cabo vermelho, sempre pedia que ele tocasse alguma coisa romântica ao final das reuniões familiares. Em suma: tentava fazê-lo parecer uma pessoa melhor do que realmente era, impedindo-o de se tornar uma pessoa pior do que já era.

– Sempre fui fiel a ela – declarou Quinn. – Caso você queira saber.

– Não quero.

– Inclusive durante o divórcio. Os dois divórcios. Achando que a qualquer momento ela podia mudar de ideia.

– A maioria dos homens começa a fornicar assim que põe o pé na rua – falou Ona. – Ou em muitos casos, até antes.

– Eu não.

– Ainda bem. Mas o Sr. Ledbetter também parece ser do tipo fiel. Mas isso não conta como vantagem, já que você também foi. Então, nesse quesito, vocês estão empatados – disse ela, e sorriu.

Nos momentos finais de sua boa ação, Quinn procurou avaliar os fatos com o senso de caridade de um escoteiro. Ted era um homem exemplar. Um pai exemplar. Um chato exemplar. Um ladrão de mulheres exemplar. Por outro lado... Não dava para esquecer a determinação estampada no rosto de Belle durante a cerimônia, a sensação de que, apesar da tristeza, ela agora poderia respirar mais aliviada.

– Imagino que qualquer mulher na posição da sua há de preferir a vida pacata de um homem como o Sr. Ledbetter – disse Ona. – Ele não tem essa formiga na bunda que você tem.

– É o meu trabalho.

Sem nenhum preâmbulo, Quinn deixou a autoestrada, parou o carro no acostamento e saiu.

– Que diabo você está fazendo? – perguntou Ona ao vê-lo descer para abrir sua porta também.

– O volante agora é seu.

– *Aqui?*

– Você quer passar naquele exame ou não quer?

– Mas faz *séculos* que não dirijo em uma estrada. Como é que eu vou...?

– Quer quebrar aquele recorde ou não quer?

Ela esperou uns bons trinta segundos antes de responder.

– Quero – admitiu.

– Então me mostre o seu melhor.

Ona fulminou Quinn com o olhar e saiu do carro. Ele a ajudou a se acomodar no banco do motorista, fez todos os ajustes necessários, depois correu para o banco do carona.

– Vamos lá – disse ele.

– Só vou quando for seguro – afirmou ela, dando partida no carro e engatando a primeira marcha.

– Primeiro você olha pelo retrovisor. Depois pela janela.

– Não sou nenhuma imbecil. – Ona arrancou devagarzinho e seguiu muda por um bom tempo. De repente disse: – Tenho oitenta anos de carteira.

– Mas está uns trinta quilômetros abaixo do limite indicado.

– Não vou aceitar palpite de alguém que tem trezentas multas por excesso de velocidade.

Quinn riu, e ela acelerou um pouquinho. Estava indo muito bem. Tinha uma segurança invejável, e Quinn disse isso a ela.

– Seu filho era um excelente professor. Ficava fazendo perguntas sobre a prova teórica enquanto eu rodava pelas ruas. Só pra me tranquilizar.

– Procure olhar sempre mais à frente, porque... Espere, você deixava um garoto de 11 anos te dar aulas de condução?

– Ele era muito bom. Bem mais paciente do que você, diga-se de passagem. Mas você também não é tão ruim assim como professor.

– Sou péssimo, pode acreditar.

– Posso parar agora? Já provei que não sou um caso perdido, não provei? – perguntou ela depois de alguns quilômetros. Parou no acostamento. – Estou exausta, se você quer saber.

Pois era exatamente esse o seu aspecto: o de uma pessoa exausta. Quinn chegou a ficar assustado.

– Poxa, Ona, por que você não falou antes?

– Porque não é todo dia que tenho a oportunidade de aceitar o desafio de um guitarrista inconsequente – falou, rindo.

– Você é ótima motorista, Ona. O Guinness que te aguarde.

Quinn reassumiu a direção. Sentia-se inusitadamente alegre. Ona já havia caído no sono quando enfim entraram em Portland, o corpinho miúdo caído para o lado, a cabeça sacolejando contra o cinto de segurança. Parecia ser a metade da pessoa que era na véspera, e acordou apenas quando Quinn já dobrava a última esquina. Olhando pela janela, notou imediatamente os panfletos coloridos que alguém havia pregado aos postes da rua, divulgando alguma coisa no bairro. Na concessionária, o gerente usava um megafone para convocar este ou aquele vendedor para os seus devidos postos. Quinn já havia trabalhado numa concessionária Volvo, mas antes que conseguisse vender seu primeiro carro, irritara-se irremediavelmente com a desafinação dos apitos do sistema de comunicação: um microtom abaixo do lá natural dos diapasões.

Chegando à casa de Ona, um dos panfletos estava preso em um buraco da cerca. Quinn estacionou o Reliant e desceu para abrir a porta para sua amiga, cavalheiresco e satisfeito consigo mesmo..

– Lar, doce lar – disse.

Tinha feito sua parte e mais um pouco. Honrara os deveres do menino e encerrava aquele capítulo com chave de ouro. Mas ainda havia muito por fazer: a cerca continuava quebrada, uma das calhas seguia bamba. Toda a casa precisava de uma pintura. Dando o braço a Ona, acompanhou-a pelo caminho do jardim que ele mesmo havia limpado, depois ajudou-a a escalar os degraus da varanda que ele havia consertado.

– Acho que você devia ir nesse evento aí do bairro – disse ele, apontando para o panfleto preso na cerca. – Conhecer gente nova.

– Conheço todo mundo por aqui. Já sofri bastante nas mãos da criançada e ninguém fazia nada para impedir. Eu era a bruxa do bairro. Comia poodles no café da manhã. Agora sou invisível, o que por mim está ótimo.

Ona levantou o nariz acima do buquê que segurava, apontando para a rua.

– Naquela casa verde ali mora um sujeito até decente, mas ele não deu as caras durante o inverno. O casal do lado também é passável. A vizinha deles nunca me ajudou em nada, mas o marido sempre vem aqui quando tem uma tempestade, pra ver como eu estou.

Quinn sentiu a responsabilidade pesar nos ombros quando imaginou o que seria daquela casa no inverno seguinte. Os problemas domésticos se multiplicavam por quatro nessa época do ano.

Foi então que alguém chamou da rua:

– Oi! Boa tarde!

Uma mulher de meia-idade entrava no jardim e vinha caminhando na direção da casa. Tamancos amarelos, calças pink, camisa branca, maquiagem pesada. Quinn ergueu ambos os braços como se estivesse reconhecendo o avanço de uma tropa da cavalaria.

– Pensamos que ela tivesse partido – disse a mulher, e estendeu a mão para se apresentar. – Shirley Clayton. Cinco casas rua abaixo. Pensamos que ela tivesse partido, mas não tínhamos a quem perguntar, nenhum telefone de contato.

Tinha o aperto de mão firme de uma corretora imobiliária. Quinn acabou reconhecendo aquele rosto de boneca, o mesmo que via nas placas de VENDE-SE espalhadas por toda a cidade, feito uma praga.

– Estou bem aqui na sua frente – bufou Ona, os olhos faiscando entre as pálpebras semicerradas. – Não está vendo?

– Onde estão os meus modos? – disse Shirley.

– Não faço a menor ideia.

Shirley voltou-se para Quinn. Ele se sentiu como um coelho selvagem sob a mira de uma espingarda. Ona encontrou sua chave e levou alguns segundos para encaixá-la na fechadura bamba. *Qualquer malandro arrombaria aquela porta num piscar de olhos*, pensou Quinn, preocupado. Mais uma coisa que ele deixara de consertar.

– Que flores lindas – disse a corretora.

– Não encoste nelas, por favor. – pediu Ona. E, ao abrir a porta, deparou imediatamente com a maleta esquecida por Quinn. – Afinal, pra onde exatamente você pensou que eu tivesse partido?

– Pra onde? – Shirley foi se aproximando da porta feito um gato à espera de alguma migalha. – Bem, pensamos que você tivesse partido pra... pra uma viagem, ora.

– Uma viagem pro Além, não é?

Vermelha de raiva, Ona virou-se para Quinn.

– Essa criatura vendeu a casa da Louise pra um casal de vampiros com dois filhos emburrados e um cachorro deprimido.

– Não fui eu, Srta. Vitkus, já esqueceu? – disse Shirley. – Você deve estar me confundindo com outra corretora qualquer.

A mulher se virou para Quinn.

– Eu nem morava aqui quando a casa da amiga dela foi vendida. Nessa época ainda era uma dona de casa em Albany.

Ona crispou os lábios num bico, formando uma estrela de rugas em torno deles.

– Você não me engana. Nunca enganou. Sei muito bem o que está tramando.

– Tudo bem, então. Já estou de saída. – Shirley entregou a Quinn um dos panfletos. – Reunião da associação de moradores. Às sete. Será muito bem-vindo.

Ona entrou em casa e fechou a porta às suas costas, deixando Quinn e Shirley sozinhos na varanda.

– Você é filho dela?

– Não.

– Neto?

– Também não.

– As pessoas morrem, fazer o quê? Mas quando não se organizam com antecedência, meses podem se passar até que alguém apareça pra dar um jeito na casa que ficou pra trás. E nesse meio-tempo, o imóvel vai à ruína. – Shirley apontou vagamente para a rua, mais ou menos na direção da concessionária e do hipermercado Lowe's. – É uma vizinhança muito boa. Tranquila. Os preços dos imóveis não param de subir.

Em todas as suas visitas, Quinn não vira ninguém atravessar aquela cerca, exceto Ted Ledbetter e a mulher da ONG que entregava as refeições de Ona. Lembrava-se do tal homem da casa verde – um senhor mais velho que havia acenado da calçada com seu cardigã laranja –, mas os dois não chegaram a conversar, pois Quinn estava ocupado com uma escada que não queria abrir.

Shirley notou a tinta velha que desde muito descascava no parapeito da varanda.

– Esses idosos, eles não fazem ideia do tesouro em que estão sentados.

– Não sou parente – disse Quinn.

– Eu poderia vender esta casa em menos de uma semana e conseguir uma vaga para ela num condomínio de residência assistida. Isso faz parte do serviço que eu presto pra essas pessoas. Meu marido é dono de uma construtora. Uma vaga vai se abrir daqui a pouco em Westbrook, um condomínio de última geração.

– Não creio que ela esteja interessada.

– Essas pessoas nem fazem ideia da oportunidade que estamos oferecendo – protestou Shirley. – É só vender a casa e viver o resto da vida sem preocupações. Mas também é uma questão de segurança. Não só pra elas, mas pra toda a vizinhança também. Esses idosos vivem esquecendo o fogão ligado. – Ela apontou para o bosque que ficava no fim da rua. – Aquilo ali, por exemplo, não tem preço.

Sem entender muito bem a lógica da mulher, Quinn insistiu:

– Sou apenas um amigo.

– O Sr. D'Angelo da rua de baixo... Vendemos a casa dele por um preço dez vezes maior que o valor de compra, e agora ele está em Falmouth, feliz da vida – disse Shirley.

Quinn devolveu o panfleto que recebera dela.

– Escute só. Ona Vitkus ainda vai enterrar vocês todos.

Shirley olhou-o de cima a baixo, avaliando-o, e só então se deu por vencida. Sem se despedir, seguiu com seus tamancos amarelos para sua casa rua abaixo – de pintura fresca, sem nenhuma cerca quebrada ou calha bamba, como se os seus moradores não pudessem se conter de felicidade.

★ ★ ★

Esta é a Srta. Ona Vitkus. Estas são memórias e fragmentos da sua vida. Esta é a Parte Oito.

Afinal de contas, onde foi que você conseguiu isto aí?

. . .

Articulista de finanças? Nossa! Sua tia deve ser muito inteligente.

. . .

Louise? De novo?

. . .

Ah, sim. Era sim. Uma amiga.

. . .

Uma boa amiga, eu diria que sim. Mas você sabe como é...

. . .

É que... Acho que nunca tive uma amiga pra valer.

. . .

Uma amigona do peito, sabe? Para todos os momentos. Este tipo. Mas onde foi que a gente parou?

. . .

Ela deixou a Lester Academy na primavera de 1957, depois de cinco anos de casa. Naquela época já tínhamos lido dúzias de livros. Todos aqueles escritores, esses, sim, agora eram meus grandes amigos. Puxa, como era bom aquele seminário! Ali éramos *todos* amigos, por assim dizer, embora eu fosse a tainha velha do tanque.

. . .

Porque a tainha fica fazendo assim com a boca, ó, que nem uma palerma.

. . .

Não é pra rir! Era exatamente assim que eu me sentia: uma tainha velha num grande tanque de conhecimento. Sabe, aos 57 anos eu me achava uma velhinha coroca, pensava que não podia aprender mais nada. Mas bastavam dois minutos com Louise pra que eu me sentisse mais esperta.

. . .

Por exemplo: a diferença entre "convencer" e "persuadir". O significado de "Ser ou não ser". Louise adorava Shakespeare, especialmente daquelas mulheres atrevidas que se faziam passar por homens.

. . .

Por falar nisso, faz poucos dias que terminei de reler *Hamlet*.

. . .

É como se de repente eu tivesse topado com um monte de gente maluca que eu dava por morta há muito tempo. Acho que de algum modo Louise já previa: que eu precisaria de companhia na minha caduquice.

. . .

"Convencer" é para os pensamentos. "Persuadir" é para as ações. Por exemplo: você não conseguiu me *convencer* que gravar essa minha voz de gralha era uma boa ideia, mas me *persuadiu* a gravar assim mesmo. Não foi isso que você fez, seu pilantrinha?

. . .

Vejamos. Tem esse príncipe lá na Dinamarca, chamado Hamlet. Um sujeito meio confuso, indeciso. O pai dele é morto pelo próprio irmão. Daí ele entra em parafuso, começa a falar sozinho pelos cantos, e é numa dessas que entra o "Ser ou não ser".

. . .

Porque ele fica se perguntando se a morte, que é uma terra desconhecida, não seria preferível à vida, cujos problemas conhecemos.

. . .

Tipo "as flechadas da trágica fortuna", essas coisas. Por acaso já contei que Louise me ensinou a dançar?

. . .

Lá mesmo, na sala da minha casa. Essas maluquices geralmente aconteciam no inverno, quando as pessoas já estavam tão famintas de sol que de repente começavam a variar. Ela tinha trazido um livro pra mim, como sempre fazia. Eu tinha feito uma canja e assado um pão, e minha casa estava com aquele cheirinho de padaria, que no inverno é sempre uma delícia. Louise era só sorrisos. Contou que tinha arrumado um caso novo. Volta e meia ela aparecia com um caso novo.

. . .

Nem de uva nem de cabelo. Desses de beijar. Um namoradinho, uma paixonite.

. . .

Não. Sempre vinha sozinha. A mesa estava linda. Eu sempre colocava os meus melhores guardanapos quando recebia Louise. Os de linho, bordados à mão pela minha mãe. Ela sabia apreciar as coisas boas. Nisso era muito parecida com Maud-Lucy. Limpava os lábios só com a pontinha do guardanapo, que nem Maud-Lucy. Em todos os jantares que lhe ofereci, e foram muitos, ela nunca sujou meus guardanapos de linho.

. . .

Nem uma mísera manchinha. Mas naquela noite o céu estava uma coisa. Parecia até que alguém tinha derramado um barril inteiro de estrelas. E as luzes da fábrica de enlatados também estavam lindas, refletiam nas águas do rio como se fossem estrelas. Louise não parava de falar do tal caso, e pra ser sincera, eu nem prestava muita atenção porque eles eram todos mais ou menos o mesmo homem. E lá pelas tantas falei que não sabia dançar.

. . .

Bem, hoje eu sei. Louise tirou os sapatos e me levou pra sala. Eu não tinha muitos discos, então acabamos ligando o rádio. Meu preferido era o Glenn Miller, mas naquele ano só se falava em Elvis.

. . .

Porque ele rebolava os quadris e fazia as meninas tolinhas chorarem. Estava tocando Elvis na estação preferida da Louise. Três músicas, uma atrás da outra.

. . .

Bom, vamos ver se eu lembro. A primeira era "All Shook Up".

. . .

Um: "All Shook Up."

Dois: "Jailhouse Rock."

Três: aquela do cão que não para de uivar.

Logo na primeira a Louise me pergunta: "Você sabe dançar o *jitterbug*?" Francamente, às vezes aquela mulher não enxergava um palmo na frente da fuça. Eu falei pra ela: "Louise, e onde é que eu iria aprender a dançar o *jitterbug* nessa minha vidinha quadrada?"

"Pois então vai aprender agora", ela falou. "Vou ser o rapaz e você a moça."

. . .

Ah, não consigo.

. . .

Não, de jeito nenhum.

. . .

Não vá esperando nenhum milagre. É só o que eu estou dizendo. Baixe as expectativas. Meus quadris não andam lá essas coisas.

. . .

Passinho pra direita, passinho pra esquerda, passinho pra trás. Isso. Direita, esquerda, atrás. Direita, esquerda, atrás. Você segura a mão da dama assim. Isso. Direita, esquerda, atrás. Agora você gira a dama por debaixo do braço, assim.

. . .

Que nada, a culpa foi minha. Eu vivia pisando no pé da Louise também... Ui, espera aí um pouco. Preciso sentar.

. . .

Estou ótima. Só um pouco sem fôlego. Ui, ui. A gente ria muito. Até hoje consigo enxergar o rosto da Louise como se ela estivesse bem aqui na minha frente.

. . .

Como um triângulo invertido, delicado, mas com personalidade. Um rosto de raposa. Aqueles olhinhos espertos! Como sabia rir, aquela mulher! Além disso, caminhava feito um rio de águas quentes.

. . .

Pois é, eu sei, mas escute! Era verdade. Mesmo na sala, apenas brincando de dançar, me ensinando aqueles passinhos ridículos, sem nenhuma plateia... Não era à toa que os homens ficavam doidos com ela. Louise tinha esse dom de fazer a gente se sentir... poético. Meu *jitterbug* era uma boa porcaria, como acabei de demonstrar, mas a música seguinte era bem diferente. Uma música de cinema.

. . .

"Tammy." Sobre uma moça que se apaixona. Puxa, eu até já tinha esquecido dessa música. Quem cantava era Debbie Reynolds, numa voz que adocicava a cabeça da gente.

. . .

É uma valsa. *Um*, dois, três. *Um*, dois, três. Louise falou: "Me concede o prazer desta dança?" Pronto, e dali a pouco lá estava a gente rodopiando sala afora. Louise era ótima dançarina, mesmo fazendo o papel do cavalheiro, porque a gente dançou até o final da música e em nenhum momento trombou no banquinho. "Não tente seguir", ela dizia pra mim. "Apenas se derreta! Procure se derreter nos braços do cavalheiro e deixe que ele conduza você." Lembre-se disso quando for dançar com sua namorada.

...

Claro que vai. Um rapaz tão bonito. Ah, acabei de lembrar: no fim da música eu estava aos prantos. Aos *prantos!*

...

Talvez porque estivesse sentindo pena de mim mesma. Me sentindo sozinha no mundo. Randall era um ótimo filho. Educado, gentil, responsável. Mas também era indiferente. Pra ele, Howard e eu éramos uma obrigação. Ele visitava o pai no segundo domingo de todo mês, e a mim, no quarto domingo de todo mês. Tipo um relógio suíço. Um compasso musical.

...

Que nada. Nunca me importei de ficar sozinha. Mas quando você está dançando nos braços da sua única amiga, e o rádio toca a música mais maravilhosa do mundo, cantada pela voz de um anjo, não tem outro jeito: você chora e pronto.

...

Claro que entende. Caso contrário eu não estaria contando todas essas coisas para você.

...

Ela ficou parada onde estava, na posição da valsa. Foi como se uma nevasca tivesse caído de repente, pegando a gente de surpresa, só de camisola. Louise era isso, uma nevasca pingando do céu, uma nevasca que protege as pessoas ao mesmo tempo em que é a fonte de vento e frio.

...

Pra falar a verdade, depois nem tocamos no assunto. Comemos nossa sobremesa como sempre fazíamos, papeamos um pouquinho mais como sempre fazíamos, ela se despediu com um beijinho como sempre fazia e foi embora como sempre fazia.

...

Não lembro. Provavelmente bolo. Eu ainda tinha a receita da Maud-Lucy, a do bolo de sopa de tomate, guardada por tantos anos. Eu vivia fazendo esse bolo. Na realidade a receita era de uma tia da Maud-Lucy, a mesma que ficou doente em 1914 e fez ela ir embora pra Granyard. Se não fosse essa tia eu nunca teria fugido com o parquinho. Nunca teria me deixado enrolar pelo Viktor. Nunca teria tido meu primeiro filho. Nunca teria passado noventa anos fazendo o mesmo bolo ridículo.

...

Que nada! Sopa de tomate. É uma delícia! Qualquer dia desses vou fazer um pra você. Com muito prazer! Louise também era doida por esse bolo.

...

É assim. Não, não, com a outra mão. Isso. *Um*-dois-três, *um*-dois-três. Ótimo. *Um*-dois-três, *um*-dois-três.

Espere aí, você esqueceu de desligar o –

Capítulo 18

Na viagem de volta, sempre que ameaçava cochilar, Ona se deparava com a imagem de um passeio que fizera com Maud-Lucy em frente ao armarinho Shurtleff's, a vitrine repleta de sedas e musselinas. Nessa lembrança, iam caminhando sem nenhuma pressa, ela com seus 12 ou 13 anos, e o mais provável era que já fosse primavera: o sol brilhava forte e alto ao meio-dia, e todas as lojas tinham baixado seus toldos, transformando a avenida num corredor de listras multicoloridas. Não muito longe dali ficavam as fábricas, e com um pouco de atenção era possível ouvir o furor da água que alimentava os moinhos. Do outro lado da ponte, centenas de homens e mulheres, entre eles os seus pais, sufocavam no calor dos galpões, queimavam os dedos em algum lugar ou pilotavam alguma máquina num estado de semitorpor.

A voz melodiosa e urgente de Maud-Lucy alcançou seus ouvidos: "Você nunca trabalhará nessas fábricas. Nasceu pra coisa melhor."

De um segundo a outro tudo se torna mais nítido e preciso no tempo e no espaço: pedestres e comerciantes conversam em diferentes rodinhas e comentam o trágico destino do *Titanic*, pois não se fala de outra coisa, então é mesmo primavera – abril de 1912 – e ela conta 12 anos, ainda não havia completado os 13. Pela primeira vez usava o cabelo preso para trás, um emocionante rito de passagem, quatro dos melhores pentes de Maud-Lucy prendendo a juba inteira. Elas se veem à porta da Stanhope Music Company, onde Howard Stanhope, seu futuro marido e sua futura cruz, espana um piano.

"O lugar dele é na cidade grande", diz Maud-Lucy. "Junto com as pessoas da cidade."

Howard corre ao encontro delas com seu corpanzil e sua seriedade de lojista, endireitando os punhos da camisa. A falecida Sra. Stanhope, uma mulher rechonchuda e com um rosto bondoso, era alguns anos mais velha que ele. Aos sábados, ajudava na venda de partituras (cinco centavos cada uma) até que sua voz foi definhando por conta do câncer. A organização da loja era obra sua: pianos na frente, gramofones e vitrolas atrás. Na vitrine principal, os acordeons sempre muito coloridos, semiabertos em leque como se estivessem prestes a tocar sozinhos. Nos mostruários internos, os itens menores: gaitas em três tamanhos diferentes, arcos de violino, plectros de violão, conjuntos de castanholas com instruções datilografadas em quatro línguas diferentes.

Ona passará a odiar a Sra. Stanhope, mulher santa e sagaz, cuja arrumação será reproduzida dali a oito anos na loja de Portland, detalhe por detalhe, inclusive na disposição das prateleiras. A primeira e insubstituível Sra. Stanhope, superior em todos os aspectos, a quem Ona será comparada incessantemente ao longo dos próximos 28 anos, até aquele dia de 1948 em que Howard, sentado na sua poltrona carcomida pelos gatos, ouvindo *Vic and Sade* no seu adorado rádio Crosley, com os negócios em pandarecos por conta dos seus delírios de compositor, o sótão abarrotado de partituras encalhadas; *esse* Howard Stanhope, esse caco de gente com dois buracos profundos no lugar dos olhos, usando óculos infalivelmente imundos, erguerá o rosto para Ona, a mãe do seu filho morto na guerra, e dirá: "A primeira Sra. Stanhope muitas vezes olhava nos meus olhos e começava a cantar."

Ao que Ona, no limite das suas forças, dilacerada com a morte de seu querido Frankie e já de posse do seu secreto diploma de secretária, responderá: "Ah, Howard... Ah, meu santo Deus... Estou indo embora."

Nesse dia de abril de 1912, décadas antes da sua ruína, Howard cumprimenta as recém-chegadas, e Maud-Lucy pede que ele cante alguma coisa. "Uma canção bem alegre, Sr. Stanhope, para a minha menina aqui", ela diz, já sabendo das inclinações melancólicas do homem.

Sem um pingo de naturalidade, teatral como sempre será, ele vai até a prateleira e arranca dela um livreto de partituras. "Para alguns o dia é de muita tristeza, Srta. Stokes", declara, referindo-se à tragédia no mar. Depois enche os pulmões numa ruidosa inspiração e oferece sua mais recente balada, composta para a freguesia dos sábados, a triste história de um automóvel que despenca às margens de uma cachoeira para se espatifar no gelo do poço e sumir no leito negro e faminto do rio. Um grupo de curiosos se forma à porta da loja, marcando o compasso com o pé para que o barítono não escorregue dele. Ona ouve também, hipnotizada e comovida. Apesar de seu cabelo meticulosamente aparado e suas unhas imaculadas, o desespero de Howard Stanhope beira a calamidade. Ela compraria uma música dele se tivesse dinheiro. Como não tem, procura imaginá-lo mais jovem e mais feliz do que agora, espichado numa toalha de piquenique ao lado da Sra. Stanhope, que pousa a mão firme sobre sua testa.

"Um triunfo!", exclama Maud-Lucy, aplaudindo com entusiasmo.

Ona ouve nisso uma pontinha de flerte e, do alto da sua saia rodada, com sua cabeleira penteada para trás, nota pela primeira vez a silhueta roliça da tutora, o corte matronal do vestido-camisa. Howard assesta os olhos na direção de Ona e ela sente o rosto arder. Mas nem por isso se intimida: ergue o queixo e expõe a garganta com ousadia, ao mesmo tempo perplexa e valente.

Sabe que é observada, medida, avaliada. Não só pelo Sr. Stanhope, mas também pelo Sr. Drapeau, que está ali para comprar cordas novas para seu violino; pelos irmãos Comeaus, espremendo-se entre os curiosos com jornais debaixo do braço; pela Sra. Farrar e sua filha, Belle-May, que escolhem partituras na prateleira. Tendo ouvido aquela triste balada, cantada numa voz de óleo de castor, ela se condói terrivelmente de Howard Stanhope, sem jamais imaginar que dali a poucos anos será a mão dela que pousará naquela testa grande e rosada, a mão da esposa que procura em vão aplacar a febre de fama que arde no peito do marido.

Virando-se para Maud-Lucy, vê que ela a observa assim como os outros, o rosto ligeiramente inclinado sobre o pescoço largo, com orgulho e possessão, mas também com algo a mais. Parece mágoa. E inveja.

Quanto à velha Ona – a de 104 anos adentrando em sua casa, depois de ter dado as costas para Quinn se livrar sozinho da insuportável Shirley –, essa Ona observou sua maleta no mesmo lugar em que o guitarrista a havia esquecido. Howard, nesse instante, era ao mesmo tempo o lojista garboso do passado e o caco de gente na poltrona carcomida pelos gatos; estava em toda parte e em lugar nenhum enquanto pétalas caíam do buquê de Belle para o chão imaculado da casa. Quando se abaixou para pegá-las, Ona reparou na própria mão: o sol incidia lateralmente sobre o horror das manchas senis, realçando-as, mas os dedos ainda retinham um desenho bonito, um eco da juventude, talvez um lembrete da futilidade e da brevidade da beleza física. Dos seus convites inúteis.

Ela também havia reparado nas mãos de Laurentas, cruzadas sobre as pernas adormecidas na cadeira de rodas. Seu pobre menino confuso, cuja vida se dissolvia. Suas mãos ainda eram bonitas.

Se tivesse controle sobre o tempo, Ona teria enfrentado o quebrar violento das ondas para trazer de volta aquela menina tolinha que fora um dia, sacudindo-a pelos ombros até fazê-la recuperar a lucidez. *Você acha que isso é amor?* A imagem de Maud-Lucy ardia à sua frente, um brilho no olhar que já pressagiava a traição por vir, como se já estivesse partindo no trem com o pequeno Laurentas nos braços. A quem pertenceria essa lembrança? À jovem Ona ou à velha? Seria possível revisitar o passado e enxergar nele o que não era percebido à época? A velha Ona, exausta da viagem, procurando um vaso nos armários da cozinha, quis dizer à jovem Ona: "Não está vendo o iceberg que espera você logo ali na frente? Ninguém vai amar você mais do que ama a si mesmo" Mas a jovem Ona não conseguiu ver.

Procurando não pensar mais no passado, Ona arrumou as flores do Sr. Ledbetter no vaso de cristal, presente de Louise. Os lírios eclodiam feito fogos de artifício. Em seguida fechou os olhos e sentiu a cabeça rodopiar, ligeiramente confusa. Memórias de coisas que haviam acontecido em Kimball mais de noventa anos antes. Uma tristeza profunda no presente. Ela nunca havia considerado a si mesma como uma pessoa triste.

– Ok, Ona, vou indo nessa – disse Quinn à porta da sala.

Ah, claro, ela pensou. A menina tolinha mais velha do mundo, sendo abandonada outra vez.

– Pra onde é que os carolas vão levar você desta vez?

– Pra falar a verdade, o guitarrista deles está de volta.

– O drogado? Já voltou?

– Saiu da clínica mais cedo que o previsto.

– E botaram você na rua assim, *pá-pum,* de uma hora pra outra?

– Feito um mendigo na festa dos ricos. Ligaram quando você estava dormindo. O sinal estava péssimo, mas deu pra entender. – Quinn conferiu as horas no relógio.

– Eu *certamente* não estava dormindo. – retrucou Ona. – Posso ter fechado os olhos por um minuto.

– Bem, por sorte consegui emplacar um happy hour que começa daqui a 45 minutos.

– Veja só, você é quase uma abelha operária.

– É o que dizem por aí – riu Quinn, e olhou as horas novamente. – Então é isso... Se cuida, Ona.

– Você é um ótimo motorista – observou ela. – Apesar do que dizem por aí.

Quinn riu de novo.

– Surpresa! – disse, e depois estendeu a mão – Ligo para você qualquer dia desses.

– Seria esplêndido. – Ona não sabia ao certo se ele ligaria ou não, mas disso tinha certeza: algo estava chegando ao fim naquele momento. – Logo, logo o Sr. Ledbetter vai mandar um dos escoteiros dele – disse ela. – Só espero que não seja aquele songamonga outra vez.

– Seja quem for, Ona, pega leve com o coitado, vai.

– Boa sorte com sua música.

– Boa sorte com seus recordes.

Ona observou Quinn caminhar na direção do ponto de ônibus e pensou: "Laurentas teria gostado de mim."

Às seis ela já estava pronta para dormir, quase chorando de tanto cansaço. Vestiu sua camisolinha e tirou da mala as roupas que não havia usado, entre elas seu vestido de domingo, um vestidinho de malha de algodão verde-garrafa que teria sido perfeito para o casamento. Pendurou-o no cabide, inconformada.

Às seis e meia, ela tomou seu chá com torrada e ouviu o noticiário. Às sete escovou os dentes. Às sete e dez foi para o quarto, fechou as cortinas e se deitou com o livro que estava lendo: *Nicholas Nickelby*, do Sr. Charles Dickens, um romance que lera lá pelos idos de 1920. Às sete e quinze adormeceu com o livro aberto sobre o peito.

A certa altura, no breu do quarto, acordou sobressaltada com uma palavra ecoando nas paredes do crânio: *pavojus*, *pavojus*, *pavojus*.

Perigo.

Ela se levantou num sobressalto, o livro caindo no colo, o pulso disparado alertando-a para... O quê? Alguma coisa. Ela aguçou os sentidos. Pensou ter ouvido algum movimento na casa. Algo não estava certo.

Devidamente alertada e paralisada pelo medo, esperou até que os olhos se acostumassem à escuridão. Pouco a pouco foi vislumbrando o contorno das coisas: a penteadeira com seus muitos frascos de perfume, a cadeira de balanço com seus arcos paralelos, o retângulo negro do vão da porta.

De ouvidos atentos, percebeu certa alteração na qualidade do silêncio ao qual estava acostumada. Deu-se conta, com um terrível frio na barriga, de que não estava sozinha em casa.

– Quem está aí? – berrou ela no quarto escuro.

Sua voz falhou, timidamente. Era como se não tivesse dito nada. Praguejou contra os ouvidos fracos e contra si mesma, lamentando não ter Louise a seu lado para dizer: "Deve ser só um rato. Vou ter que arrumar mais um gato pra você, Ona."

Com as pernas bambas, desceu da cama e caminhou até a porta. De novo sentiu que havia algo de errado. Por um breve momento lhe ocorreu: "Será o menino?" Ela limpou a garganta, a adrenalina correndo nas suas veias, e gritou para o vazio:

– É você?

Foi tudo muito rápido: um tropel apressado na escada; vozes masculinas gritando: "Depressa! Depressa! *Bora* daqui!"; vidro se espatifando na cozinha; portas batendo. Em seguida, tão repentinamente quanto, fez-se um silêncio profundo e sepulcral.

– Saiam da minha casa! – sussurrou, trancando a porta do quarto e correndo para a janela. Seu coração batia na sua garganta, como um sapo coaxante. Ela puxou a cortina e olhou para a rua a tempo de ver os dois vultos entrarem em um carro bem amassado. O automóvel fez uma atrapalhada manobra, arrancando nacos do seu gramado, e fugiu.

Ona pressionou a mão contra a garganta, sozinha no universo cada vez menor do próprio quarto, tentando aquietar os efeitos físicos do pânico. A luz da rua iluminava apenas a borda externa do quintal, deixando todo o resto na penumbra. O panfleto ainda espetado na cerca lembrava uma flecha lançada pela infantaria inimiga. Tudo lembrava outra coisa: o poste de luz parecia um homem alto e furioso; as casas silenciosas, peças de um jogo de Banco Imobiliário. Ela procurou fixar sua atenção nas casas, achando que se acalmava com a proximidade delas. Não chorou.

Em vez disso, procurou identificar o que havia feito de errado. A viagem para Granyard tinha exaurido suas forças. Ela não se lembrava da última vez em que tinha vivido quarenta horas tão intensas. A cabeça pesava com mágoas e surpresas e ela esquecera de acender a luz da varanda, precaução que vinha tomando diariamente depois do assalto ocorrido na rua no último mês de maio – a um século atrás, quando o menino saíra de sua vida e seu pai entrara.

Arfando no escuro, ela esperou o pulso voltar ao normal. Só então ousou acender o abajur da mesinha. Eram pouco mais de três da manhã. Tinha dormido por oito horas. Calçou os chinelos e vestiu o penhoar, destrancou a porta e deu uma espiada no escuro. No corredor vazio, percebeu apenas os ruídos da própria respiração.

"Um pé atrás do outro", disse a si mesma, repetindo o que Louise se habituara a dizer na sua reta final. Acalmada pela lembrança da amiga, acendeu a luz da escada e foi descendo devagarzinho. Quando acendeu a luz da cozinha, deparou com o vaso de cristal de Louise quebrado em três ou quatro partes no chão molhado, os lírios espalhados ao redor, pisoteados. Agachando-se para recolher os cacos, lembrou-se imediatamente das gravações do menino, que ainda andavam por aí em algum lugar com os fragmentos da sua vida. Reergueu-se com um demorado grunhido.

Foi então que um homem surgiu às suas costas, dizendo:

– Larga isso, vovó. – Sua voz era calma, relaxada.

O vidro caiu com um inocente "plink". Viu que não era exatamente um homem que estava ali, mas um adolescente de cabelo ensebado que escondia o rosto atrás de uma máscara de Zorro bem vagabunda, rasgada na altura do nariz. Os olhos que se viam pelos dois buracos eram claros e avermelhados pelo que parecia ser uma conjuntivite. O sujeito estava armado.

– Está sozinha? – perguntou, rindo.

Apavorada demais para falar, Ona simplesmente moveu a cabeça, e o outro guardou sua arma em um dos bolsos da calça, tão larga que mais parecia uma saia. Atrás dele, o aparador herdado de Randall estava todo revirado, as gavetas jogadas no chão junto com as toalhas de mesa. Cadeiras e almofadas se achavam no mesmo estado de desordem. Ona não tinha ouvido nada disso, entregue ao sono.

Ela permaneceu muda, aguardando instruções.

– E a grana, vovó? Onde é que está? – perguntou o ladrão, calmo feito um gato muito velho.

– Tudo o que tenho está ali – disse Ona, apontando para a bolsa já esvaziada junto dos lírios caídos. Todo o conteúdo da carteira se espalhava na água: o cartão de crédito, a carteira de motorista vencida, os cartões do seguro-saúde, uma foto do menino no seu uniforme de escoteiro, um cupom antigo para descontos na compra de ração de gato. Era uma vergonha que suas coisas estivessem expostas daquela forma, os documentos inúteis que todos os ladrões decerto já esperavam encontrar na bolsa de uma velha.

– Não enrola, vovó. Aposto que tem alguma coisa escondida por aí. Em uma lata de biscoito, em um vaso de planta... Vamos lá. Quero tudo na minha mão.

– Não sou como as velhas do cinema – disse Ona, subitamente brava. – Guardo meu dinheiro no banco como todo mundo. – *Não vou embora desse jeito*, disse para si mesma. *Não vou.*

Antes que pudesse dizer mais algum desaforo, foi subjugada pelo marmanjo, que plantou os dedos da manzorra no ombro dela e a empurrou escada acima para depois largá-la trêmula e ofegante na cadeira de balanço de Louise. Ela sentiu uma pontada aguda nos quadris, mas preferiu engolir o grito de dor.

– Você tem o quê? Uns cem anos? – perguntou o ladrão, escancarando os dentes podres.

Ona notou então que o cabelo dele, além de ensebado, era salpicado de caspa. Notou também que ele exalava um cheiro singular, um cheiro de pântano, de remédio. Não conseguiu decifrar o que diziam as palavras tatuadas nos braços muito brancos. Vendo que era avaliada de cima a baixo, seu medo voltou e lhe enfraqueceu.

– Não tem nada aqui – afirmou, agarrando-se aos braços da cadeira para se levantar. Teve a impressão de que o chão se movia sob seus pés.

– Fica aí – disse o marmanjo, empurrando-a pelo peito. O impacto machucou seus ossos. Ele caçou nas gavetas da cômoda e da mesinha lateral, jogando tudo na direção da cama. A certa altura o envelope com os formulários do Livro dos Recordes ricocheteou para o chão e a papelada escorregou em leque para fora.

Terminada a busca nas gavetas, o ladrão avistou a maleta de Ona, abriu-a com impaciência e não demorou para encontrar a nota de cinco dólares que, ao sair de casa em 1948, ela havia escondido num dos bolsinhos de seda para o caso de alguma emergência.

– Não falei? – disse ele, balançando a nota sob o nariz de Ona, depois voltando à sua pilhagem.

Ona lembrou-se do apito que carregava com ela sob a camisola, pendurado à correntinha de sempre. Fora aconselhada a testá-lo de tempos em tempos, mas o havia feito apenas uma vez: após o primeiro sinal de chamada e uns noventa segundos de espera, fora atendida por uma voz feminina, chamando-a de "meu anjo" e perguntando se estava "tudo joinha". Até onde sabia, a bateria já havia expirado havia muito.

– É, realmente não tem bosta nenhuma por aqui – concluiu o ladrão, crispando os lábios como se não soubesse se devia ou não culpá-la por isso.

– Seus amigos largaram você pra trás – arriscou Ona.

Ele mostrou os dentes podres outra vez.

– Não vão muito longe naquela merda de carro.

– É estranho que você não tenha querido ir junto com eles.

– Gosto de um desafio – disse o marmanjo. – Uma velha como você não serve nem pra isso.

Em seguida abriu o zíper de uma bolsinha de maquiagem abandonada havia quarenta anos, dentro da qual não havia mais que um resto de batom.

Apesar das dores nos quadris, intensificadas pela imobilidade, Ona preferiu ficar parada onde estava. Não queria assustar o sujeito. Quando não fugiam em disparada, ladrões assustados geralmente matavam suas vítimas a sangue frio, ou pelo menos era isso que acontecia nos seriados de TV que costumava ver antes de ficarem violentos demais. Não havia outra coisa a fazer: discretamente, passou a mão sob a camisola e apertou o botão.

Imediatamente a base da engenhoca deu sinal de vida na sala, apitando duas vezes com um som agudo. Para espanto de Ona, o ladrão nem virou o rosto. Parecia estar num mundo totalmente diferente.

– O que foi isso? – perguntou ele com frieza. – É o seu namorado chamando?

Ona silenciosamente começou a fazer sua contagem regressiva. Levantando-se do chão, o marmanjo jogou sobre a cama o resto da tralha, embolsou sua nota de cinco e olhou maliciosamente para Ona através da máscara suada.

– Só mais uma coisa, vovó.

Ona deixou escapar um pio de pavor, feito um pintinho recém-nascido, depois encheu os pulmões para suplicar:

– Não!

O homem riu.

– O que foi, vovó? Está achando que eu vou fazer o quê, hein? Está achando o quê? – Ele riu novamente. –Você é feia *demaaaaais* pra isso.

Ona fez o possível para não vomitar quando viu o sujeito se aproximar com a mão erguida, encarando-a. Mas no lugar da bofetada violenta que havia imaginado, recebeu no rosto um tapinha quase carinhoso.

– Fica bem, vovó – disse o marmanjo, depois saiu do quarto e saltitou escada abaixo.

Ele mal havia encostado a porta quando a base da engenhoca grunhiu na sala, respondendo ao chamado de Ona: "Tudo bem por aí, Srta. Vitkus?" Ona limpou o rosto com o dorso da mão, depois correu para a janela, onde ao menos teve o prazer de ver o ladrão correndo noite afora com o cabelo em pé, mais assustado que um esquilo do mato.

Minutos depois, chegaram os socorristas e dois policiais. Por último, surgiu a investigadora com um séquito de meia dúzia de vizinhos tímidos e amedrontados. Shirley Clayton também não demorou a dar as caras mas, ao contrário dos outros, parecia irritantemente desperta e bem-arrumada para alguém que saíra da cama em plena madrugada.

– Ai, meu Deus – ela foi logo dizendo, impondo seu aperto de mão ao policial mais próximo, um rapazote que mal tinha idade suficiente para dirigir. – Sou vizinha dela – disse, e então olhou para Ona: – Pra quem eu posso telefonar pra avisar?

– Pra ninguém – disse Ona. – Vá embora.

– Ela tem um neto – informou Shirley. – Eles acabaram de chegar de viagem.

– Qual é o nome do seu neto, senhora? – perguntou a investigadora, uma jovem de paletó cinza. Ona um dia tivera uma pele tão boa quanto a dela.

– Por favor. Não preciso de ninguém.

A investigadora bonita pediu uma descrição dos assaltantes, mas Ona lembrava-se muito mais da atitude zombeteira do que do aspecto físico de seu algoz. "Vovó", ele havia repetido mil vezes, obrigando-a a ver a si mesma pelos seus olhos: a idade, o medo, a calvície, o tamanho diminuto. A única vingança possível seria não se importar.

Mas ela se importava, sim. Sentia-se feia, frágil, esquisita: um traste insignificante. Ainda ontem (ou teria sido naquela manhã? A passagem do tempo havia se tornado algo pastoso, elástico) Quinn a vira sob a mesma luz ao olhar acidentalmente para as pernas dela, esqueléticas, enrugadas, mais brancas que um globo ocular. E agora vinha aquele ladrão de cabelo ensebado para confirmar suas piores suspeitas: ela era mesmo uma carcaça empoeirada, assexuada, medonha. Maldito ladrão.

De repente se lembrou.

– Ele tinha uma conjuntivite nojenta. E umas letras tatuadas no braço. Os outros dois fugiram antes que eu pudesse vê-los.

A investigadora perguntou sua idade e, diante da resposta, um olhar de comiseração brotou simultaneamente nos três vizinhos que rondavam por perto. Estavam irreconhecíveis em razão do rosto amassado pelo sono e das roupas vestidas às pressas. Ona percebeu que tinha medo daquelas pessoas: medo de sua boa vontade, de sua preocupação, medo de ter feito um juízo errado sobre elas. Sentiu-se terrivelmente sozinha quando o mais velho dos dois policiais pediu a todos que fossem embora.

Na varanda, um senhor de meia-idade, embrulhado num roupão de banho, sacudia um panfleto diante do nariz do policial mais jovem, falando alto o bastante para que ela ouvisse pedaços da conversa no interior da casa. Pelo visto, uma série de assaltos já havia ocorrido na vizinhança, tema principal da reunião de moradores que ela havia esnobado, mas aquela era a primeira vez em que a vítima se achava em casa no momento da invasão.

A investigadora correu os olhos pela desordem da cozinha. Estava pensando o quê? Que era sempre a mesma bagunça naquela casa, com suas coisas reviradas e cacos de vidro no chão?

– Sou uma dona de casa exemplar – informou Ona.

O primeiro policial voltou pouco depois.

– Fique tranquila, Srta. Vitkus. Vamos pegar esses malandros. E quando isso acontecer, vamos chutá-los daqui até a lua – disse ele, e pousou a mão sobre o ombro dela.

Ona sentiu um pequeno latejamento no músculo que ainda doía por conta das garras afiadas do ladrão. Já podia prever os hematomas medonhos no seu corpo. Mas o policial tinha uma carinha reconfortante e de repente ela se viu com os olhos marejados.

O protocolo policial exigia ainda que ela inspecionasse todo o recinto para fazer um levantamento do que havia sido levado. O chão da casa tinha pegadas por toda parte, mas nada parecia estar faltando. O vaso de Louise estava quebrado, só isso.

– Provavelmente estavam atrás de dinheiro e drogas – disse a investigadora.

Ona não tinha nem uma coisa nem outra. No seu armarinho de remédios não havia nada mais palpitante que um frasco de aspirinas e outro de laxantes, ambos ignorados pelos ladrões.

– Será que vocês podem manter esse assalto longe dos noticiários? – perguntou. – Sou um alvo fácil demais.

Eles disseram que fariam o possível, e a ela só restou acreditar.

Assim que os policiais foram embora, Shirley ressurgiu para ajudar na arrumação: voltou com os móveis para seus devidos lugares, limpou o pó espalhado para a coleta de impressões digitais, passou uma vassoura no hall.

– Consegui salvar alguns lírios – disse a Ona. – A maioria estava pisoteada.

Outra vizinha, uma moça de aspecto muito jovem, apareceu pouco depois com um vaso genérico entre os braços, desses de vidro fosco costumeiros em casas que sempre recebem flores. Outra moça (provavelmente filha da Shirley, tão rechonchuda e rosada quanto) reorganizou as coisas na bolsa de Ona, depois preparou um chá, que Ona aceitou humildemente. Eram como múltiplos de Louise, aquelas mulheres: pessoas com energia de sobra que adoravam uma boa crise, ficavam revoltadas por qualquer bobagem e se revelavam generosas e afetuosas nos momentos mais inusitados. Como era possível que tivesse vivido tantos anos naquela vizinhança sem saber disso?

Pouco depois todos já tinham ido embora, incluindo a noite. Ona decidiu então passar o resto do dia lavando tudo aquilo que os ladrões haviam tocado, até mesmo a camisola e as roupas de cama.

O policial mais jovem, que tinha uma bisavó ainda viva, tinha montado guarda em seu carro até a troca de turno, quando um colega chegou para rendê-lo.

Quando o dia clareou por completo – Ona vinha pensando em Laurentas a zanzar na sua cadeira elétrica sob a luz chapada da sala de convivência –, ela ligou o rádio em busca de companhia e não demorou para ouvir sua história no boletim da manhã, narrada por um locutor exaltado que carregava nas tintas para descrever tanto a "fragilidade" da vítima quanto a "truculência" dos assaltantes.

Suspeitava que Shirley fosse a informante. Logo depois os repórteres começaram a telefonar, um atrás do outro, em busca de suas "próprias palavras". Mas não havia palavras que descrevessem fielmente toda a loucura daquelas últimas horas, o corre-corre, a confusão da viagem, as saudades de casa, os momentos de vergonha e os desejos conflitantes.

Ela agora se perguntava como um pirralho de 11 anos a persuadira a querer mais 18 anos disso. Sentiu um cansaço profundo, intenso o bastante para refrear o sangue e amolecer os ossos. Tirou o telefone do gancho e deu rédeas ao pensamento, relembrando o longo e maçante interrogatório da investigadora bonita. A não ser pelo dinheiro roubado da carteira e pela nota de cinco tirada da maleta, os assaltantes, por mais que tivessem procurado, não haviam encontrado nada de valor naquela casa.

A CONCORRÊNCIA

1. Jeanne Louise Calment. 122 anos e 164 dias. País de origem: França.
2. Shigechiyo Izumi. 120 anos e 237 dias. País de origem: Japão.
3. Sarah Knauss. 119 anos e 97 dias. País de origem: Estados Unidos.
4. Lucy Hannah. 117 anos e 248 dias. País de origem: Estados Unidos.
5. Marie Louise Meilleur. 117 anos e 230 dias. País de origem: Canadá.
6. Maria Capovilla. 116 anos e 347 dias. País de origem: Equador.
7. Tane Ikai. 116 anos e 175 dias. País de origem: Japão.
8. Elizabeth Bolden. 116 anos e 118 dias. País de origem: Estados Unidos.
9. Carrie White. 116 anos e 88 dias. País de origem: Estados Unidos.
10. Kamato Hongo. 116 anos e 45 dias. País de origem: Japão.

Capítulo 19

Eram sete da manhã quando ele foi despertado por uma ligação no celular. Sete horas: só mesmo um pescador ou um observador de pássaros para acordar tão cedo assim.

– É uma pequena emergência – disse ela.

Zonzo de sono, ele sentou na cama.

Que tipo de emergência?

– Uma bobagem. Mas será que você podia dar um pulo aqui? Agora? – pediu, firme e lúcida como sempre.

Algum vazamento na pia ou alguma vidraça quebrada por um passarinho mais estabanado, ele imaginou. Já havia cumprido com sua obrigação. Tinha feito bem mais que isso. Mas talvez fosse impossível completar o trabalho prometido por um menino incompleto. De algum modo aquelas sete visitas de caridade, inicialmente tão inofensivas, o haviam jogado diretamente nos tentáculos de uma nova relação.

Com um tom de voz bem diferente do anterior, ela completou:

– Eu não tenho mais ninguém para ligar...

Encontrou-a na varanda, inspecionando a porta.

– Fui assaltada ontem à noite – explicou. – Preciso dar um jeito nesta casa.

Ela parecia menor e translúcida, como um filhote de tartaruga em um documentário selvagem. Precisou conter o impulso de tomá-la no colo e levá-la imediatamente para a segurança de outro lugar. Antes que ela evaporasse por completo, foi tirando dela os detalhes do assalto, traços e pontos de uma longa mensagem telegráfica que pouco a pouco iam compondo uma história. Quando Ona pediu licença para ir ao banheiro ("Os vizinhos me fizeram tomar chá a noite inteira!"), ele foi até o matusalênico telefone da casa e ligou para Belle.

– Acabei de ficar sabendo – disse ela. – Ted ouviu no rádio. Ela está bem?

– Diz ela que sim.

– Manda um abraço pra ela, por favor. Um abraço bem forte.

– Tudo bem, vou mandar. Mas eu estava pensando... Sei lá, acho que seria melhor se ela tivesse uma companhia feminina neste momento.

Ele devia ter trocado aquelas fechaduras. Sabia perfeitamente que não prestavam. Devia tê-las trocado semanas atrás.

– Ted vai levar uma lasanha pra ela.

– Ótimo, mas acho que você devia vir também. Vocês duas se deram tão bem na viagem... Ela está agindo como se nada tivesse acontecido, mas nunca esteve tão pálida.

– Hoje eu volto a trabalhar, Quinn – disse Belle. Depois de uma pausa, acrescentou: – Não vou tirar esse peso dos seus ombros.

– Não foi isso que eu pedi.

– Foi sim.

– Esse peso nem é meu, ora. Quer dizer, ela não é nada minha.

– Então é de quem?

Olhando pela janela, Quinn viu o carro de patrulha estacionado do outro lado da rua. Viu também que a grama estava alta de novo; a nova criança ia ter bastante trabalho.

– A polícia está vigiando a casa – falou. – Ela não está sozinha.

– Preciso ir, Quinn. Não posso me atrasar logo no primeiro dia.

– Boa sorte, então. Você vai conseguir, não se preocupe.

Belle fez uma pausa.

– Você também – disse.

Quinn conferiu todas as janelas da casa, trocou a lâmpada da varanda, substituiu a fechadura das portas e, só por segurança, colocou baterias novas nos detectores de fumaça. Pagou do próprio bolso todas as despesas. Lá pelo fim da tarde, voltando da Lowe's com a placa que havia comprado (CUIDADO COM O ROTTWEILER), deparou com Ted Ledbetter na cozinha de Ona. Os dois estavam comendo uma lasanha em pratos que ele nunca tinha visto antes, com passarinhos dourados nas bordas.

– O Sr. Ledbetter trouxe esta delícia – disse Ona.

Para Quinn, era um mistério como o escoteiro-chefe conseguia passar um dia inteiro dando aulas de recuperação de matemática, assar uma lasanha e levá-la de presente para outra pessoa. Assim que viu a placa, Ona comentou:

– Uau. Com um rottweiler ninguém pode.

– As fechaduras ficaram ótimas – elogiou Ted. – Belo trabalho.

– Quinn é muito habilidoso. Não esperaria isso de um músico – disse Ona.

Devia ao pai as suas habilidades masculinas. Ouvira mil vezes da sua boca: "Sua mãe mimou vocês demais." Apesar da brutalidade das aulas, envenenadas pelo desprezo do pai, Quinn conseguira aprender uma coisa ou outra.

– Tenho um show pra fazer logo mais, Ona. Você vai ficar bem?

– Conversei com o policial lá fora – disse Ted. – Eles vão manter a vigilância por mais uns dias.

Quinn jamais tivera muito talento para sentir duas coisas ao mesmo tempo. Era um alívio saber que Ona ficaria nas boas mãos do policial e de Ted, mas outro alívio bem diferente, talvez maior, era ouvir o que ela cochichou discretamente ao acompanhá-lo até a varanda:

– Ele colocou *espinafre* na lasanha. Se eu realmente tivesse um cachorro, ia tudo pra ele por debaixo da mesa.

– *Bon appétit* – disse Quinn, fazendo-a rir. Em seguida olhou as horas no relógio. – Droga, perdi meu ônibus.

– Por que diabo uma pessoa com os seus horários tão malucos depende de ônibus pra ir de um lado pro outro?

– Qualquer dia desses vou comprar um carro. Mas por enquanto estou numa fase de poupança.

– Andei de ônibus por muitos meses depois de ser reprovada na renovação da carteira. Achava péssimo. Esses ônibus são cheios de maus elementos.

– Eu também sou um mau elemento.

– Você é o *oposto* de um mau elemento, Quinn. E pode pegar meu carro emprestado, é isso que estou tentando dizer. É um carro ótimo. Você mesmo disse.

Se aceitasse o carro, teria de trazê-lo de volta.

– Além do mais – continuou –, não vou poder dirigir enquanto essa viatura da polícia estiver plantada aí. – Ela cruzou os bracinhos finos. – Você me levou até Vermont, Quinn. É o mínimo que eu posso fazer pra retribuir o favor.

Antes que pudesse responder, ela insistiu:

– Por favor, leva o carro.

Então ele aceitou, prometendo devolvê-lo na semana seguinte, depois do seu turno na GUMS. Ona plantou as chaves do carro sobre a palma de Quinn, depois pousou sua mão sobre a dele, como se tivesse acabado de entregar as chaves do próprio coração.

Não deu uma semana e a polícia pegou os ladrões: três drogados, surpreendidos na casa de outra pessoa.

– Direto pro xadrez – disse Ona, destrancando sua fechadura novinha em folha. – Aquela investigadora, além de bonita, é *porreta*.

Quinn tinha a impressão de que ela estava meio abatida, mas ela própria já havia dito que se sentia forte feito um coco e não estava precisando de nada.

– Surrupiaram cinco dólares e quebraram um vaso, só isso. Mas até parece que foram os russos que estiveram aqui pra me levar embora!

Um ligeiro carregar nas consoantes (o mesmo detalhe de sotaque que ele havia percebido ao conhecê-la) era o único indício de que ela havia passado pelo estresse de um assalto. Fora isso, permanecia com a mais absoluta tranquilidade na sua cozinha impecável, um jogo de chá enfeitando o aparador.

– Sua amiga corretora veio falar comigo agora há pouco – disse Quinn. – Pediu que eu dissesse que ela anda rezando por você. Todo mundo está pedindo a Deus que "ilumine seu caminho".

– Bem, acabei encontrando um brinco que andava perdido fazia tempo – disse Ona. Estava usando o par completo, duas gotas verde-esmeralda que só faziam realçar o verde de seus olhos. – Devia estar debaixo de uma das almofadas que os ladrões reviraram.

Apesar da valentia de Ona, ou talvez por causa dela, Quinn sentia certa fraqueza nas pernas. A mesma fraqueza que sentira na adolescência ao ouvir do irmão a notícia de que seu pai tinha acabado de ligar "daquele lugar" e sua mãe estava morta. Aquilo abrira um buraco no dia, descompensando Quinn, que ensaiava poses com a guitarra em frente ao espelho de seu quarto. A bomba já vinha sendo esperada desde muito e mesmo assim ele se sentia atropelado. Caíra no chão, um adolescente de 14 anos e 1,80 de altura, despencando como um ganso atingido em pleno voo.

Ele estava ali para devolver o carro de Ona. Para fechar delicadamente a porta da sua relação com ela. Mas não conseguia encontrar a placidez de que precisava para fazê-lo. Ficava furioso toda vez que pensava naqueles assaltantes filhos da puta, botando as mãos imundas nas coisas de sua amiga, botando as mãos imundas *na* sua amiga.

– Mas você deve ter ficado com medo, Ona. Não ficou, não?

– Uma coisa eu posso lhe dizer: queria poder ter o vaso de Louise de volta. – ela abriu o armário de louças – Tem comida aí, caso você esteja com fome. – Eram quatro e meia da tarde. Ela pôs dois pratos sobre a mesa, desencontrados e bem velhinhos, notou Quinn – Pode continuar com o carro por enquanto.

Quinn não soube o que dizer. Não enquanto ela olhava para ele daquele jeito.

– Aqueles policiais lá fora têm sido muito gentis comigo. Não quero criar uma situação com eles. Vou me comportar direitinho por mais algumas semanas.

De repente, erguendo o dedo como alguém que se lembra de algo, foi até o forno de micro-ondas (o mais antigo dos modelos, daqueles com botões giratórios) e de dentro dele tirou um maço de envelopes.

– As pessoas têm me mandado esses cheques. Gente que eu nunca vi na vida.

Quinn examinou rapidamente os dez ou doze envelopes. Alguns eram comerciais e endereçados com uma etiqueta impressa; outros eram floridos e subscritos à mão. Os cheques variavam bastante em valor, mas giravam em torno de cinquenta dólares.

– Puta merda! – exclamou ele. – Quanto tem aqui?

– Mais de quinhentos dólares. Isso é caridade?

– Pelo menos não tem ninguém acampado no seu quintal com uma vela acesa na mão. – Depois da morte do menino, e de uma extensa matéria sobre a Síndrome do QT Longo no jornal de domingo, Belle se vira obrigada a devolver mais de trinta cheques, agradecendo a todos com o mesmo texto frio e datilografado.

– É porque sou velha. Só por isso. – Ona correu os olhos por uma das cartas. – Vou levar mais de uma semana pra escrever meus cartõezinhos de agradecimento.

– Vai ficar com o dinheiro?

– Tenho um telhado pra consertar – informou ela, inspecionando o valor de um dos cheques. – Sabe... as pessoas acreditaram na minha palavra. Falei minha idade e ninguém duvidou. Bastou a minha palavra.

Ela voltou a olhar para ele.

– Tem mais uma coisa que eu quero lhe mostrar. – Ona retirou um documento do bolso do suéter e entregou-o a Quinn.

– Ona! Você conseguiu uma licença para dirigir?

– Pedi a uma das senhoras lá da igreja pra me dar uma carona até o Departamento de Veículos. Morri de vergonha, mas pedi. Passei no exame de vista em cinco segundos. E acertei noventa por cento das perguntas da prova escrita. Estudei direitinho, fique o senhor sabendo. Pois bem. Já percorri dois terços do meu caminho de volta à legalidade. – Ela guardou sua carteira de volta. – Que tal umas aulinhas de direção em troca do empréstimo do carro?

O mais fácil seria devolver a porcaria do carro, simplesmente entregar as chaves e dar o fora dali, deixando para trás aquela casa assombrada pelas lembranças do filho, pesada com as obrigações e os remorsos infindáveis e inúteis. Cinco ou seis semanas atrás ele teria feito exatamente isso: partido sem pensar duas vezes, com a rapidez e a objetividade de uma bala de canhão. Mas cinco ou seis semanas atrás Ona ainda não o via como um cavalheiro, ainda não tinha infundido nele a vontade de se tornar um cavalheiro.

– É pra já – respondeu ele, afinal, e foi com ela até o carro.

– São as balizas que me derrubam – disse Ona, mãos plantadas na cintura, um olhar feroz na direção do inocente Reliant. – Posso juntar quantos documentos o Sr. Guinness pedir, mas nenhum deles vai fazer uma baliza por mim.

Quinn usou as latas de lixo da casa como balizas. Ambas eram de alumínio e faziam um barulho terrível cada vez que Ona as atropelava. E foram muitas vezes. Alguns vizinhos saíram à rua para ver o que estava acontecendo, até mesmo Shirley Clayton.

– Tudo bem por aí? – perguntou ela. Até sua voz era cor-de-rosa.

– Estou fazendo minha parte pra aumentar a segurança nas estradas! – Quinn berrou de volta.

Terminada a aula, eles voltaram para a cozinha e Ona tirou uma vasilha da geladeira.

– Foi só isso que sobrou – disse ela. – Mas é o suficiente pra duas pessoas.

– Você está me oferecendo *a lasanha do Ledbetter?*

– Não gosto de jogar comida fora.

– Mas isso aí já tem uma semana! Sem falar no espinafre!

– Um pouquinho de ferro até que vai lhe fazer bem, Quinn. Você está com um aspecto horrível. Cada vez pior.

– Você vai se incomodar de me servir em um daqueles pratos chiques?

Ona riu com gosto, descortinando os dentes grandes e quadrados, e Quinn se deu conta de que teria de esperar mais um pouco antes de cortar aquelas amarras: a lituana era muito mais frágil, muito mais solitária e vulnerável do que gostava de aparentar.

Dali em diante ele passou a visitá-la algumas vezes por semana, levando-a ora para o banco, ora para o mercado, ora para a biblioteca, quase sempre no curto intervalo entre os turnos na GUMS e os shows noturnos. Certo dia, vendo seu equipamento no banco traseiro, Ona perguntou se ele se incomodava de entrar um pouquinho e tocar algo para ela na guitarra. Por sorte ele ainda se lembrava dos acordes de "Till the end of time", um clássico de Perry Como que ele havia aprendido meses antes para tocar num casamento. "Passei o dia todo com essa música na cabeça", ela contou, e por duas vezes pediu que ele baixasse o tom para que ela conseguisse cantarolar a letra com o pouco de voz que ainda tinha.

Entre idas e vindas, passava diante das placas de VENDE-SE que Shirley Clayton espalhava pela vizinhança, dos jardins que ela mantinha impecáveis e percebia como deviam vê-lo: como um acompanhante de idosos. Sobretudo quando chegava à casa de Ona e deparava com ela já à sua espera na varanda ou na calçada, sentia-se de fato como um cuidador profissional.

Em agosto ela já cozinhava para ele quase todos os dias, sempre usando a louça boa para servir suas receitas do interior. Comidas caseiras, nutritivas e perfumadas, compostas de tubérculos e molhos cremosos. "Você anda muito magrinho", ela dizia, e os papéis se invertiam. Ele se tornava uma criança.

★★★

A certa altura, foi convocado até a casa de Belle. Reportou-se com a disciplina de um escoteiro diante do chefe da tropa, listando todas as suas boas ações. Arrolou-as como se fossem provas de alguma coisa.

– Fico feliz em saber que ela está bem – disse Belle. – Que bom que você está cuidando dela. – Levava no dedo uma aliança de ouro branco com pequenos diamantes.

Quinn olhou à sua volta, procurando por Ted, mas achou que já havia perdido o direito de perguntar.

– E o trabalho?

Belle encolheu os ombros.

– Outro falso recomeço. Eles têm sido incrivelmente pacientes.

A ausência de uma mesinha e de uma luminária de chão, às quais ele já estava acostumado, davam à sala um ar de subnutrição. Mas ele não estava ali para fazer um inventário de objetos faltantes. Belle tinha nas mãos um porta-retratos com a foto do menino, a mesma que ele tinha no seu apartamento.

– Ele ficaria muito orgulhoso de você – disse ela. – Era louco pela Ona.

– Não era esse o combinado inicial – admitiu –, mas não sei direito o que fazer pra... colocar um ponto final nessa história.

Ela o encarou por um longo e intenso momento.

– O combinado, nesse caso, Quinn, é uma relação de amizade. Ninguém precisa dar um ponto final em uma amizade.

Ela deixou o porta-retratos na mesinha lateral (um resquício horroroso de seu primeiro casamento, presente de uma das tias dela), depois colocou no colo a caixa que estava a seu lado, uma caixa forrada de tecido acolchoado, dessas que povoam os contos de fada.

– Separei umas coisinhas dele pra dar de lembrança. Pouca coisa. Pra poucas pessoas.

Ela ergueu a tampa, mas manteve o conteúdo escondido. Abraçava a caixa com o mesmo fervor de uma aluna estudiosa que abraça sua prova para não ser alvo de cola. Aliás, o clima ali era mesmo este, um clima de prova, e Quinn mentalmente roía as unhas, preocupado com o que estava por vir. Pelo menos estava entre as tais “poucas pessoas”. E Amy? Teria ganhado o quê?

Por fim ela revelou seu presente: um calhamaço de folhas grampeadas, nas quais o menino havia colado centenas de panfletos e recortes de jornal com anúncios dos shows do pai; um registro de três anos com todos os dados de sua atribulada agenda de guitarrista. Quinn folheou o material rapidamente. Era espantoso ver o capricho com que o menino havia organizado tudo aquilo, e mais espantoso ainda era saber que ele havia acompanhado de tão perto e tão assiduamente a carreira do pai.

– Quando ele montou tudo isso?

– Sei lá – disse Belle. – Eu nem sabia que ele se interessava tanto por você.

Quinn ia ficando cada vez mais emocionado com o que via. Já havia se apresentado nos mais diversos lugares: bares, boates, restaurantes, escolas, clubes, festivais, praças públicas. Será que o menino tinha contado tudo aquilo? Eram muitos os recortes, cada um de seus shows cuidadosamente destacados do resto e colados no papel, estranhamente santificados e, muito possivelmente, guardados na prodigiosa memória do menino.

Acomodados em um livro improvisado, três anos de uma carreira poderiam parecer pouca coisa. Mas ocorrera o oposto. O menino fizera sua vida parecer grandiosa. E produtiva. E digna de admiração. Tantas páginas tão brancas, tão limpas e cuidadosamente trabalhadas; centenas de notícias, aos montes, em diferentes estilos de impressão. Quinn lembrou-se do caderno em que colecionava seus selos na infância, cheio de orelhas e manchas de cola. Largou o calhamaço, respirando pela boca semiaberta.

– Também tem isto aqui – disse Belle, entregando-lhe um CD, um dos muitos que o menino organizava em pilhas.

– O que está gravado nele?

– Nada. É um CD em branco, como os outros.

Recebeu-o leve e frio em suas mãos, como a mão do menino.

– Foi você quem introduziu a música na vida dele – disse Belle. – Achei que poderia ser uma lembrança disso.

Sua generosidade, a disposição em ver o lado bom das coisas, o atingiram como uma muralha de água.

Ela fechou a caixa e o acompanhou até a porta. Quando ele tentou entregar mais um cheque, ela o conteve.

– Você não acha realmente que isso ajuda em alguma coisa, acha?

– Me ajuda, sim.

– É disso mesmo que estou falando, Quinn. Acha mesmo que isso pode ajudar você? – Ela fechou os dedos dele sobre o cheque. – Chega. – Em seguida tomou-o pelos ombros, deixou um beijinho no rosto dele e sussurrou: – Cedo ou tarde você vai ter que sentir alguma coisa.

Agora estava claro. O CD era um presente de despedida; o calhamaço de recortes, um prêmio de consolação. Não havia mais nada a ser dito entre eles. Ele a conhecia bem demais.

No dia seguinte, Quinn voltou à casa de Ona para mais uma aula de estacionamento com balizas. Dessa vez ela derrubou apenas uma das latas de lixo a cada tentativa. Para comemorar o progresso, convidou-o para um bolo na cozinha.

– Uau! – disse Quinn, avistando o bolo de crosta avermelhada, decorado com nastúrcios colhidos do jardim.

– Faz tempo que não tenho notícias da sua senhora – disse Ona, tirando do armário dois pratos da louça boa. – Como ela está?

– Casada.

– Ela tinha se oferecido pra rastrear uns documentos pra mim. Será que esqueceu?

– Ainda não voltou definitivamente pro trabalho.

– Ah – disse Ona, balançando a cabeça. – Tadinha.

– Espero que dure – falou Quinn, servindo-se do bolo. – Quero dizer o casamento dela, não o bolo. – Fez o que pôde para soar sincero. Realmente estava sendo sincero.

– Claro que vai durar. Esse tal Ledbetter é um guerreiro.

– Também sou um guerreiro.

Ona o encarou por alguns segundos.

–Você é um sonhador – sentenciou. Depois trocou seu prato com o dele, dizendo: – Toma este pedaço. É maior.

–Está ótimo, Ona. O que você colocou nele?

– Segredo.

Quinn imaginou que fosse algo como suco de maçã, qualquer um daqueles ingredientes que as pessoas usavam como substituto de manteiga nos anos da Depressão.

– Essas flores são comestíveis?

– Claro que sim. Não estariam aí se não fossem.

Agora foi Quinn quem encarou sua amiga, tão parecida com um esquilo.

– E você, Ona? – perguntou. – É guerreira ou sonhadora?

– Guerreira. Mas estou mudando. Nessa idade, quem diria? – Mordiscou um pedacinho do bolo. – Quer ficar com o carro por mais uma semana?

Quinn refletiu um instante. Decidiu-se.

– Se você não se importar.

– Não me importo.

Ele não havia amado o filho o suficiente. A consciência disso habitava seu coração como uma doença. Queria acreditar que, num futuro agora perdido e impossível, o menino o teria perdoado, teria examinado a desastrosa relação entre eles até encontrar nela alguma lógica e reformulá-la numa lista. E isso, esse bolo compartilhado com Ona, seria um dos itens a seu favor.

– Ona... Como é que ele era?

– Quem?

Quinn não disse nada. Dando-se conta, Ona disse calmamente:

– Não o conheci o bastante pra saber. Mas posso lhe dizer como *eu* era quando estava com ele.

Quinn esperou.

– E?

– Sonhadora – revelou Ona, os olhinhos cintilando sob as pálpebras caídas.

Capítulo 20

Sua vida agora se resumia a isto: entupir a agenda com o maior número possível de shows, guardar a maior quantidade possível de dólares. O dinheiro havia adquirido uma qualidade quase sagrada: tornara-se um símbolo inatacável de retidão moral, sobrepondo-se a todas as demais prioridades. Continuaria pagando Belle "sem nenhum alarde", tal como costumava dizer sua mãe católica. Caso ela o recusasse, deixaria o dinheiro aplicado numa conta separada, crescendo proporcionalmente a seus remorsos paternos. A pensão alimentícia de um filho que já não existia.

A noite estava estrelada e fria, o verão já querendo se despedir. Ele deixou o Reliant no estacionamento dos fundos do Jailbreak e lá mesmo encontrou com os companheiros de banda, que também chegavam para o show que faziam semanalmente no pub.

– Você trouxe mais cabos? – perguntou a Gary.

– Sim, senhor – disse o outro, sorrindo de orelha a orelha enquanto descia do seu Jaguar.

Quinn tirou uma caixa de som da traseira do SUV de Rennie, perguntando-se vagamente até quando sua coluna aguentaria tantos trancos. A vida de músico castigava o corpo. Seguiu os companheiros até o salão abafado do pub e levou um susto quando viu outra banda espalhando seus equipamentos pelo palco.

– Mas que diabo? – disse Alex.

A placa informava em letras vermelhas, como o letreiro de um filme de terror, que se tratava da banda ROCK STEADY. Dois universitários boa pinta desenrolavam cabos sobre o tablado; um baterista adolescente brincava com sua baqueta. A única nota destoante era o bagaço de meia-idade que envergava um boné dos Sox enquanto afinava sua Fender Stratocaster.

Alex, Rennie e Gary viraram-se ao mesmo tempo para Quinn, que deu um suspiro.

– Vou falar com o Sal.

– Quer que eu vá no seu lugar? – ofereceu Rennie. – Você está um lixo, cara. Sério.

– Ele é todo seu – disse Quinn. Não estava com a menor vontade de enfrentar o proprietário mão de vaca e pouco confiável do Jailbreak.

– Vou com você, Ren – disse Gary, deixando no chão uma sacola de equipamentos. – Toma conta disso aqui.

Quinn assentiu e, meio tonto de cansaço, foi se recostar ao lado de Alex, fincando as costas nos milhares de grampos abandonados de pôsteres arrancados daquelas paredes.

– Dá só uma olhada na Strat do guitarrista – disse Alex. – Safra de 1950, aposto. Estou aqui me perguntando onde foi que ele encontrou um tesouro desses. – Fez uma pausa. – Será que ele vende?

Quinn fechou os olhos, procurando ignorar a música ambiente – Mariah Carrey com seus gemidos e uivos e sua pirotecnia de três oitavas – somando e subtraindo o valor de todos os equipamentos que já havia comprado e vendido ao longo dos anos, espantando-se com o número vertiginoso de débitos e créditos.

O lugar ainda estava relativamente vazio, mas não demoraria para transbordar de gente querendo dançar a noite inteira. Alex estava com a mesma camisa havaiana vermelha que usava em todos os shows. Gary preferia as camisetas com logomarcas, e Rennie, as pólos pretas que escondiam a barriga. As primeiras *set lists* da banda foram compostas séculos antes, por essas mesmas pessoas, no apartamento da Sheridan Street em que Quinn morava na época. Quando concordavam, eles batiam os punhos em um pedido de sorte, matavam a fome com os biscoitos que o pai de Quinn comprava no supermercado (nem de longe parecidos com os que a falecida mãe assava em casa), depois ficavam horas a fio conversando sobre guitarras, amplificadores e afins, discutindo os prós e contras dos pedais modificados, tentando localizar algum amplificador de válvulas para comprar, de preferência russo, como se o bolorento repertório de quarenta músicas dos Benders demandasse o que havia de mais moderno em termos de tecnologia musical.

Aqueles caras conheceram e adoraram sua mãe, e para Quinn isso era motivo suficiente para permanecer na banda.

– Você viu o jornal de hoje? – perguntou Alex. – Tinha uma matéria enorme sobre aquela banda evangélica com a qual você toca de vez em quando. Enchendo a bola dos caras só porque eles são daqui. Foto colorida e tudo o mais, dos caras com a mãe no estúdio de casa, close nas malditas listas de hits – Ele riu. – A mãe é uma gata. – Pausa. – Está me ouvindo?

– Estou.

– Então. Acontece que eles recusaram um contrato aí com a Warner, um contrato bacana, e a mãe gata ficou pirada...

Quinn finalmente despertou.

– Eles recusaram um contrato da *Warner*?

– Exatamente. O vocalista. Ele tem o quê? Uns 12 anos? O cara fica horas falando sobre a obra de Deus e essa palhaçada toda, dizendo que a Warner é um exemplo do comércio do diabo. Por isso preferiram esperar por outra oportunidade, outra supergravadora que gostasse de Jesus. Dá pra acreditar em uma coisa dessas?

– Se você quer mesmo saber, dá sim. – Quinn sentiu no peito uma complexa mistura de orgulho e inveja.

– Mas a história não para aí – disse Alex. – Você não viu?

– Não. Tive um casamento em Bangor.

– Bem, a história completa é a seguinte: eles esnobaram a Warner e depois, quem é que aparece logo ali, do outro lado da esquina? Quem? Uma supergravadora que gosta de Jesus. É muita sorte pra uma banda só, você não acha? – Ele riu com ironia. – Vai ter sorte assim lá no inferno.

– Com quem eles assinaram, afinal?

– Com a Solomon. Um peixe grande no mercado evangélico. Seus amigos pastores não pensaram duas vezes antes de aceitar a oferta. – Alex conferiu as horas no relógio, pelo qual não tinha pago menos do que uns seiscentos dólares. – Quer dizer, nem todos. O guitarrista pediu as contas. Acabou descobrindo que é ateu.

A notícia teve sobre Quinn o efeito de uma pedrada no estômago.

– Se eu fosse você – prosseguiu Alex –, eu me batizava hoje mesmo. Fechava com Jesus e embarcava nesse bonde antes que fosse tarde demais. Mas peraí... – Pensou um segundo, depois disse: – Se você acertar com os caras, como é que a gente fica? De repente o Collin pode ficar no seu lugar por um tempo.

Collin era o sobrinho de Alex de 19 anos, estudante de geologia. Quinn conhecia o garoto. Sabia que ele tocava guitarra como se fosse uma menina.

A banda invasora começou com sua passagem de som.

– Outro caminho possível é a gente se profissionalizar de uma vez por todas – sugeriu Alex.

Não era a primeira vez que essa hipótese vinha à tona. Sempre havia um deles para ressuscitá-la. Mas da boca para fora. O que eles queiram mesmo era continuar do jeito que estavam: vivendo a vida de Quinn por tabela naqueles shows semanais enquanto se entupiam de dinheiro em seus empregos.

– Vai ver por que eles estão demorando tanto. – disse Quinn.

Alex pescou a deixa.

– Fica de olho nas nossas coisas aí.

Quinn acenou com a cabeça, concordando.

– Está olhando?

– *Estou!*

Alex se juntou aos outros dois no balcão do bar, onde o bate-boca já comia solto, Rennie com seus tênis Nike novinhos em folha e sua calça jeans murcha na bunda, Sal apontando furiosamente para sua agenda pessoal. Quinn bufou com impaciência, vendo que teria de ir lá para colocar panos quentes, mas ainda não tinha dado dois passos quando foi interceptado pelo guitarrista coroa, lívido e inexpressivo como uma sopa de hospital.

– Você é Quinn Porter, não é?

Volta e meia Quinn trombava com algum ex-colega de banda: cedo ou tarde eles acabavam dando as caras, geralmente irreconhecíveis, com uns vinte quilos a mais, um diploma em alguma coisa mais sensata do que a música e uma autoimagem reajustada na mesma medida das suas frustrações pessoais.

– Sim? – disse Quinn.

O homem enrubesceu de repente, dando a impressão de que estava se desintegrando aos poucos: primeiro um ligeiro espasmo nas duas bochechas, depois outro na boca pequena, e então uma sombra de pânico nos olhos injetados.

– Você está bem? – perguntou Quinn, assustado.

O desconhecido tentou falar novamente, algo incompreensível. Mas então Quinn conseguiu identificar seu rosto.

– Juke?

O homem fez que sim com a cabeça, freneticamente, a voz encurralada nas profundezas da laringe. Quinn demorou alguns segundos para perceber que ele estava irrompendo em lágrimas. Ele, o mesmo Juke Blakely que onze anos antes o havia acompanhado naquela canja com David Crosby agora estava sendo processado pela família de Belle.

– Se você quiser me cobrir de porrada – disse Juke –, tudo bem. Se quiser arrancar meus olhos fora com as próprias mãos, vá em frente. – Os lábios dele ziguezagueavam na tentativa de controlar a voz.

– Calma, Juke. Por Deus...

– Eu queria tanto me explicar... Com você, com sua mulher... – Ele arfava como se tivesse acabado de completar uma maratona.

– Não quero que você explique nada, Juke. Não quero mesmo.

Juke agora cambaleava como se fosse desabar a qualquer momento, chorando incontrolavelmente com as pálpebras apertadas, os lábios trêmulos, a testa enrugada, o rosto ainda mais vermelho do que antes, um retrato humano do mais profundo desespero. No palco, os companheiros dele já haviam interrompido o que vinham fazendo para observá-lo de longe. O vocalista, que testava o microfone, disse:

– Teste, um, dois. Tudo bem por aí, Juke? Teste.

Diversos clientes se viraram para ver o que estava acontecendo.

– Calma, amigo – pediu Quinn.

Talvez tenha sido a palavra "amigo": de um segundo a outro o choro incontrolável de Juke resvalou para o que parecia ser uma convulsão, algo que precisasse de atendimento médico. Quinn o levou para a rampa imunda que fazia as vezes de deque de carga e descarga para o pub.

– Olha, senta aí, vai – disse, acomodando Juke no chão. – Poxa, cara. Tenta se acalmar. Respira.

– Falaram que era pra eu não falar com você – disse Juke ainda trêmulo. – Pra não falar com... a família. Como se eu fosse... uma máquina que eles pudessem... ligar e desligar.

Uma palheta estava colada à sua palma suada.

Quinn se aproximou.

– Respira...

– Aquele processo estava me matando – prosseguiu Juke, aparentemente para si mesmo, parando aqui e ali para reabastecer os pulmões. – Eu quis te procurar pra falar que sentia muito, pra me desculpar. Mas eles continuavam falando pra eu ficar na minha, pra não procurar a família. Pra não me desculpar. Sabe, gastei tudo o que eu tinha e o que não tinha com os advogados, mas... Paciência... Aprendi minha lição, sabe? Todo erro tem uma consequência.

Juke balançou a cabeça, seu nariz gorduroso pingando suor, suas respirações profundas acomodando mais e mais palavras. Secou as mãos na calça, fazendo com que a palheta caísse no chão.

– Eu estava com uns oito pacientes nas costas, mais não sei quantos prontuários pra estudar, um monte de coisas pra fazer, e eles ficavam falando que era pra eu não me desculpar, mas agora não tem jeito, eu preciso me desculpar, mesmo que isso não mude nada... Então é isso, cara, me desculpa, me desculpa... E obrigado por ter recuado antes que eu fosse parar na sarjeta.

Quinn sentou-se do lado dele.

– Não fui eu que ataquei você.

Juke arfou por um bom tempo até recuperar um mínimo de controle. Em seguida, disse baixinho:

– Até hoje eu me vejo preenchendo aquela receita. Como se fosse um filme passando sem parar na minha cabeça. A tinta no papel. Minha mão na caneta. Falaram que era pra eu não procurar nem você nem sua mulher. Mas agora eu posso dizer, meu Deus, desculpa, desculpa, desculpa...

Quinn correu os olhos pelo estacionamento imundo, já cheio de rachaduras na pavimentação. O Jaguar de Gary parecia um carro de brinquedo ao lado do jurássico Reliant de Ona e do SUV de Rennie. A luz dos postes dava ao lugar uma aura amarelada. Quantas horas ele já não havia passado em estacionamentos semelhantes, carregando, descarregando ou vigiando os equipamentos de uma banda? Lembrou-se do pai de Belle, o desgraçado magnata dos brinquedos, insistindo em um argumento de morte culposa, negligência médica, ou o que quer que fosse.

– Não fui eu que recuei – repetiu, e de repente se deu conta: só poderia ter sido a Belle. A boa e velha Belle. Experimentou um transitório relance de alegria: algo de bom havia retornado ao mundo.

Juke correu as mãos pelo rosto, deixando um rastro de suor em ambas as faces onde reorganizara a oleosidade. O ar da noite começou a fazer efeito. Ele tremeu ao respirar profundamente.

– É como se eu viesse me arrastando numa floresta escura, gritando sem que ninguém me ouvisse – disse ele, secando a testa com a manga da camisa. Uma camisa verde-limão, estampada com abelhinhas escuras. Por cima usava um colete de couro, o mesmo de antigamente, agora bem mais apertado em torno da pança cultivada com o tempo.

– Foi o pai dela que insistiu nessa história de processo, Juke. Belle não é assim. Não quero que você pense que foi ela.

– Eu mereci – disse ele, fungando. – Mereci passar por todo esse calvário.

– Não é verdade – retrucou Quinn, com sinceridade. Mentalmente agradeceu ao Deus no qual não acreditava pelos desastres evitados na sua própria vida, dos quais jamais ficaria sabendo porque as estatísticas haviam trabalhado a seu favor.

– Olhei direto nos olhos de sua mulher e falei: "Por que a gente não experimenta *isso*?" – disse Juke, numa voz bem mais grave que antes. – "Por que a gente não experimenta *isso*?" – repetiu, agora gesticulando como se estivesse escrevendo algo no seu bloco de receitas. Depois voltou a chorar, porém com menos vigor dessa vez.

Quinn acompanhava o desespero dele com um quê de estupefação.

– Ela não é mais minha mulher – disse.

Juke reergueu a cabeça. Os olhos mal se abriam de tão inchados.

– Ela se casou com outro cara. Um homem bom, na verdade.

A banda já havia começado a tocar: uma versão aguada de "I Feel Good".

– Seus companheiros devem estar preocupados – falou Quinn.

– Na verdade eles são um trio. Sempre foram – disse Juke, enxugando os olhos. – O lourinho é filho da minha irmã. Foi ela que falou pro garoto me chamar. Sei muito bem que estou na banda por uma questão de caridade.

A luz de um dos postes bruxuleou até se apagar. Eles ficaram mais um tempo por ali, ouvindo a música que vinha de dentro do pub. Depois de "I Feel Good", veio "Sweet Home Alabama". O guitarrista principal tinha lá o seu valor.

– Lembra daquela noite na ilha? – perguntou Juke.

– Lembro, claro. O grande David Crosby.

– Você não fica pensando no que poderia ter acontecido?

– Às vezes.

– Nunca contei pra ninguém. – Juke agora falava como se estivesse delirando em voz alta, como uma pessoa febril. – Nem pra minha mulher, porque por um tempo eu tive a esperança de que ele fosse me procurar e não queria atrair má sorte. Idiota! – disse, e riu sem nenhuma alegria, despertando em Quinn um sentimento confuso de pena que se direcionava também a ele próprio.

– Mas você era muito bom, Juke.

– Nem tanto. Um idiota.

Nesse instante, Rennie irrompeu da porta dos fundos, espumando de raiva e carregando sua bolsa de equipamento.

– À merda com esse cara! – bradou ele. – A gente foi *despedido*, é mole?

Em seguida foi para seu SUV, abriu o bagageiro, jogou sua bolsa lá dentro e sentou desconsolado ali na borda. Gary e Alex apareceram pouco depois, vindo na direção de Quinn e desviando rapidamente ao verem o rosto inchado do desconhecido.

Quinn se aproximou do ouvido de Juke.

– Presta atenção. Qualquer outro garoto... Qualquer outro garoto *no mundo* poderia ter tomado aqueles comprimidos e não ter tido absolutamente nada.

– Meu Deus... – sussurrou Juke, novamente deixando o rosto cair entre as mãos. – Eu também tenho um filho.

Dessa vez o remorso de Juke alcançou Quinn num lugar até então enterrado. Seu primeiro impulso interior foi fugir daquela dor, mas ela o encontrou de qualquer forma, cortando-o com uma memória clara não do menino, mas de uma fotografia dele. Aquela enviada pelo próprio menino para o seu quarto alugado em Chicago. O sorriso forçado, o uniforme engomado, o falso cenário de um celeiro no fundo. As mulheres adoravam essa foto. ("Ele é seu?"), achavam o menino uma gracinha. Ele tinha emoldurado e guardado o retrato, e carregou-o consigo quando voltou para casa.

– Seu pessoal está esperando por você – disse Gary, surgindo do nada. – Você está bem, companheiro?

– Ele está, sim – respondeu Quinn pelo outro. Depois ficou de pé e se inclinou para dizer a Juke: – Levanta, cara. Você precisa se levantar.

Estendendo a mão, ajudou-o a se reerguer – ele pesava e tremia – e deu-lhe um tapinha nas costas.

– Agora volta para o palco. Tudo vai ficar bem.

– Só me diz... Só isso...

– Eu perdoo você, tá bem? Eu perdoo você.

– E sua mulher...

– Belle perdoa qualquer coisa de qualquer um. Essa é a maior qualidade dela. Pode ir em paz, irmão – disse Quinn, repetindo a bênção de seus colegas carolas.

Observou Juke se aproximar da porta, de onde escapava a pesada métrica das notas do baixo, irradiadas da escuridão ali dentro.

Rennie e Alex estavam guardando o equipamento de volta nos carros.

– O que foi que deu no seu amigo? – perguntou Alex.

– Nada.

– Sal disse que o bartender deixou um recado na sua secretária eletrônica.

– Não tenho mais uma linha fixa, só a caixa de recados do celular.

– Então ela não está funcionando, porque era pra gente ter tocado *ontem*. De qualquer modo, Rennie não poderia ter vindo ontem por causa do recital da Kayla. Mas Sal é um babaca e engrossou o caldo por causa do mal-entendido. Daí Rennie perdeu a noção e encrencou também, e agora Sal está puto. – Olhando à sua volta, ele acrescentou: – Pra falar a verdade, nós todos estamos meio putos.

– Ninguém vai morrer por causa disso – retrucou Quinn.

– Se você tivesse uma secretária eletrônica... – disse Alex, depois balançou a cabeça. – A gente contava com esse show, Quinn, é só isso que estou dizendo.

– Vai à merda, Alex – cuspiu Quinn. – O cachê do Sal não paga nem uma hora de atendimento no seu escritório!

– Opa, opa, opa – interveio Gary. – Pega leve.

Quinn olhou na direção de Gary – o de temperamento mais tranquilo, dono de quatro cachorros – a tempo de vê-lo cochichar algo no ouvido de Alex, que se afastou. Durante todo o verão coubera ao baterista lembrar aos demais companheiros de banda sobre a "perda" que Quinn havia sofrido. No catálogo de Amy sobre as suas falhas morais, tendência à violência não constava na lista, mas naquele momento Quinn precisou se conter para não partir para cima do amigo e arrancar o fígado dele pela boca. Gary, seu amigo de 30 anos.

– Eu não estava falando de dinheiro – explicou Alex. – Estava falando de... você sabe, diversão.

– E por acaso eu estou com cara de quem está se divertindo? – devolveu Quinn, olhando para o corte perfeito do cabelo do outro, para o relógio caro que ele levava no pulso. Depois gritou para Rennie:

– Ei, Ren! Você acha que eu estou com cara de quem está se *divertindo*?

Caminhou para o interior do pub como se estivesse caminhando dentro da água e foi falar com Sal. Ele explicou que a culpa de toda a confusão era de um funcionário novo, inexperiente o bastante para se atrapalhar na administração de uma agenda.

– Até aí, tranquilo – disse ele –, mas não aguentei quando Rennie chegou cheio de *marra*.

Sal disse que não gostava de gente *marrenta* e que gente rica era assim mesmo, mais grosseira que um corvo.

Quinn concordou, claro, mas sua história com os amigos era longa demais para que as coisas terminassem daquele jeito, então ele preferiu botar panos quentes. Pediu a Sal que desse um desconto porque a vida de Rennie também não era lá muito fácil, ele também tinha os seus problemas na empresa que administrava, e que sua grosseria não era nada quando comparada à da supervisora de seus turnos diurnos. Sal riu um pouquinho, apertou a mão dele, pediu desculpas e acrescentou uma desculpa por não ter se manifestado na época do..., você sabe, e perguntou como estava a mãe do menino; Quinn disse para ele não se preocupar, que a mãe do menino estava bem, e Sal disse meu Deus do céu que coisa, e Quinn disse pois é, que coisa. Quando voltou para o estacionamento, não falou uma palavra sobre o ocorrido.

Sentiu uma pontada no estômago ao deparar com o olhar ansioso dos companheiros, pois conhecia aquela ansiedade. Conhecia aquele desejo de tocar. Entrar nos testes com a guitarra cintilante sempre pensando "agora vai, agora vai". Tivera a mesma expressão que os amigos inúmeras vezes. Exatamente a mesma. Querendo entrar. Acreditando que merecia só porque desejava muito.

– Sal vai pensar no assunto – foi só o que disse, e ajudou os amigos a guardar o resto do equipamento.

Voltou para casa sozinho e aliviado por se ver livre do choro escandaloso dos outros, por estar num carro chinfrim o bastante para que ninguém viesse lhe pedir uma carona. O luar dava um brilho recriminatório à estrada, cada quilômetro fazendo com que ele se lembrasse das outras tantas fugas do passado.

Se ao menos o menino não tivesse nascido no meio daquela história com David Crosby... Naquele dia ele havia chegado à maternidade cantarolando à toa, a cabeça ainda na ilha cinematográfica, no céu estrelado, no palco ao ar livre, uma súbita confiança no futuro. Quando ele e Belle finalmente trouxeram seu delicado e pequenino bebê para casa, foi como se todas as portas do futuro tivessem se fechado. Todas, menos uma: o bebê tinha dedos maravilhosamente compridos, cinco varetas espetadas num punho não muito maior que um olho de boneca. Dedos de guitarrista.

A emoção que o tomou de assalto agora talvez fosse perigosa demais para receber um nome. Belle teria dito que se tratava de uma lembrança de amor. Mas a sensação era mais a de um assombro, de uma rápida espiadela naquilo que poderia ter sido, tão rápida e fugidia que na sua esteira ficou apenas uma triste centelha de luz.

Quinn já estava no centro da cidade quando foi parado por um policial, um rapazote feito outros tantos, embrulhado em roupas de adulto.

– Documentos, por favor.

Merda, pensou Quinn. *Merda, merda, merda, merda.* Os documentos do carro estavam no porta-luvas, devidamente plastificados por Ona e muito mais apresentáveis que o carro em si: guitarra, caixas e amplificadores atulhavam o banco traseiro do Reliant, e nada impediria o policial de pensar que uma loja de instrumentos musicais acabara de ser roubada.

– Espere um instante, senhor.

O policial voltou para seu carro de patrulha, e Quinn ficou onde estava, olhando a esmo para o movimento intenso da noite de sábado, para a infinidade de lanchonetes e hotéis de beira de estrada que congestionava aquele trecho da Brighton Avenue. Mais adiante avistou a placa luminosa da Lowe's e, para além dela, a concessionária na esquina da Sibley Street. Estava tão perto da casa de Ona que chegou a pensar em fugir do policial e esmurrar a porta dela, pedindo que confirmasse o empréstimo do carro. "*Claro* que emprestei senão como é que ele estaria com as chaves?" Mas certamente antes disso o policial teria levantado todo o seu vexamoso histórico como motorista.

Os minutos foram passando, e ele, resignado, decidiu se entregar àquilo que Belle costumava chamar de "o carma do momento". Supostamente a pessoa devia se sentir em união com o universo a não ser que, como acontecia agora, o carma fosse uma bosta e ele estivesse sozinho com seu próprio senso de ridículo. O encontro com Juke, desesperado e suplicante, retornou como um crescendo sob a pele de Quinn, túmido e pulsante, e não havia nada que ele pudesse fazer a não ser esperar.

O policial retornou, enfiando a cara pela janela.

– Sr. Porter, este carro está registrado no nome da Srta. Ona Vitkus.

– Eu sei – disse Quinn. – Ela é minha amiga.

– Amiga. Ok. Mas parece que o senhor andou muito apressado neste último inverno. Só em janeiro foram três multas por excesso de velocidade.

– Eu paguei todas elas – informou ele. – Além disso, fiz o cursinho de reciclagem.

– Chama-se direção defensiva, senhor. E no mês de maio você foi parado por conta de documentos vencidos.

– Já vendi esse carro. Não está mais comigo.

– E outra ocorrência por excesso de velocidade.

Outra ocorrência e outra multa altíssima. Mais de cinquenta quilômetros acima do limite, na noite seguinte à morte do menino. Dois dias depois ele já havia vendido o carro e repassado o dinheiro a Belle.

– Foi nessa ocasião que suspenderam a carteira do senhor.

– Paguei a taxa de revalidação. Estou perfeitamente em dia com o Estado do Maine.

– Perfeitamente em dia. Ok. – disse o policial, e apontou sua lanterna para a carteira de habilitação de Quinn.

– Pode ver aí. Está tudo certo.

– É o que parece, senhor. Mas às vezes as aparências enganam. Aliás, o senhor ainda não explicou o que está fazendo em um carro de propriedade da Srta. Ona Vitkus.

– Tenho a permissão dela.

– A permissão dela. Ok. Acontece que o registro do carro também está vencido, o senhor sabia disso?

– Hein?

– Venceu em abril, senhor.

– Ah, meu Deus.

– Desça do veículo, Sr. Porter, por gentileza.

– Pode perguntar pra minha amiga se quiser. Ela mora a quatro quarteirões daqui.

– Por favor, coloque as mãos sobre o teto do veículo.

– Tenho o número dela na discagem rápida. – disse Quinn, espalmando as mãos sobre o carro – Espere, deixe pra lá, ela está dormindo, vai ficar assustada.

Ficou esperando que o policial o revistasse, mas ele continuava inspecionando os documentos.

– Ela é minha amiga – insistiu. – Fui eu que refiz toda a calafetagem da casa dela.

O policial apontou a lanterna para o banco traseiro do carro.

– Estas coisas são suas, Sr. Porter?

– Sou guitarrista. Estava voltando pra casa depois de um show. Aliás, foi assim que eu recebei todas aquelas multas do mês de janeiro.

– Voltando de um show. Ok. – Com um gesto teatral, o policial conferiu as horas no seu relógio. – E onde foi esse show?

– Portsmouth.

– Portsmouth. Ok. Mais ou menos a uma hora daqui, certo? Também já toquei em uma banda. Muito tempo atrás. Arranhava alguma coisa no baixo.

Há muito tempo?, pensou Quinn. *Quando, aos 6 anos?*

– Na minha experiência – prosseguiu o policial –, os shows geralmente começam lá pelas oito, nove horas. Agora são 21h10.

– Uma confusão de agenda. – explicou Quinn. – Uma longa história.

– Longa história. Ok.

– Sou um músico profissional. Pago meus impostos.

– Em nome do Estado do Maine, senhor, muito obrigado.

– Olha, a casa da minha amiga fica logo ali na Sibley. A Sibley é aquela rua ali, da concessionária. Até dá pra ver daqui.

– Mantenha as mãos onde elas estão, Sr. Porter – disse o policial. – Sei muito bem onde fica a Sibley. Pra falar a verdade, conheço pessoalmente a proprietária deste veículo.

Quinn puxou pela memória, depois disse:

– Foi você que ficou vigiando a casa dela depois do assalto?

– Você é o neto pro qual ela não quis telefonar?

– Não somos parentes. Somos amigos. E ela me telefonou, sim.

O policial espremeu a lanterna debaixo do braço.

– Alguém deveria estar cuidando dela, senhor. – disse. – É uma ótima pessoa.

– Mas alguém *está* cuidando dela!

– Mãos no veículo, senhor.

– *Eu* estou cuidando dela! *Eu!*

– Calma, senhor. Pode descer as mãos. – O policial devolveu os documentos a Quinn. – Agora preste atenção: eu poderia levá-lo comigo pra delegacia e chamar um reboque pra levar este carro. O senhor não poderá voltar a dirigir até que este registro esteja regularizado e sua carteira revalidada.

– Minha carteira já foi revalidada semanas atrás!

– Tem vezes que as informações não batem com nosso banco de dados. É raro, mas acontece.

– E foi isso que aconteceu.

– Amanhã mesmo o senhor poderá passar no Departamento de Veículos e resolver tudo isso. Até lá, porque temos a música em comum e porque não quero tornar a vida daquela pobre senhora mais difícil do que já é, vou quebrar o seu galho.

O galho quebrado acarretou uma série de telefonemas: primeiro para Rennie, que o mandou à merda; depois para Alex, que estava com o telefone desligado; depois para Gary, que acabara de estacionar seu Jaguar numa das três vagas da garagem e disse que ajudaria com o maior prazer.

Mas foi Ted – Ted e Belle – quem apareceu uma hora depois na sua minivan.

– Gary teve um problema de última hora – ela explicou. – Os cachorros dele fugiram, mas ele ligou pra mim. – Falou num tom seco, profissional. – O senhor Kelsey disse que Ted pode levar você pra casa no carro da Ona, e amanhã de manhã a gente regulariza os documentos.

– Eu vou pegar um ônibus – disse Quinn.

– Não com esse equipamento todo – falou Belle, e voltou para a van. Os homens que se entendessem entre si. Mas baixou a janela e falou: – Por favor não dificulte as coisas.

Quinn olhou para ela. Não se conteve.

– Vi o Juke hoje. Richard Blakely. O médico assistente.

Belle meneou a cabeça quase imperceptivelmente.

– Como ele está?

– Arrasado. Uma das cenas mais tristes que já vi.

– Vai sobreviver. Todo mundo sobrevive.

– Eu sinto muito, Belle. Por tudo.

– Eu sei.

– Tem coisas que não têm conserto.

– Pois é, não têm.

Passando o braço pela janela, ela apertou de leve a mão dele, depois deu partida no carro e se foi. Ted já esperava ao volante do Reliant com um ar sério, mas não impaciente. Conforme o carma do momento se transformava em uma poça de merda profana, Quinn lamentou não ter sido preso. E entrou no carro.

– Obrigado – resmungou, ajustando o banco.

– É o mínimo que posso fazer depois do que você fez pelos meus escoteiros.

– O que foi que eu fiz?

– O dinheiro já estava começando a acumular, então ela teve de me contar de onde ele estava vindo. Contou agora há pouco, antes da gente vir pra cá.

A sempre generosa Belle. Agora estava claro: ela vinha repassando o dinheiro para o Ted, que não parava de falar sobre como pretendia utilizá-lo, as viagens de campo que pretendia fazer com sua tropa, o micro-ônibus de dezesseis lugares que talvez conseguisse comprar. Quinn ia ouvindo calado, rígido, receando perder a paciência a qualquer momento. A certa altura Ted estendeu a mão e disse:

– Em nome da Tropa 23...

– Não precisa agradecer – interrompeu Quinn. – Não me agradeça.

– Mas você pode mandar o cheque pelo correio – disse Ted. – Facilita o nosso controle. Além disso, Belle não gosta muito dessa posição de intermediária.

– Certo.

– Depois passo o endereço para você.

Subitamente Quinn se sentiu tão ludibriado quanto uma das vítimas de Ona e seus truques fajutos de mágica. Quase riu – ou chorou – ao ouvir a voz de sua mãe de algum lugar no Além: "Não escolhemos nossos próprios castigos." Ou talvez não tivesse sido sua mãe. Talvez fosse a própria Ona. Soava como ela.

PACIÊNCIA

1. Maior período passado em pé. 17 anos. Swami Maujgiri Maharaj. País de origem: Índia.
2. Maior período passado à deriva no mar em um bote salva-vidas. 133 dias. Poon Lim, segundo taifeiro. País de origem: Reino Unido.
3. Maior período passado de corpo inteiro em contato direto com o gelo. 1 hora, 6 minutos e 4 segundos. Win Hoff. País de origem: Holanda.
4. Maior período passado em uma maca hospitalar à espera de atendimento. 77 horas e 30 minutos. Tony Collins. País de origem: Reino Unido.
5. Maior tempo girando uma moeda. 19 segundos e 37 décimos. Scott Day. País de origem: Reino Unido.
6. Maior duração de uma dança em quadrilha. 28 horas. País de origem: Estados Unidos.
7. Maior período de vida com uma bala na cabeça. 87 anos. Até agora. William Pace. País de origem: Estados Unidos.
8. Maior número de viagens aéreas realizadas por um gato. 79. Smarty. Proprietário: Peter Godfrey. País de origem: Egito.
9. Maior período de sobrevivência de um gato após um terremoto. 80 dias. País de origem: Taiwan.
10. Maior período passado no espaço. 803 dias, 9 horas e 39 minutos. Sergei Krikalev. País de origem: Rússia.

★ ★ ★

Esta é a Srta. Ona Vitkus. Estas são memórias e fragmentos da sua vida. Esta é a Parte Nove.

...

Porque não estou me sentindo muito falante.

...

Estou com uma música grudada na cabeça.

...

"I've Grown Accustomed to Her Face." Quer dizer, "eu já me acostumei com o rosto dela".

...

De um filme chamado *My Fair Lady*. Louise era doida por ele. Sabia os diálogos de cor.

...

A-c-c...

...

Isso. No filme, um cavalheiro canta esta canção sobre uma dama pela qual jamais imaginou que ia se encantar.

...

Pra ser sincera, não era na Louise que eu estava pensando. Era em você.

...

Porque fiquei com muita saudade de você essa semana. E isso me fez perceber, de um jeito que eu não percebia há muito tempo, que sou uma pessoa sozinha. Por isso não estou falante.

...

Perguntas sobre a Guerra da Coreia seguramente *não* vão me deixar mais animada. Este seu professor tem mania de guerra, sabia? Pode dizer pra ele o seguinte: todas as guerras são iguais. Muita gente morre sem necessidade, outros voltam semivivos pra casa. Falando em guerra, como vão as coisas lá com seu inimigo?

...

Você sabe quem. Aquele que chuta sua mesa e põe o pé pra você tropeçar no corredor.

. . .

Sei um monte de coisas. Trabalhei vinte anos numa escola com meninos da sua idade, esqueceu?

. . .

Troy Packard. Certo. E aí, como vão as coisas?

. . .

Hmm. Olha, ontem à noite eu vi na televisão um documentário excelente sobre a maior espécie de coruja no mundo: o bufo-real.

. . .

Viu também? Jura? Não foi bacana?

. . .

Lembra daquele pedaço em que a coruja arrepia as penas só pra parecer maior do que já é? Pra intimidar o inimigo?

. . .

Pois então. Você bem que podia fazer a mesma coisa. Quer ver? Fica de pé.

. . .

Endireita esses ombros, estão sempre caídos. Mais. Mais um pouco. Isso. Agora estufa o peito. Isso. E aí, como está se sentindo?

. . .

Pelo contrário. Você está enorme! Bem feroz!

. . .

Fica assim, não mexe. Ombro pra trás, peito pra frente. Agora repete comigo: "Não!"

. . .

Ah, é. Esqueci. Então finge que está falando. Mas faz uma cara de mau.

. . .

Excelente! Quase morri de medo! Agora tenta de novo. Com mais cara de mau. Dez vezes mais malvado.

. . .

Muito bem, rapaz! Então, o que achou?

. . .

Levei boa parte de um século pra aprender isso. Estou dando a você o grande benefício de aprender com antecedência.

. . .

Claro que funciona! Conheço muito bem esses valentões feito o seu Troy Packard. Correm léguas quando veem uma coruja arrepiada.

. . .

Hein?

. . .

Ah, muito obrigada. Também já me acostumei com seu rosto.

Capítulo 21

Depois de uma noite mal dormida e povoada por fantasmas – Juke ("Me desculpa!") e o jovem policial ("Você é o neto pro qual ela não quis telefonar?"), Belle ("Por favor, não torne as coisas mais difíceis") e Ted ("Em nome da Tropa 23") –, Quinn pegou o porta-retratos com a foto do filho e o enterrou sob uma pilha de camisetas na gaveta da cômoda, já antecipando a crise de remorso por vir. No lixo do vizinho, pescou o jornal da véspera e logo encontrou a foto colorida com todos os garotos da Resurrection Lane, menos Zack, o ex-cristão, agora ateu, que volta e meia se internava para fugir dos próprios fantasmas.

Ligou para o Brandon. Depois para o Tyler. Depois para os Jotas. Mas ainda era cedo demais para atenderem. Por mais carolas que fossem, tinham o relógio biológico dos músicos profissionais. Desculpavam-se por não atender as ligações durante a manhã. Desejavam a todos um dia excelente. Distribuíam bênçãos em nome de Jesus.

Já enfrentava a fila do ônibus, que estava atrasado, quando enfim conseguiu falar com Sylvie. Sabia que teria de pular o cafezinho de praxe na recepção da GUMS e ir direto para o trabalho no galpão.

– Quinn! – disse Sylvie. – Graças a Deus, deixei um milhão de recados na sua caixa postal!

– Tem algum problema com a minha caixa de mensagens. Mas li no jornal que o Zack pediu as contas, é isso?

– Esse menino já foi um amor de pessoa, juro. Mas agora meu sobrinho querido está em Miami, a capital das drogas no Hemisfério Ocidental, e partiu sem ao menos se despedir da família. Ele partiu o coração do meu irmão. Olha... quer saber a verdade? Zack nos causa tristeza desde o dia em que nasceu e, Deus que me perdoe, pra mim é um alívio que ele tenha ido embora. – Ela suspirou do outro lado da linha. – Escuta, será que você podia dar um pulinho aqui? Tipo, agora?

– Estou indo pro trabalho, Sylvie. *Tra-ba-lho.*

– Você está se fazendo de difícil? Porque eu não estou nem um pouco no clima. Basta o que eu tenho de aturar dos santinhos dos meus filhos – que, segundo aquela jornalista peçonhenta, desafiaram sua mãe hiperativa e controladora ao dispensarem o pessoal da Warner.

Quinn riu.

– Pois é, eu li.

– Não sou controladora. Nem hiperativa. Sou uma empresária.

– Uma empresária hiperativa.

Sylvie rugiu do outro lado da linha, o grunhido nervoso e gutural de uma perigosa felina.

– Quer saber? – disse ela. – Doug tem toda razão. Acho que dei um passo maior que as pernas, e agora preciso conversar com alguém, senão vou explodir. Se tivesse o número de Jesus, teria ligado diretamente pra ele e não pra você, pode apostar suas calças de couro que sim. Mas... fazer o quê? Você vai ter que dar pro gasto.

– Sylvie, você está surtando?

– Estou até fumando, acredita? E pra seu governo, você está falando com a rainha do *tra-ba-lho*. Não herdei meu latifúndio do rei da França, ok? – Ela exalou uma ruidosa baforada. – Quinn, você nem faz ideia do trabalho que esses meninos me dão. Toda hora aparece um deles pra falar em "diferenças artísticas". *Diferenças artísticas*, pode? E agora, claro, acham que foi por obra de Deus que conseguiram um contrato decente com aquela gravadora lá de Jesus.

– E estão com um guitarrista a menos, certo?

– Tenho um contrato pra assinar, advogados pra consultar, e Doug está se comportando como um perfeito babaca, escondido naquele hospital. Às vezes fico achando que ele obriga as pessoas a operar o cérebro só pra se manter ocupado. Não é que eu não dê conta do recado sozinha, Quinn, mas...

Pelo tom de voz, Quinn percebeu que ela não estava apenas nervosa, tal como ele havia imaginado. Estava apavorada.

– Você é a única pessoa neste ramo que não é um tubarão com uma bocarra cheia de dentes – concluiu ela. – Precisamos de você aqui.

Uma luz se acendeu no fim do túnel de Quinn.

– Saio do trabalho às quatro – disse ele. – Relaxa, Sylvie.

– Não consigo! Minha vontade era que esses meninos nunca tivessem tomado esse caminho, sabe? Eles têm a ilusão de que... de que são invencíveis! Se querem uma coisa, é só estalar os dedos que... *voilà*, essa coisa aparece dois segundos depois na frente deles. – Ela fez uma pausa. – Quer saber de uma coisa? A culpa é sua.

Quinn riu. Aquilo era um grande disparate, até mesmo para uma doida varrida como Sylvie.

– Não fui eu quem comprou pra eles um motorhome Winnebago novinho em folha – disse ele. – Ou será que você já esqueceu?

– Vou fingir que nem ouvi isso – devolveu ela. – Não é disso que eu estava falando. Estava falando do seu *exemplo*. Você é a prova viva, concreta e irrefutável de que é possível viver da música. Foi você que meteu essa ideia estapafúrdia na cabecinha ingênua daqueles... *patetas!*

Quinn ficou estupefato. Jamais tinha ouvido algo assim tão lisonjeiro da boca de Sylvie, mesmo sabendo que se tratava de uma acusação. Mas não teve a oportunidade de agradecê-la, porque ela bateu o telefone antes disso. Também não teve tempo de corrigi-la: jamais tinha usado calça de couro na vida, nem mesmo no auge dos anos 1980.

Minutos depois ele estava atravessando o estacionamento da GUMS para entrar no galpão e bater o ponto do dia. Foi recebido à porta por Dawna e sua indefectível prancheta.

– O bom filho à casa torna – disse ela, e anotou o nome dele na programação do dia, encarregando-o de uma tarefa que ninguém queria: inserir manualmente um encarte escorregadio em quatro mil brochuras de uma empresa que vendia equipamentos e acessórios de escalada. Tratava-se de uma medida corretiva, ela explicou, por conta de um atraso ocorrido na semana anterior, o qual teria sido evitado se *certa pessoa* tivesse cumprido com seu *compromisso* e aparecido para *trabalhar*.

– Eu estava ajudando uma velhinha – explicou Quinn.

Recebeu como resposta uma sonora gargalhada, mas não se importou. Ainda ouvia mentalmente as palavras de Sylvie: "Precisamos de você aqui." E pensava: "Se Deus realmente existe, tomara que seja guitarrista!"

– Eu liguei para avisar – continuou – Rennie me deu o dia de folga.

Mas Dawna tinha a memória poderosa e cheia de malícia, não deixava nada passar, muito menos aquela vez em que ele faltara ao trabalho para acompanhar os meninos da Resurrection Lane em uma série de shows sem aviso prévio. Até então, ele nunca havia faltado a um compromisso profissional, nem na GUMS nem em qualquer outro lugar, sem antes telefonar para dizer que não ia. Só agora se dava conta do quanto devia estar aflito para tomar o lugar do pobre Zack.

Lá pelas dez e meia, Rennie deu as caras no galpão, aparentemente para ver como iam as coisas.

– Opa – cumprimentou.

Empoleirou-se numa das mesas de trabalho, e os bolsos da calça se estufaram para fora, dando a impressão de que ele vestia uma saia.

– Desculpa por ontem à noite – disse Quinn.

Rennie correu os olhos à sua volta, inspecionando seu barulhento império. Não era tido como um chefe durão, portanto ninguém se importava com sua presença ali.

– Gary disse que eu devia me desculpar com você. Não que você esteja isento de culpa. Foi *você* quem meteu os pés pelas mãos. É com *você* que devia evitar esse tipo de coisa. Mas sei que agi como um babaca e perdi a razão. – Baixando os olhos para as próprias pernas, completou: – Não sei o que deu em mim. Tocar naquele pub é a única diversão que eu tenho na vida.

– Deixa pra lá, Ren. Esquece.

– Você chegou bem em casa?

– O marido novo da Belle me deu uma carona.

– Hmm. Muito civilizado da parte dele.

– Parece que eu estou comprando uma van nova pra tropa de escoteiros do cara.

Rennie arregalou os olhos, espantado.

– Sei que não deve estar sendo fácil pra você. Se eu tivesse perdido um filho, sei lá... Acho que teria me matado.

– Conversei com o Sal – falou Quinn. – Ele chamou a gente de volta. Tocamos domingo, como sempre.

– *Mentira?* – disse Rennie, escancarando um megassorriso. – Caramba! Isso é muito bom! E aí, já contou pro pessoal?

– O prazer é todo seu.

– Então vou ligar pra eles agora mesmo!

Rejuvenescido uns vinte anos, Rennie saltou para o chão, aterrissando com um "Upa!" e correu de volta para sua sala, quase saltitando. De costas, desconsiderando-se os pneus que transbordavam do cinto, ainda era o mesmo garotão da Sheridan Street, o vizinho negro maneiro, o mais *cool*, apesar do rosto cravejado de espinhas e das calças pesca-siri.

– Esse foi seu intervalo de descanso – disse Dawna.

Em seguida mandou que ele alimentasse a rotuladora industrial com as brochuras já envelopadas. A tal rotuladora era uma máquina barulhenta, roncava como se estivesse amplificando em muitos decibéis a má digestão de alguém, e o barulho incomodava Quinn, mesmo com os plugs que ele colocava nos ouvidos. Dawna achava irônico um guitarrista se incomodar tanto com barulho; já havia sido casada com um músico e aparentemente culpava Quinn pela má experiência.

Conforme alimentava a bocarra da máquina, sua azeda supervisora recolhia os envelopes junto à esteira do outro lado, depois os colocava numa empacotadora. Dawna estava usando um par de skinny jeans e um top amarelo que mais parecia lingerie. Apesar das feições galináceas, não era uma mulher feia. Suava copiosamente, cruzando os braços enquanto esperava por cada lote de brochuras, revirando os olhos muito pintados.

– Você ainda vai acabar machucando os olhos – berrou Quinn sobre a máquina. – Não seria mais fácil pedir que eu acelerasse minha parte?

Dawna arqueou o as sobrancelhas, em grande parte arrancadas à pinça.

– Jura? – disse ela, e veio caminhando por entre as caixas e malas postais espalhadas pelo chão, plantando na cintura os dois braços muito magros e excessivamente bronzeados. Parou a poucos centímetros de Quinn e, quase roçando seu nariz no dele, falou: – Acelera... sua... parte... *porra!* – Assim mesmo, palavra por palavra. Tinha um hálito de xarope expectorante.

Em seguida, apenas a título de ênfase, recolheu um lote de envelopes do contêiner aparentemente sem fundos, contou-os sem baixar os olhos, endireitou-os sobre a esteira e esperou que a máquina os engolisse para depois repetir o procedimento. Precisava daquele emprego. Do emprego, da sua academia de ginástica, talvez um namorado novo, provavelmente um filho.

– Treinei você duas vezes, Quinn – disse ainda. – Você se acha bom demais pra este serviço ou é preguiçoso mesmo?

– Caramba, Dawna, você bem que podia me dar um descanso, né?

– Você já teve seu descanso.

– Falei metaforicamente.

– Meu ex-marido também adorava uma metáfora. Principalmente quando usava meu Visa pra pagar suas contas.

– *Touché* – disse Quinn, agora genuinamente magoado. – *Touché*, Dona Supervisora.

– Qual é o seu problema, hein, cara?

– A vida é curta demais – retrucou Quinn. – Esse é o meu problema.

– Agora me conta uma novidade.

– É sério?

– Conta, ué – desafiou Dawna.

– Então toma: sinto muito por ter pisado na bola sexta-feira passada; sinto muito que as brochuras não tenham ficado prontas por minha causa. Porque acabei de perceber que é *você* quem manda nisso tudo aqui.

Quinn precisou berrar por causa da barulheira do galpão, e talvez por isso o elogio tinha soado mais irônico do que ele havia pretendido. Perplexa, Dawna ficou procurando o que dizer enquanto a máquina a seu lado gorgolejava à espera de mais brochuras.

O horário de almoço de Quinn foi gasto em um telefonema para o Departamento de Veículos do Estado do Maine. No fim das contas não havia problema algum com sua carteira de habilitação, e qualquer insinuação contrária só poderia ter sido um engano – por parte dele, claro, jamais da polícia. Mais aliviado, voltou para o galpão e retomou o trabalho sem dizer uma palavra.

– Agora é sua vez – disse ele, depois de uma ou duas horas.

– Minha vez de quê?

– De dizer alguma coisa que eu ainda não saiba!

Dawna ruminou por alguns segundos. Depois tirou uma brochura do lote mais próximo.

– Está vendo isto aqui? Alguém ainda vai acabar levando um processo nas costas. – Quinn pensou ter ouvido "bostas". Consoantes e vogais muitas vezes se adulteravam com o barulho das máquinas.

– Dá só uma olhada nisto aqui – disse Dawna, aproximando-se para abanar a brochura no nariz dele. – Dá uma olhada neste som.

Quinn não entendeu nada.

– De que som você está falando, criatura?

– Não é som, *criatura*, é CÉU! Será que todo músico é surdo que nem o imbecil do meu ex-marido?

– Mas qual é o problema com o céu?

No rosto da brochura, uma foto de aspecto bastante artificial exibia um grupo de adoráveis criancinhas com roupas de escalada sob um céu muito azul. Nele, nuvens brancas escreviam a palavra LIQUIDAÇÃO.

– O problema – respondeu ela, apontando para a foto como se visse nela uma ofensa pessoal –, o *problemaço* é que essa imagem é *i-gual-zi-nha* à do panfleto de liquidação da Lands' End no verão passado. Sem tirar nem pôr. Mesmo layout. Mesma cor. Mesmas letras de nuvem no mesmo céu azul. Isso é propaganda enganosa. Querem que todo mundo fique achando que essas porcarias que eles vendem são da Lands' End.

Agora não havia quem segurasse a mulher. Orgulhosa da própria experiência, versou longamente sobre os problemas legais que a tal empresa passaria por conta de um inegável plágio fotográfico. "Essa cor! Essa imagem! Essa fonte! Esse céu", não cansava de repetir.

Ouvindo isso, Quinn finalmente teve uma epifania sobre o peso das palavras. Era como se sempre tivesse sabido, mas ignorasse. Agora ele via tudo. Sentia tudo. No meio daquela barulheira, do discurso interminável de sua supervisora, a ficha finalmente havia caído.

Dawna se revelou bem mais camarada depois da sua preleção. Parecia mais leve com o desabafo.

– Caramba, já são três e meia. Pode sair mais cedo, se quiser. Já peguei muito no seu pé – disse ela, depois de olhar para o relógio.

Ele chegou à entrada e tirou os plugs dos ouvidos. Saiu para o estacionamento que levava ao ponto de ônibus. Primeiro apertou o passo, depois começou a correr, e quando chegou à rua já estava sem fôlego, seus joelhos ardendo, as palavras mal ouvidas martelavam sem dar nenhum sinal de trégua: "Que som é esse!" "Que som é esse!"

Um equívoco bastante compreensível. As pessoas viviam se confundindo com as palavras. Esse som; esse céu. Não era tão difícil assim se confundir. Sobretudo quando as palavras haviam saído da boca de ninguém menos que David Crosby em meio à algazarra de uma festa ao ar livre, ao som de ondas batendo contra um paredão de rocha, aos acordes muitas vezes amplificados de sua própria guitarra. Sobretudo quando há anos você vinha esperando ouvir algo semelhante.

"Que som é esse!" Isso era o que ele tinha ouvido. Essas eram as palavras que o haviam feito sorrir sinceramente, a agradecer David Crosby com um discreto meneio da cabeça, embevecido demais para tirar os olhos de seu instrumento. Mas essas não eram as palavras que o bigodudo David havia pronunciado naquele momento de êxtase.

"Que céu é esse! Que céu sensacional!", ele havia dito. E, realmente, o céu daquela noite mágica estava escandaloso de tão bonito: imenso, alto, límpido, estrelado de ponta a ponta. "Eu amo esse lugar lindo", ele também dissera. Mas estava se referindo, claro, ao lugar físico da festa. À ilha. Ao mar. À casa maravilhosa. Ao céu sensacional.

O ônibus chegou e Quinn foi se sentar no último dos bancos. Fechando os olhos e olhando para dentro de si, surpreendeu-se ao encontrar a mãe ali, aquela mãe que no decorrer dos anos havia se reduzido a uma lembrança muito distante. "Eu poderia ficar ouvindo você o dia inteiro, querido", ela dissera um dia, encantada, alheia ao marido que ria ironicamente do outro lado do jornal.

Ele tinha dedos ágeis, um bom ouvido para a harmonia, um timing impecável. "Você deve ser muito talentoso", dissera Ona, e ele era sim, muito talentoso. No entanto, cedo ou tarde todos acabavam batendo com a cabeça no teto dos seus próprios limites, por maiores que fossem. E ele quase gritou com o impacto da constatação. Era capaz de improvisar no estilo de qualquer fera da guitarra, mas o dom da invenção, aquela criatividade musical que fazia as pessoas dizerem "Que som é esse!", isso ele não tinha para oferecer.

Não era um sonhador, a despeito do que pensava Ona. Era um guerreiro. Um guerreiro que adorava música. Todo tipo de música: as criações sublimes de seus ídolos, claro, mas também as cantigas singelas de folk, as pauleiras do heavy metal, o blues do Mississipi, os clássicos do rock, a macarena, a dança da galinha, os embalos de sábado à noite. Tinha por tudo isso um afeto irracional e inabalável, como se as composições, tanto as boas quanto as ruins, fossem crianças deixadas sob seu cuidado.

– Tudo bem com você aí, companheiro? – perguntou um senhor do outro lado do corredor, um dos passageiros diários, vestindo uma camisa de boliche laranja. Era franzino, tinha traços de coelho, um olhar gentil e um furúnculo horrível na base do pescoço. Ao lado dele ia outro cliente da linha, uma criatura deprimida e deprimente cujos braços não paravam de tremer. Mais adiante um adolescente tentava se equilibrar nas muitas dobras de sua própria barriga. A esses somavam-se outros tantos que, como ele não estavam ali porque haviam escolhido. Tinham acreditado um dia que haviam nascido para coisa melhor.

Inúmeras vezes na sua vida de guitarrista (centenas, muitas centenas, milhares de vezes) ele havia tocado algo importante o suficiente para tirar as pessoas da sua imobilidade natural, fazendo com que balançassem a cabeça ou batucassem os dedos nas próprias pernas. Algo que fazia com que se lembrassem de algum lugar onde já tinham morado, alguém que já tinham amado, uma versão já esquecida de si mesmas. Coisas como "Rock of ages", "I Am a Rock", "Rock Around the Clock", "The Long and Winding Road", "Roadhouse Blues" e "Blue Suede Shoes", "Born To Be Wild", "Wild Thing", "Thing Called Love". Seria mesmo estranho gostar de tudo isso? Gostar da acústica péssima dos salões de festa, dos smokings alugados, das noivas de pé chato com seus noivos gordinhos, dos tios e tias balançando o esqueleto na pista de dança? Das feiras agropecuárias com seus caubóis enchapelados, das festas de formatura com suas roupas quase sempre bizarras, das convenções com seus executivos robóticos, dos bares da vida com seus bêbados escandalosos?

Ele adorava ser amado pelo seu público. Amava o vazio que conseguia preencher.

Foi o menino quem tinha compreendido isso. O menino, cujas listas infindáveis preenchiam seu próprio vazio, aquele deixado por seu pai. Um aperto no peito, como pedras que se acomodavam, o tomou tão abruptamente que Quinn se dobrou, tentando contê-lo.

Foi o menino, entre todas as pessoas.

O menino que ouvia música com sofrimento e confusão. O menino, com seus recortes cuidadosos de jornal colados com zelo. Obstinado e atento, organizando a história do pai, preservando-a e editando-a, página por página.

SUCESSO

1. Posto mais alto ocupado por um camelo da polícia. Xerife do Corpo de Voluntários da Polícia de Los Angeles. Bert. País de origem: Estados Unidos.
2. Salto mais alto dado por um coelho. 45,7 centímetros. Golden Flame. Proprietário: Sam Lawrie. País de origem: Reino Unido.
3. Boneco de neve mais alto. 2,9 metros. País de origem: Estados Unidos.
4. Primeira dupla de pai e filho a terminar em primeiro e segundo lugares nas quinhentas milhas de Daytona. Bobby e Davey Allison. País de origem: Estados Unidos.
5. Último sobrevivente das tartarugas gigantes. Lonesome George. País de origem: Equador.
6. Maior floco de neve. 38 x 20 centímetros. Ano de 1887. País de origem: Estados Unidos.
7. Bilionário mais velho do mundo. John Simplot. 95 anos. País de origem: Estados Unidos.
8. Primeira dupla de pai e filho a chegar à presidência dos Estados Unidos. John Adams e John Quincy Adams. País de origem: Estados Unidos.
9. Maior distância de um globo ocular projetado para fora da órbita. 1,09 centímetro. Kim Goodman. País de origem: Estados Unidos.
10. Maior número de distintivos já conquistado por um escoteiro. 142. John Stanford. País de origem: Estados Unidos.

★ ★ ★

Esta é a Srta. Ona Vitkus. Estas são memórias e fragmentos da sua vida. Esta é a Parte Dez.

Gostou do bolo?

. . .

Eu sabia. Você e Louise.

. . .

Não vou lhe contar essa história. Não gosto de lembrar dela.

. . .

Mas eu não acabei de dizer que não gosto de lembrar dela?

. . .

Ela foi demitida. Isso é tudo o que você precisa saber.

. . .

Não. Dessa vez não foi um menino mentiroso. Foi o Sr. Finn, o bibliotecário da escola. Um sujeito feio de doer.

. . .

Imagina uma pessoa com um rosto gigantesco, mas com todo o resto espremido no meio. Um por cento olhos-nariz-e-boca, 99 por cento rosto. Se você olhar pra um balão bem cheio com o nó virado pra você, vai ter uma boa ideia de como era o sujeito.

. . .

Um ogro detestável. Uma ratazana dos infernos, isso é o que ele era. Toda hora aparecia lá na minha sala pra reclamar de alguma coisa.

. . .

Uma hora era o fulano que falava muito alto. Outra hora era o beltrano que não tinha devolvido um livro. Depois o faxineiro que tinha esquecido a lata de cera no chão.

. . .

Não estou dizendo que *todos* os bibliotecários são ratazanas. Tenho certeza de que sua mãe é uma excelente bibliotecária. Mas a maioria não é.

. . .

Ok então. São todos excelentes. Aliás, sou frequentadora assídua da biblioteca aqui do bairro, aquela da Stevens Street. Por lá são todos muito gentis, muito prestativos. Mas o Sr. Finn era outra história. Fazia questão de manter seus livros sempre muito limpos. Limpíssimos. Ficava bravo quando tinha de emprestá-los.

. . .

A garotada chamava ele de Kaiser pelas costas. Botavam apelido em todo mundo.

. . .

Raposa. Agora anda, termina esse bolo.

. . .

Porque me achavam muito esperta.

. . .

Por causa dos meus truques. Eles ficavam lá, esperando pra falar com o diretor, daí eu fazia um truque qualquer pra eles, só pra passar o tempo. Desses mesmos que eu faço pra você. Eram bons meninos, quase todos.

. . .

Agora que você falou, eles *realmente* pareciam com você. Nem todos. Só alguns. Uns dois ou três. Talvez um.

. . .

Porque sabia ouvir.

. . .

De nada. Então. Voltando ao cara de balão. Nossa primeira trombada aconteceu no meu trigésimo nono dia de trabalho.

. . .

Contei sim! Antes mesmo de conhecer você! Cada dia que passava era mais um motivo de comemoração. Eu tinha muito orgulho de estar trabalhando. Pois bem, naquele dia não tinha mais ninguém na biblioteca, só o Sr. Finn. Empoleirado no alto de uma escada, procurando impressões digitais numa estante ou qualquer maluquice parecida.

. . .

O que eu queria não poderia ser mais simples: retirar um livro.

. . .

A casa soturna, do Sr. Charles Dickens. Fazia anos que tinha lido com Maud-Lucy, então queria ler de novo. E estava procurando por um livro bem gordo. O inverno já estava pra chegar, e eu teria muitas noites longas pela frente.

...

Ele não disse: "Em que posso ajudá-la?" Longe disso.

...

"Quem é você?" Assim mesmo.

...

Não é? Um grosseirão! Se achando um deus tempestuoso, "Quem é você?"

...

Mais confusa do que surpresa, eu diria. Mal conseguia enxergar a cara dele por causa da pança que ficava no meio do caminho, e seus sapatos muito limpos.

...

O pachola já tinha me visto um milhão de vezes na minha mesa, tinha até falado comigo. Sabia muito bem quem eu era, mas naquele dia, na sua preciosa biblioteca, fingiu que não me conhecia.

...

Não falei nada. Estava chocada demais pra falar o que fosse. Ele lá, me olhando do alto com aquela cara de mau, seus sapatos tão limpos e cheios de julgamentos. Estava achando o quê? Que eu era uma qualquer?

...

Vou dizer como eu me senti. Como uma operária daquela fábrica de papel lá de Kimball, separando trapos numa sala imunda, tão escura que não dava nem pra saber se era dia ou noite. Como se os anos de estudo com Maud-Lucy não tivessem valido nada. Foi assim mesmo que fiquei me sentindo: ignorante.

...

Minha *vontade* foi dizer pra ele: "Eu sou *alfabetizada*, seu sapo pançudo! Sou uma secretária profissional, patife nojento!" Isso foi o que eu *quis* dizer.

...

Não fique você achando que eu era como Louise, apesar da minha notável travessura de adolescente. Eu era o oposto de Louise. Fugi do Sr. Finn sem dizer nada, com meu rabo de esquilinho entre as pernas, como um filhote indefeso.

. . .

Nunca fui boa em gestos teatrais. No meu lugar, Louise teria puxado a escada e jogado o ogro no chão.

. . .

Eu também! Até pagaria ingresso para ver isso! Mas naquela noite, chegando em casa, revirei o baú em que eu guardava meus livros velhos, aqueles que eu tinha trazido lá da Woodford Street. E adivinha o que acabei encontrando?

. . .

Exatamente. Em perfeito estado. O mesmíssimo exemplar que Maud-Lucy tinha me dado.

. . .

É sobre uma menina órfã, nascida de uma relação escandalosa. E sobre a mãe dela, uma grande dama da sociedade londrina, que se desgraçou, mas escondeu isso de todo mundo a vida inteira.

. . .

É bem possível que sim. Tem um monte de mortes cabeludas. Numa delas um sujeito pega fogo de uma hora pra outra, assim, do nada. Mas então, onde é que eu estava?

. . .

Certo. Dessa vez o aluno em questão era o filho dos Mortons. Do último ano também. Um ruivinho adorável, já com alguma barba na cara. Mas agora não teve santo que convencesse os pais.

. . .

Porque o Sr. Finn, por mais ogro que fosse, era tão persuasivo quanto a própria Louise. Ela dizia uma coisa de lá, e rapidinho ele dizia outra de cá.

. . .

Ah, os *pais*. Eu nunca tinha visto gente assim. Ambos médicos. A mulher fazia questão de se apresentar como *Dra.* Morton. Tinha um jeito imponente de falar. Frio. Tão frio que cheguei a temer que meus cílios congelassem e caíssem duros em cima da mesa.

. . .

Eu estava fazendo minhas anotações, procurando me tornar invisível como tinha sido treinada pra fazer, quando de repente começou o maior bafafá.

. . .

Não fazia a menor diferença que o garoto jurasse de pés juntos que aquilo era tudo mentira, ou que a Louise explicasse que o Sr. Finn tinha ódio dela e estava fazendo aquela acusação só porque já havia ocorrido aquele primeiro incidente, do qual, aliás, ela fora completamente inocentada. Dois dos conselheiros da escola estavam presentes, homens muito ricos que idolatravam a Lester Academy mais do que idolatravam Deus.

. . .

Um era do ramo ferroviário. Outro era banqueiro.

. . .

Não lembro. Sr. Sapatos Engraxados e Sr. Gravata de Seda. Um deles tinha dentes enormes. O Dr. Valentine também estava lá, claro. Mais o Sr. Finn, todo pimpão; também estava o menino dos Mortons, com seus olhos muito grandes e verdes; e os seus pais, o respeitável casal de médicos. Os Mortons faziam polpudas doações pra escola, o que pesou bastante na balança.

. . .

"Sabemos o que sabemos." Isso era o que eles ficavam repetindo toda hora. Eu já nem me dava mais ao trabalho de anotar.

. . .

Olha, deve ter sido mais de uma hora. Eu já estava achando que ia morrer de exaustão.

. . .

Em dado momento, não lembro mais qual, eles propuseram o seguinte: caso Louise saísse da Lester Academy naquela tarde mesmo, seu histórico profissional permaneceria imaculado. Essa foi a palavra que eles usaram e que eu anotei: "imaculado".

. . .

Claro que não. Imagina. Uma mulher como Louise jamais aceitaria um acordo desses.

. . .

Ela... Essa é a parte que eu não gosto de...

. . .

Bem, ela me pegou pelo braço, me botou de pé e disse: "Acho que todos aqui conhecem a reputação ilibada da Srta. Vitkus. Faz três anos que ela frequenta meu seminário das segundas-feiras, sem faltar um dia sequer. Certamente pode atestar a meu favor."

. . .

Mais do que chocada. Quase tive um ataque. Caso você ainda não tenha deduzido por conta própria – e você é um menino inteligente, é claro que já deduziu –, todo mundo me via como uma peça de mobiliário na Lester. Uma cadeira bem sólida em que ninguém tinha sentado ainda.

. . .

Obrigada. Mas uma cadeira bacana continua sendo uma cadeira. Fora a Louise, ninguém sabia nada a meu respeito.

. . .

Por exemplo: no gramado principal da escola tinha um memorial com o nome de todos os soldados nascidos no Maine que tinham morrido na Segunda Guerra. Mas ninguém sabia que entre eles estava o meu filho.

. . .

Toda vez que passava por esse memorial, eu fazia minha oração para o Frankie, depois seguia adiante na minha insignificância de esquilo. Mas de uma hora pra outra, lá estava eu, na ribalta, todos os holofotes em cima de mim, Louise me exibindo como se eu fosse uma ovelha premiada. "Srta. Vitkus", disse, "a senhorita poderia persuadir essas pessoas de que eu sou uma mulher direita e o Sr. Finn é um grandessíssimo mentiroso?"

. . .

Pois é. Também notei a mesma coisa. Ridículo, não é? Eu ali naquele aperto, diante daquele pelotão de fuzilamento, daquela gente nervosa que pagava meu salário, minhas anotações esparramadas pra todo lado, e o que veio à minha cabeça foi que Louise Grady tinha se enganado pela primeira vez e usado o verbo "persuadir" no lugar de "convencer". Foi então que eu percebi. Por detrás daquela valentia toda, minha amiga estava arrasada por dentro.

. . .

Primeiro, o Sr. Sapatos Engraxados empinou o nariz e disse: "A senhorita tem alguma coisa a acrescentar?" Provavelmente ele esperava que não. Afinal de contas, o que uma cadeira poderia ter para acrescentar?

. . .

Ficaram esperando. O Dr. Valentine, o Sr. Finn, o Sr. Sapatos Engraxados e o Sr. Gravata de Seda, o Dr. e a Dra. Morton e o menino Morton. E Louise, claro. Ficaram esperando, esperando, e eu ali, muda que nem um dois de paus.

. . .

Porque eu estava pensando num dia lá do nosso seminário em que Louise tinha lido vários poemas do John Donne, um poeta inglês já morto. Eram uns poemas bem sugestivos, e ela estava sentada na mesa dela com as pernas cruzadas no ar, linda, que nem uma Lauren Bacall pedindo ao Humphrey Bogart pra acender seu cigarro.

. . .

Atores de cinema dos anos 1940.

. . .

Uma aventura na Martinica, esse foi o primeiro, eu acho. O segundo foi *Quando os destinos se cruzam*. Vi todos eles. *À beira do abismo*, claro. *Paixões em fúria*.

. . .

Acho que você vai ter que se contentar só com quatro.

. . .

Continuaram esperando. Principalmente o Dr. Valentine.

. . .

Eu não estava muito boa da cabeça. Não conseguia parar de pensar naquela imagem da Lauren Bacall.

. . .

Nada. Minha mente estava trabalhando, mas não falei nada. Nenhuma palavra para defender a minha amiga.

. . .

Ela foi embora furiosa, como você bem pode imaginar. Atravessou aquela porta e nunca mais voltou.

. . .

O que eu gostaria de ter dito? Gostaria de ter dito isto: "Escutem aqui! Este Sr. Quinn é um ogro falso e mentiroso!" Mas não consegui.

. . .

De noite ela foi me procurar em casa. Pensei que fosse soltar os cachorros pra cima de mim, mas em vez disso, entrou muda na sala e deixou uma caixa de bombons, linda, sobre a cadeira mais próxima. Falou que estava esperando uma oportunidade pra me dar este presente desde sua última visita a uma loja da qual gostava muito em Portsmouth, New Hampshire.

. . .

Depois apontou pra uma das faces.

. . .

Bem, eu a beijei. Seu rosto era bem macio. Nas nossas últimas aulas a gente vinha falando sobre a Bíblia como narrativa literária, e a história de Jesus com Judas tinha vindo à tona.

. . .

Judas é aquele que beija o rosto de Jesus.

. . .

Pra que os romanos soubessem quem eles deviam prender. Você nunca ouviu essa história? Fico arrepiada só de lembrar. Beijei Louise do mesmo modo que Judas beijou Jesus.

. . .

"Não fiz nada de errado", ela disse. "Você não viu o que aconteceu naquela sala, Srta. Vitkus? Eu estava sendo perseguida por um bando de homens medrosos e covardes, e você os ajudou a me jogar na fogueira."

. . .

Sabia que ela tinha certo pendor para o drama, mas quase morri de tristeza. Sobretudo quando ela me chamou de Srta. Vitkus. Foi aí que eu soube que tinha perdido minha amiga. Minha única amiga.

. . .

"Você preferiu ficar do lado do Dr. Valentine, sua paixonite secreta", ela disse. E foi com essas palavras que se despediu.

. . .

Chorei durante dias. Faltei uma semana inteira ao trabalho. Pondo fim ao meu histórico perfeito de assiduidade, se interessa saber. Chorei, chorei e chorei. Durante semanas. Durante anos.

. . .

Porque minha paixonite não era pelo diretor. Puxa, eu devia ter defendido minha amiga! Devia ter dito alguma coisa e não disse nada!

. . .

Porque tive medo.

. . .

Medo do Dr. Valentine. Medo de perder o apreço que ele tinha por mim. Ele era meu chefe, me respeitava, confiava em mim. Fazia com que eu me sentisse indispensável, e não havia sentimento maior ou melhor do que esse. Eu nunca tinha me sentido indispensável na vida. Era louca por aquele trabalho.

. . .

Tive culpa, *sim*.

. . .

Não era jovem, *não*. Já tinha quase 60 anos.

. . .

Isso pode ser. Eu não tinha muita prática na arte da amizade. Nesse aspecto eu era jovem, sim.

. . .

Só Maud-Lucy. E no fim descobri que ela não era uma boa amiga.

. . .

Só elas. Meu Deus... Só duas amigas em uma vida inteira.

. . .

Você tem muito tempo pela frente. Ainda vai ter muitos amigos.

. . .

Eu sei, é difícil mesmo.

. . .

Essas coisas realmente demandam tempo. Desde que a vi pela primeira vez, quis que Louise olhasse pra mim e me *enxergasse*. Nem que fosse uma única vez. Durante anos cultivei essa esperança como quem guarda uma joia preciosa num estojo de veludo. Isso, sim, é um amor não correspondido.

PARTE CINCO

Vakaras (Noite)

Capítulo 22

Por três dias Ona não viu nem sombra de Quinn. O Reliant, novamente à sua porta como um parente chato, dava a impressão de que estava lhe dizendo algo.

Nada dura para sempre.

Por causa do assalto ela havia esquecido completamente da visita a Laurentas, mas agora, pensando nele outra vez, espantava-se com o tempo que foi capaz de abraçá-lo aos 49 anos – quando ele ainda era um homem robusto, saudável e bonitão. A memória do asilo a assombrava, a mente debilitada do filho a machucava tanto quanto o golpe do ladrão em seu ombro.

Uma curiosa ternura latejava em seu ombro agora em lugar da dor. Talvez o choque da visita a Laurentas precisasse de um músculo machucado para se aninhar. Sempre que movia o braço pensava nele.

Por sorte ainda restava a história daquele recorde mundial, uma boa bengala na qual podia se apoiar nos momentos de fraqueza. Achou bom retomar a rotina de ginástica receitada pelo menino.

1. Levantar uma lata de feijão dez vezes.
2. Esticar os braços dez vezes.
3. Esticar as pernas dez vezes.

A lista não parava aí, ia bem mais longe, e ela obedecia às instruções como se o escoteiro estivesse ali na sua frente, encorajando-a com seu olhar a cada reclamação.

Ao ler o jornal, viu que mais uma supercentenária havia partido desta para melhor, 114 anos de vida agora reduzidos a poucas linhas de texto em uma seção de "Variedades". Dos adversários listados pelo menino, apenas alguns ainda estavam no páreo, e por mais que ela se condoesse quando riscava o nome de algum falecido, alegrava-se por saber que a fila andava. A nova recordista agora era uma holandesa que havia saltado de paraquedas na competição com sua papelada toda em dia, devidamente carimbada pelos gerontólogos do Guinness. Chamava-se Henny, o que soava como uma galinha serelepe. Quem mais estaria correndo por fora, juntando sua papelada na surdina para depois ultrapassá-la na reta final da imortalidade? Difícil dizer. Mas nenhum deles ainda estava dirigindo.

Belle apareceu à tardinha para uma visita. Aparentemente estava de banho tomado, apesar das roupas meio amassadas.

– Tenho pensado muito em você – disse Ona. – E então, como anda a vida de casada?

– Coitado do Ted... – falou ela, subindo para a varanda. – Desculpa, eu devia ter vindo antes.

– Ele veio aqui me trazer uma lasanha depois do assalto. Espero que você não o tenha abandonado.

– Eu sequer *me juntei* a ele. Alguém devia tê-lo impedido de se casar comigo. Ted merece coisa melhor. Você acha que eu fiz a coisa certa?

– Sei lá. A gente mal se conhece. Como é que eu vou saber o que é certo e o que é errado pra você?

– Quinn segurou a onda direitinho.

– Foi o que você pediu pra ele fazer.

– Pedi? – disse Belle, rindo. – Acho até bonitinho, esse seu jeito de defendê-lo.

Ainda parecia um tanto subnutrida, mas estava com um ar mais leve, considerando-se as circunstâncias.

– Não estou defendendo ninguém – rebateu Ona.

– Não precisa negar. Não vou ficar brava com você.

Ona se sentiu na pele de uma irmã caçula, exatamente como se sentia quando estava ao lado de Louise.

– Gostei muito do cartão que você mandou. Obrigada por não ter incluído dinheiro.

– Fiquei horrorizada com esse assalto – disse Belle. – Já se recuperou do susto?

Só então Ona atentou para a pasta que ela trazia nas mãos.

– Isto aí é pra mim? – perguntou.

– Sim. Finalmente voltei a trabalhar. Depois de três tentativas mal sucedidas. Achei que não fosse conseguir, mas... Consegui.

Uma corrente elétrica perpassou o corpo de Ona.

– Pensei que você tivesse esquecido.

– Isto aqui me ajudou muito – disse Belle, batendo na pasta. – Mais do que você possa imaginar. Foi como se eu tivesse levado meu filho para o trabalho comigo. Uma vez levei de verdade. Ele quase pirou. Engraçado, tem pessoas que *realmente* nasceram pra pesquisa – ela deu um sorriso genuíno, talvez um resquício da Belle que havia sido um dia. – Bem, aqui estão eles. Um monte de documentos.

Com o coração em polvorosa, Ona foi com Belle até a sala e esperou enquanto ela esvaziava o conteúdo da pasta na mesinha de centro, não muito diferente de uma ilusionista que prepara o terreno para sua apresentação. Eram cópias impressas de documentos arquivados em microficha, alguns em negativo (branco sobre preto), outros manuscritos, outros datilografados e copiados com papel carbono.

– Aqui estão suas pegadas! – exclamou Belle, correndo o braço sobre a papelada como se tivesse na mão uma varinha mágica. – Levei um dia inteiro pra levantar tudo isso – disse, depois juntou três dos papéis em ordem cronológica e entregou a Ona.

Os documentos. Finalmente. Ona colocou os óculos de leitura e examinou um por um.

1. Certidão de casamento. 25 de janeiro de 1920. Ona Vitkus, idade: 20 anos; Howard Stanhope, idade: 39. Data de nascimento da noiva: 20 de janeiro de 1900. Data de nascimento do noivo: 1º de fevereiro de 1880.
2. Certidão de nascimento. 21 de dezembro de 1920. Randall Wilson Stanhope, 2,2kg. Pai: Howard Stanhope, idade: 40. Mãe: Ona Vitkus Stanhope, idade: 20.
3. Certidão de nascimento. 19 de junho de 1924. Franklin Howard Stanhope, 2,8kg. Pai: Howard Stanhope, idade: 44. Mãe: Ona Vitkus Stanhope, idade: 24.

Ona levou as duas mãos à garganta. Momentaneamente havia perdido a capacidade de falar.

– Preparada para o *grand finale*? – perguntou Belle, segurando o restante dos papéis como se eles fossem as cartas de um último truque. Sorrindo como antes, e ainda com a dramaticidade de uma ilusionista, desdobrou uma grande tabela que se espichava sobre três folhas coladas com fita adesiva.

– Isto aqui é o censo de 1910 para a cidade de Kimball, Maine.

Na tabela, dezenas de sobrenomes estrangeiros contavam a história de uma cidade repleta de imigrantes: Fitzmaurice, Kaubris, Murphy, Roche, Vaillancourt, Sinclair, Flynn. Ona não demorou para localizar os nomes de seus vizinhos, anotados na mais perfeita caligrafia. Primeiro vinham os Donatos, os inquilinos do segundo andar do prédio construído por seus pais. Eram dois italianos baixotes com covinhas nas bochechas e um cachorro muito alto. Abaixo deles vinha Maud-Lucy Stokes, a rainha do terceiro andar. Apesar dos anos, Ona ainda se lembrava da figura do recenseador: um rapaz muito branco com um enorme topete vermelho e um terno cor de chocolate. Ficara igual um galo de crista quando fez uma desajeitada mesura para cumprimentar Maud-Lucy, que tinha descido para ajudar como intérprete.

Mais abaixo vinha: Burns, Masalsky, Doherty, Carrier. Voltando para onde estava, Ona localizou os pais logo acima dos Donatos.

Vitkus, Jurgis.

Vitkus, Aldona.

– *Sha, sha, sha* – sussurrou.

Podia ver à sua frente o robusto prédio de três andares, construído com a venda das joias que Aldona conseguira tirar da sua Lituânia natal, costurando-as na bainha da anágua, e com os dólares que ambos haviam poupado de seu salário como operários de fábrica. "Construir casa boa, Ona! Ona, meu amor, o que você acha?" "Acho supimpa, papai", ela havia respondido aos 6 anos, e os dois haviam gargalhado porque não tinham entendido nada, não falavam a língua tão bem quanto ela, mas isso não tinha a menor importância. Eram eles que apareciam à sua frente agora, o pai e a mãe rindo de mãos dadas, iluminados, deixando à mostra os dentes muito grandes e quadrados.

Um momento arquivado na memória por quase cem anos: naquela ensolarada manhã de verão, pela primeira vez ela havia percebido os velhos como dois estrangeiros, muito embora eles já estivessem embarcando naquela grande aventura essencialmente americana: o mercado imobiliário. Se havia um brinde em lituano para celebrar um passo tão importante, isso ela não saberia dizer. Somente quando Randall aprendeu a falar foi que Ona deu o devido valor ao sacrifício que os pais haviam feito para que ela assimilasse o mais rápido possível a cultura e a língua de seu novo país. Amavam a filha a ponto de abrir mão da comunicação com ela, um preço tão alto que até hoje ela tinha dificuldade para entender como eles haviam conseguido pagar.

– Meu Deus... – murmurou ela, finalmente localizando o próprio nome. – Aqui estou eu.

Belle puxou o papel para mais perto da borda da mesa, depois o leu por sobre os ombros de Ona:

– "Local de nascimento: Vilna, Lituânia. Idade: 10." Aqui está sua prova. Você tinha dez anos em 1910. Devia ter pedido minha ajuda logo no início.

– Que nada – disse Ona, virando-se. – A gente se divertiu muito caçando meus documentos.

Em seguida, correu os olhos pelas demais categorias, dezenove cabeçalhos perfilados no topo das folhas coladas: Local de nascimento; Idade; Estado civil; Posição no núcleo familiar; Proprietário ou locatário... Todas as casas se preenchiam com a letrinha miúda e inclinada do jovem recenseador, decerto um discípulo do Método Palmer de caligrafia, mas para Ona, algumas eram ilegíveis sem a ajuda de sua lupa.

– Onde exatamente está a minha idade?

– Aqui, olha – apontou Belle. – E aqui estão os dados de seu pai: "Idade: 49. Função: cozinheiro de polpa. Setor: fábrica de papel."

– Meus pais já eram velhos quando eu nasci – disse Ona. – Provavelmente cheguei de surpresa.

– "Aldona Vitkus" – prosseguiu Belle. – "Idade: 45; Função: seletora de panos; Setor: fábrica de bolsas."

Ona procurou digerir as palavras, recebendo-as como se elas tivessem alma, seguindo atentamente o dedo que Belle escorregava sobre a planilha.

– Ona, você tinha um irmão?

– Não. Era filha única.

– Está vendo isto aqui?

Não, Ona não via nada. Belle hesitou um instante.

– Está escrito aqui: "Número de filhos vivos: 1. Número de filhos nascidos: 2" Mas não especifica o sexo.

– Nunca tive irmão ou irmã – insistiu.

Brolis. A palavra lhe havia ocorrido naquele dia chuvoso em que o escoteiro surgira à sua porta, um dos muitos pingos gordos que caíam do alto. *Brolis*, a primeira palavra entre as poucas que dali em diante despertariam de seu repouso de cem anos. Mas agora foi seu irmão de verdade que ela viu num rápido lampejo de memória, um garoto comprido e magricela empoleirado numa cerejeira em flor, cara de levado, bochechas rosadas, meias rasgadas deixando à mostra pedaços dos joelhos. Outro lampejo: as mesmas bochechas rosadas, mas um tipo de uniforme – não, esse já era o menino.

Vakaras. Outra palavra caída do alto, mais pesada que as outras. Como era possível que se lembrasse cem anos depois? Mas lá estava, o nome de sua cidade natal. Ela não havia nascido em Vilna. Vilna era apenas uma mentira contada às autoridades para proteger o restante da família que havia ficado para trás. *Vakaras.* Ona Vitkus havia nascido num lugar chamado "Noite".

Ela se levantou. Estava faminta. De uma hora para outra queria comer algo repolhoso, cremoso, adocicado. *Kopūstas, grietinė, bulvė.* Meio zonza, levou as mãos à cabeça como se receasse perdê-la.

– Ona? – chamou Belle, preocupada.

– Vou buscar minha lupa – disse ela, e saiu para a cozinha, os ouvidos latejando ruidosamente com a pressa do sangue.

Encontrou a lupa sobre uma pilha de jornais velhos, pegou-a, e a palavra "jornal" caiu no chão. Depois, uma atrás da outra, caíram também: "ler", "livro", "palavra". Ela precisou se apoiar na porta do forno para recuperar o equilíbrio. Bastou tocar na alça do aparelho para que lembrasse ainda: "cozinhar", "ferver", "assar". Foi como se uma tempestade de raios tivesse eclodido de repente na sua cozinha.

Voltando para a sala, foi atacada por mais uma saraivada de palavras até então esquecidas: "cadeira", "tapete", "janela". Cada passo parecia desencadear no seu cérebro uma revigorante descarga elétrica, e ela ia pronunciando as palavras em voz alta com o *pushka-pushka-pushka* de uma pronúncia perfeita. No peito, uma dor preocupante se misturava à emoção daquele inesperado reencontro com sua língua natal.

– Você está bem? – perguntou Belle.

– Cadê? – disse Ona, correndo a lupa sobre a planilha. Seus dedos formigavam.

– Aqui – apontou Belle com a unha roída do indicador. – Bem aqui, está vendo?

Lá estava ele, um irmão do qual ela não sabia nem o nome, perdido para sempre.

"Número de filhos vivos: 1. Número de filhos nascidos: 2."

Ona viu uma porta molhada, uma bicama molhada, um xale rendado caindo de cima, molhado também, alto demais para que seus bracinhos de menina conseguissem alcançar. Viu um convés de navio solapado pelo vento e sua mãe chorando. Viu seu próprio Frankie devolvendo soldados mortos para o mar, como se estivesse ao seu lado. Viu novamente o menino de bochechas rosadas, o da cerejeira, mas agora pálido e inerte, embrulhado no xale da mãe. Viu as pedras que o pai ia beijando antes de colocá-las sob as dobras da mortalha. Ouviu: "Não chora, não chora, não chora..." Ouviu: "Meu filhinho, meu filhinho..." Ouviu: "Meu irmão..." Viu o emaranhado de braços que se desfez quando o menino morto caiu no mar e afundou sob o peso das pedras. Ouviu o mar inalando ao recebê-lo.

Brolis, brolis, brolis.

"Ona?", alguém chamou entre os grunhidos difusos e distantes de uma passarada. Em sua mente, pelo contrário, reinava uma paz cristalina. Ela agora flutuava casa afora, tocando tudo à sua frente, capturando palavras novas a cada objeto tocado, pronunciando essas palavras no seu lituano natal. "Porta." "Parede." "Corrimão."

"Ona?" Pássaros ao longe. Uma cortina de guinchos. "Ona?"

De repente ela foi tomada por uma espécie de aflição, uma pressa para recolher todas aquelas pérolas antes que a mágica acabasse. Ao mesmo tempo, entregou-se a uma crescente sensação de desacanso, de segurança, de um retorno ao seu lar. Fora de sua bolha de lucidez vigorava um caos de ruídos abafados, o pânico crescente de alguém que falava ao telefone, mas nada disso a afetava, as palavras continuavam se multiplicando à sua volta, substantivos inicialmente nadando soltos, depois buscando a companhia de algum adjetivo, depois se atrevendo em frases completas, coelhos que iam saindo alegremente de uma cartola sem fundo. "Meu irmão, meu irmãozinho querido com seus joelhos ralados de subir em árvores, onde foi parar o seu nome? O que aconteceu com ele?" Receando quebrar esse encanto (que mais seria isso senão um encanto?), seguiu pronunciando as palavras, uma atrás da outra, cada sílaba desembrulhando um presente.

De volta à cozinha, novamente precisou se apoiar, mas dessa vez a mão recaiu sobre a mesa, mais exatamente sobre o envelope com os formulários do Guinness. *Que tipo de recorde você pretende estabelecer ou quebrar? / Onde, quando e como pretende fazê-lo? / Como pretende documentar sua façanha?* Em sua mente, um clarão repentino permitiu que enxergasse não só a vida que realmente tinha vivido como também a outra que poderia ter sido, uma vida na qual ela falava com o mesmo *pushka-pushka-pushka* dos pais. Enquanto se deixava levar por essa deliciosa duplicidade, outra voz perfurou sua consciência, uma voz masculina, suave e tranquila. Era o escoteiro-chefe que se materializara a seu lado, o rosto reduzido a um simpático borrão. "Ona, minha querida...", ele dizia, tomando-a pela mão. Uma voz feminina novamente gritava ao telefone, mas nenhuma palavra lhe ocorria para "telefone", tampouco para "micro-ondas", "rádio" ou "liquidificador". Nenhuma palavra para "eletricidade". Nenhuma para "geladeira". Mas outras iam aparecendo no lugar: "gelo", "ovos", "queijo", "leite", "leiteiro". E mais: "Cabra", "frango", "cachorro", "gato", "rato", "inseto". E *irmão*, meu irmão. Vamos voltar, mamãe, por favor. *Quero voltar pra casa, quero voltar pra casa.* Essa mesma frase foi se repetindo incessantemente na sua cabeça enquanto alguém a conduzia ou arrastava ou carregava para a cama. Faltava pouco para que ela sucumbisse inteiramente ao cansaço do dia e se deixasse afogar naquele oceano de palavras novas. Antes disso, no entanto, ela balbuciou em inglês, sonhadora e resignada:

– Onde é minha casa? Onde é minha casa? Onde é minha casa?

★ ★ ★

Esta é a Srta. Ona Vitkus. Estas são memórias e fragmentos da sua vida. Esta é a Parte Dez.

...

Hah! Acho que não vai ter nenhum *grand finale*.

...

Voltei a ver Louise.

...

Sim! Muitos anos depois.

...

Nesta mesma rua, acredita? Dois dias depois da minha mudança. Randall tinha comprado uma casa nova em Cumberland – a esposa da época detestava esta aqui – então ele me trouxe pra cá.

...

Eu adoro esta casa! Quero ver alguém tentar me tirar dela! Pois bem. Eu estava cuidando da minha própria vida, podando minhas roseiras, quando tive uma sensação esquisitíssima. Levantei o rosto pra ver o que podia ser e lá estava ela, Louise Grady, três casas mais abaixo na rua, já subindo a escada pra entrar naquela casa branca. Está vendo aquela casa?

...

Na época era branca. Louise estava usando uma saia branca também, uma saia bem esvoaçante, parecia um fantasma que tinha acabado de sair pra assombrar a vizinhança. Vinte anos já tinham se passado desde aquele dia em que ela me pediu o beijo de Judas.

...

Ah, você nem imagina! Ela estava com 73 anos, mas ainda não tinha perdido nem um pouco aquele balanço das ancas. Estava cheia de sacos de mercearia entre os braços, dava até pra ouvir o barulhinho do papel quando ela caminhava. Era como se não houvesse mais nenhum outro barulho no mundo.

...

Acenei pra ela com meu podão e gritei que nem um peixeiro em dia de feira.

. . .

Assim: "Louise! Louise Grady!" Estava morrendo de medo que ela evaporasse no ar. Você já viu *A incrível jornada?*

. . .

Lembra daquela cena em que o cachorro finalmente...?

. . .

Pois é. Foi igualzinho. Ela deixou os sacos no chão, depois atravessou a rua e veio correndo na minha direção: *zuuuum!* Que nem o cachorro do filme, quando ele finalmente encontra o caminho de volta pra casa depois de atravessar meio país.

. . .

Pois é, eu sei. Nosso último encontro não tinha sido lá dos mais felizes. Mas Louise tinha essa capacidade de mudar a realidade do mesmo jeito que mudava um móvel de lugar. Lá estava ela, bem no meu quintal, feliz da vida por me ver, falando que estava morrendo de saudades e coisa e tal.

. . .

Era como se ela nem lembrasse do meu beijo de Judas. Como se tivesse feito tudo aquilo desaparecer num toque de mágica: *puf!* Quando penso naquelas lágrimas todas que derramei...

. . .

Sei lá. Nunca conversamos sobre isso. Mas imagino que, com o tempo, ela tenha ficado mais parecida comigo.

. . .

Uma mulher solitária. Além disso, estava com problemas sérios de saúde. Precisava de uma aliada, eu acho.

. . .

Pensa bem. Ela me escolheu duas vezes. Senti tantas saudades depois que ela se foi...

. . .

Pra esse lugar que todo mundo vai. Pra junto do Todo-Poderoso.

. . .

Ela morreu, é isso que estou querendo dizer. Senti muitas saudades depois que ela *morreu*.

. . .

Bem, vejamos. A gente ia muito ao cinema, às vezes com outras senhoras. Louise adorava o Robert Redford, especialmente nos filmes em que ele aparecia sem camisa. Tinha vezes que a gente ficava até tarde da noite reinventando o final das histórias. Louise pegava uma vassoura, uma panela, uma luva de cozinha e pronto. Interpretava igualzinho nas suas aulas sobre Shakespeare.

. . .

Era ótima, excelente. Aliás, durante todos aqueles anos que passei na Lester, Louise foi a única pessoa que achou que eu era uma pessoa educável. Ah, e os passarinhos!

. . .

Teve uma vez que fomos de carro pro Texas, só pra ver a chegada dos pássaros migratórios na primavera. Paguei todas as despesas, mas foi Louise que dirigiu o tempo todo. Chegando lá, contratamos um guia, um sujeito muito bem-apessoado que mostrou pra gente uma infinidade de pássaros. No último dia... Meus Deus, faz séculos que não penso nisso.

. . .

O guia parou o carro na beira de uma estradinha de terra. Louise estava sentada na frente, já irritada porque o bonitão vinha tratando a gente como se fôssemos duas velhotas. "Mas nós *somos* duas velhotas, Lou", eu disse, e ela respondeu: "Fale por você mesma, Ona. Ele ainda vai acabar arrastando uma asa pro meu lado, você vai ver."

. . .

Ela *odiava* envelhecer. Naquela época ela já estava doente, mas ainda não sabíamos. Arrastava a perna, estalava o joelho, gemia pra levantar, completamente sem charme, e mesmo assim esperava que todo mundo a tratasse como uma reencarnação da Cleópatra.

. . .

Bem, o guia nos ajudou a descer do carro, mas ainda não sabíamos por que ele tinha parado ali. Não tinha nada pra ver naquele fim de mundo!

. . .

Uma cerca de arame, e do outro lado dela, só pasto. A mesma paisagem que tem pra todo lado no Texas, embora fosse possível avistar o Golfo do México a uns duzentos metros de distância, do outro lado de umas casinhas decrépitas, implorando pra serem levadas pela água. Nosso guia sussurrou alguma coisa, mas Louise já não estava ouvindo muito bem, não entendeu o que ele disse.

...

"Tempestade." Achei que fosse algum tipo de ritual religioso, porque no Texas a gente nunca sabe. Mas quando olhamos pra cima... Ficamos boquiabertas. Era uma tempestade, sim.

...

Quando voltam da sua rota de migração, completamente exauridos, morrendo de fome e de sede, eles literalmente caem do céu como se fossem os pingos de uma grande tempestade. São poucas as pessoas que têm a oportunidade de ver esse espetáculo, mas a gente viu, ali no meio daquele nada.

...

Eram beija-flores! Beija-flores por toda parte! Uns descansando na cerca, outros no capim, outros na terra da estrada. Teve um que pousou na aba do boné do guia e ali ficou, parecendo uma joia. O guia ficou paradinho, quase sem respirar, e os pássaros não paravam de chegar, sobreviventes do perigo do golfo e contentes por avistarem terra firme pela primeira vez depois de mais de oitocentos quilômetros de viagem. Das centenas de flores no pasto, não havia nenhuma sem um passarinho pendurado, matando sua sede de néctar.

...

Eram coisas assim que Louise trazia pra minha vida.

...

Nem sei dizer quantas horas ficamos vendo aquilo. Era como se estivéssemos assistindo à criação do mundo.

...

Não era nenhum milagre. Apenas a natureza fazendo seu trabalho. O milagre era que eu não estivesse em casa vendo televisão. Porque era exatamente isso que eu estaria fazendo se o Todo-Poderoso não tivesse colocado Louise Grady em uma casa na Sibley Street em Portland, Maine, uns bons vinte anos depois de eu pensar que nossa amizade estava completamente perdida.

...

Depois sumiram. Como sempre fazem os beija-flores. Uma hora estão ali, depois somem num piscar de olhos. Imagina só: mil beija-flores de papo vermelho despencando do céu azul bem em cima da gente, de duas senhorinhas que mal podiam acreditar no que estavam vendo.

. . .

Foi a Louise que contou. Pegou minha mão e foi apertando cada vez que via um beija-flor despencando. Minha mão ficou doendo por muitos dias depois disso.

. . .

Até que gostei, sabia? Aqueles beija-flores pareciam uma coisa sonhada e a dor serviu pra me lembrar que eu realmente tinha visto tudo aquilo.

. . .

Dois anos depois.

. . .

Câncer nos ossos. Veio morar comigo depois que uma corretora imobiliária fez um péssimo negócio com a casa dela.

. . .

Sim, cuidei. Até o fim. Bem aqui nesta casa. E quer saber o que é curioso?

. . .

Precisei ser firme para lidar com os médicos, com o pessoal do seguro de saúde, com todos os burocratas que volta e meia apareciam pra colocar alguma dificuldade, alguns bem mais cruéis do que o Sr. Sapatos Engraxados.

. . .

Eu fincava o pé! Um dia percebi que tinha incorporado a personalidade da Louise para poder tomar conta dela. Era eu quem dizia: "Não, *você* vai me escutar!", ou "Isto é *inaceitável*!" Tinha passado uma vida inteira buscando coragem pra impor minha vontade, e agora, finalmente, era isso o que eu estava fazendo.

. . .

Exatamente como uma coruja arrepiada!

. . .

Num mês de janeiro, pouco antes do meu aniversário de 87 anos. Um belo dia de nevasca, eu me lembro bem. O dia perfeito pra partir, se você já estiver pronto.

. . .

Com certeza não. Louise se agarrou à vida até o último segundo. Com unhas e dentes.

. . .

Dei morfina pra ela.

. . .

É horrível, controlar o conforto de outro ser humano. Mas ela se acalmou rapidinho. Sentei na cama e fiquei ali do lado dela, vendo as mímicas que ela começou a fazer sob o efeito da morfina.

. . .

Teve uma hora, por exemplo, em que ela fez o gesto de servir uma taça de vinho e bebê-la. Tão graciosa e precisa que eu quase senti o gosto da bebida.

. . .

É, foi triste sim, eu acho. Por outro lado serviu pra me fazer lembrar da pessoa exuberante que ela tinha sido um dia. Uma pessoa bem diferente daquele esqueleto recostado nos travesseiros, bebericando um Chardonnay imaginário. Seus olhos brilhavam. Não só por causa da morfina, mas também, eu espero, por causa da vida plena que ela tinha vivido, uma vida cheia de luz. Senti orgulho por ter sido a pessoa escolhida para cuidar dela.

. . .

Não falou nada. Fui eu que falei.

. . .

Falei assim: "Lou, o que você acha que aconteceu com aquele menino Hawkins?"

. . .

Escapuliu da minha boca. Nem sei por quê. Acho que eu estava com a Lester Academy na cabeça por causa da neve. Depois de tantas tardes de inverno naquela mesa de secretária...

. . .

Nada. Continuou passeando os olhos pelo quarto, preparando-se pra ir embora, eu acho. Guardando na memória os últimos momentos da sua vida. O que me deixou profundamente emocionada. Saber que ela estava memorizando um quarto da minha casa, o quarto onde cuidei dela por tanto tempo, onde dei a ela todo o meu amor.

. . .

Falei. Bem baixinho.

. . .

"Eu te amo, Lou." Assim.

. . .

De repente seus olhos clarearam, firmes e decididos como nunca.

...

Ela disse: “Srta. Vitkus, aquele menino era delicioso.”

...

Não sei direito. Talvez não significasse nada. Talvez fosse só a morfina falando.

...

Fiquei pensando no garoto que tinha espalhado o boato. O bolsista que foi expulso pela mentira. Nem me lembrava mais do nome dele.

...

Ela foi embora naquela mesma noite. Do jeito dela, me abandonando sozinha com meus dez fardos de tristeza. Durante anos sofri horrores por causa do beijo de Judas, como você já sabe.

...

Porque eu pensava ter traído uma pessoa que tinha me dado um monte de coisas boas. Durante *anos* remoí essa dor. Era até difícil fazer amigos por conta daquilo. Mas na realidade, quem era a traidora?

...

Jamais vamos saber. Eu já estava com 87 anos, mas só fui sentir o peso da idade depois que Louise morreu. Ela iluminava minha vida, essa é a verdade. Com o tempo, esqueci o resto e passei a lembrar só disso.

...

O perdão realmente é uma coisa extraordinária. Com o tempo, Louise voltou a ser minha amiga de sempre, a dos mil beija-flores.

...

Você?

...

Você será o menino adorável que contou as minhas histórias.

Capítulo 23

Cada detalhe invejável da mansão dos Mills compunha uma câmara no cérebro de Quinn que estocava desejos irreparáveis. Ele precisou de uns momentos, refletindo sob a luz do sol na entrada dos carros, para absorver aquela dor complicada.

Sylvie abriu a porta de casa.

– Enfim você chegou. – disse ela, e espichou os olhos para a direita e para a esquerda, procurando algum carro sobre o cascalho rosado do caminho circular que cortava seu jardim. Irritava-se quando paravam no lugar errado.

– Peguei uma carona – falou Quinn – Sua casa fica a uns cinco quilômetros do último ponto de ônibus.

Sylvie não entendeu muito bem, como se tivesse ouvido algo numa língua estrangeira.

– Entra. Os meninos estão ensaiando lá atrás.

Ela atravessou a sala com Quinn e chocalhou as pulseiras de ouro quando abriu a porta dupla que dava acesso aos fundos da casa, um jardim exuberante com um anexo: o estúdio.

– O clima anda tenso por aqui, como você pode imaginar. Honestamente, ando cuspindo marimbondos de tão brava que estou com esses garotos.

Com um sorriso enigmático, emendou:

– Ontem à noite tive uma conversa com eles e, por milagre, chegamos a um acordo. – Ela empurrou a porta silenciosa do estúdio. – Você já deve estar imaginando o que é.

Quinn respirou aliviado. Passara o dia inteiro fazendo conjeturas, ora para o bem, ora para o mal, mas agora não havia mais dúvida. Seguiu Sylvie até o estúdio, perfeitamente projetado e ainda emanando um cheiro de plástico. Os equipamentos maiores se empilhavam num canto de maneira inteligente e os menores se acondicionavam em nichos abertos, especialmente desenhados para esse fim. Quilômetros de cabos penduravam-se de ganchos codificados com cores diferentes. Diante de tudo isso, ele viu passar à sua frente todo o seu histórico com equipamentos (começando com o amplificador Marvel que ganhara de presente da mãe), exatamente como nos flashes cinematográficos das pessoas que escapavam na hora certa da mandíbula da morte.

Sylvie se encaminhou para o espaço que servia de palco, vazio exceto por algumas cadeiras organizadas próximas umas das outras, e uma guitarra Telecaster caramelo descansando em seu suporte. Os garotos estavam ao piano, de costas para ele, trocando ideias ao redor de uma partitura.

– Prestem atenção, por favor – disse Sylvie.

– Opa, é o tio! – disse Brandon, virando-se.

– E aí, tio! – falou um dos Jotas. – Escuta isso.

Ignorando os protestos de Sylvie, ávidos para mostrar o que vinham fazendo, os garotos arrebanharam Quinn para o piano. Escuta isso, tio; você vai adorar isso, tio; você acha que dá para gravar, tio? Logo depois já soltavam a voz num quarteto perfeitamente harmônico, Brandon e os Jotas cantando de olhos fechados, balançando os ombros e estalando os dedos ao compasso da música, fazendo vibrar o pomo-de-adão com a afinação perfeita. Tyler os acompanhava ao teclado, debruçando-se nele feito um monge em oração.

Quinn não demorou para identificar o que estava ouvindo: uma composição de Howard Stanhope, o ex-marido de Ona, uma das muitas que, sem nenhum sucesso, ele havia tentado publicar. Esta, no entanto, sobrevivera ao poder corrosivo das décadas para aterrissar nas harmonias de uma banda evangélica e ganhar com elas uma roupagem inteiramente nova, boa de se ouvir e bem mais condizente com o conteúdo da letra: as súplicas de um miserável pela clemência do Senhor.

– Uau – disse Quinn, sinceramente impressionado. – Vocês viraram arranjadores de primeira linha. Quando foi que isso aconteceu?

Os rapazes riram, felizes com a aprovação, e Sylvie arrancou a partitura do piano.

– Quem compôs? – perguntou.

– O marido de uma amiga – respondeu Quinn.

Ona havia dito que Howard era um péssimo compositor, mas estava enganada. Se tivesse vivido mais algumas décadas, o que nem era tanto assim, talvez fosse ele que estivesse ali agora, inchado de orgulho, falando pelos cotovelos enquanto agradecia aos garotos pela beleza do arranjo.

– Está escrito aqui que é uma obra de 1919.

– Minha amiga tem 104 anos. O marido morreu há décadas.

– O tio achou que a gente ia gostar.

– Já está velha o bastante para ser domínio público – especulou Sylvie, sempre a mulher de negócios. Mas vamos pagar alguma coisa, claro – completou, olhando para Quinn.

– A gente pode até dizer que está contribuindo pra conservação do patrimônio musical – disse um dos Jotas. – Igual o Paul Simon fez quando trouxe aquelas músicas da África.

– Você tem uma amiga de 104 anos? – perguntou Sylvie.

– Tenho.

– Sério?

– Sério.

– Quinn virou-se para os garotos, radiante – ele estava mesmo radiante – e disse:

– Acho que o Sr. Stanhope esperou esses anos todos só por vocês.

– Ah, claro, são todos uns gênios da música. – sentenciou Sylvie. – Será que podemos começar a falar de negócios? – Apesar de ser pequena, ela dava a impressão que podia derrubar qualquer armário que visse pelo caminho.

– Sou todo ouvidos – disse Quinn, já sentindo na língua o gostinho metálico da adrenalina.

Os garotos também se aquietaram para ouvir.

– O negócio é o seguinte – explicou Sylvie. – Estamos prestes a embarcar em uma turnê com os meninos. O problema é que já estou cansada de bancar a gerente sozinha.

Seus filhos e sobrinhos bufaram simultaneamente. Estavam cansados de ouvir a mesma história. Ajustando as pulseiras, Sylvie prosseguiu:

– Sobretudo depois de constatar que meus preciosos conselhos não valem de nada. Nem um tostão furado. Inclusive nas decisões mais importantes da carreira de vocês.

– Poxa, tia Sylvie, a gente fechou um bom contrato, né? – disse um dos Jotas.

– Calado! – retrucou ela, ameaçando o sobrinho com a unha afiada do indicador, tão vermelha quanto sangue. O garoto encolheu o pescoço feito uma tartaruga.

– Vocês fecharam um bom contrato depois de terem recusado uma proposta *excelente*, que levei semanas pra costurar.

– A mamãe ainda acha que a nossa fé é uma fase – disse Brandon.

Sylvie crivou-o com um olhar capaz de entortar colheres.

– O primo de vocês também jurava que não era uma fase. E deu no quê? De uma hora pra outra virou ateu.

Brandon plantou sobre a mãe um olhar carregado de perdão e afeto, ao qual Sylvie respondeu com um demorado suspiro, confessando o amor que tinha pelo filho. Ela e os garotos falavam línguas diferentes, mas ainda continuavam escrevendo juntos o seu futuro. Nem o inferno, nem o dilúvio, nem as sete pragas do Egito poderiam separá-los.

– O que exatamente a Warner ofereceu? – perguntou Quinn.

– Nada que a gente quisesse – respondeu Tyler.

– Ofereceram *a lua* e mais um pouco – corrigiu Sylvie.

– Agora já foi, mãe – disse Brandon. – Bola pra frente.

– Tem razão, filho. Sábio como sempre. Vocês todos, sempre muito sábios – disse Sylvie, depois se virou para Quinn. – Tenho um monte de coisas pra fazer: montar a agenda deles, fechar os contratos de show... Milhares de coisas que não quero fazer sozinha. – Apertou o braço dele, dizendo: – Preciso de alguém em quem possa confiar.

– Claro – disse Quinn.

– Em tempo integral. E nos horários mais malucos, como você bem sabe. Mas é uma oportunidade que estou te oferecendo, Quinn. Pode parecer papo de mãe-coruja, mas esses pirralhos ainda vão longe na vida.

Uma luz desceu repentinamente sobre os sentidos de Quinn, trazendo uma percepção aguçada das coisas a seu redor: os equipamentos novinhos em folha, a acústica perfeita do estúdio, a sala de controle, a sala de ensaio, o piano quarto-de-cauda... De certa maneira, tudo isso passaria a ser dele também. Inclusive o espaço de performance, com suas cinco cadeiras sem braço.

Opa. As cadeiras. Havia algo de errado com elas.

– Podemos negociar seu salário – dizia Sylvie. – Sou um cordeirinho nessas horas, você vai ver. Mas por enquanto só preciso saber de uma coisa: se podemos contar com você.

Quando Quinn finalmente identificava o que havia de errado nas cadeiras, Sylvie ergueu sua prancheta e perguntou:

– Que título você quer? Manager? Co-Manager? Supervisor de Operações? Rei da Estrada?

– Espera aí – disse ele, um pouco mais alto que o pretendido.

Caminhou até as cadeiras, sentou-se em uma delas e só então percebeu que estavam dispostas de um jeito deliberado: quatro se enfileiravam lateralmente enquanto a outra, mais afastada, ladeava a guitarra e seu suporte. A Telecaster estava plugada num amplificador de ensaio.

– Esperar pelo quê? – disse Sylvie. – Isto é uma *promoção*. Estou convidando você pro andar de cima.

Os garotos estavam se preparando para uma rodada de testes, concluiu Quinn. Audições para um guitarrista permanente. Algum irmão de fé com a alma devidamente limpa e, mais importante ainda, um rostinho jovem e ensolarado o bastante para não arruinar a capa dos discos que estavam por vir. *Claro* que eles estavam procurando por um novo guitarrista. Óbvio.

– Posso chamar você de Comandante, se preferir – disse Sylvie, agora quase suplicando.

Mas ele era um guitarrista. Queria tocar. Sua cabeça começou a latejar, e de repente lhe ocorreu uma imagem: Dawna, sua supervisora, já querendo envelhecer, os braços murchos e pintados de manchas senis, pelancas no lugar dos músculos duramente conquistados na academia. O mais provável era que dali a décadas ela ainda estivesse fazendo a mesma coisa no mesmo trabalho, alimentando as mesmas máquinas, etiquetando catálogos para uma marca ainda inexistente de sapatinhos infantis. Ele era o equivalente guitarrista de Dawna: guerreiro; competente; substituível.

– Preciso de você, Quinn – dizia Sylvie. – *Eles* precisam de você. Você tem uma influência estabilizadora.

Por mais incrível que pudesse parecer, era a mais pura verdade. Lá estavam eles, os quatro garotos, esperando pela sua resposta. Contando, não com os seus talentos de guitarrista, mas com seus talentos paternos.

– Quinn! *Helloooo!* Estamos esperando por um "sim".

Ah, se Belle estivesse ali para ouvir. Depois de tanto tempo ele finalmente estava em condições de satisfazer o desejo cruel e muitas vezes repetido do sogro, pai dela. Finalmente poderia ter "um emprego seguro". Por um breve instante ele cogitou usar a composição de Howard Stanhope como isca. Propor uma troca, um escambo. Mas não queria ser o homem da canção de Howard, o miserável que tanto havia contrariado o Senhor mas ainda se achava no direito de fazer um último pedido. Queria ser o oposto desse homem. Queria ser Ted Ledbetter.

– Você é nossa única opção, Quinn – disse Sylvie. – Não queremos ninguém de fora da família.

– Não sou parente, Sylvie.

– É como se fosse – devolveu ela, imediatamente amparada pelos quatro garotos.

Garotos não, homens: quatro marmanjos crescidos, seguros do que queriam. Bem diferentes daqueles moleques que um dia ele precisara aconselhar a tirar a camisa de dentro das calças. Enquanto ele, Quinn, vinha pulando de show em show para pagar as contas no fim do mês, eles miraram no seu objetivo. Quatro tartarugas para sua lebre atrasada. Deu-se conta, como se alguém sussurrasse em seu ouvido, que admirava os caras.

– O problema sou eu, não é? – perguntou Sylvie. – Sei que às vezes posso ser uma megera. Por isso você não quer trabalhar comigo.

– Pra falar a verdade, Sylvie, gosto de você – disse Quinn. E gostava mesmo do jeito como ela levantava todas as manhãs certa de conseguir o que bem quisesse.

– O emprego vem com um seguro-saúde. Posso incluir sua mulher e seus filhos.

– Não tenho mulher nem filhos.

– Ah – disse ela, piscando os olhos. – Pensei que tivesse.

Quinn se levantou da cadeira e procurou em vão por uma aspirina nos bolsos da calça. Sua primeira tarefa como comandante da Resurrection Lane seria contratar um novo guitarrista. Fazia tempo que ele não conseguia antever o que quer que fosse na sua vida, mas agora estava claro o que esperava por ele num futuro mais imediato: ficar observando das coxias enquanto outros tocavam no palco. Um futuro de ensaios, gravações e turnês. Sugerindo isto ou aquilo, arquitetando planos, montando agendas, ganhando rios de dinheiro. Fazendo tudo, menos música.

– Vai, Quinn, diz que sim. Acaba com essa tortura.

– Sim.

A comemoração foi imediata, com vivas e aplausos. Tyler, Brandon e os Jays fizeram high-fives e Sylvie pulou, gritando feito uma menininha. Uma rodada descontrolada de abraços, apertos de mãos e tapinhas nas costas se seguiu, junto com a sensação de ter-se escancarado uma porta. Quinn se sentiu – não havia outra palavra para isso – amado.

Uma hora depois ele já estava dentro da van de uma lavanderia, pegando uma carona para o centro da cidade. A canção de Howard não lhe saía da cabeça. Impossível não assobiar a deliciosa melodia, não se animar com ela. "Howard", ele pensou, "vou quebrar o teu galho: vou encher tua bola com a patroa." Descendo na esquina da Sibley, seguiu na direção da casa de Ona. Estava determinado a dizer à amiga que, décadas após o fim da sua miserável vida, Howard Stanhope havia renascido das cinzas para presentear o mundo com uma pérola musical.

Ainda assobiava a melodia da canção, ajustando os passos ao seu ritmo, quando de repente se deu conta de uma coisa: na letra, o protagonista arrependido repetia a expressão "garota luminosa". Podia vê-la, seu charme, suas sardas, seu cabelo castanho. Só poderia ser uma pessoa. "Howard, meu camarada, vou quebrar o teu galho", pensou novamente.

Na entrada da casa, avistou uma van que conhecia muito bem. Sentiu-se subitamente enciumado. Enquanto tentava decifrar o significado daquilo, como um namoradinho possessivo, reparou o modo como o carro estava estacionado, como se abandonado às pressas. Uma displicência nada condizente com o sistemático Ted Ledbetter. O carro de Belle também estava na rua. Na varanda da casa, um grupinho de vizinhos conversava em voz baixa.

Imediatamente ele disparou na direção da casa e atravessou a porta, gritando por Ona.

Capítulo 24

Ona se achava no quarto, embrulhada nos lençóis como um fantasma.

– Meu Deus – disse Quinn, arrasado. – Ona...

– Shhh – falou Belle. Esticou o braço para impedir a passagem dele, mas Ted deu um passo para o lado, abrindo caminho.

– O que aconteceu? O que aconteceu?

– Ela está bem, Quinn – disse Ted. – Os paramédicos acabaram de sair.

Quinn se aproximou da cama e inclinou o tronco para sussurrar:

– Ei, Ona, sou eu...

Ela estava com os olhos fechados. Nada se mexia no rosto, mas as faces estavam estranhamente rosadas, mais ou menos como as de certos mortos no caixão.

– Desculpe, mas não vou abrir os olhos – disse Ona. – Vou dormir.

– *Não, não, não* – suplicou Quinn. – Você ainda tem de tirar sua carteira e quebrar aquele recorde, esqueceu? Sem falar no outro, o da vida longa. Pensa naquela fulana, Ona. A madame francesa.

Ela abriu os olhos, perfeitamente lúcida.

– Não falei que vou dormir pra sempre, seu bocó. Preciso de um cochilo.

– Ah – disse Quinn, alegre com a resposta. – Então está bem, Ona. Tira aí o seu cochilo.

– Já estava tirando! – metralhou ela de volta. – Foi você que me acordou com este seu falatório!

– Desculpe por ficar triste com sua morte.

– Eu não morri.

– Bem, agora eu sei.

– Jeanne Louise Calment.

– Hein?

– O nome dela é Jeanne Louise Calment. A madame francesa que pretendo derrotar no jogo da vida.

Quinn olhou para Ted e Belle, que pareciam estar se divertindo com tudo aquilo.

– Sua senhora e o escoteiro-chefe estão aqui há horas. Ela é muito generosa, sabia? Bem diferente da ideia que eu fazia dos bibliotecários. Acho que fiquei surpresa.

Só então Quinn notou o chá que já esfriava na mesinha lateral, os travesseiros bem posicionados sob a cabeça da sua amiga, a camisola limpinha que ela vestia. Os sinais apontavam para um cuidado que ele queria aprender a ter. Queria ser generoso – não só à primeira vista, mas de verdade.

Ajoelhando-se ao lado da cama, tomou a mãozinha quente e esquelética de Ona.

– Olha, tem uma coisa que... – Calou-se de repente, olhou para Ted. – Será que a gente podia ficar sozinho um instante?

Ted levou Belle para o andar debaixo e Quinn apertou a mão de Ona entre as suas.

– Tem uma coisa que você precisa saber – disse. – Sobre o Howard.

– Que Howard?

– Howard, seu marido. Howard Stanhope. O compositor.

– Ele compunha músicas horríveis.

– Não, Ona. Não mesmo.

Apertando as pálpebras com força sobre os olhinhos verdes, ela se virou para ele.

– De que diabo você está falando agora, posso saber?

– Acabei de ouvir uma das composições dele. Aquela partitura que você me deu, lembra? Meus amigos religiosos fizeram um arranjo maravilhoso. Espera só pra você ver.

– Os *carolas*? Eles gostaram de uma música do *Howard*?

– Adoraram – disse Quinn. – Mas tem uma coisa que você ainda não sabe, Ona. Foi pra você que ele escreveu essa canção. – Nunca tivera tanta certeza de algo. – Aliás, acho que foi pra você que ele escreveu *todas* as canções. Pra você, Ona. Pra jovem e adorável Ona Vitkus.

– Agora você não está falando coisa com coisa.

– Escreveu sim, Ona. Só não soube como te mostrar. – Nada mais natural para alguém que tinha vivido uma vida tão triste, repleta de fracassos e portas fechadas.

– Você bebeu?

– Presta atenção, Ona. *Você* é a garota luminosa do cabelo castanho. Você é o sopro angelical e o raio de sol.

– Ah, tenha a santa paciência. – Ela se ergueu na cama, os fiapos de cabelo flutuando no ar. – Quinn Porter, não imaginava que você era um romântico.

– Howard Stanhope era louco por você – disse ele com absoluta convicção. – Achei que devia saber.

– Bem, então tá bom.

– Sério, Ona. Achei que você devia saber.

– Fico agradecida.

– As pessoas precisam saber dessas coisas.

– É verdade. Muito obrigada – disse ela, e o apaziguou com um carinho na mão. – Você é um bom garoto, Quinn.

Os lençóis suspiraram quando ela encolheu os ombrinhos miúdos.

– Também tive um dia cheio hoje. Recebi uma visitinha da minha língua natal.

– Ah é? E o que foi que ela disse?

– Entre outras coisas, o nome da cidade onde nasci.

– Lá na Lituânia?

– É bem possível que não tenha mais nada por lá, só um cemitério cheio de nomes. – Aparentemente sem muito esforço, ela se empertigou um pouco mais na cama. – Nunca tive o menor interesse pela minha terra. Mas agora fico triste porque nunca mais vou ter a oportunidade de voltar lá. De rever esse lugar do qual não tenho quase nenhuma lembrança.

– Se voltasse, aposto que ia bater o recorde de passageira aérea mais velha do mundo.

– Só se eu pilotasse o avião – disse Ona. – Mas onde eu realmente quero voltar é lá naquele condomínio de Vermont. Pra rever o Laurentas. Fui imperdoavelmente grossa com ele. Com meu próprio filho. Quero voltar lá e pedir desculpas. – Ela se calou um instante, depois disse: – Pra seu governo, a passageira mais velha foi Charlotte Hughes, de 115 anos. Pode verificar se quiser.

– Não precisa – disse Quinn, rindo. – Acredito em você, Ona.

Novamente ela fez um carinho na mão dele.

– De uma hora pra outra bateu uma saudade, sabe? Saudade de um lugar do qual nem lembro direito. Se alguém aparecesse aqui agora e lesse os quatro volumes de *Guerra e paz* em lituano, acho que eu ia entender quase tudo.

Seguiram-se alguns minutos de silêncio.

– O papo está ótimo, meu amigo, mas preciso tirar minha pestana.

Despachou Quinn com um simples gesto da mão, e ele se foi a contragosto.

A crise, por assim dizer, já havia passado. Se é que realmente houvera uma crise. O quarteto de paramédicos havia declarado que Ona estava bem, lúcida, todos os sinais vitais em dia.

– O que houve, então? – perguntou Quinn a Ted, que se servia de uma xícara de chá. Eles haviam usado o bule bom de Ona.

– Uma reação atrasada ao assalto, eu acho. Um dos caras falou que não é raro acontecer.

– Foi uma experiência mágica, isso sim – comentou Belle.

Olhando para Quinn, mais séria do que nunca, informou que o filho deles, tão estranho na morte quanto na vida, tinha devolvido a Ona sua língua natal, sua memória, seu irmão desde muito perdido.

– Acho que ela teve um pequeno curto-circuito na cabeça – disse Ted.

Por um segundo, Quinn achou que ele estivesse falando de Belle, que de fato parecia ter tido um pequeno curto-circuito na cabeça. Realmente achava que o menino tinha voltado do Além para trazer de volta o irmão perdido de Ona? Ou que ele *fosse* o irmão perdido de Ona?

– Um pequeno lapso ou qualquer coisa parecida – prosseguiu Ted. – No cérebro. Deve ter sido isso, eu acho. – Ele apertou o ombro de Belle. – Deve ter sido isso, meu amor.

– Eu acredito em tudo – disse ela. Parecia genuinamente feliz. – Vou guardar esse dia pra sempre na minha lembrança.

Quinn fez o possível para acreditar no que ela havia dito.

– Vocês deviam ter me chamado. Alguém devia ter ligado pra mim.

– Quinn... – murmurou Belle –, desde quando você quer que liguem pra você?

– Desde agora. Agora quero que me liguem.

Ela olhou para ele. Avaliou-o. Estavam na cozinha, o lugar onde coisas desaparecidas apareciam de novo, incluindo o seu senso de dever e responsabilidade. Na mesa estavam o baralho de Ona, a pilha de moedas, o lenço perfeitamente dobrado em quatro partes. Quinn ficou observando essas coisas como o menino também certamente fizera. Belle o acompanhou com os olhos, e ele cogitou se ela também sentia a presença do menino. Ele estava sentindo. Da primeira vez que disse tal coisa, estava apenas buscando algo impossível. Mas, com o tempo, foi capaz de alcançar o que parecia tão distante.

– Ona vai ficar boa – disse Ted. – O paramédico falou que ela tem o pulso de um cavalo de corrida. Está ótima pra idade dela.

Quinn se virou para ele, para aquele homem inegavelmente decente que o havia derrotado no jogo do amor.

– Valeu, Ted. Obrigado pelo relatório.

– Tudo bem – disse Ted. E para Belle: – Agora preciso ir. As crianças.

Quinn ficou observando enquanto Belle acompanhava o marido até a porta. Ao vê-la se despedir com um beijinho protocolar nos lábios dele, sentiu uma inesperada ferroada nos próprios lábios. Ted retribuiu, mas não com o beijo cinematográfico que Quinn teria dado em seu lugar. Belle deitou a cabeça no peito do homem e assim ficou por um instante, abraçando-o pela cintura. Depois se afastou. Ted acenou para Quinn, depois entrou em sua van, possivelmente cheia de pelos de cachorro, pés de tênis deixados para trás, figurinhas de álbum perdidas pelos cantos, uma caixa de distintivos à espera de uma lapela merecedora.

A tarde chegava ao fim e as flores perenes dos canteiros de Ona começavam a exalar seu perfume.

– Fui eu que adubei esses canteiros – Quinn disse a Belle. – Há algum tempo já, em maio.

Belle sentou-se no sofazinho de balanço da varanda e de lá ficou olhando as flores.

– Hoje à noite vou me mudar pra casa do Ted – disse. – Ele já foi paciente o bastante.

Quinn não falou nada.

Belle o convidou para sentar a seu lado. Os passarinhos de Ona voejavam de um lado a outro pelos comedouros do jardim.

– Aceitei um emprego – disse Quinn, e contou sobre Sylvie.

– Sinto muito – disse Belle. – Sei que não é o que você queria... – Pausa. – Eu sei.

– Você é a única que sabe, Belle.

Ela apontou o queixo na direção dos comedouros.

– É você que ainda troca o alpiste dessas garrafas?

– Ela poderia trocar sozinha se quisesse.

Eles riram um pouquinho. Belle correu os olhos à sua volta. O gramado havia renascido das cinzas. A cerquinha já havia sido consertada.

– Você fez muito mais do que eu pedi.

– Pela primeira vez na vida.

– Mais do que *ele* teria feito, foi isso que eu quis dizer. O que não é pouco. Ele ficaria muito feliz.

Ela continuava o encarando. Esperando. Pelo quê, isso ele não sabia. Parecia muito distante, o menino preenchendo o frágil espaço entre eles.

– Você nunca conseguiu enxergar, Quinn – disse ela, afinal. – Ele era muito parecido com você. Cabeça-dura. Sempre mirando na bola errada.

Ao longe, o trânsito da Brighton Avenue zumbia como um sopro constante e interminável.

– Sei que você tinha suas dúvidas... – falou baixinho –, mas decidiu ser o pai dele mesmo assim. – Esperou que ele se virasse para fitá-la, depois disse: – Ele era seu, Quinn. Você sabe perfeitamente que não havia mais ninguém.

Quinn se lembrava muito bem do bebê: pálido, quase transparente, as veias azuis formando uma teia visível sob a pele. Seu menino translúcido, mal cozido demais para o mundo à sua espera.

– Lamento que você tenha precisado me dizer uma coisa dessas...

– Você tinha todo o direito de ficar na dúvida. Naquela época nossa relação andava mais pra lá do que pra cá, a gente vivia brigando. Mas sempre fui fiel. Não era a doida que você pensava que eu era.

– Também sempre fui fiel – disse Quinn. – Fiel como um perdigueiro.

– Eu sei. Sempre soube. – Ela deslizou sua mão sob a dele, e Quinn sustentou aquele enlace. – Eu ficava rezando pra que um dia você quisesse o que eu tinha te dado. Esperava que você o amasse.

– Eu me apaixonei por ele. De verdade. Mas só depois que ele foi embora. Seu filho. Seu menino.

Belle respondeu deitando a cabeça no seu ombro. Como era curioso o tempo, pensou Quinn. Fazia apenas três meses que havia conhecido Ona, mas sua impressão era a de que uma eternidade inteira já havia se passado desde então. Por outro lado, esses mesmos três meses não passavam de um piscar de olhos se contados a partir da morte do menino.

Eles ainda ficaram alguns minutos lado a lado, balançando no sofá de Ona, admirando o lusco-fusco do entardecer, mudos feito um casal depois de muitos anos de rotina conjugal.

– Ted é um cara bacana. Você fez uma ótima escolha – disse ele depois de algum tempo.

– Pra mim ainda é difícil lidar com os filhos dele. Mas vai passar. Um dia eles ainda serão meus também.

– Se precisar de mim...

– Agora é tarde demais – disse ela, sem maldade

– Não é, não – retrucou Quinn. – Você vai ver.

Os primeiros sinais do anoitecer foram surgindo pouco a pouco ao seu redor. Nos comedouros, uma última rodada de passarinhos. Na rua, uns chegavam em casa e guardavam o carro na garagem, outros já ligavam a televisão na sala, outros saíam com pratos e talheres para jantar no quintal. Por um instante, Quinn teve a impressão de que era seu aquele bangalô verde – a casa de Randall, como Ona costumava dizer. O quintal parecia ser seu.

– A gente devia dar uma olhadinha nela – disse Belle, levantando-se.

– Deixa que eu faço isso. Pode ir, se quiser.

Belle recolheu suas coisas.

– Sempre acreditei que ele estava louco pra nascer.

Despediu-se com um beijo no rosto dele e foi descendo os degraus da varanda, seguindo para a vida nova que viveria sem ele.

No andar de cima jazia, recuperando as forças a cada segundo, descansava a herança de Quinn, deixada do filho para o pai: uma centenária com saudades repentinas da sua terra natal. Ona era ao mesmo tempo um fardo e fardo nenhum. Um presente delicioso e um presente de grego. Vinha com dez cláusulas condicionantes, e mais outras dez.

Belle virou-se para ele.

– Você não vai decepcioná-la, Quinn.

– Eu sei. Ela é minha amiga.

Por muito pouco não falou: "Eu a amo." O que isso significava?

Significava que ele a amava. Isso era tudo. Mais simples do que esperara.

* * *

Esta é a Srta. Ona Vitkus. Estas são memórias e fragmentos da sua vida. Esta ainda é a Parte Dez.

Olá. Quem está falando aqui é Ona Vitkus. Tenho 104, mais 101 dias de idade.

. . .

Aqui vai a minha... lista? A minha lista para... a posteridade? Para a posteridade. Para toda a posteridade.

. . .

Um: *Būk sveikas.*

. . .

Espera aí. Estou pensando. Vai que é uma lista de um item só?

. . .

Perfeito! Você tem muita facilidade com a pronúncia!

. . .

Acho que significa "Se cuide".

. . .

Obrigada, meu querido. Você também. Se cuide.

OS MAIS VELHOS

1. O rato de gaiola mais velho. 7 anos e 7 meses. Fritzy. Proprietária: Bridget Beard. País de Origem: Reino Unido.
2. Sapato mais velho. 10 mil anos. País de origem: Itália.
3. Árvore mais velha. *Pinus longaeva*, ou pinheiro Bristlecone. 5.200 anos. CORTADA!!! País de origem: Estados Unidos.
4. Cachorro mais velho. Butch, um beagle. 27 anos. Proprietário: Gregory Duncan. País de origem: Estados Unidos.
5. Vômito mais velho. 160 milhões de anos. País de origem: Reino Unido.
6. Pista de boliche mais velha. 3.400 anos. País de origem: Egito.
7. Chimpanzé mais velho. 73 anos. Cheeta. País de origem: Estados Unidos.
8. Instrumento musical mais velho. Flauta de osso. 40 mil anos. País de origem: Alemanha.
9. Distintivos mais velhos na história do escotismo. Desde 1910. Apicultura, taxidermia, primeiros socorros a animais, música e outros 53. País de origem: Estados Unidos.
10. Fóssil infantil mais velho. 3.300.000 anos. País de origem: Berço da Civilização.

Capítulo 25

Depois de se levantar no escuro (um) e usar o banheiro (dois), lava o rosto (três), escova os dentes (quatro), veste a calça, as meias, o tênis, a camiseta, a jaqueta e o boné (cinco, seis, sete, oito, nove e dez). Sai de casa sem fazer muito barulho (um), entra na garagem (dois), pega sua bicicleta (três) e a empurra até a calçada (quatro). Na penumbra da madrugada, começa o tour pela vizinhança com seu minigravador guardado com segurança no bolso da jaqueta de couro.

Adora sua jaqueta. Os ganidos do couro soam como encorajamento. Ajudam a contar seus movimentos. O escuro dá um certo medo, mas a jaqueta pesa em seus ombros como um abraço protetor, aparando as arestas do medo enquanto ele pedala rua afora.

Como é a primeira vez que vai escutar o coro matinal dos passarinhos, não sabe direito o que esperar ou o que fazer para encontrá-lo. A cada cinquenta metros, mais ou menos, freia onde está (um), desmonta (dois) e deita a bicicleta no chão (três). Aguça os ouvidos (quatro), tira o gravador do seu esconderijo (cinco) e aponta o microfone na direção das árvores (seis).

Ele queria que houvesse mais árvores. Mais luz. Queria que as sombras paradas se movessem e as sombras móveis se aquietassem.

Ontem, Troy Packard (o marrentinho, o metido, o cara-de-ovo) tinha ganhado um A publicamente anunciado pelo Sr. Linkman só porque escreveu uma biografia de três páginas do avô e a entregou antes do prazo. Era uma história sem graça, o seu avô tinha só 70 anos. Provavelmente foi a mãe dele que escreveu aquilo. Mas o Sr. Linkman é meio lerdo para certas coisas. Deixa estar. Outras histórias virão no dia marcado e nenhuma delas será sobre uma possível recordista do Guinness. Disso ele tinha absoluta certeza.

No último sábado eles tinham gravado a Parte Dez, mas essa parte – a música! – seria a cereja do bolo. Durante toda a semana, antes de dormir, tinha ensaiado o que dizer na hora de entregar à Srta. Vitkus a gravação pronta. Mas ainda precisava transcrever no mínimo três páginas de coisas que não eram segredo para o Sr. Linkman. Capricharia na letra, não faria nenhum erro de ortografia. Seu A estava mais do que garantido, a menos que por algum deslize perdesse um ou outro ponto.

A gravação em si era um segredo. Ele não era lá muito fã de segredos. Mas esse era um bom segredo. A Srta. Vitkus era um bom segredo.

Ele pedala mais alguns metros, para de novo e aponta seu gravador para o alto. Por enquanto, só barulhos estranhos: um carro que passa na rua do lado (um); um zunzum na copa de um álamo, provavelmente de marimbondos (dois); o zunzum dos carros na Washington Avenue, onde ele não tem permissão para pedalar.

Nada de passarinhos.

A escuridão vai mudando devagarzinho diante de seus olhos, despindo uma camada por vez, tornando-se cada vez menos assustadora. No horizonte, apenas uma intensidade que ainda não é luz. É uma promessa de luz.

Opa. Um primeiro pio.

Rapidamente ele saca e aponta o gravador. Surge uma outra nota, são dois pássaros agora, um respondendo ao outro.

Piu, diz o passarinho. *Piu*, diz um segundo. O menino fica boquiaberto.

– *Piu, piu* – sussurra o menino. – Um, dois.

Serão tordos do papo-roxo? Ou serão gaios? Sua lista continuava empacada em quinze passarinhos. Todos de inverno. Os da primavera ainda não haviam chegado de Rhode Island, da Flórida ou da Costa Rica. Mesmo assim, não era fácil guardar na cabeça o canto de quinze passarinhos. Seu ouvido não era musical. De nada havia adiantado o CD que ele ganhara da mãe, no qual um sujeito, com a maior paciência do mundo, ia falando o nome dos passarinhos depois do canto de cada um. Ele já tinha ouvido dez vezes aquele CD maravilhoso, sempre imaginando o homem num estúdio de gravação onde todos os passarinhos da América do Norte estariam empoleirados lado a lado numa corda de varal, e seu pai apertaria os botões na sala de controle.

Mas ele ainda não consegue identificar os cantores da árvore ao lado, e a decepção deixa um gosto amargo na sua boca.

Ele mantém o gravador apontado para o alto, seu braço começando a doer. Gradualmente, numa árvore que separa duas casas, escondido num dos galhos da copa cerrada, um terceiro passarinho começa a cantar.

Depois um quarto.

Depois um décimo, depois mais dez, cantando do alto dos seus respectivos esconderijos, sobrelevando casas, carros e postes de telefone, a manhã nascendo sem nenhuma pressa, como mágica. Cada gorjeio abre um furinho na escuridão, apagando-a pouco a pouco. De um segundo a outro já é dia, e ele respira atropeladamente, soprando jatos de vapor que vão alçando voo como se fossem passarinhos também. Agora são sessenta, setenta, noventa, numerosos demais para serem contados. A algazarra parece inchar, e ele incha junto com ela, o peito gritando de alegria: "Isso é um coro matinal! Isso é um coro matinal!"

Ele reconhece o crocitar de um estorninho e lembra: "o ranger de um portão enferrujado". Depois os avista, uma revoada inteira deles, riscando de preto a claridade da manhã, berrando sem nenhum pudor. Em seguida avista os tordos, seis, cada qual no seu galho, o sol rebrilhando nas penugens roxas do papo.

Ele dá sua risada cacarejante, e a alegria, guiada por uma misteriosa pressão, vai se espalhando do peito para o corpo inteiro, crescendo até beirar as raias da dor. Como se as cores se espalhassem nele também, como se fosse um dos muitos passarinhos capazes de fazer música.

"Está ouvindo isso?", seu pai lhe perguntara um dia, referindo-se às notas fantasmas de Eric Chapman. "É como se alguma coisa estivesse prestes a emergir das profundezas do mar! Escuta!"

Seu fôlego já está sumindo, seu braço cada vez mais fraco, mas ele continua apontando o gravador para o alto, determinado a chegar até o último milímetro de fita magnética. Isto sim é um *grand finale*, o coro matinal que levará para seu pai. Deus não é capaz de fazer os passarinhos cantarem num tom mais baixo, mas seu pai sim, ele e suas máquinas de muitos botões e luzinhas.

Pedirá esse favor ao pai, e ele dirá: "Você não consegue tocar nem um acorde de ré maior, como pode saber de mudanças de tom?"

"Eu estava prestando atenção", ele responderá, e o pai enfim perceberá que ele estava ouvindo desde o início, observando atentamente, esforçando-se para aprender. Dirá ao pai que o coro matinal de passarinhos parece nascer do fôlego que eles roubam da gente. Ao que seu pai responderá: "Tudo bem, meu amigo. Vamos fazer um pouco de música."

As dez partes da história da Srta. Vitkus terminarão com um coro de passarinhos num tom que ela conseguirá ouvir, uma grande surpresa que ele apresentará no sábado seguinte, exatamente nove meses e 26 dias antes do aniversário dela. A Srta. Vitkus gostará tanto do presente que decerto quererá conhecer seu pai, o homem que adaptou o tom dos passarinhos, e todos ficarão amigos para sempre.

Ele não tem como saber que a incrível vida de sua amiga, registrada no gravador por noventa minutos, cairá da sua mão em instantes e será atropelada pelo primeiro carro da polícia a chegar na cena. A fita magnética se soltará das bobinas para tremular ao sabor do vento. Com o tempo, os cacos serão absorvidos pelo asfalto da rua, a não ser por um pedaço de fita que um corvo recolherá com o bico no fim do dia. O pássaro não sabe, mas é seu próprio canto que vai gravado ali, rumo a seu ninho nas alturas. Por enquanto, lá embaixo, o menino continua grato pelo trabalho do pai, esperando de gravador em punho, certo de que sua amiga ouvirá mais uma vez a maravilhosa música do despertar do mundo.

Capítulo 26

Do Livro Guinness dos Recordes de 2006:

RECORDE: Dama de honra mais velha do mundo

RECORDISTA: **Ona Vitkus**, 104 anos, Estados Unidos (casamento de Belle e Ted Ledbetter, Estados Unidos)

Do Livro Guinness dos Recordes de 2009:

RECORDE: Motorista (habilitada) mais velha do mundo

RECORDISTA: **Ona Vitkus**, 108 anos, Portland, Maine, Estados Unidos

Do Livro Guinness dos Recordes de 2010:

RECORDE: Emigrante mais velha a revisitar seu país natal

RECORDISTA: **Ona Vitkus**, 109 anos, Estados Unidos (acompanhante: Quinn Porter)

Do Livro Guinness dos Recordes de 2011:

RECORDE: Detentora mais velha de múltiplos recordes

RECORDISTA: **Ona Vitkus**, 110 anos, Estados Unidos

AGRADECIMENTOS

Em primeiro lugar, muito obrigada à minha editora, Deanne Urmy, cujos conselhos e amizade tenho na mais alta conta; este é nosso segundo livro juntas, e continuo espantada com sua sabedoria, seu jeito gracioso de ser. Foi uma delícia trabalhar com toda a equipe da Houghton Mifflin Harcourt, especialmente Michelle Bonanno Triant, Nicole Angeloro, Martha Kennedy, Bert Burleigh Fuller e Barbara Wood.

Minha agente, Gail Hochman, e sua equipe (sobretudo Marianne Merola e Jody Kahn) são os esteios de minha vida profissional. Obrigada a todas vocês, minhas nobres senhoras.

Agradecimentos especiais à minha amiga Mary Berry (*in memoriam*): foram seus olhos jovens que me ensinaram a olhar para a extrema velhice; a Amy MacDonald, que tantas vezes ofereceu um refúgio, por vezes literal e por vezes metafórico, a esta escritora; a Patty Hopkins, que me emprestou as histórias e gravações de sua família lituana; a Susan e Bill, e a Jess e Bill, que me emprestaram tempo e espaço para escrever. Pela inspiração e pelos modelos musicais, agradeço a meu irmão Barry, músico profissional de longa estrada, e a Bob Thompson, meu parceiro musical de outrora.

Consumi um tempo bem maior do que o previsto para escrever este livro; portanto, precisei de uma quantidade igualmente maior de estímulos. Polly Bennell revelou-se uma mentora de inestimável valor para escritores em desespero. Anne Wood, Patrick Clary e Bill Lundgren contribuíram com seu afeto e obstinação; Catherine WoodBrooks, com suas orientações de natureza geral; Dan Abbott, meu marido e parceiro, sempre a meu lado. Sou infinitamente grata a todos vocês.

Por fim, vai aqui um abraço imperdoavelmente atrasado a todos os amigos da Longfellow Books de Portland, Maine, que ao longo dos anos me presentearam com livros, gatos, brindes, adulação desmerecida, cookies, apoio moral, amizade sincera e vendas absurdamente altas.

Este livro é dedicado à memória de Stuart Gersen.

CONHEÇA OUTROS TÍTULOS DA EDITORA ARQUEIRO

Queda de gigantes, *Inverno do mundo* e *Eternidade por um fio*, de Ken Follett

Não conte a ninguém, *Desaparecido para sempre*, *Confie em mim*, *Cilada*, *Jogada mortal*, *Fique comigo*, *Seis anos depois* e *Que falta você me faz*, de Harlan Coben

A cabana e *A travessia*, de William P. Young

A farsa, *A vingança* e *A traição*, de Christopher Reich

Água para elefantes, de Sara Gruen

Inferno, *O símbolo perdido*, *O código Da Vinci*, *Anjos e demônios*, *Ponto de impacto* e *Fortaleza digital*, de Dan Brown

O milagre, *Uma carta de amor*, *Uma longa jornada*, *O melhor de mim*, *O guardião*, *Uma curva na estrada*, *O casamento*, *À primeira vista* e *O resgate*, de Nicholas Sparks

Julieta, de Anne Fortier

O guardião de memórias, de Kim Edwards

O guia do mochileiro das galáxias; *O restaurante no fim do universo*; *A vida, o universo e tudo mais*; *Até mais, e obrigado pelos peixes!*, *Praticamente inofensiva*, *O salmão da dúvida* e *Agência de Investigações Holísticas Dirk Gently*, de Douglas Adams

O nome do vento, *O temor do sábio* e *A música do silêncio*, de Patrick Rothfuss

A passagem e *Os Doze*, de Justin Cronin

A revolta de Atlas e *A nascente*, de Ayn Rand

A conspiração franciscana, de John Sack

INFORMAÇÕES SOBRE A ARQUEIRO

Para saber mais sobre os títulos e autores
da EDITORA ARQUEIRO,
visite o site www.editoraarqueiro.com.br
e curta as nossas redes sociais.
Além de informações sobre os próximos lançamentos,
você terá acesso a conteúdos exclusivos e poderá participar
de promoções e sorteios.

www.editoraarqueiro.com.br

facebook.com/editora.arqueiro

twitter.com/editoraarqueiro

instagram.com/editoraarqueiro

skoob.com.br/editoraarqueiro

Se quiser receber informações por e-mail,
basta se cadastrar diretamente no nosso site
ou enviar uma mensagem para
atendimento@editoraarqueiro.com.br

Editora Arqueiro
Rua Funchal, 538 – conjuntos 52 e 54 – Vila Olímpia
04551-060 – São Paulo – SP
Tel.: (11) 3868-4492 – Fax: (11) 3862-5818
E-mail: atendimento@editoraarqueiro.com.br